Gretelise Holm

In tiefem Schlaf

Kriminalroman

*Aus dem Dänischen
von Hanne Hammer*

Copyright 2014 by CBX Verlag, ein Imprint
der Singer GmbH
Frankfurter Ring 150
80807 München
info@cbx-verlag.de
Umschlaggestaltung: Lindhardt und Ringhof
Printed in Germany
ISBN: 978-3-945794-13-5

Auf der Flucht

Zwei Millionen Flüchtlinge aus Ostpreußen, Pommern und Danzig wurden in den letzten hundert Tagen des Zweiten Weltkriegs über die Ostsee nach Dänemark und Norddeutschland evakuiert. Kinder, Frauen, alte Menschen und verletzte Soldaten auf der verzweifelten Flucht vor den voranstürmenden sowjetischen Truppen.

Es war die größte Evakuierung der Weltgeschichte von Flüchtlingen über das Meer.

Hinter sich ließen die Flüchtlinge ihre brennenden Städte, gefallene Soldaten, vergewaltigte Frauen und tote Angehörige. Vor ihnen lag das Meer als einzige Fluchtmöglichkeit und über ihnen kreisten die sowjetischen Jagdflugzeuge, die sie auf den Fluchtwegen über Land beschossen und bombardierten.

An Bord eines Flüchtlingsschiffes zu kommen bedeutete nicht zwangsläufig die Rettung, da sowjetische U-Boote ebenso wie englische und amerikanische Bomber die Schiffe unter Beschuss nahmen, was zu den größten – und am erfolgreichsten verschwiegenen – Schiffskatastrophen der Weltgeschichte führte: Am 31. Januar 1945 wurde das Flüchtlingsschiff Wilhelm Gustloff mit ungefähr 4000 Flüchtlingen an Bord versenkt. Am 10. Februar kamen 3500 Flüchtlinge ums Leben, als die General Steuben unter Beschuss versank. Die Goya, die im April mit 6000 Flüchtlingen an Bord auf dem Weg nach Kopenhagen war, wurde von Torpedos getroffen und sank innerhalb weniger Minuten. Nur 183 Flüchtlinge konnten gerettet werden. In der Lübecker Bucht bei Neustadt versenkten englische Bomber am 3. Mai die Cap

Arcona und die Thielbek, zwei Schiffe mit 7500 Menschen an Bord. Die Bombardierung dieser beiden Schiffe wurde später als »tragischer Fehler« angesehen. An Bord befanden sich nämlich keine deutschen Frauen und Kinder auf der Flucht, sondern Gefangene aus deutschen Konzentrationslagern.

Im Vergleich dazu kostete der Untergang der Titanic »nur« 1517 Menschen das Leben.

Über diese grausamen, wohlüberlegten Angriffe auf die flüchtende Zivilbevölkerung wurde nur sehr wenig gesprochen, da man nicht gerne zugab, dass die Deutschen auch Opfer gewesen waren und die Alliierten auch Kriegsverbrechen an der Zivilbevölkerung verübt hatten.

Bei Kriegsende befanden sich 240 000 deutsche Flüchtlinge in Dänemark. Die Besatzungsmächte in Deutschland ließen sie nicht zurück in das zerbombte Land, so dass sie in Dänemark bleiben mussten – was ihnen genauso wenig zusagte wie den Dänen. Die letzten Flüchtlinge verließen das Land erst vier Jahre später.

Nach dem 5. Mai wurden die Flüchtlinge in bewachten Lagern hinter Stacheldraht interniert. Die Sterblichkeitsrate war hoch. Im Laufe des Jahres 1945 starben über 90 Prozent der Kinder unter einem Jahr und mindestens ein Drittel der Kinder unter fünf Jahren. Einzelne Dänen protestierten, doch die vorherrschende Stimmung in der öffentlichen Debatte war bar jeden Mitleids: Die Kinder hatten es nicht besser verdient. Sie waren Deutsche.

Strenge Gesetze verboten den Kontakt zu Flüchtlingen und einzelne barmherzige Dänen, die versuchten, Lebensmittel in die Lager zu werfen, wurden hart bestraft.

Ostpreußen, eine der ältesten deutschen Provinzen, wurde bei Kriegsende zwischen Russland und Polen aufgeteilt. Die Ostpreußen, die nicht geflohen oder von den Siegern getötet worden waren, wurden zwangsumgesiedelt.

Schon früh habe ich Berichte über den grausamen Krieg und die Flucht aus Ostpreußen gehört – so wie Oma meiner Mutter davon erzählt hatte.

Oma war eine ältere Frau, die aus der ostpreußischen Hauptstadt Königsberg geflüchtet war. Meine damals neunundzwanzigjährige Mutter ließ sie in den letzten Monaten des Krieges bei uns wohnen. Als nach der Befreiung der Kontakt zu den deutschen Flüchtlingen verboten wurde, kam Oma – zur großen Sorge meiner Mutter – in das Lager in Oksbøl, wo sie eine harte Zeit durchmachte, bis sie nach Ostdeutschland repatriiert wurde. Bis zu ihrem Tod unterhielt sie engen Kontakt zu meiner Mutter.

Die absolut fiktiven Abschnitte über die Flüchtlinge aus Ostpreußen sind inspiriert von Omas Erzählungen und den Doktorarbeiten von Henrik Havrehed »Deutsche Flüchtlinge in Dänemark 1945–49« und Arne Gammelgård »Menschen im Mahlstrom« sowie von Kirsten Lylloffs historischem Artikel »Gilt der hippokratische Eid für alle?«.

Gretelise Holm

Ostpreussen, Januar 1945

Den Fluchtweg säumten tote Menschen und tote Pferde und Gertrud dachte pragmatisch, dass die Kälte mit minus zehn Grad gewisse Vorteile hatte. Die Leichen gingen nicht so schnell in Verwesung über. Kranke und Verletzte lagen am Wegesrand im Sterben.

Der Wind war schneidend kalt und die, die sich noch auf den Beinen halten konnten, zogen Kleidung und Decken eng um sich und taumelten vornüber gebeugt durch den Schnee wie eine lebende Illustration der Behauptung, dass Gehen eine Unterbrechung des Falls ist. Der Treck bestand überwiegend aus Frauen, Kindern und invaliden und alten Männern, die von Trauer, Wunden, Schmerzen, Hunger und Kälte gequält wurden und völlig erschöpft waren.

Sie bewegten sich in kleinen Gruppen vorwärts, einige mit Kinderwagen, Bollerwagen und Karren, andere mit Bündeln, Taschen oder Koffern. In den ersten Tagen waren noch viele Pferdewagen im Flüchtlingstreck, doch die Wagen waren bevorzugte Ziele der russischen Jagdflugzeuge, und wenn russische Panzer den Treck angriffen, wurden die Pferdewagen in den Graben gestoßen und man schoss auf Pferde und flüchtende Passagiere. Jetzt bewegten sich die meisten in diesem Teil des Trecks zu Fuß vorwärts.

Hinter ihnen leuchtete der Himmel rot im Schein der brennenden Städte und über ihnen kreisten russische Jagdflugzeuge, die immer wieder ihre todbringende Last auf den scheinbar endlosen Flüchtlingsstrom abwarfen.

Ein Gerücht ging um, dass es irgendwo in zehn Kilometern Entfernung Kohlrabisuppe geben sollte, was die kläglichen Gestalten für eine Weile zur Eile antrieb. Eine jüngere Familie aus Gertruds und Doras Stadt ließ einen sterbenden Onkel zurück, um die Suppe nicht zu verpassen.

Gertrud, die 58 Jahre alt war, hatte Krieg und Flucht schon einmal erlebt. Vielleicht hielt sie deshalb so gut durch. Sie empfand keinen Schmerz und keine Todesangst. Nur eine abgrundtiefe Trauer. Sie band das Kopftuch unter dem Kinn fest und bat Gott still um einen Schlaganfall oder einen anderen plötzlichen Tod, während ihre Beine sich mechanisch bewegten und sie und den Bollerwagen mit ihren Habseligkeiten weiterbrachten. Ihre schwangere Schwiegertochter Dora hatte Schwierigkeiten, ihr zu folgen.

Auf der letzten Flucht vor dreißig Jahren war Gertrud selbst schwanger gewesen. Ein Kind im Bauch und eins an der Hand. Sie hatte die Kleinen durch den Ersten Weltkrieg gebracht, damit für den Zweiten Weltkrieg auch noch Kanonenfutter übrig war. Ihr Sohn Karl war 1942 bei Leningrad gefallen und von ihrem anderen Sohn, Winfried, hatte sie seit einem halben Jahr kein Lebenszeichen erhalten. Aus Geheimhaltungsgründen durften die Soldaten nicht schreiben, wo sie Dienst taten, aber sie hatte Grund zu der Annahme, dass er an der Ostfront war und keiner kannte Namen oder Zahlen der dort gefallenen Soldaten.

Dora war mit Winfried verheiratet und erwartete ihr drittes Kind. Im Gehen weinte sie um ihre zwei Kinder Rosemarie und August. Gestern hatten sie bei einem freundlichen Bauernpaar einen Platz auf einem Pferdewagen bekommen. Der Wagen war von der Bombe eines russischen Jagdfliegers getroffen worden und später hatten sie ein Bein von Rosemarie und den Kopf von August gefunden. Sie waren drei und fünf Jahre alt gewesen. Dora schrie und weinte abwechselnd über den Tod der Kinder, die Bosheit der Welt, die Toten am Wegesrand, ihre Schmerzen, ihr ungeborenes Kind und die verzweifelten Zukunftsaussichten.

»Alle haben Verluste erlitten. Hör auf zu weinen. Die Toten leiden nicht. Du musst deine Kräfte zum Gehen einsetzen, wenn das Kind in deinem Bauch eine Chance haben soll«, sagte Gertrud zu ihrer Schwiegertochter.

»Warum, warum?«, weinte die Jüngere.

»Warum, warum bist du so dumm?«, äffte ein frecher oder verstörter Typ, der die beiden Frauen überholte, sie nach.

Die Ältere wischte sich die entzündeten Augen, starrte an ihr vorbei und antwortete tonlos: »Die Männer wollen immer Krieg.«

Dann begann sie leise zu beten: »Vater unser ...«

Als der formelle Teil des Gebets beendet war, wurde sie persönlicher: »Und dann bitte ich dich um Vergebung, dass ich dem alten Mann in die Beine geschnitten habe«, sagte sie. »Es musste sein, um ihm die Stiefel auszuziehen, und er war schließlich tot – oder zumindest fast. Dora würde ohne die Stiefel nicht überleben und so retten die Stiefel vielleicht zwei Menschen das Leben ...«

Leichenfledderei war sehr verbreitet. Sobald ein Flüchtling das Zeitliche segnete, fielen die Hungernden und Frierenden wie die Geier über ihn her. Alte Frauen zerrten an leichenstarren Körpern, um Kleidung zu ergattern, in die sie Kleinkinder oder sich selbst packen konnten. Eine Decke konnte ein Leben retten. Hier kämpfte jeder gegen jeden. Im Großen und Ganzen und mit nur wenigen Ausnahmen respektierten die Flüchtlinge das Eigentum der anderen, achteten jedoch genau darauf, wer von den Sterbenden niemanden hatte, der sein Eigentum verteidigte. Es galt, der Erste zu sein.

Gertrud hatte vorgestern den schwachen, alten Mann mit den guten Stiefeln ausgeguckt, ihm ein Stück Wurst gegeben und ihn sich ihr und ihrer Schwiegertochter anschließen lassen. In der Nacht verlor er das Bewusstsein und gegen Morgen starb er, aber seine Stiefel saßen so verdammt fest, dass sie ihr Faltmesser zu Hilfe nehmen musste, um sie von den geschwollenen Beinen zu bekommen. Sie hatte sich gewundert, dass Blut geflossen war, als sie schnitt. Vielleicht war er doch noch nicht richtig tot gewesen?

Ihr blieb keine Zeit, über ihre mögliche Sünde nachzugrübeln. Ein russischer Jagdflieger flog dicht über ihre Köpfe hinweg. Instinktiv riss sie Dora mit sich in den Graben und auch dieses Mal kamen sie mit dem Leben davon. Die Bombe fiel ein gutes Stück von ihnen entfernt. Als sie später an dem Krater vorbeikamen, sahen sie eine kleine Menschengruppe um einen Berg zerfetzter Körper stehen. Sie erkannten Kopf und Oberkörper des frechen Jungen wieder: »Warum, warum bist du so dumm?«

Klageschreie mischten sich mit Verwünschungen.

In dieser Nacht hatten sie das Glück, Platz in einer Scheune zu finden. Dort lagen sie zu Hunderten, sozusagen aufeinander gestapelt. Die Alten zuunterst, die Kinder obenauf. Man konnte sich kaum rühren und ein übler Gestank breitete sich aus, weil die Kranken und Verletzten nicht hinauskamen, wenn sie ihre Notdurft verrichten mussten. Zwei Tote wurden im Laufe der Nacht hinausgetragen. Eine Frau gebar ein Kind. Viele Kleinkinder schrieen. Kanonenfeuer erklang wie Donner in der Ferne und ein Mann fragte: »Weiß eigentlich jemand, wo die Front verläuft?«

Die Männer, die alle alt oder Invaliden waren, begannen zu diskutieren. Es war schwer zu sagen, wo die Front verlief. Manchmal konnte man meinen, sie verlaufe hinter ihnen, manchmal vor ihnen und oft hatten die Flüchtlinge das Gefühl, sich direkt an der Front zu befinden – wenn die russischen Jagdflieger Bomben auf sie abwarfen oder feindliche Panzer sie beschossen oder überfuhren.

»Die Front?«, fragte Doras alter Lehrer Dr. Bruno, der den größten Teil des Weges in ihrer Gruppe gegangen war, »die Front verläuft zwischen denen, die das Leben ehren und denen, die das nicht tun.«

Dänemark, Oktober 2004

Der perfekte Mord ist der Mord ohne Motiv an einem Fremden, dachte Michael, während er ein weiteres Mal seinen Plan durchging. Ohne Motiv? Nun ja, *er* kannte das Motiv zumindest nicht. Doch der Kontaktmann hatte ihm zu verstehen gegeben, dass es einen sehr guten Grund dafür gab, die Journalistin Karin Sommer aus dem Weg zu räumen. Man hatte ihm auch mitgeteilt, dass mächtige Kräfte dahinter standen – und richtig viel Geld. Als er den Auftrag angenommen hatte, hatte er 50 000 Euro Vorauszahlung bekommen, und wenn alles vorbei war, wartete in einem Schließfach eine halbe Million auf ihn.

So war es geplant und er hatte nicht viele Bedenken gehabt. Der Auftrag wurde gut bezahlt und er war – richtig. Michael war kein Auftragsmörder. Er war Soldat. Mit Leib und Seele. Die bevorstehende Mission ließ ihn unwillkürlich Haltung annehmen.

Vor einem halben Jahr hatte er anders dagestanden. Damals, als er unehrenhaft aus dem Paradieslager im Irak nach Hause beordert worden war.

Doch während man ihn einerseits für ein Pflichtversäumnis gerügt hatte – ein Iraker war auf einem Transport ums Leben gekommen –, hatte man ihn andererseits indirekt rehabilitiert.

»Sie müssen wissen«, hatte Major Ernst Poulsen – ein hochrangiger Offizier – zu ihm gesagt, »dass wir in zwei Welten leben. In einer wirklichen und einer fiktiven. In der wirklichen Welt waren Sie ein guter Soldat. Da, wo man Böses mit Bösem bekämpft. Sie brauchen sich für nichts zu schämen, doch wir müssen uns damit abfinden, dass viele Menschen in einer Illusion leben und uns Soldaten als eine Art Kindergartenpädagogen oder Missionare betrachten, die vom Paradieslager aus die gute Botschaft verbreiten sollen ... Nehmen Sie Haltung an!«

Michael hatte Haltung angenommen, dem Major in die Augen gesehen und geantwortet: »Kann schon sein, dass ich mich für nichts zu schämen brauche, aber davon kann ich nicht leben. Ich bin zehn Jahre meines Lebens in dieser Branche tätig gewesen und das ist das Einzige, was ich wirklich kann.«

Der Major hatte ihn stumm angesehen, ein Kalenderblatt aus dem Block auf dem Tisch gerissen und eine Telefonnummer darauf geschrieben.

»Rufen Sie ihn an. Er ist ein alter Freund. Ich werde mit ihm reden. Ich glaube, dass er Ihnen vielleicht mit einem Job helfen kann. Er ist okay. Sie können keinen Arbeitsvertrag, keinen Kündigungsschutz und kein Urlaubsgeld erwarten, aber er wird Ihnen irgendetwas vermitteln, wo Sie Ihre Fähigkeiten und Ihre Erfahrung einbringen und etwas Geld verdienen können.«

Michael hatte leicht skeptisch ausgesehen. Er war nicht dumm.

»Auf legale Weise?«, hatte er gefragt.

»Das kommt darauf an, wie man den Begriff definiert und welchem Gesetz man folgt. Aber ich habe den Eindruck, dass Sie ein Mann sind, der mehr Wert darauf legt, was richtig und was falsch ist als darauf, was legal und was illegal ist?«

Michael hatte genickt und gefragt: »Geht es um den militärischen Nachrichtendienst?«

»In gewisser Weise, ja. Um eine geheime transatlantische Zusammenarbeit. Stellen Sie nicht zu viele Fragen, vertrauen Sie mir: Es geht um den Krieg gegen den Terrorismus. Die Terroristen folgen nicht dem Gesetz und nur Idioten glauben, dass man sie bekämpfen kann, indem man ihnen die dänische Verfassung um die Ohren schlägt. Man muss sie mit ihren eigenen Mitteln bekämpfen. Etwas in dieser Richtung macht mein Freund. Die Details sind mir nicht bekannt.«

Michael verstand und nickte.

»Das könnte mich interessieren.«

Der Mann, den er angerufen hatte, hieß Frederik – Frederik und sonst nichts.

»Ich habe mich nach dem Kronprinzen benannt«, erklärte er. »Dem besten Mann des Militärs. Er ist ein unfähiger Soldat, soweit ich gehört habe, aber unschätzbar als lebendes Reklameschild.«

Frederik konnte ironisch und zweideutig sein, was Michael anfangs nervös gemacht hatte. Damals, als er ihn nur vom Telefon her kannte.

Dann wurde Michael – nach dem ersten zur Zufriedenheit erledigten Job – auf der Straße von einem ungefähr fünfundvierzigjährigen, leicht ergrauten, fetten Mann mit einer dicken Brille und schütterem blonden Haar angesprochen:
»Guten Tag, ich bin Frederik. Ich denke, wir kennen uns?«

»Ich denke nein«, antwortete Michael kühl.

»Überprüfen Sie es. Wählen Sie meine Handynummer.«

Als er die Nummer gewählt hatte, klingelte Frederiks Handy. Das überzeugte. Sie setzten sich in ein Straßencafé. Frederik trank ein Fassbier und Michael eine Cola light mit Zitrone. Michael trank nie Alkohol. Nicht aus irgendeinem Abstinenzprinzip, sondern aus einem Reinlichkeitsprinzip.

Er wollte seinen Körper nicht mit einem organischen Lösungsmittel verunreinigen.

Ordnung und Reinlichkeit waren wichtige Elemente in Michaels Leben. Er nahm zwei- bis dreimal täglich eine Dusche und folgte dabei einem festen Ritual: dreimal einseifen und abduschen. Seine teure, aber minimalistisch eingerichtete Wohnung in dem neuen In-Viertel um Islands Brygge war von einer strengen Ordnung geprägt und seine Mutter machte bei ihm sauber – jeden Tag.

Er war nahe daran gewesen, sie zu schlagen, als er eines Tages Staub auf einem Türrahmen entdeckt hatte, aber sie hatte sich entschuldigt und geweint, und seitdem hatte er an ihrer Putzarbeit nichts mehr auszusetzen gehabt. Irgendwo in seinem tiefsten Inneren wusste er, dass man die eigene Mutter nicht schlägt, doch es war auch nur einige wenige Male passiert. Im Übrigen war es ihre Idee gewesen, bei ihm sauber zu machen. Sie war selbst ein Ordnungsmensch und die Einzige, die wirklich verstand, dass Unordnung und Schmutz ihm physische Schmerzen bereiteten.

Bei ihm musste alles immer schön gerade und symmetrisch geordnet sein und im Paradieslager im Irak war eine Anekdote im Umlauf gewesen, dass er nach einem Gefecht mit ein paar aufrührerischen Irakern die Leichen in eine gerade Reihe gelegt hatte. Doch davon einmal abgesehen, war sein Ordnungs- und Sauberkeitstick beim Militär von Vorteil gewesen. Blank polierte Stiefel und gut geschmierte Waffen zu präsentieren, musste man ihm nicht erst befehlen.

Sein Drang zur Reinlichkeit hatte ihn jedoch auch zu einem Einzelgänger im Soldatenmilieu gemacht, denn er interessierte sich auch nicht für Pornos und Sex. Allein der Gedanke an den Schweiß und den Schleim des sexuellen Akts ließ Übelkeit in ihm aufsteigen. Während die anderen sich unter ihren stöhnenden Laptops einen herunterholten, ging er auf die Toilette und onanierte zu seinem eigenen Konfirmationsbild. Er hielt seinen Penis mit Toilettenpapier fest und onanierte direkt in das Pissoir. Er akzeptierte seinen Sexualtrieb ebenso nüchtern wie das Bedürfnis, seine Notdurft zu verrichten.

Sein Kontaktmann, Frederik, hatte nur wenig und andeutungsweise von sich erzählt. »Spezialaufgaben« hatte er bedeutungsvoll gesagt. »Militär und Nachrichtendienst, In- und Ausland ... auf ziemlich hohem Niveau.«

Wie sie da in dem Straßenrestaurant saßen, klopfte er Michael in Patriarchenmanier auf die Schulter: »Du bist jetzt eine Stufe aufgestiegen!«

»Was bedeutet das?«, fragte Michael.

»Dass du mich treffen darfst«, antwortete Frederik. »In Zukunft halten wir persönlichen Kontakt, aber es gibt gewisse Sicherheitsvorkehrungen. Frag nicht nach Namen, Wohnung oder Stellung. Ich nehme Kontakt zu dir auf, wenn es nötig ist. Oder du rufst die Nummer an, die ich dir gegeben habe.«

»Ja, gut«, antwortete Michael und zog sich leicht zurück. Frederik hatte Mundgeruch. Ein persönlicher Kontakt zu ihm war kein Gewinn.

»Aber wie nennt sich unser Arbeitgeber?«, fragte er kurz darauf.

»Glückskrieg«, kam es prompt von Frederik.

»Wie bitte?«

»Das ist der Deckname der Operation, mit der wir im Augenblick befasst sind – ein wichtiger Teil der Terrorbekämpfung«, sagte Frederik.

»Das klingt ein bisschen ... ja ...«, Michael suchte nach dem richtigen Wort.

»Das ist nicht pathetischer, als ein dänisches Militärlager im Irak Camp Eden zu nennen«, unterbrach ihn Frederik.

Pathetisch. Frederik gebrauchte viele solcher Worte. Auch seine Ironie und sein Sarkasmus ließen Michael vermuten, dass er einer Person mit einer guten Ausbildung gegenüber saß. Doch falls Frederik weiter den Geheimnisvollen spielen wollte, er konnte mithalten. Es gab durchaus Dinge, die er seinem geheimnisvollen Arbeitgeber nicht erzählte.

Er erzählte zum Beispiel nicht, dass die Polizei ihn als selbständigen Bodyguard beschäftigte und er durch diesen Job in engem Kontakt zum Nachrichtendienst der Polizei stand. Seine Gewerkschaft hatte ihn an den Personalchef des Nachrichtendienstes verwiesen, der immer nach kampfbereiten, waffenkundigen Männern für die Bewältigung der steigenden Zahl von Sicherheitsaufgaben auf der Suche war.

Der Job hatte nichts Geheimnisvolles und deshalb hatte er sowohl einen Waffenschein als auch ein offizielles Einkommen. Kein großes Einkommen, das bestimmt nicht, aber genug, um die schwarzen Einnahmen vor einer eifrigen Steuerbehörde zu tarnen.

Sein Job bei der Polizei freute Michael vor allem, weil er ein stilles Machtgefühl empfand, auf zwei Pferde gleichzeitig zu setzen. Zurzeit versuchte er über den Kontakt zu einem Polizisten mit Namen Lars Sejersen, der ihn gerne in rechtsextremistische Kreise einschleusen wollte, in noch engeren Kontakt zum Nachrichtendienst der Polizei zu kommen.

»Du bist genau der Typ, der unbemerkt eingeschleust werden könnte. Guck mal vorbei und rede mit mir«, hatte Sejersen vorgeschlagen, als er vor einigen Tagen an einer Besprechung anlässlich der Sicherheitsvorkehrungen in Verbindung mit dem Besuch eines ausländischen Ministers teilgenommen hatte.

Als er in dem Straßencafé saß und versuchte, Frederiks Mundgeruch auszuweichen, indem er im gleichen Rhythmus atmete wie er, war er richtig zufrieden mit der Entwicklung, die sein Leben seit der Heimkehr aus dem Irak genommen hatte.

Und es sollte noch besser kommen: »Wir haben eine wichtige Aufgabe für dich. Wenn du sie zu unserer Zufriedenheit erledigst, brauchst du nie mehr zu arbeiten – jedenfalls nicht um des Geldes willen«, sagte Frederik.

»Wieviel?«

»550 000 Euro. Das sind ungefähr vier Millionen Kronen«, sagte Frederik. »Aber dafür muss der Job auch perfekt ausgeführt werden.«

»Wenn ich ein Mitglied des Königshauses oder einen Minister liquidieren soll, heißt meine Antwort nein«, antwortete Michael.

Frederik lachte: »Verdammt, du weißt doch, auf welcher Seite wir stehen. Es geht um eine Person, von der du noch nie gehört hast. Eine nahezu unbekannte Frau aus der Provinz. Nicht mehr ganz jung, ohne Angehörige …«

»Warum?«, fragte Michael. »Wie kann eine ältere Frau aus der Provinz soviel wert sein?«

»Keine Fragen. Du musst Vertrauen in das Projekt Glückskrieg haben. Du bekommst 50 000 Euro sofort und den Rest nach erfolgreich ausgeführter Mission.«

Michael biss an. Er interessierte sich weder für Frauen noch für Alkohol, aber er hatte andere teure Laster: Wellness, Luxushotels und teure Leihwagen, am liebsten alles zusammen.

Er konnte sich nichts Besseres vorstellen, als sich in einem internationalen Luxushotel einzuquartieren und bedienen zu lassen. Ausgesuchte Gerichte per Zimmerservice zu bestellen, ins Fitnesscenter des Hotels zu gehen und von Friseuren und Masseuren verwöhnt zu werden, Maniküre oder Pediküre oder Heißwachsbehandlungen in Anspruch zu nehmen, bei denen sämtliche Körperhaare entfernt wurden, die er als unappetitlich ansah. Ein paar Tage in einem solchen Hotel kosteten leicht 10 000 Kronen und ein ziemlich umfangreiches Budget für die passende Kleidung kam noch hinzu.

Er genoss es in höchstem Grade, sich selbst in der Rolle des gepflegten, gut gekleideten, betuchten internationalen Hotelaristokraten zu sehen, doch bisher hatte er für diese Rolle nur zwei- oder dreimal im Jahr die Mittel gehabt. Vier Millionen Kronen! Er würde im Ritz in Paris einchecken. Und nie mehr Touristenklasse fliegen!

Er hatte reichlich Zeit gehabt, den Mord vorzubereiten, den er im Stillen als »die Mission« oder »den Job« bezeichnete. Zuerst recherchierte er im Internet. Der Name Karin Sommer erbrachte viele hundert Treffer, da sie als Journalistin für die Internetausgabe der Regionalzeitung *Sjællandsposten* schrieb, in der alle Artikel gespeichert wurden. Sie schrieb hauptsächlich über Kriminal- und Rechtsthemen, und als er weit genug zurückrecherchierte, sah er, dass sie an der Berichterstattung über einige spektakuläre lokale Mordfälle beteiligt gewesen war. Konnte das der Grund sein, dass jemand bereit war, vier Millionen Kronen zu zahlen, um sie aus dem Weg zu räumen?

Zuerst hatte er an ein politisches Motiv gedacht, da Frederik den »Krieg gegen den Terror« verschiedene Male erwähnt hatte, wenn er von seiner Organisation sprach.

Michael studierte eingehend einige von Karin Sommers Artikeln. »Einbruch in der Storegade«, »Drei Festnahmen bei Alkoholrazzia«, »Zwei Jahre Gefängnis für Rauschgifthändler«.

Uninteressante lokale Kriminalfälle, dachte er.

Dann stieß er auf Überschriften wie: »Kritik der Einzelhaft«, »Kinder im Gefängnis«, »Klagen über Gewalt gegen Gefangene«. Die Artikel waren von Humanitätsduselei und

Humanismusgewäsch geprägt, dachte er. Das war typisch für diesen Typ älterer Frauen. Doch war das Grund genug, sie umzubringen?

Er schob seine eigenen Überlegungen beiseite. Das Motiv war gleichgültig. Es war ein Job und er bekam vier Millionen Kronen dafür. Er begann, Karin Sommer auszukundschaften, sich Einblick in ihre Gewohnheiten zu verschaffen, Vorbereitungen zu treffen und Pläne zu schmieden.

In vielen Fällen wurden Mörder mit Hilfe der Tatwaffe überführt, durch die Wahl des Tatorts oder weil sie sich zu lange am Tatort aufhielten und zu viele Spuren hinterließen. Er würde anders vorgehen: keine mitgebrachte Waffe, zufällige Wahl des Tatorts, schnelles Vorgehen und falsche biologische Spuren. Das dürfte nicht so schwer sein.

Er ging in vier verschiedene Secondhandläden, um seinen »Tarnanzug« zusammenzukaufen: einfache Jeans, dunkelblaues Sweatshirt, schwarze Windjacke, dazu eine schwarze Strickmütze, die sich gut über die Ohren ziehen ließ, und ein paar billige, zwei Nummern zu große Turnschuhe. In dieser Montur glich er neun von zehn schlecht gekleideten jüngeren Männern aus der Provinz an einem Oktoberabend in Dänemark.

Auf einer Herrentoilette fischte er mit einer Pinzette und großem Unbehagen ein paar ausgekämmte Haare aus dem Waschbecken. Mit noch größerem Unbehagen und zwei kleinen abgebrochenen Ästen angelte er ein gebrauchtes Kondom unter einem Busch in einer öffentlichen Anlage hervor. Allein der Gedanke, das Kondom in einer zugebundenen Plastiktüte zu transportieren, erforderte große Überwindung, aber die Aussicht auf vier Millionen Kronen minderte die Übelkeit.

Dann fand er den richtigen Tatort. Eine Baustelle – zirka zweihundert Meter von der *Sjællandsposten* entfernt. Perfekt. Tagsüber, während gearbeitet wurde, steckte ein Schlüssel in dem Gittertor, das zu der Baustelle führte. Er ging daran vorbei und griff unbemerkt nach dem Schlüssel. Am nächsten Tag steckte ein neuer Schlüssel im Schloss. Und der, den er genommen hatte, passte noch immer.

Der Bauplatz lag zwischen dem Medienhaus, in dem Karin Sommer arbeitete, und einem Einkaufszentrum, das sich »Nordcenter« nannte. Sowohl das Medienhaus als auch das Einkaufszentrum waren Ende der neunziger Jahre an den Stadtrand verlegt worden, doch jetzt wuchs die Stadt in diese Richtung und im gesamten Gebiet um die *Sjællandsposten* herrschte eine rege Bautätigkeit.

Nichts ist so tot wie ein Sonntagabend in einer dänischen Provinzstadt. Es sei denn der Rand einer Provinzstadt an einem Sonntagabend im Oktober, an dem es zudem noch regnete, so dass alles grau in grau war.

Gegen 20 Uhr parkte er auf einem Parkplatz (dort erweckt ein geparktes Auto das geringste Aufsehen) und ging durch die regennassen Straßen, ohne mehr Menschen zu begegnen, als er an einer Hand abzählen konnte. Mit keinem hatte er auch nur ansatzweise Augenkontakt. Die Leute hielten den Kopf wegen des Regens gesenkt und verließen ihre Autos oder Häuser nur kurz. Nicht eine Menschenseele war in der Nähe, als Michael das Tor zu der Baustelle aufschloss und vom Boden aufsammelte, was er gebrauchen konnte: ein paar abgesägte Eisenstangen und ein Stück Kabel. Anschließend überquerte er die Straße und stellte sich an einer Bushaltestelle unter, um im Trockenen zu stehen, während er telefonierte. Er benutzte das Handy, das er am selben Tag aus einer Schultasche in der Bibliothek gestohlen hatte.

Er wusste, dass Karin Sommer nur hundert Meter entfernt in der Redaktion saß, und hatte sich einen Köder zurechtgelegt. In der gestrigen Zeitung hatte sie über den Rauschgiftkonsum in Gefängnissen geschrieben. In dem Artikel stellte sie einige Spekulationen an, wie größere Mengen von Rauschgift in die Gefängnisse kommen konnten. Jetzt würde er ihr eine gute Story anbieten. Kein Journalist konnte einer guten Story widerstehen.

Er war ganz ruhig. Funktionierte der Plan nicht, war er nicht in Zeitnot. Es gab viele andere Möglichkeiten. Er war Berufssoldat und sie war eine nichts ahnende, naive, alte Frau von neunundfünfzig Jahren.

»Ich habe eine gute Story für Sie«, sagte er, sobald sie ihren Namen genannt hatte.

»Hallo«, antwortete sie. »Und wer sind Sie?«

»Nennen Sie mich, wie Sie wollen. Ich bin ein entflohener Häftling und auf der Flucht. Sie wollten mich zum Junkie machen ...«

»Wer wollte Sie zum Junkie machen?«

Er hatte sie, hörte das Interesse in ihrer Stimme.

»Die Gefängnisangestellten«, antwortete er. »Sie sind die Pusher.«

»Jetzt mal ganz von vorn«, sagte sie. »Sie sind geflohen. Wann und von wo?«

»Ich bin heute Nacht in Horsens ausgebrochen und kann Ihnen eine gute Story liefern, wenn Sie mir 500 Kronen für eine Fahrkarte nach Schweden geben.«

»Wir pflegen unsere Quellen nicht zu bezahlen«, antwortete sie, fügte aber schnell hinzu: »Aber vielleicht kann ich Ihnen persönlich mit einem kleineren Betrag aushelfen. Das kommt darauf an, worauf das Ganze hinausläuft. Weswegen hat man Sie eingelocht?«

»Weil ich falsche Tausender auf einem Kopierer gedruckt habe«, antwortete er. »Zwei Jahre.«

»Und?«, fragte sie.

»Ja, also: Ich bin ein ziemlich guter Fotograf und habe ein paar Bilder gemacht, die beweisen, dass die Gefängnisangestellten die Gefangenen mit Rauschgift versorgen. Sind Sie an den Fotos interessiert?«

»Ja, sicher«, antwortete sie und fuhr fort: »Busk-Hansen, der stellvertretende Direktor da drüben, ist er auch in die Sache verwickelt? Er war schon immer ein etwas spezieller Typ, finde ich.«

»Busk-Hansen ist vermutlich der Hauptdealer. Er ist auf einem der Fotos«, antwortete Michael mit Betonung auf dem Namen Busk-Hansen.

»Sie können gerne in der Redaktion vorbeischauen«, sagte Karin Sommer.

Seiner Meinung nach klang sie interessiert und eifrig.

»Nein«, antwortete er. »Das wage ich nicht. Ich bin auf der Flucht. Sie müssen mich hier treffen. Ich stehe an Eingang 2 des Nordcenters, direkt vor dem irischen Pub.«

»Ich habe Schicht. Es ist nicht so leicht für mich wegzukommen. Wir sind hier nur sehr wenige in der Redaktion«, antwortete sie. »Setzen Sie sich in den Pub. Ich werde versuchen, mir etwas einfallen zu lassen. Können Sie mir Ihre Handynummer geben?«

»Nein«, antwortete er. »Kommen Sie in den Pub und ich liefere Ihnen die Story Ihres Lebens – mit Bildern.«

Er legte auf – und war sich sicher: Sie würde kommen – und sie würde an der Baustelle vorbeikommen. Er wusste, dass sie mit dem Bus zur Arbeit fuhr, und es war wenig wahrscheinlich, dass sie ein Taxi für die dreihundert Meter bis zum Center nehmen würde.

Er band sich das Halstuch vor den Mund und stellte sich hinter ein paar große Paletten mit Steinwolle direkt am Eingang der Baustelle, wählte ein paar von den Eisenstangen aus und wartete und wartete.

Als fast eine Stunde vergangen und er schon fast aufgeben wollte, kam sie – mit dem Fahrrad. Er erkannte sie sofort an der Figur und dem roten Regenmantel, den sie auch getragen hatte, als er sie früher am Tag beschattet hatte.

Er sprang mit der Eisenstange in den behandschuhten Händen vor. Sie hatte ihn kaum wahrgenommen, als er auch schon eine der Eisenstangen in die Fahrradspeichen geschoben hatte, so dass sie stürzte.

Als sie verwirrt versuchte sich hochzurappeln, schlug er mit der anderen Eisenstange auf ihre Halsschlagader. Er traf hart und präzise. Er war sicher, dass sie tot war, zog aber für alle Fälle das Kabel fest um ihren Hals zusammen.

Schließlich verteilte er die Haare, die er auf der Herrentoilette aufgelesen hatte, auf der Toten und ließ den Inhalt des benutzten Kondoms auf den roten Regenmantel tropfen.

Er lächelte und verließ ruhig den Tatort, ohne auch nur einen Blutstropfen an den Händen. Gerade um Blut zu vermeiden, hatte er sich für den Schlag auf die Halsschlagader entschieden.

Schnell, sauber und im Grunde genommen undramatisch, dachte er. Sie hatte nicht geschrieen und er hatte sozusagen jeglichen unangenehmen Augenkontakt vermeiden können. Der perfekt ausgeführte »Handkantenschlag« mit der Eisenstange war vermutlich auf der Stelle tödlich gewesen. Ihr Gesicht hatte er kaum gesehen, weil die Kapuze so eng saß. Er hatte ein rotes Plastikpaket umgebracht.

»Nummer 9«, murmelte er.

Anschließend rief er Frederik an und überbrachte die verschlüsselte Nachricht: »Ich *habe* sauber gemacht.«

»Gut«, antwortete Frederik.

Er nahm die SIM-Karte aus dem gestohlenen Handy, brach sie in der Mitte durch und steckte die einzelnen Teile tief in einen Müllsack. Das Handy selbst warf er in einen anderen. Als er eine Stunde später wieder in Kopenhagen war, verteilte er die Sachen, die er getragen hatte, auf drei Tüten und warf sie in drei verschiedene Altkleider-Container.

Dann telefonierte er und bestellte sich für den nächsten Abend ein Zimmer im *Hotel d'Angleterre*. Schließlich nahm er eine ausgiebige warme Dusche. Seifte sich gründlich ein und duschte sich ab – dreimal. Anschließend goss er sich ein Glas Magermilch ein und schaltete den Computer an. Er lächelte bei dem Gedanken an die falschen DNA-Spuren, mit denen die Polizei sich würde befassen müssen. Er selbst hatte keine biologischen Spuren hinterlassen. Er war glatt rasiert und sein Mund von einem Halstuch bedeckt gewesen.

Nichts konnte schief gehen. Er war intelligent. Das wusste er. Während die anderen Soldaten in den Lagern im Kosovo und im Irak sich hinter ihren Computern versteckt und die öden Tage mit Pornos und Kriegsspielen herumgebracht hatten, hatte er alle Intelligenztests gemacht, die er im Internet hatte finden können. Er kam zu einem IQ von 145. Vielleicht war er ein Genie? Jetzt war er zudem noch ein wohlhabendes Genie. Die Welt stand ihm offen.

»Gefühle? Ha! Der hat doch nicht mehr Gefühle als ein Eisklotz!«, sagte Karin und ließ den Blick dem Chefredakteur Adam Lorentzen folgen, der in den Tiefen des Aquariums verschwand. »Aquarium« war der gängige Name für die neuen Glasbüros, die die Arbeitsgänge »durchsichtig« und die Mitarbeiter der *Sjællandsposten* »sichtbar« machen sollten. Besonders die älteren Mitarbeiter hassten die neue Architektur, die ihnen den letzten Rest von Freiheitsgefühl genommen hatte.

»Na, na! Wir haben alle das Recht auf eine Meinung. Er meint es doch nur gut«, sagte Anita und sah Karin ein wenig vorwurfsvoll an.

Anita Knudsen war die Redaktionssekretärin. Sie war um die Fünfzig und hatte die Rolle als Mutter der Redaktion teils zugewiesen bekommen, teils selbst angenommen. Sie kümmerte sich um Kekse zum Kaffee, sammelte für Geschenke, tröstete und munterte auf, vermittelte und schlichtete, wenn Unstimmigkeiten und Konflikte auftauchten.

Im Moment betrachtete sie es als ihre Aufgabe, nach einer Meinungsverschiedenheit zwischen dem Chefredakteur Adam Lorentzen und der Seniorreporterin Karin Sommer die Wogen zu glätten. Letztere hatte während ihrer Wochenendschicht ein Interview mit einem ortsansässigen Soldaten gemacht, der nach einem halben Jahr im Camp Eden im Irak nach Hause gekommen war.

Adam hatte einige kleinere Korrekturen in dem Artikel vorgenommen, der heute in der Zeitung erschienen war.

»Es ist *nicht* die Rede von einem Krieg im Irak, Karin«, hatte Adam korrigiert. »Wir schreiben nicht ›Krieg im Irak‹ sondern ›Intervention im Irak‹. Und es ist auch falsch zu schreiben: ›Die dänische Teilnahme an der Besetzung des Irak‹. Wir schreiben: ›Die dänische Unterstützung beim Wiederaufbau des Irak‹. Doch davon abgesehen, ist der Artikel verdammt gut, Karin. Ganz, ganz sicher!«

»Du hättest mir die Korrekturen vorlegen müssen. So ist es abgesprochen. Ich war gestern bis 21 Uhr hier. Du hättest mich zumindest informieren können!« Verärgert pochte Karin auf ihr formelles Recht.

»Sicher, sicher, nur normalerweise ist das nicht dein Bereich und die kleinen Änderungen machen dem Artikel nichts«, sagte Adam.

»Das finde ich doch!«, antwortete Karin.

Karin war Kriminalreporterin, doch an den Wochenenden, wo nur wenige in der Arbeit waren, waren die festen Arbeitsbereiche aufgehoben und deshalb hatte man sie zu dem heimgekehrten Soldaten geschickt, der der kleine Bruder von einem von Adams Freunden war und sofort in die Zeitung musste. Langsam kam nämlich eine öffentliche Diskussion des dänischen Einsatzes im Irak in Gang und das war, Adam zufolge, eine einzigartige Gelegenheit, einen Kommentar von einem lokalen Kriegsteilnehmer zu bekommen.

Karin hatte nichts gegen die Aufgabe einzuwenden gehabt. Ihr gefiel die Aufhebung der festen Arbeitsbereiche an den Wochenenden und der Soldat war entgegenkommend und angenehm zu interviewen gewesen. Er hatte ihr alles Mögliche über das Soldatenleben im Camp Eden erzählt, war aber natürlich allen auch nur ansatzweise politischen Fragen ausgewichen. Karin hatte auch nicht versucht, ihn unter Druck zu setzen. Es wäre nicht angemessen, einen gemeinen Soldaten für politische Entscheidungen zur Rechenschaft zu ziehen.

»Hör zu. Ich weiß genau, dass du deine eigene Meinung zu der Intervention im Irak hast, und ich respektiere deine Haltung, natürlich tue ich das«, sagte Adam Lorentzen, der nicht nur verantwortlicher und geschäftsführender Redakteur der *Sjællandsposten*, sondern auch Leutnant der Reserve war.

»Da gibt es wohl nicht viel zu diskutieren. Kofi Annan hat den Krieg für ungesetzlich erklärt«, antwortete Karin.

»Möchtest du vielleicht Saddam Hussein zurück?«, fragte ihr Chef.

»So kannst du das nicht hinstellen!«, protestierte Karin. »Ich glaube nicht ein Wort von dem, was über Hussein oder den Krieg berichtet wird. Ich weiß nur, dass man sie erst jahrelang ausgehungert und dann verlangt hat, dass sie ihre sämtlichen Waffen vernichten, dass man zugesehen hat, wie sie die letzten Raketen abgefeuert haben – und dann ... werden sie ein paar Tage später von der größten Militärmacht der Welt überfallen.«

Karin empfand eine gewisse Erleichterung, ihre Meinung zu sagen. Bisher war sie der Diskussion ausgewichen. Dänemarks Beteiligung an dem Krieg auf der anderen Seite der Welt war zu unüberschaubar, um dazu Stellung zu nehmen, zu unangenehm und zu unwirklich.

Die *Sjællandsposten* war eine linksliberale Zeitung, die hinter Staatsminister Anders Fogh Rasmussen stand, doch Adam Lorentzen legte demokratisch großes Gewicht darauf, dass die Mitarbeiter der Redaktion frei denken und sprechen konnten, solange ihre Ansichten nicht ihre Artikel färbten.

Er selbst schrieb die Leitartikel, in denen Bush und Fogh aufgefordert wurden, weiter für die Freiheit der Iraker und die Demokratie zu kämpfen.

Als moderner Chef und Redakteur war er an diesem Sonntagabend fast ein bisschen stolz, dass seine Mitarbeiter sich trauten, ihre Meinung zu sagen, auch wenn sie nicht auf der Linie der Zeitung lag. Er wollte einen entgegenkommenden und verständnisvollen Eindruck machen: »Weißt du was, Karin?«, sagte er und lehnte sich vertraulich zu ihr. »Gefühlsmäßig kann ich deine antimilitärische Einstellung sogar verstehen. Es wäre wunderbar, wenn sich die Probleme dieser Welt ohne Waffen lösen ließen. Verstehst du? Ich fühle das Gleiche wie du. Ich kämpfe für den Frieden und wenn ich meine Uniform anziehe, kannst du mich gern als Friedensaktivisten bezeichnen!«

»Ich weiß«, sagte Karin. »Zuerst hatten wir das Kriegsministerium, dann bekamen wir das Verteidigungsministerium und es dauert bestimmt nicht mehr lange, bis wir es Friedensministerium nennen. Dann können unsere Soldaten in der Welt herumreisen und zusammen mit den USA den *Frieden* verbreiten.«

»Ja, ja«, sagte Adam und stand auf. »Wenn ich mich auch nur von meinen Gefühlen leiten ließe, dann …«

Er beendete den Satz nicht. Unterbrach sich selbst, griff nach der Tageszeitung und sagte: »Ich finde, dass wir einen richtig guten Mix in der heutigen Zeitung haben, und das verdanken wir nicht zuletzt deinem Einsatz ... no bad feelings!«

Nachdem er in sein Büro verschwunden war, saßen Karin Sommer und Anita Knudsen allein in dem großen Glaskäfig der Zentralredaktion. Der Dienst habende Redakteur war bei dem Layouter und ein Teil der Mitarbeiter war bereits von dem Wochenenddienst nach Hause gegangen.

Karin versuchte Anita zu erklären, warum sie so gereizt auf Adams Äußerungen über Gefühle reagiert hatte: »Ich kann es einfach nicht vertragen, wenn Widerstand gegen den Krieg als weibliche Gefühlsduselei abgetan wird. Die Männer sind doch verdammt nochmal diejenigen, die sofort in die Gewalt ihrer irrationalen Machogefühle geraten, wenn sie eine Knarre sehen.«

»Ich mache mal frischen Kaffee. Das regelt sich alles!«, antwortete Anita lächelnd.

Karin zog sich einen Stuhl heran, um die Beine darauf zu legen, und massierte sich leicht die Schläfen. Ein Entschluss nahm langsam Form an: Das nächste Mal, wenn Mitarbeiter gefeuert werden sollten, würde sie sich melden und der Zeitung ihr freiwilliges Ausscheiden anbieten. Sie war neunundfünfzig und mit einer günstigen Abfindung würde ihre finanzielle Situation bis zur Rente erträglich sein. Ja, sie würde sich melden.

Irgendwo in ihrem Inneren hoffte sie, dass sie protestieren würden: Nein, also hör mal, Karin, *dich* können wir wirklich nicht entbehren!

Aber natürlich würden sie das nicht.

Die neuen deutschen Eigentümer der *Sjællandsposten* hatten von Anfang an klargestellt, dass ihr Ziel ein jährlicher

Gewinn von 15 Prozent ihrer Kapitaleinlage war. Zuerst sollten die Unkosten gründlich unter die Lupe genommen werden – ebenso wie die Ausgaben für Gehälter.

Gleichzeitig war die Chefredaktion mit »dem neuen Lokaljournalisten und der neuen Lokaljournalistik« aufgefahren.

Der neue Journalist war »multimedial« und konnte sowohl für die Zeitung wie für das Internet wie für das Fernsehen schreiben, die alle in dem neuen Medienhaus zusammengefasst waren. Die Leser sollten bedient und unterhalten werden.

Bei festlichen Anlässen versprach der Chefredakteur, dass es auch weiterhin Nischen für eine gründlich recherchierende Journalistik geben würde, aber der praktische Alltag begrenzte natürlich die Möglichkeiten.

»Von der Geschichte hätten wir gerne einen Dreispalter für die Zeitung, zehn Linien für die Internetausgabe und zwei Minuten fürs Radio. Und kannst du noch ein paar Bilder machen? Die neuen Digitalkameras sind doch so einfach zu bedienen!«

Tja, woher sollte sie die Zeit nehmen, irgendetwas gründlich zu recherchieren?

Nach vierzig Jahren Arbeit bei der Tageszeitung war Karin ein alter Hase und anfangs hatte sie es als Herausforderung angesehen zu beweisen, dass sie mithalten konnte, wenn es um die technische und elektronische Entwicklung ging, doch mittlerweile hatte sich Müdigkeit eingestellt. Ein immer größerer Teil ihrer Arbeit schien ihr uninteressant geworden zu sein. Die journalistische Arbeit konnte von jedem gemacht werden, und das wurde sie in zunehmendem Grad auch: Fachgrenzen galten nicht länger, Fachgebiete wurden aufgehoben. Jeder konnte seinen Senf zum Tagesgeschehen beitragen: unsortierte und unbearbeitete Informationen in einem losen Strom.

Was sollte sie als Rentnerin machen? Bücher schreiben? Ihr erster Versuch, die Streitschrift über die Hexenjagd im Laufe der Jahrhunderte, hatte gute Rezensionen bekommen und war verkauft worden – ganze 211 Exemplare! Der ihr garantierte Vorschuss war niedriger als ein Monatslohn gewesen und der Verlag hatte Geld verloren.

Konnte sie ihr Rentnerdasein mit Charterreisen, Aquarellmalerei, Yoga und Vortragsabenden ausfüllen?

Sollte sie ganz zu Jørgen nach Skejø ziehen? Zum ersten Mal erschreckte sie der Gedanke merklich. Vor einigen Jahren, als sie ihr Buch über die Hexenjagd geschrieben hatte, war Jørgen Arzt auf Skejø gewesen und sie hatten eine heiße Affäre gehabt. Sie war auch bei ihm eingezogen, doch insgeheim hatte sie Erleichterung verspürt, als sie nach Beendigung des Urlaubs wieder zurück in die Stadt, zu der Zeitung und in ihre eigene Wohnung gemusst hatte.

Sie hatten noch immer eine Beziehung, aber es passte ihr ausgezeichnet, dass ihr Verhältnis sich auf Wochenenden und Ferien beschränkte. Er war jetzt zweiundsiebzig und Vollzeitrentner. Für ihn war das mehr als in Ordnung, doch Karin war sich darüber im Klaren, dass sie noch nicht bereit war, das Rentnerleben mit ihm zu teilen.

Er war ein lieber Mann, aber in gewisser Weise auch träge und unengagiert und Skejø war ein herrlicher Ferienort, doch sie würde das Gefühl haben, lebendig begraben zu sein, wenn das ihr Hauptwohnsitz werden sollte. In Wirklichkeit sollte sie vielleicht lieber nach Kopenhagen ziehen und sich als selbständige Journalistin oder etwas in der Richtung versuchen?

Das Telefon unterbrach ihre Überlegungen.

»Ich habe eine super Story für Sie«, sagte der Mann.

Er war aus dem Staatsgefängnis in Horsens ausgebrochen

und behauptete, mit Fotos beweisen zu können, dass die Gefängnisangestellten Rauschgift an die Gefangenen verkauften. Die Geschichte war weit hergeholt, und was um Himmels Willen machte er im Süden von Seeland? Nun gut, er konnte seine Gründe haben.

Karin hatte ein Tonbandgerät an ihrem Telefon angeschlossen und drückte routinemäßig den Knopf.

Er sprach ein gutes Hochdänisch und seine Stimme klang nüchtern. Es war offensichtlich, dass er sich in Verbindung mit ihrem Artikel über Rauschgift in Gefängnissen an sie wandte und sie war interessiert, aber gleichzeitig professionell skeptisch. Große Enthüllungen wurden einem selten auf dem Silbertablett serviert.

Dann kam er mit seinem Motiv: Würde sie 500 Kronen für die Story und die Bilder zahlen? Er war in Geldnot.

Das war billig für eine Sensation – zu billig?

Sie erklärte ihm, dass die *Sjællandsposten* ihre Quellen prinzipiell nicht bezahlte, sie ihm aber vielleicht aus eigener Tasche eine kleine Summe vorstrecken könnte. Sie musste nur noch ein bisschen mehr erfahren.

Er erzählte, dass er zwei Jahre für Banknotenfälschung bekommen hatte, ein guter Fotograf war und einige Bilder gemacht hatte, die bewiesen, dass die Gefängnisangestellten dealten. War sie an den Bildern interessiert?

»Ja, sicher«, antwortete sie und fuhr fort: »Busk-Hansen, der stellvertretende Gefängnisdirektor da drüben, ist er auch in die Sache verwickelt? Er war schon immer ein etwas spezieller Typ, finde ich?«

Es war die einfachste Falle der Welt. Sie hatte keine Ahnung, wie der stellvertretende Gefängnisdirektor des Staatsgefängnisses in Horsens hieß und Busk-Hansen war ein Name, der ihr gerade eingefallen war.

»Ja, da können Sie sicher sein«, antwortete der Mann und

fuhr fort: »Busk-Hansen ist vermutlich der Hauptdealer. Er ist auf einem der Fotos.«

Karin lächelte Anita selbstzufrieden zu und sagte zu dem Mann, dass er gerne in die Redaktion kommen könnte.

Doch nein, er wollte nicht in die Redaktion kommen und er wollte ihr auch nicht seine Handynummer geben. Er stand vor dem Pub im Nordcenter.

»Kommen Sie in den Pub und ich liefere Ihnen die Story Ihres Lebens – mit Bildern«, sagte er und beendete das Gespräch.

Karin sah leicht verwundert auf das tote Telefon. Dann lachte sie Anita zu: »Irgendein Schwindler, der mich um 500 Kronen prellen wollte.«

Für alle Fälle rief sie im Staatsgefängnis in Horsens an, um zu hören, ob in den letzten Tagen einer der Gefangenen ausgebrochen war.

»Nein, in der letzten Zeit keiner.«

»Wie heißt ihr stellvertretender Gefängnisdirektor?«, fragte sie.

»Michael Schrøder«, antwortete der wachhabende Beamte.

Sie legte auf und unterhielt Anita mit Geschichten von Schwindlern, die teils mit, teils ohne Erfolg versucht hatten, falsche Informationen und unbelichtete Filme zu verkaufen, die angeblich Beweismaterial enthielten.

Ein oder zwei Mal war sie selbst darauf hereingefallen. Hatte zum Beispiel einen Film gekauft, der dem Verkäufer zufolge einen bekannten Dänen des weißen Sklavenhandels überführen sollte. Alleine der Preis des Films – 200 Kronen – hätte ihr Misstrauen wecken müssen, außerdem war der Film unbelichtet gewesen.

»Damals war ich noch ziemlich jung und naiv«, sagte sie.

Anita war diejenige, die das Thema wechselte und von

dem Hochzeitsgeschenk für Thomas und Caroline zu reden begann, das am nächsten Morgen überreicht werden sollte, wenn das Paar von der Hochzeitsreise zurückkam. Sie hatten sich einen Tischgrill für den Winter gewünscht und Anita hatte bei den Kollegen gesammelt und den Grill bestellt.

Thomas war der junge Chef der Kriminalredaktion. Er hatte vor einem halben Jahr mit Karin um die neu eingerichtete Stelle konkurriert und gewonnen. Es war eine unangenehme Zeit gewesen.

Karin und Thomas hatten sich während seiner Praktikumszeit ein Büro geteilt und jetzt wurde er plötzlich direkt von ihrem Lehrling zu ihrem Chef.

Ihm hatte sie nichts vorzuwerfen. Es war sein gutes Recht, sich um eine Stelle bei der Zeitung zu bewerben, und er hatte daraus auch kein Geheimnis gemacht. Sie hatten Witze über ihre Rivalität gerissen, wie es sich unter Kollegen gehörte, doch als Thomas das Rennen machte, waren die Späße ein wenig verkrampft geworden.

Das Ganze wurde noch dadurch verkompliziert, dass sie vor einigen Jahren auch eine kameradschaftliche Affäre gehabt hatten.

Thomas war Karin in der schlimmsten Krise ihres Lebens eine unentbehrliche Stütze gewesen – und eine gegenseitige sexuelle Anziehung hatte sich entwickelt.

Die Affäre war längst beendet, als Karin zu Chefredakteur Adam Lorentzen hereingerufen wurde, der sie darüber informierte, dass nicht sie die neue Chefin der Kriminalredaktion werden würde: »Du bist tüchtig und qualifiziert und eine äußerst geschätzte Seniormitarbeiterin, aber wenn wir überleben wollen, sind wir auf die jungen Leser angewiesen. Wir müssen versuchen, die Jungen zu verstehen und eine junge Linie verfolgen. Deshalb sind wir der Meinung ...«

Sie waren der Meinung, dass sie zu alt für den Job war. Natürlich war sie auch zu alt für Thomas gewesen. Als er nach einem längeren Studienaufenthalt in den USA nach Hause gekommen war, hatte er sich schnell in eine schöne Studentin verliebt, die in der Anzeigenabteilung jobbte. Sie hieß Caroline und war zweiundzwanzig.

Karin und Thomas hatten nie auch nur mit einem Wort ihre alte Affäre erwähnt, doch als er den Job als Leiter der Kriminalredaktion bekommen und sich kurz darauf entschlossen hatte zu heiraten, hatte er doch eine Bemerkung ihr gegenüber gemacht, wenn auch nicht direkt:

»Puha«, hatte er gesagt. »Langsam wird das Leben ernst. Ich werde heiraten. Man will schließlich auch Kinder haben ...«

Karin wurde rot vor Scham bei der Erinnerung an ihre Reaktion. Die Worte hatten sich verselbständigt: »Und jetzt hast du eine geeignete Gebärmutter gefunden?«

Ihr Ton war normalerweise direkt, rau und herzlich, doch jetzt merkte sie sofort, dass sie die Grenze für gutes Benehmen überschritten hatte.

Er sah sie an und sagte ruhig: »Höre ich da eine gewisse Bitterkeit heraus?«

»Oh«, sagte sie. »Entschuldige, ich habe nur versucht, witzig zu sein.«

»Soweit ich mich erinnere, warst du diejenige, die sich auf Skejø in einen anderen verliebt hat, während ich in Amerika war«, sagte er und ging.

Das war richtig und sie war ziemlich ungerecht, wenn sie ihm sein berufliches und privates Glück missgönnte. Wieder krümmte sie sich innerlich bei der Erinnerung an ihre unglücklichen Worte.

Ihre Gewissenserforschung wurde dadurch unterbrochen, dass Anita sagte: »Wir treffen uns um zehn im Besprechungsraum und überreichen ihnen das Geschenk. Ich war davon ausgegangen, dass der Eisenwarenhändler den Grill hier abliefert, aber das ging nicht, deshalb habe ich ihn gebeten, ihn als Geschenk einzupacken und im Kiosk bei Mustafa zu deponieren. Ich werde ihn jetzt abholen und bin in zehn Minuten zurück. Könntest du bitte mein Telefon übernehmen?«

»Natürlich«, lächelte Karin.

»Meine Güte, regnet das. Kann ich deinen Regenmantel ausleihen? Ich habe nur einen Schirm mit und will mit dem Redaktionsfahrrad fahren?«

»Natürlich«, antwortete Karin.

Esben war siebzehn, bleich und dünn. Er war von zu Hause ausgezogen, als er mit der Oberstufe begonnen hatte, und sein Vater, Kriminalinspektor Halfdan Thor, machte sich Sorgen über die Entwicklung seines Sohns. Er war immer verschlossener geworden, las sonderbare philosophische und religiöse Schriften und interessierte sich weder für Fußball noch für Mädchen.

Er wohnte – zum schlecht verhohlenen Missfallen seines Vaters – mit ein paar alten Graffiti-Kameraden zusammen, die durch ihr Nein zur Nazi-Bewegung ein politisches Bewusstsein entwickelt hatten.

Auch Esben hatte ein politisches Bewusstsein entwickelt und den Versuch unternommen, die Friedensbewegung in Dänemark wieder zu beleben. Zusammen mit seinen beiden Freunden hatte er schon früh zu einer Demonstration gegen die dänische Teilnahme am Irakkrieg aufgerufen.

An dieser Demonstration nahmen vier Menschen teil, so dass sie inklusive der Initiatoren zu siebt vor dem Folketing gestanden hatten. Den Dänen war die Teilnahme an dem ungesetzlichen Krieg im Großen und Ganzen gleichgültig, hatte Esben feststellen müssen. Die offiziellen Lügen waren nur schwer zu durchschauen und die politische Rhetorik lag wie ein Nebelschleier über der Debatte.

Die Dummen glaubten der Regierung und die Klugen zuckten resigniert mit den Schultern. Es bedurfte anderer Mittel, dachte Esben, und deshalb saß er jetzt hier und kontrollierte, ob alle Zündschnüre so zusammengeflochten waren, dass die Explosionen wie eine Kettenreaktion erfolgen würden. Sein einer Freund und Verbündeter Valdemar überprüfte die Feuerwerkskörper, für die er verantwortlich war, während sein anderer Freund und Verbündeter Søren eine Skizze des Gebäudes zeichnete, in das sie eindringen wollten.

»Der Sitzungssaal liegt in einem Annex des *Prinsens Hotel*. Der Annex ist mit dem Hotel verbunden, hat aber auch zwei eigene Eingänge. Wir nehmen den hier, wenn wir hineingehen, und versuchen durch die Brandtür hier wieder hinauszukommen.« Søren zeigte es ihnen auf dem Plan.

»Was passiert, wenn sie uns kriegen?«, fragte Valdemar und sah Esben an, der am besten über die juristischen Konsequenzen Bescheid wusste, da sein Vater Kriminalinspektor war.

»Wenn sie uns erwischen, werden wir mit Sicherheit festgenommen und mit Antrag auf U-Haft dem Haftrichter vorgeführt.«

»Wir müssen es darauf anlegen, festgenommen zu werden, das schafft uns ein gutes Forum für unsere Botschaft. Die Medien werden über den Rechtsstreit berichten«, sagte Valdemar.

»Es ist durchaus möglich, dass die Verhandlung unter Ausschluss der Öffentlichkeit stattfinden wird, vielleicht sollten wir lieber abhauen ... wir haben schließlich die Homepage, in der wir unsere Ziele darlegen.«

Esbens Stimme zitterte leicht. Es war nicht die Angst vor der Aktion, sondern allein der Gedanke an die Reaktion seines Vaters, die Unsicherheit aufkommen ließ.

»Verdammt. Wir wollen doch festgenommen werden und sie als ›Kriegsverbrecher‹ beschimpfen. Wir werden so laut Kriegsverbrecher schreien, dass man es in der ganzen Welt hört. Das ist doch der Sinn. Dafür gehe ich gerne ins Gefängnis«, sagte Søren und stand auf, wie um seine Kampfbereitschaft zu demonstrieren.

Esben stellte seine Riesencola auf den kackbraunen Kacheltisch, der in der kleinen Dachwohnung der Jungen wieder zu Ehren gekommen war, und sagte mit abwesendem Blick: »Habt ihr mal daran gedacht, dass es im Krieg wieder um Sohnesmord geht?«

»Wie bitte?«, fragte Valdemar und sah Esben misstrauisch an. Manchmal war er schon seltsam.

»Der Sohnesmord. Einer der Grundpfeiler des Christentums. Gott opferte seinen Sohn, um die Menschen zu retten. Eine merkwürdige Idee. Ich meine: Warum musste der Sohn sterben? Wenn Gott den Menschen ihre Sünden vergeben wollte, konnte er das doch einfach tun. Krieg ist Sohnesmord. Die Väter lassen die Söhne töten, um die Welt zu erlösen ...«

»Hm«, sagte Valdemar. »Nicht nur die Söhne, und dass sie die Welt erlösen wollen, ist nur ein Vorwand. In Wirklichkeit geht es um Macht, Geld und Territorium«, sagte Valdemar.

»Die Söhne sind ihre leicht entzündbaren Testosteronbomben«, sagte Søren.

»Sohnesmord«, sagte Esben und versuchte, an seiner Analyse festzuhalten, während er keinen klaren Gedanken fassen konnte und sich deprimiert fühlte. Er hatte weder Sørens Kampfgeist noch Valdemars politischen Überblick.

Aber natürlich konnten sie mit ihm rechnen. Natürlich würde er seinen Teil der Mission ausführen.

»Wir können davon ausgehen, dass sechzig bis siebzig Menschen in dem Saal sind und es einen fürchterlichen Tumult geben wird. Wir müssen schnell wieder herauskommen. Und natürlich müssen wir zusehen, dass wir von der Polizei festgenommen werden und nicht den Stiernacken von der Demokratischen Volkspartei in die Hände fallen«, sagte Valdemar.

»Sie wollen einen neuen Folketingkandidaten wählen und sich einen Vortrag über die dänischen Soldaten anhören. Wir konzentrieren uns vor allem auf den Parteivorsitzenden Jens Østergård und den Major, der den Vortrag hält. Er heißt Ernst Poulsen und ist an seinem Majorschnauzbart gut zu erkennen. Wir müssen davon ausgehen, dass die beiden ganz vorn im Saal sind, und wenn wir von hier aus hereinkommen, müssen wir den Scheiß abfeuern und auf diesem Weg verschwinden, sodass die gesamte Aktion nur wenige Minuten dauert. In der Regel berichtet das Fernsehen über diese Zusammenkünfte, es dürften also Fernsehleute vor Ort sein. Wir rufen nur ein Wort: Kriegsverbrecher! In die Kamera. Das wiederholen wir jedes Mal, wenn wir in eine Kamera oder ein Mikrophon blicken. Die meisten Menschen haben keine Ahnung, dass sie von einem Haufen Kriegsverbrecher regiert werden. Ist jetzt alles klar?«

Søren und Esben nickten.

Vorsichtig verstauten sie ihre Sachen in Plastiktüten, die sie wiederum in drei Sporttaschen steckten. In ihren Trainingsanzügen und den Daunenjacken sahen die drei Jungen aus, als wollten sie zum Sport.

Søren hatte vier Farbbomben in seiner Tasche: dicke, rote Wasserfarbe, die für den Major und den Vorsitzenden der

Demokratischen Volkspartei bestimmt war. Die rote Farbe sollte Blut symbolisieren.

Valdemar hatte zwei Stinkbomben mit Buttersäure und Esben zehn Feuerwerkskörper und zwanzig Knallfrösche, deren Zündschnüre verbunden waren, sodass sie hintereinander abgefeuert werden konnten.

Darüber hinaus hatten sie Flugblätter, auf denen sie gegen die dänische Teilnahme am Irakkrieg protestierten.

Die Uhr zeigte 21.30 Uhr und Adam Lorentzen betrat ruhig, die Hände tief in den Taschen seiner Jeans vergraben, den Redaktionsraum. Er legte Wert darauf, ein Mann zu sein, der in Krisensituationen Ruhe und Überblick bewahrte.

Wenn er Vorträge vor Lesern oder anderen an den Medien im Allgemeinen und dem regionalen Medienhaus im Besonderen Interessierten hielt, kokettierte er damit, kein Chefredakteur, sondern ein »Mediendirigent« zu sein. Sein Orchester setzte sich aus der Tageszeitung, dem Internet samt Lokalradio und dem Fernsehen zusammen.

»Terroralarm«, sagte er ohne jegliche Spur von Dramatik in der Stimme und im gleichen Augenblick hörten sowohl der Dienst habende Redakteur Ulrik Jensen wie die Kriminalreporterin Karin Sommer die Sirenen der ausrückenden Einsatzfahrzeuge in der Stadt. Ulrik erhob sich und nahm wie ein Soldat Haltung vor seinem Chef an. Karin blieb sitzen, spielte aber nicht weiter Minesweeper und sah neugierig auf.

Adam fuhr fort: »Im *Prinsens Hotel*. Pil ist vor Ort. Sie ist nicht verletzt und tut, was sie kann, sodass wir die erste Version für die Internetzeitung in einer Viertelstunde haben. Leider waren sowohl unsere Radio- wie auch unsere Fernsehleute schon fort. Wir haben also keine direkten Bilder und Kommentare.«

Pil war die neue Praktikantin, die über den Parteitag der Demokratischen Volkspartei berichten sollte.

»Und?«, fragte Karin.

»Feuerwerkskörper, Rauch und ein paar schreiende junge Leute. Sie haben auch mit Chemikalien oder Farbstoff geworfen und die Leute sind schockiert und aufgeregt. Pil hat mich sofort angerufen, hatte sich aber noch nicht den großen Überblick verschafft. Sie ist okay, aber sie schafft das natürlich nicht allein. Da müssen noch andere hin. Du, Karin. Du schreibst für die Zeitung, berichtest über den Polizeieinsatz und die Vorführung vor dem Haftrichter morgen. Mads aus der Internetredaktion übernimmt die laufenden Berichte für die Internetausgabe. Er ist kein Journalist, kennt sich aber aus. Wer ist sonst noch im Haus?«

Die letzte Frage war direkt an Ulrik gerichtet.

»Ich glaube, nur Bent vom Sport und Kenneth, der an einer Rezension schreibt«, antwortete der Redakteur eifrig.

»Vergiss sie«, murmelte Adam. Bent war ein pensionierter Sportjournalist, der bei der Zeitung dafür das Gnadenbrot bekam, dass er am Wochenende über die lokalen Sportereignisse berichtete und sie in überschaubare Tabellen brachte. Kenneth war ein arbeitsloser Geisteswissenschaftler, der aufgrund einer Arbeitsbeschaffungsmaßnahme eingestellt worden war und drei Tage brauchte, um eine einspaltige Filmrezension zu schreiben.

»Das ist die Sensation. Wir rufen unsere Leute zu Hause an. Die Politikredaktion holt die Kommentare der politischen Parteien ein – vor allem natürlich die der Demokratischen Volkspartei sowie die von Jens Østergård und Ernst Poulsen. Pil zufolge sind beide unverletzt, aber ziemlich mit Farbe eingesaut. Inger kümmert sich um die menschliche Perspektive: Augenzeugenberichte, Schock, Krisenhilfe und so weiter. Anita kann schon mal anfangen anzurufen ... sie müssen natürlich nicht in die Redaktion kommen, wenn sie von zu Hause aus schneller arbeiten können.«

Adam Lorentzen sah sich im Aquarium um.

»Wo zum Teufel ist Anita?«, fragte er.

»Es ist schon eine Weile her, seit ich sie das letzte Mal gesehen habe«, antwortete Ulrik.

»Sie musste eine Besorgung machen«, sagte Karin und sah auf die Uhr. Fast eine halbe Stunde war vergangen, seit Anita gegangen war, sie musste also bald zurück sein.

»Ich werde herumtelefonieren und alle benachrichtigen«, sagte Ulrik und griff zum Telefon.

Adam Lorentzen sah professionell besorgt aus: »Ja, dann können wir wohl festhalten, dass die politische Gewalt und der Terror auch Sydkøbing erreicht haben. Ich schreibe natürlich den Leitartikel.«

Bereits im Taxi hörte Karin die ersten Radionachrichten über das mutmaßliche Attentat auf den Vorsitzenden der Demokratischen Volkspartei Jens Østergård und Major Ernst Poulsen. Als sie am *Prinsens Hotel* ankam, hatte die Polizei den gesamten Bereich um den Anbau, in dem sich das Tagungslokal befand, abgesperrt. Sie ging ins Hotelrestaurant, das als eine Art Pressezentrum fungierte. Einige ihrer Kollegen interviewten Tagungsteilnehmer für Zeitung, Internet, Radio und Fernsehen, andere tauschten Gerüchte und Vermutungen aus. Sie setzte sich zu einer Gruppe, in der Informationen und Beurteilungen der allgemein zugänglichen Tatsachen ausgetauscht wurden. Zwei Zeitungsjournalisten waren während der ganzen Tagung anwesend gewesen, Lokalradio und Lokalfernsehen aber bedauerlicherweise bereits abgerückt, als der Tumult losbrach.

Sie erfuhr, dass drei jüngere, mit Mützen und Halstüchern maskierte Männer plötzlich in das Tagungslokal gestürmt waren. Daraufhin hatte man Schüsse und Krach gehört, während die Jungen »Kriegsverbrecher!« geschrieen hatten. Viele der Zuhörer hatten Zuflucht unter den Stühlen gesucht, während die Eindringlinge Chemikalien oder rote Farbe nach dem Vorsitzenden der Demokratischen Volkspartei und dem eingeladenen Major Ernst Poulsen geworfen hatten, der gerade mitten in seinem Vortrag über die Aufgaben der dänischen Soldaten im Irak war.

Die Leute hatten vor Angst geschrieen und ungefähr vierzig bis sechzig der Zuhörer waren anschließend zur Krisenhilfe gefahren worden.

»Ist jemand verletzt?«, fragte Karin.

»Es gibt nur einen Verletzten – einen der Attentäter. Er hat reichlich Prügel bezogen. Ein paar Männer haben ihn draußen in der Garderobe geschnappt und gehörig verhauen. Ich finde das ganz in Ordnung«, sagte ein junger Kollege und sah Karin provozierend an.

Sie fiel nicht darauf herein. Sie wusste, dass sie bei einigen der jungen Kollegen den Ruf hatte, eine alte Antiautoritäre mit veralterten, humanitätsduseligen Ideen zu sein. Sie hatte keine Lust, diesem Ruf gerade jetzt Nahrung zu geben.

»Womit haben sie geworfen?«, fragte Karin.

Es gab verschiedene Vermutungen – von selbst gebastelten Molotowcocktails bis hin zu harmlosen Neujahrsböllern.

»Die Polizei lässt nichts durchsickern, hält aber um 23.00 Uhr eine Pressekonferenz ab.«

Karin freute sich auf eine lange Nacht. Sie war kein bisschen müde, denn jetzt spürte sie den journalistischen Kick, im Zentrum der Begebenheiten zu sein. Kollegen aus Kopenhagen trafen langsam ein. Die überregionalen Fernsehstationen machten ihre schweren Ausrüstungen für die Aufzeichnungen klar und alle um sie herum sprachen in ihre Handys. Sie holte ihres auch heraus und erhielt von der Polizei die Bestätigung, dass die Pressekonferenz um 23.00 Uhr stattfinden sollte.

Mads von der Internetausgabe der *Sjællandsposten* lief laut redend herum und fing Kommentare zu allem und von allen auf, während er gleichzeitig auf seinen Laptop einhämmerte und Inger, die Kummertante der *Sjællandsposten*, interviewte Opfer und Augenzeugen. Vor mitgefühlter Angst verdrehte sie ihre großen, schönen, ein wenig naiven Augen.

Karin nahm die Einladung zu einem Bier von dem jovialen Redakteur der *Ugeposten* an, während sie auf den Beginn der Pressekonferenz wartete.

Victor Frandsen, auch Mittagessen-Frandsen genannt, war im Medienmilieu ein fröhlicher Freibeuter. Ein kleiner, runder Mann mit Glatze, der immer einen Witz aus dem Ärmel schütteln konnte. Er hatte die kostenlose *Ugeposten* vor fünfundzwanzig Jahren gegründet, was sich als ein gutes Geschäft herausgestellt hatte, das ihm viele der großen Zeitungshäuser vergebens versucht hatten abzuschwatzen.

Für das Geld, das er verdiente, hatte er sich ein großes, teures und übermäßig geschmackloses Haus am Fjord gebaut, in dem er zusammen mit seiner Frau wohnte, die er noch in ihrer Zeit als Kellnerin in der »Bykro« kennen gelernt hatte.

»Ich betrachte das hier als Herausforderung. Ich habe diese Woche nämlich nur acht Zeilen für redaktionelle Texte zwischen den Anzeigen«, sagte Frandsen mit einem selbstironischen Lächeln.

»Dann kannst du mir ja ruhig erzählen, was du weißt, was nicht alle wissen«, sagte Karin.

Frandsen hatte einen Sohn im Polizeipräsidium.

Er beugte sich zu Karin vor: »Ich weiß zufälligerweise, dass zwei der Festgenommenen nach Kopenhagen gebracht worden sind. Der Dritte ist auch nach Kopenhagen gebracht worden, aber in einem Krankenwagen.«

»Vermutlich bringt man sie nach Kopenhagen, weil es um etwas Politisches geht, für das Terrorgesetzgebung und Nachrichtendienst und was weiß ich zuständig sind«, meinte Karin.

»Tja«, sagte Frandsen. »Da solltest du vielleicht ein bisschen bohren!«

»Komm schon! Du weißt doch was?«

Frandsen nickte.

»Ja, und dieses Geheimnis wird schon um Mitternacht kein Geheimnis mehr sein, denn die Leute haben mit ihren Handys Fotos gemacht. Eins davon habe ich gesehen. Es war ein bisschen unscharf, die Mütze reichte bis zu den Augen und das Halstuch bis über den Mund, aber ich habe trotzdem den seltsamen Sohn von Kriminalinspektor Halfdan Thor erkannt. Ich denke, dass sie deshalb den Fall an Kopenhagen abgeben. Um Befangenheitsprobleme zu vermeiden, du verstehst?«

»Bist du sicher, dass es Thors Sohn war?«

»Ja. Er war neulich bei mir in der Redaktion. Er wollte, dass ich einen Leserbrief veröffentliche, in dem der Staatsminister aufgefordert wird, die dänischen Soldaten aus dem Irak abzuziehen.«

Karins erster Gedanke war der, die Neuigkeit für die Internetausgabe an Mads weiterzuleiten, doch im nächsten Moment entschied sie sich anders.

Stattdessen sah sie Victor Frandsen nachdenklich an und fragte: »Wirst du den Leserbrief drucken?«

»Ja, zunächst habe ich ihm zwar gesagt, dass so etwas eigentlich nicht in eine lokale Anzeigenzeitung gehört. Das tut es schließlich auch nicht. Aber weißt du was?« Victor Frandsen machte eine wirkungsvolle Pause und Karin schüttelte den Kopf.

»Der Junge stand da und war den Tränen nahe. Er ist schon ein seltsamer Knilch. Er stammelte etwas von Meinungsfreiheit und dass alle es abgelehnt hätten, den Leserbrief zu veröffentlichen, und ich hatte, ehrlich gesagt, Mitleid mit ihm. Außerdem gebe ich ihm völlig Recht. Was zum Teufel machen wir im Irak? Diese Leute haben uns nie etwas getan. Stell dir mal vor, sie besetzten Dänemark und brächen mit Stiefelgetrampel und Maschinengewehren in unsere Häuser ein ...«

Karin unterbrach ihn: »Kann ich den Leserbrief haben? Ich erwähne natürlich die *Ugeposten,* falls ich Teile davon verwende.«

»Ich maile ihn dir, sobald ich zu Hause bin. Du kannst auch das Flugblatt hier haben. Das haben sie heute dabei gehabt.«

Er zog ein zusammengefaltetes DIN-A4-Blatt aus der Tasche und gab es ihr. »Noch ein Bier?«, fragte er.

»Nein, danke. Ich muss sehen, dass ich ins Polizeipräsidium komme. Mit Sicherheit gibt es einen Kampf um die besten Plätze.«

Vizepolizeipräsident Abildstrup leitete die Pressekonferenz. Er war schüchtern und hatte die seltsame Angewohnheit, den Menschen, mit denen er sprach, immer nur das Profil zuzuwenden. Jetzt versuchte er verzweifelt, die ungefähr fünfzig versammelten Presseleute direkt anzusehen, doch sein Kopf schien sich mechanisch nach rechts zu drehen. Normalerweise überließ er die Kontakte zur Presse Kriminalinspektor Halfdan Thor.

»Die Spurensicherung ist vor Ort und wir haben drei

Leute festgenommen. Die Festgenommenen wurden ins Westgefängnis nach Kopenhagen überführt. Einer der Festgenommenen wurde ins Krankenhaus eingewiesen, wird jedoch sobald als möglich auf die Krankenstation des Westgefängnisses verlegt. Morgen werden die drei in Kopenhagen dem Haftrichter vorgeführt«, sagte er seitlich in den Raum.

»Warum in Kopenhagen?«, war die erste Frage.

»Das schien uns angemessen, unter anderem weil es sich um eine politisch motivierte Gesetzesüberschreitung handelt, für die der Nachrichtendienst der Polizei zuständig ist. Es ist klar, dass wir einen solchen Anschlag auf die Demokratie sehr ernst nehmen müssen. Die Festgenommenen werden wegen Gewalt gegen Beamte in Ausübung ihrer Pflichten nach Paragraph 119 des Strafgesetzes verurteilt. Wir haben uns entschieden, die Tat so zu definieren, da es unter anderem um einen Angriff auf einen Major der Verteidigung und einen Parteivorsitzenden geht.«

»Haben die Festgenommenen auch Namen?«, lautete die nächste Frage.

»Mit Rücksicht auf die Aufklärung des Falls werden wir morgen eine Gerichtsverhandlung unter Ausschluss der Öffentlichkeit beantragen und vor diesem Hintergrund geben wir keine Namen bekannt, doch ich kann Ihnen mitteilen, dass es sich bei den Festgenommenen um drei junge Männer im Alter zwischen siebzehn und neunzehn Jahren handelt. Der Verletzte, der im Krankenhaus liegt, ist siebzehn Jahre alt. Alle drei wohnen hier in der Stadt.«

»Dänen oder Ausländer?«, lautete die nächste Frage.

»Alle drei sind gebürtige Dänen.«

»Welcher politischen Gruppierung gehören sie an?«

»Das gehört zu den Dingen, die wir noch überprüfen müssen. Was den verwendeten Sprengstoff angeht, haben die Techniker mit ihren Analysen begonnen. Wir können aber bereits sagen, dass es sich um einen Sprengstoff mit nur geringer Durchschlagkraft handelt, vermutlich um Neujahrsraketen und Böller. Das Abfeuern sorgte jedoch für beträchtliche Panik unter den Anwesenden und es hätten leicht gefährliche Situationen entstehen können. Viele der Tagungsteilnehmer haben das Angebot der Krisenhilfe angenommen. Außerdem wurden so genannte Stinkbomben geworfen und der Parteivorsitzende Jens Østergård und Major Ernst Poulsen mit rotem Farbstoff beworfen. Die Täter hinterließen einen Stapel Flugblätter, in denen sie ihre politischen Ansichten kundtun. Sie sind im Zuge der Ermittlungen beschlagnahmt worden, aber ich kann Ihnen mitteilen, dass die jungen Männer in dem Flugblatt ihrer Unzufriedenheit mit Dänemarks Teilnahme an der Intervention im Irak Ausdruck geben.«

»Wie wurde der eine Junge verletzt?«

»Das wird zurzeit noch durch die Vernehmung der Tagungssteilnehmer untersucht. Wie sich die Sache momentan darstellt, wurde er von Tagungsteilnehmern festgehalten, die sein Verhalten als bedrohlich empfunden haben. Es herrschten, wie bereits erwähnt, beträchtliche Panik und Tumult im Saal. Die Verletzungen am Kopf hat er sich während des Tumults zugezogen.«

»Kann man von Selbstjustiz sprechen?«, fragte ein Journalist aus Kopenhagen.

Abildstrup wendete den Kopf, sodass er den Mann, mit dem er sprach, einen kurzen Moment ansah: »Die Befragungen der Tagungsteilnehmer müssen erst abgeschlossen werden, doch es besteht kein Grund zu der Annahme, dass es sich um Selbstjustiz handelt. Ganz im Gegenteil, die Tagungsteilnehmer betonen, ganz legal aus Notwehr gehandelt zu haben.«

»Und von den Tagungsteilnehmern wurde niemand festgenommen?«, insistierte der Kopenhagener Journalist.

»Nein, dazu bestand kein Grund.«

Als Karin nach Mitternacht zurück in die Redaktion kam, herrschte noch immer rege Betriebsamkeit im Sekretariat, wo das eingehende Material gesammelt und redigiert wurde. Carsten aus der Politikredaktion hatte die Kommentare der Politiker eingeholt, die in der Mehrheit entrüstet und schockiert über diesen Angriff auf die Demokratie waren. Inger und Mads hatten Augenzeugenberichte und einige Handyfotos gesammelt, die sich jedoch aufgrund der schlechten Qualität als unbrauchbar erwiesen. Man konnte kaum erkennen, was auf den Bildern zu sehen war.

Karin stürzte direkt in Adams Büro und sagte: »Einer der jungen Demonstranten ist vermutlich der Sohn von Kriminalinspektor Halfdan Thor. Wahrscheinlich ist der Fall deshalb an Kopenhagen abgegeben worden. Sollen wir da weiterbohren? Die Polizei gibt keine Namen bekannt und die Staatsanwaltschaft wird darauf bestehen, dass die erste richterliche Vernehmung unter Ausschluss der Öffentlichkeit stattfindet.«

»Wie alt ist er?«, fragte Adam.

»Siebzehn. Er scheint auch der Verletzte zu sein.«

»Wir halten uns an unsere Grundsätze – keine Namen von Festgenommenen unter achtzehn Jahren«, sagte Adam.

»Ich frage nur, weil wir damit rechnen müssen, dass die Boulevardzeitungen das bringen.«

»Sollen sie«, antwortete Adam.

»Die Polizei hat das Flugblatt konfisziert, das die Demonstranten verteilt haben, aber ich konnte ein Exemplar ergattern. Der Text ist nicht lang. Vielleicht sollten wir ihn in voller Länge veröffentlichen.«

»Nein, verdammt nochmal. Wir werden uns doch nicht

zu deren Sprachrohr machen. Genau deshalb machen sie das doch. Um in die Medien zu kommen. Gott bewahre, du kannst das Flugblatt erwähnen oder kurz daraus zitieren, aber missbrauchen lassen wir uns nicht.«

Karin zuckte mit den Schultern und drehte sich um, um zu gehen, als Adam sagte: »Ach, Anitas Mann hat übrigens gerade angerufen. Er wollte wissen, wann seine Frau nach Hause kommt. Er konnte sich ja ausrechnen, dass bei uns der Teufel los ist, aber sie hat nicht wie üblich angerufen und gesagt, dass sie später kommt. Ulrik musste ihm notgedrungen sagen, dass Anita seit neun nicht mehr in der Redaktion war. Und sie hätte doch zumindest bis zehn hier sein sollen. Hast du eine Ahnung, wo die Frau steckt?«

»Nicht im Geringsten. Gegen neun wollte sie kurz rüber ins Center, um das Hochzeitsgeschenk für Thomas und Caroline abzuholen. Vielleicht hat sie jemanden getroffen oder brauchte etwas Zeit für sich«, sagte Karin.

»Das sieht ihr überhaupt nicht ähnlich. Sie ist doch sonst immer so pflichtbewusst.«

»Vielleicht gerade deshalb. Vielleicht hat sie eine Auszeit gebraucht«, antwortete Karin leichthin, wunderte sich aber nicht wenig. Auf den Regenmantel konnte sie gut verzichten, sie hatte einen Taxigutschein für die Fahrt nach Hause.

Ein Kriminalbeamter vom Nachrichtendienst der Polizei, PET, hielt vor dem Krankenzimmer im Reichskrankenhaus Wache und erklärte freundlich, aber bestimmt, dass er Kriminalinspektor Halfdan Thor nicht in das Zimmer lassen könnte, in dem sein Sohn lag.

»Ich kann Sie gut verstehen und es tut mir Leid. Aber ich habe meine Anweisungen«, sagte er.

Thor nickte düster und setzte sich in den Aufenthaltsraum, um auf die Ärztin zu warten, die auf dem Weg sein sollte.

Sie erschien wenige Minuten später in Gestalt einer jungen, ernst aussehenden Frau mit einer zierlichen Aluminiumbrille: »Ihr Sohn ist zeitweise bewusstlos. Das ist so zu verstehen, dass er hin und wieder wegdöst. Wir sind der Auffassung, dass er eine kräftige Gehirnerschütterung hat, wollen der Sicherheit halber aber noch heute Abend ein CT machen. Sein Kiefer ist gebrochen und eine Augenbraue geplatzt. Der Kieferbruch ist relativ unkompliziert, wird aber eine Zeit lang Beschwerden machen. Die Augenbraue ist mit sechs Stichen genäht worden. Er hat über Schmerzen im Bauchbereich geklagt, sodass eine gründliche Untersuchung des Bauchraums und der Nieren ansteht. Ich möchte aber betonen, dass absolut keine Anzeichen für einen kritischen Zustand vorliegen und er unter sorgfältiger medizinischer Überwachung steht.«

»Und unter polizeilicher Überwachung«, murmelte Thor.

»Das macht für uns keinen Unterschied. Es hat keinen Einfluss auf unsere Untersuchungen und Behandlungsmaßnahmen«, antwortete die Ärztin und fuhr fort: »Wir beurteilen, wann er gesund genug ist, um ins Westgefängnis überführt zu werden.«

»Behalten Sie ihn hier, solange Sie können. Er ist krank. Ich meine: Er ist schon lange krank. Er war immer ein froher und aufgeschlossener Junge, aber jetzt ist er sonderbar geworden. Er liest philosophische und theologische Bücher ...«

Die Frau lächelte schwach: »Es ist keine Krankheit, sich für Philosophie und Theologie zu interessieren.«

»Aber er ist so introvertiert geworden, so verschlossen und traurig, vielleicht sollten Sie einen Psychologen hinzuziehen? Und das, wobei er da mitgemacht hat – das wirkt doch auch ein bisschen unzurechnungsfähig, oder nicht?«

Thor war dabei, die Verteidigung seines Sohnes aufzubauen.

»Dazu habe ich keine Meinung und es interessiert uns nicht, was er getan hat. Was das Introvertierte angeht, es ist nichts Ungewöhnliches, dass Jungen sich in dem Alter verpuppen. Ich habe selbst einen kleinen sechzehnjährigen Bruder. Er hat aufgehört zu reden. Er grunzt nur noch«, sagte die Ärztin, wieder mit der Andeutung eines Lächelns in den Mundwinkeln.

Halfdan Thor hatte das Gefühl gehabt, dass der Boden sich unter seinen Füßen auftat, als ihm telefonisch mitgeteilt worden war, dass sein Sohn einer der Attentäter und von den wütenden Mitgliedern der Demokratischen Volkspartei zusammengeschlagen worden war.
Im nächsten Moment hatte er seinen obersten Chef, den Polizeipräsidenten Erik Wagner, am Telefon gehabt: »Es tut mir Leid, aber es ist wohl am besten, wenn du dir heute Abend frei nimmst. Ich würde vorschlagen, dass wir den Fall an einen anderen Polizeibezirk abgeben. Du darfst mich nicht missverstehen, ich habe dir nichts vorzuwerfen. Wir wollen nur jeglichen Verdacht eines Interessenkonflikts vermeiden. Magnus Kohlberg kümmert sich als Koordinator heute Abend um den Fall. Er arbeitet eng mit Leon zusammen, weil wir uns in einer juristischen Grauzone befinden. Leon hat vorgeschlagen, dass wir so vorgehen wie damals, als der Staatsminister mit Farbe beworfen wurde. Gegebenenfalls halten wir uns an Paragraph 119. Versuch, Ruhe zu bewahren. Es passiert den Besten, dass ihre Kinder auf Abwege geraten.«

Es passiert den Besten. Nein, nein, nein. Halfdan Thor hatte das tiefe und verzweifelte Gefühl, Schuld zu sein, versagt zu haben, und alles in ihm sträubte sich, während er über den regennassen Tagensvej vom Reichskrankenhaus Richtung Stadt trottete. Es zog ihn in eine Kneipe. In eine richtige, altmodische Kneipe, die dunkel, schmutzig, verraucht und voller Leute sein sollte, die noch größere Verlierer und noch unglücklicher waren als er.

Er marschierte eine halbe Stunde, bis er eine passende Spelunke gefunden hatte, wo er ein Bier und einen Schnaps bestellte und sofort ein Gespräch mit einem Pudel anfing, der in Begleitung einer Dame mittleren Alters mit aufgedunsenem und geschminktem Gesicht war.

»Ich ziehe Tiere den Menschen vor«, sagte die Dame. »Tiere sind nicht böse.«

»Es gibt Raubtiere«, antwortete Thor.

»Die können nichts dafür. Das ist Instinkt, keine Bosheit«, sagte sie. Dann hob sie den Pudel hoch und leckte ihm die Schnauze.

»Bekommt Mama einen Kuss? ... Gib Mama ein Küsschen, na komm, gib Mama ein Küsschen!«

Der Hund leckte zurück und ihre Zungen trafen sich in einem schlabbernden Spiel.

Halfdan Thor leerte schnell sein Glas und trat hinaus in einen heftigen Regen. Er suchte in einer Einfahrt Zuflucht und rief seinen Sohn Aske an, mit fünfzehn Jahren sein Jüngster.

»Man hat mich nicht zu ihm gelassen, aber die Ärztin hat gesagt, dass es nicht so schlimm ist«, erklärte er.

»Wie geht es jetzt weiter?«, fragte Aske.

»Morgen wird der Richter vermutlich U-Haft veranlassen, aber er bleibt noch im Krankenhaus, bis es ihm besser geht.«

»Fuck! Sie können ihn doch nicht einfach einlochen«, rief Aske.

»Doch, das können sie. Er hat etwas Ungesetzliches getan und es hätte noch sehr viel schlimmer kommen können.«

»Aber Vater ... du hältst doch nicht etwa zu *denen*?«

Halfdan Thor zögerte kurz, dann sagte er: »Ich liebe euch,

aber es gibt ein paar Spielregeln in unserer Gesellschaft und es gehört zu meinen Aufgaben, dafür zu sorgen, dass diese Regeln eingehalten werden.«

»Scheiß auf die Spielregeln. Sie haben 100 000 Menschen getötet und Esben hat zumindest etwas *getan,* damit das aufhört.«

»Darüber kann man verschiedener Meinung sein. So einfach ist das Ganze nicht«, antwortete der Vater gedämpft.

Eine Diskussion mit Aske war mehr, als er jetzt ertragen konnte.

»Aber Vater, ich habe das Ganze verfolgt und ich finde Esben cool. Das tun viele, denke ich.«

»Vielleicht, warten wir es ab. Wir müssen versuchen zusammenzuhalten und das Ganze durchzustehen, Aske.«

Seine Stimme war heiser und belegt.

»Du redest, als sei jemand gestorben. Sie haben doch nur ein paar verdammte Böller geworfen, um gegen den Krieg zu demonstrieren. Ich habe die Böller selbst gesehen. Esben war heute zu Hause.«

»Ich bin auf dem Weg nach Hause«, beendete Thor das Gespräch mit dem Sohn.

Als Letztes rief er Andrea Vendelbo an, seine Lebensgefährtin in den letzten Jahren.

»Es tut mir Leid, dass ich einfach so gegangen bin. Und im Moment ist es wichtig, dass ich nach Hause zu Aske komme«, sagte er.

»Natürlich. Wir sehen uns morgen vor Gericht. Versuch zu schlafen. Lass Radio und Fernsehen aus. Es wird bereits überall darüber berichtet.«

Andrea war Strafverteidigerin und hatte sich sofort Esbens Fall angenommen.

»Weißt du, alle haben sozusagen auf eine Terroraktion gewartet und sich darauf vorbereitet. Jetzt hat es einen kleinen Zwischenfall gegeben und der wird groß aufgebauscht. Mir geht es, ehrlich gesagt, beschissen«, murmelte Thor. »Ich kenne Esben doch und weiß, dass er ein guter Junge ist«, fügte er hinzu und hörte das Echo aller Väter und Mütter, die das Gleiche zu ihm gesagt hatten, wenn er ihre Söhne festgenommen hatte.

Der Steuerberater Leif Knudsen fand sich um 2.30 Uhr nachts im Polizeipräsidium ein, musste jedoch lange warten, bis ein gähnender Polizist Zeit für ihn hatte.

»Wir sind seit einundzwanzig Jahren verheiratet und es ist nicht einmal vorgekommen, dass sie die Nacht über nicht nach Hause gekommen ist. Ich habe ihre Freundinnen angerufen, unsere Familie und das Krankenhaus«, sagte er. »In der Redaktion hat man mir gesagt, dass sie gegen neun gegangen ist. Bis vor drei Stunden hat ihr Handy funktioniert, aber jetzt ist die Leitung tot. Ich habe gehört, dass man ein Handy ausfindig machen kann. Können Sie sie mit seiner Hilfe finden?«

Der Mann machte einen nervösen, hektischen Eindruck.

»Haben Sie sich gestritten oder war sie schlechter Stimmung, vielleicht leicht deprimiert?«, fragte der Polizist und unterdrückte ein erneutes Gähnen. »Entschuldigung«, sagte er. »Das war eine harte Nacht.«

»Ja, ich weiß. Und ich habe auch erst gedacht, dass Anita länger in der Redaktion geblieben ist. Das kommt hin und wieder vor.«

»Tut es das?«, fragte der Polizist. Er schien eine Idee zu haben. »Macht sie oft Überstunden?«

»Manchmal, aber sie ruft immer an und ist immer zu erreichen. Und, nein, Anita ist nicht deprimiert.«

»In 99 Prozent der Fälle kommen sie wieder nach Hause«, sagte der Polizist.

»Wovon reden Sie?«, fragte Leif Knudsen.

»In so einer mittelgroßen dänischen Provinzstadt vergeht kaum eine Woche ohne mindestens einen verschwundenen Ehepartner. Es gibt so viele Gründe und manchmal gibt es auch überhaupt keinen Grund. Selbst die ausgeglichensten Gewohnheitsmenschen können plötzlich das Bedürfnis verspüren, für ein oder zwei Tage zu verschwinden. Hatten Sie nie Lust dazu?«

»Nein, nie. Werden Sie Anita nicht zur Fahndung ausschreiben? Ich habe ein Foto mitgebracht.«

»Nein, sie soll die Chance haben, selbst wieder nach Hause zu kommen. Hat sie sich in der letzten Zeit irgendwie sonderbar verhalten?«

»Wie meinen Sie das?«

»Hat sie eine neue Frisur, mehr Zeit auf ihr Aussehen verwendet, neue ... modische Unterwäsche gekauft?«

»Sie hat keinen Geliebten, falls es das ist, was Sie anzudeuten versuchen«, antwortete Leif Knudsen und stand wütend auf.

»Tja«, sagte der Polizist. »Jetzt haben wir ihre Personenbeschreibung und ein Bild und morgen sehen wir weiter. Sie rufen uns an, wenn sie vorher auftaucht.«

»Können Sie nicht jetzt etwas tun ... sofort?«

»Also, hören Sie. Ihre Frau ist seit knapp fünf Stunden verschwunden! Nein, das können wir nicht. Gehen Sie nach Hause und rufen Sie uns morgen an.«

Karin liebte es, im Bett zu frühstücken und die drei Zeitungen zu lesen, die sie abonniert hatte, während im Hintergrund leise die Morgennachrichten liefen. Diesen Morgen musste sie sich damit zufrieden geben, dass ihr eigener Artikel über die Pressekonferenz der Polizei nur auf der dritten Seite der *Sjællandsposten* gelandet war.

Augenzeugenberichte und politische Kommentare füllten verständlicherweise die Titelseite. Sie überflog ihren Artikel: »Die drei Demonstranten werden heute mit dem Antrag auf U-Haft dem Untersuchungsrichter vorgeführt ...«

Ja, sie hatten ihre Bezeichnung akzeptiert: *Demonstranten*.

Dafür hatten sie ihre direkten Zitate aus dem Flugblatt und dem Leserbrief, der in der *Ugeposten* veröffentlicht werden sollte, wegredigiert. Die drei kleinen Abschnitte, die sie übernommen hatte, um die Begründung der Jugendlichen für ihre Aktion zu zitieren (dass der Krieg nämlich gemäß den UN ungesetzlich war), waren gestrichen und durch einen eingeschobenen Satz ersetzt worden »die Demonstranten, die gegen den dänischen Einsatz im Irak sind, werden angeklagt ...«

Adams Hand oder Geist, dachte Karin irritiert.

In den Morgennachrichten erschien ein Mitglied der Regierung und bezeichnete die Jungen als politische Gewalttäter: »Wir müssen jetzt ein Zeichen setzen, indem wir diese politischen Gewalttäter hart verurteilen ... die Demokratie ist in Gefahr.«

Karin stellte den Fernseher aus, stand auf und ging ins Bad. Deshalb hörte sie das Telefon auch nicht, als es zum ersten Mal klingelte.

Der Lastwagenfahrer glaubte zuerst, jemand hätte einen Mantel auf der Baustelle fortgeworfen. Es war der reinste Zufall, dass er nicht darüber fuhr. Oder richtiger: Er hatte so viel von einem Lumpensammler, dass er nachsehen wollte, ob seine Frau den Mantel noch gebrauchen konnte. Er hielt an, stieg in den dunklen Morgen aus und trat leicht gegen den roten Mantel, um ihn ins Licht des Lastwagens zu befördern.

Er bekam einen Schock, als sein Fuß auf Widerstand

stieß, und zweifelte keine Sekunde. Seine Augen hatten sich inzwischen besser an das Dunkel gewöhnt. Er drehte die Leiche nicht um und sah deshalb ihr Gesicht nicht, aber er sah das Kabel, das unter dem Mantel um den Hals gebunden war. Er setzte sich ins Führerhaus, schloss die Türen und rief die Polizei an. Die Uhr zeigte 7.34 Uhr.

Man konnte das Aufgebot an Polizeiwagen, Blaulicht und Absperrband vom Gebäude der *Sjællandsposten* aus sehen, doch der Großteil der Redaktion schlief noch, um sich von den Strapazen der Nacht zu erholen, sodass Thomas der Erste an der Absperrung war.

Der junge Chef der Kriminalredaktion war ungewöhnlich gut gelaunt von seiner Kreuzfahrt auf dem Nil zurückgekommen und strahlte nahezu vor Vergnügen, wieder arbeiten zu können. Er hatte das Gefühl, dass ihm zurzeit alles gelang. In der Liebe, in der Arbeit und bei dem Kauf der neuen Eigentumswohnung im historischen Stadtzentrum.

Ein paar gute Jahre als Leiter der Kriminalredaktion und dann weiter – geografisch oder karrieremäßig, dachte er, während er mit seinem Koga Miyata World Traveller Rad zu 16 000 Kronen den Berg hinaufstrampelte.

Uff, was zum Teufel war das für ein Auflauf an der Baustelle?

Er wendete.

»Was ist passiert?«, fragte er einen Beamten, der neben einem Streifenwagen stand.

»Man hat eine tote Person gefunden.«

»Ermordet?«, fragte Thomas.

»Gewisse Anzeichen sprechen dafür, aber Sie müssen mit dem Inspektor sprechen. Man hat sie erst vor einer Stunde gefunden und wir haben alle Hände voll zu tun.«

»Sie? Eine Frau?«, fragte Thomas.

»Hören Sie, ich darf Ihnen nichts sagen. Es ist noch zu früh. Ich glaube nicht, dass die Angehörigen schon unterrichtet worden sind. Der Inspektor da drinnen hat alle Hände voll zu tun.«

Er zeigte zu der abgesperrten Baustelle hin, wo weiß gekleidete Polizisten und Leute von der Spurensicherung um etwas Rotes herumliefen, das auf dem Boden lag. Thomas strengte sich an, etwas zu erkennen: War das Blut? Nein, das war mit Sicherheit nur ein roter Mantel.

»Sie liegt noch da drinnen?«

Der Beamte nickte: »Ja, aber es bringt Ihnen nichts, hier stehen zu bleiben. Rufen Sie später den Inspektor an. Ich persönlich würde euch Presseleuten ein bisschen mehr Respekt vor dem Tod vorschlagen – und vor unserer Arbeit.«

»Ja, da mag etwas dran sein. Ich werde es versuchen«, antwortete Thomas und lächelte den Beamten breit an. Er wendete und fuhr zum Medienhaus. Notierte sich jedoch vorher, wo die Leiche auf der Baustelle gelegen hatte. Das Fahrrad mit dem verbogenen Vorderrad blieb ebenfalls nicht unbemerkt. Es stimmte, dass es nichts brachte, an einem frischen Tatort herumzustehen, und der Tag war noch jung. Die Zeit drängte nicht.

Karin war gerade aus dem Bad gekommen, als Thomas zum zweiten Mal anrief: »Hey, ich bin's, Thomas.«

»Hey, willkommen zu Hause. Was machen die Tempel von Ramses dem Zweiten?«, fragte sie.

»Alles in bester Ordnung. Das war ein Wahnsinnserlebnis. Besonders die Gräber im Tal der Könige. Text, Illustrationen und ein super Layout, und das vor drei- bis viertausend Jahren, aber deswegen rufe ich eigentlich nicht an. Ich rufe an, weil man eine Leiche gefunden hat – genau genommen direkt vor unserer Tür.«

»Wie bitte?«

»Mehr weiß ich auch nicht. Es handelt sich um eine Frau und man hat sie auf der Baustelle gefunden, wo das neue Fernmeldeamt entstehen soll. Kriminalinspektor Halfdan Thor ist mit ein paar Leuten von der Spurensicherung am Tatort. Das Einzige, das ich sehen konnte, war, dass die Frau bzw. die Leiche – wie immer du das ausdrücken willst – einen roten Mantel anhatte.«

»Nein. Oh, nein!«, schrie Karin.

Thomas schwieg überrascht und Karin fuhr fort: »Das ist Anita, Anita Knudsen. Sie hat sich gestern meinen roten Regenmantel ausgeliehen und ist nicht zurückgekommen, aber wir hatten so viel zu tun, dass es irgendwie untergegangen ist. O nein, dann ...«

»Es gibt noch mehr rote Regenmäntel als deinen und ich bin mir nicht einmal sicher, ob ich richtig gesehen habe«, sagte Thomas beruhigend.

»Sie musste da lang. Zum Center – sie wollte euer Hochzeitsgeschenk abholen. Wir hätten nach ihr suchen sollen, aber dann war so viel los ... du hast doch bestimmt schon in die Zeitung gesehen?«

»Ja, ihr hattet alle Hände voll zu tun.«

»Ich soll über die Vorführung vor dem Haftrichter heute berichten, aber die ist erst heute Nachmittag. Ich komme sofort ... Vielleicht sollte einer von uns bei Anita anrufen, vielleicht solltest du das machen, so ganz zufällig, du könntest dich doch erkundigen, wann sie die Dienstpläne fertig hat oder so ... und wenn sie nicht zu Hause ist, sollten wir wohl die Polizei benachrichtigen, oder?«

Jetzt wurde Thomas unsicher: »Kennst du nicht ihren Mann?«

»Leif? Ja, er ist Steuerberater und hat ein paar Mal meine Steuererklärung gemacht. Du weißt doch, dass ich auf das Finanzamt allergisch reagiere.«

»Dann wäre es vielleicht besser, wenn *du* anrufst?«

»Weißt du was? Ich fahre bei ihm vorbei. Ich will ohnehin mit ihm besprechen, wann ich es mir leisten kann, in Pension zu gehen. Er hat sein Büro zu Hause. Und du hast Recht, warum in drei Teufels Namen sollte jemand Anita umbringen?«

Wie eine Beschwörung wiederholte Karin den letzten Satz immer wieder, während sie zum Kystvej fuhr, wo Anita und Leif in einem neuen Haus wohnten, das so enorm energiesparend war – eines von Anitas Lieblingsthemen.

Es hatte zu regnen aufgehört, aber das Wetter war grau in grau, rau und deprimierend, wie es nur Oktoberwetter sein kann.

Als Leif die Haustür öffnete, zweifelte Karin nicht länger. Sein Gesicht war aschgrau und er bewegte sich wie ein Schlafwandler, als er ihr voran ins Wohnzimmer ging, ohne ein Wort zu sagen.

Im Wohnzimmer drehte er sich zu ihr um. Die Verzweiflung stand ihm ins Gesicht geschrieben.

Sie umschloss seine Rechte mit ihren Händen und sagte: »Es tut mir so Leid, ich kann dir nicht sagen, wie Leid mir das tut. Wir haben Anita alle so gemocht.«

»Ich habe es die ganze Nacht gewusst, Anita würde nie …«

»Nein, und genau das hätten wir uns auch sagen müssen«, fuhr Karin fort.

»Sie waren eben hier und haben gesagt, dass sie sie gefunden haben. Sie wollen wiederkommen, um mich zu verhören. Ich soll sie auch identifizieren.«

Karin nickte.

»Du weißt«, sagte er, »dass wir keine Kinder haben. Aber das macht es in gewisser Weise nur noch schlimmer. Wir waren uns selbst Kinder, wie man so schön sagt. Wir hatten es besser als viele andere, die ich kenne. Man hat nicht viel Lust, alleine weiterzumachen.«

»Es ist schrecklich und es tut mir so Leid«, wiederholte Karin und fuhr therapeutisch fort: »Aber viele haben dich gern und sind von deiner Arbeit abhängig und wir alle hoffen, dass du die Kraft hast, das durchzustehen. Gibt es etwas, das ich für dich tun kann ... oder die Zeitung?«

»Nein, danke. Das ist nett von dir, aber ich muss erst einmal alleine sein und dann muss ich mich um das Begräbnis kümmern. Ich muss auch ihre Schwester in Korsør anrufen. Warum müssen die Besten immer zuerst gehen?«

Auf dem Weg zur Zeitung klingelte ihr Handy. Sie hatte sich kaum namentlich gemeldet, als die Verbindung auch schon unterbrochen wurde. Sie versuchte es mit der Nummernanzeige, doch das Display zeigte *Anrufer unbekannt.*

Kriminalinspektor Halfdan Thor war noch aufgeblieben, nachdem Aske schlafen gegangen war, und hatte Trost getrunken. Deshalb brummte ihm auch der Schädel, als Kohlberg anrief: »Komm endlich aus den Federn.«

»Was zum Teufel willst du? Bist du schon wieder in der Arbeit? Gibt es etwas Neues im Fall meines Jungen?«

»Wir haben einen Mord, einen richtigen, altmodischen Frauenmord. Die Frau wurde erdrosselt, man hat sie auf einer Baustelle in der Nähe des Nordcenters gefunden.«

»Ist sie schon identifiziert?«

»Ja, sie hatte alles bei sich und der Ehemann hat sie heute Nacht als vermisst gemeldet.«

»Steht er unter Verdacht?«, fragte Thor. Der Ehemann stand immer als Erster unter Verdacht.

»Unmittelbar nicht, aber wir haben ihn noch nicht verhört ... Wie geht es dir ... und dem Jungen?«

»Puuuh, schrecklich.«

»Es wird nicht besser davon, dass du zu Hause herumsitzt und dir graue Haare wachsen lässt.«

»Nein, nein, ich bin schon unterwegs.«

»Ich schicke dir einen Wagen.«

»Gib mir eine Viertelstunde.«

Er ging schnell unter die Dusche, fand danach aber keine saubere Unterhose. Deshalb leerte er den Schmutzwäschekorb auf den Boden und suchte sich die am wenigsten schmutzige heraus.

Warum hatte er seine Wäsche nicht gemacht? Warum hatte er nur herumgesessen und getrunken? Selbstverachtung stieg in ihm auf. Er musste sich wirklich zusammenreißen.

Von dem Streifenwagen aus rief er im Krankenhaus an, um zu hören, wie es Esben ging, aber es war kein Arzt zur Stelle und die Krankenschwester meinte, dass das CT-Ergebnis noch nicht vorläge.

Er bedankte sich und wollte später noch einmal anrufen.

Um zehn wurde die Flagge vor der *Sjællandsposten* auf Halbmast gesetzt und alle Mitarbeiter erhielten eine Mail, dass die Redaktionssekretärin Anita Knudsen tot war. Kurz darauf betrat Kriminalinspektor Halfdan Thor das Büro von Adam Lorentzen.

»Anita hatte ihren Arbeitsplatz im Redaktionssekretariat. Dort hat sie auch gestern mit dem Dienst habenden Redakteur Ulrik Jensen gesessen«, erklärte Adam Lorentzen und fuhr fort: »Sonntagabend ist normalerweise alles ruhig. Nur wenige sind in der Arbeit. Wir haben immer jemanden in der Kriminalredaktion, der sich auch aller anderen anfallenden Aufgaben annehmen kann. Gestern war das Karin Sommer. Normalerweise sitzt sie in der Bürolandschaft neben dem Redaktionssekretariat, aber an den Wochenenden ist es üblich, etwas zusammenzurücken – aus praktischen Gründen, weil so wenige in der Arbeit sind, aber auch um Gesellschaft zu haben, denke ich. Anita ist gegen neun gegangen und nicht mehr zurückgekommen. Wir haben sie vermisst, als es unten im *Prinsens Hotel* losging ... eh ...«

Plötzlich fiel Adam ein, dass der Sohn des Polizisten in die Sache verwickelt war. In den Zeitungen war groß darüber berichtet worden.

»Sie haben sie vermisst, aber nicht herauszufinden versucht, wo sie war?«, fragte Thor.

»Also, wir haben hier im Haus eine informelle Ordnung, nach der Mitarbeiter, die im Übrigen ihre Arbeit tun, in einem gewissen Rahmen flexibel arbeiten können«, erklärte Adam Lorentzen. »Dafür machen sie auch keine große Sache daraus, wenn sie in Spitzenbelastungszeiten nicht auf den Glockenschlag pünktlich gehen können.«

»Das klingt vernünftig. Und deshalb war es nicht ungewöhnlich, dass die Sekretärin eine Stunde vor Büroschluss gegangen ist?«, fragte Thor.

»Doch, eigentlich schon. Ich kann mich nicht erinnern, dass sie das jemals zuvor getan hat, aber gerade deshalb sollte es ihr erlaubt sein. Es war nur ein unglücklicher Zufall, dass wir so viel zu tun bekamen. Ich habe mir erst richtig Sorgen gemacht, als ihr Mann gegen Mitternacht anrief, aber man könnte sich schließlich auch vorstellen ...«

Er ließ den Satz in der Luft hängen und fuhr fort: »Bevor sie das Haus verlassen hat, hat sie sich mit Karin Sommer unterhalten. Karin muss diejenige sein, die als Letzte mit ihr gesprochen hat.«

»Es war so viel los und ich war nicht den ganzen Abend in der Redaktion, deshalb habe ich erst nach Mitternacht festgestellt, dass sie nicht zurückgekommen ist«, erklärte Karin Sommer.

»Erzählen Sie mir, wie der Abend verlaufen ist, bevor sie gegangen ist. Wenn ich das richtig verstanden habe, haben Sie mit ihr zusammengesessen. Worüber haben Sie geredet? Hatte sie Probleme oder vor etwas Angst?«, fragte Halfdan Thor.

»Überhaupt nicht. Alles war wie immer. Ulrik und ich haben uns eine Pizza bringen lassen und ein Bier getrunken, aber Anita hatte wie üblich Essen von zu Hause mit. Irgendetwas Gesundes in einer Plastikbox – und dazu hat sie Tee getrunken.

Dann hatte Ulrik alle Hände voll zu tun mit Redigieren. Bestimmt war er auch drinnen bei Adam, um mit ihm zu reden. Adam ist auch noch einmal in den Redaktionsraum gekommen und wir haben über einige Änderungen diskutiert, die er in einem meiner Artikel vorgenommen hat. Sonntag ist gewöhnlich ein stiller Abend. Was ist sonst noch passiert?«, fragte Karin sich selbst und schloss konzentriert die Augen.

Sie öffnete sie wieder und sagte: »Ach ja, ich habe einen Anruf bekommen. Irgend so ein Schwindler ...«

Sie verstummte mitten im Satz und eine Mischung aus Verstehen und Entsetzen breitete sich auf ihrem Gesicht aus. Ihre braunen Augen wurden noch größer und dunkler und einige Muskeln unter dem rechten Auge zuckten unkontrolliert.

»Sie sollten sich das Band anhören«, sagte sie mit rauer Stimme zu dem Kriminalinspektor.

Anschließend fasste Thor zusammen: »Dieser Mann bittet Sie also um ein Treffen nahe dem Center. Sie gehen nicht zum Center, aber Anita Knudsen – in Ihrem roten Regenmantel. Es deutet viel darauf hin, dass der Täter sich geirrt hat. Das ist zumindest eine Theorie, die wir als unsere Hauptspur ansehen müssen. Hat Ihnen jemand gedroht?«

»Nein, in letzter Zeit nicht.«

»Haben Sie Feinde?«

»Nicht, dass ich wüsste, aber man kann schließlich nie wissen ... verdammt! Ich bekomme richtig Angst!«

»Wir finden jemanden, der ein paar Tage auf Sie aufpasst ... nur um der Sicherheit willen, und im Übrigen möchte ich Sie bitten zu schweigen. Vielleicht gibt uns das einen kleinen Vorsprung. Wenn der Täter heute Zeitung liest, weiß er, dass er nicht Sie ermordet hat. Vielleicht wird er es wieder versuchen, und dann haben wir ihn.«

»Ich kann es kaum erwarten, den Lockvogel zu spielen«, murmelte Karin in dem Versuch, ironisch zu sein.

»Ich garantiere für Ihre Sicherheit«, sagte Thor und fügte hinzu: »Ich werde Ihren Boss informieren. Und ich werde ihn bitten, die Identität des Opfers nicht preiszugeben. Mit den übrigen Medien gibt es keine Probleme. Sie haben noch keinen Wind davon bekommen. Wir werden eine Pressekonferenz abhalten und sagen, dass die Identität des Opfers noch nicht bekannt gegeben werden kann, weil die Angehörigen erst unterrichtet werden müssen.«

»Jeder hier im Haus weiß, um wen es sich handelt. Das lässt sich nicht geheim halten«, sagte Karin.

»Wir versuchen es trotzdem. Zumindest können wir unsere Verwechslungstheorie geheim halten. Das ist das Wichtigste.«

»Wie wollen Sie auf mich aufpassen? Ich muss zum Beispiel heute zu der ersten richterlichen Vernehmung nach Kopenhagen.«

»Sie werden rund um die Uhr bewacht – genau wie die Minister. Darüber sollten Sie sich keine Gedanken machen. Wir sind die ganze Zeit da.«

Als das Gespräch sich dem Ende zuneigte, sagte Karin:

»Das mit Ihrem Sohn tut mir Leid. Wie geht es ihm?«

»Nicht so gut. Bis auf Weiteres behalten sie ihn im Krankenhaus.«

»Ich kann mich über diese Aktion nicht groß entrüsten. Die Jugendlichen müssen schließlich auf ihre eigene Art protestieren«, sagte Karin.

»Es ist kindisch, Silvesterknaller abzufeuern, aber alles wird überdramatisiert, weil die politische Stimmung so vergiftet ist. Wenn seine Verletzungen nur keinen bleibenden Schaden hinterlassen, bin ich schon froh.«

»Ich habe gehört, dass ihn drei, vier Leute in die Garderobe geschleift, zusammengeschlagen und getreten haben. Kommen die so einfach davon?«

»Es fällt mir schwer, mir etwas anderes vorzustellen, aber Andrea hat seine Verteidigung übernommen. Sie können sie ja anrufen.«

»Das mache ich«, sagte Karin.

Michael streckte sich zufrieden in seinem Bett mit dem weißen, knisternd glatten und sauberen Bettzeug. 50 000 Euro lagen in der Kommode zwischen den Socken und weitere 500 000 warteten laut Absprache heute um 13.00 Uhr auf ihn. Er musste einen guten Platz für sein Geld finden. Vielleicht sollte er einfach ein Bankschließfach mieten? Da guckte wohl niemand hinein? Er musste das untersuchen.

Er schaltete Radio und Computer ein. Nein, natürlich brachten sie noch nichts über den Mord. Sie konnten sie eigentlich noch nicht gefunden haben. Er sah auf die Uhr: Es war 7.32 Uhr. Er zog Trainingsanzug und Turnschuhe an und genoss seine Leichtigkeit und Stärke, während er um die Amager Gemeindewiese joggte. Es war dunkel und ziemlich rau und klamm, aber das mochte er. Die Sonne, die Hitze und den Staub im Irak hatte er gehasst.

Seiner Theorie zufolge machten zu viel Sonne und Hitze

die Leute dumm, schläfrig und leichtsinnig. Deshalb blieb der Süden arm, während konstanter Fortschritt den Norden prägte.

Während des Joggens plante er seinen Tag. Er wollte im *SAS-Hotel* frühstücken und anschließend ein paar Privatstunden im Fitnesscenter nehmen – mit eigenem Trainer. Das Mittagessen wollte er in dem neuen kleinen Café einnehmen, das fünf Kochmützen bekommen hatte. Dann würde er im Hauptbahnhof seine 500 000 Euro abholen.

Für den Abend hatte er eine Suite im *Hotel d'Angleterre* reserviert, doch vorher musste er noch zum Friseur und neue Kleidung brauchte er auch.

Eine schöne Verpackung für einen schönen Körper, dachte er wollüstig und sah an seinem Armani-Anzug hinunter, während er sich in einem Schaufenster spiegelte und die rechte Hand um den Schließfachschlüssel schloss. Er war auf dem Weg zum Hauptbahnhof. Vorsichtig blickte er sich hin und wieder um. Er war sich hundertprozentig sicher, dass er nicht beschattet wurde. In der Bahnhofshalle drehte er auch ein paar Runden. Er sah die Leute kommen und gehen und wartete vorsichtshalber bis 13.30 Uhr, bevor er *sein* Schließfach öffnete. Niemand folgte ihm. Niemand hatte sich länger als einige Minuten in der Nähe des Schließfachs aufgehalten. Alle waren mit ihren eigenen Dingen beschäftigt.

Dann hielt er das Päckchen in der Hand. Es hatte die richtige Größe, die richtige Konsistenz und das richtige Gewicht. Er konnte ein Lächeln kaum unterdrücken, als er es in die Supermarkttüte steckte, in der bereits ein paar Salatköpfe waren. Vier Millionen Kronen musste man natürlich in einer Plastikeinkaufstüte durch die Stadt tragen.

Na schön, er hatte nicht vor, die Beute durch die Stadt zu tragen. Vor dem Haupteingang winkte er einem Taxi.

Er setzte sich auf sein elfenbeinfarbenes Ledersofa und zog das Päckchen aus der Supermarkttüte.

Von F für M stand außen drauf. Das Päckchen war fest mit Klebeband umwickelt und er nahm sein Taschenmesser zu Hilfe.

Er bekam nicht wirklich mit, was genau passierte. Hörte nur den alles übertönenden Krach und fühlte einen unerträglichen Schmerz im Gesicht und an den Händen. Dann wurde er ohnmächtig.

Im Krankenwagen kam er teilweise zu Bewusstsein, als jemand ihm das Gesicht mit kaltem Wasser abtupfte und sagte: »Wir fahren nach Hvidovre, in die Abteilung für Brandwunden.«

Die Schmerzen waren unerträglich und er antwortete: »Ich würde es vorziehen, wenn Sie mich hier und jetzt erschießen würden.«

Er wusste, dass er in eine Falle gegangen war und sich auf das vorbereiten musste, was ihn erwartete.

»Wer hat Sie gerufen und hereingelassen?«, fragte er gequält.

»Ihre Nachbarn und der Hauswirt.«

»Was ist passiert?«

»Das wird die Polizei herausfinden.«

Wieder glitt er in gnädige Bewusstlosigkeit.

Der Staatsanwalt bestand auf Ausschluss der Öffentlichkeit: »Wir alle wissen, dass die Festgenommenen das Gericht als Plattform zu gebrauchen wünschen, von der aus sie ihre politische Botschaft verbreiten können, aber ich möchte daran festhalten, dass das hier keine politische Diskussion ist. Es handelt sich vielmehr um eine ernst zu nehmende Straftat und mit Rücksicht auf die Aufklärung des Falls müssen wir auf Ausschluss der Öffentlichkeit bestehen.«

Die drei Verteidiger der jungen Männer protestierten mit Hinweis auf die Bestimmungen zur Öffentlichkeit in der Rechtspflege und Andrea Vendelbo fügte noch hinzu: »Bereits heute wird der Fall von einem Großteil der Medien völlig unproportional aufgebauscht. Deshalb erachte ich es als richtig, die Öffentlichkeit von seiner reellen Substanz in Kenntnis zu setzen. Darüber hinaus haben wir viele Beispiele dafür, dass die Staatsanwaltschaft gerade in *den* Fällen auf Ausschluss der Öffentlichkeit plädiert hat, in denen die Anklage auf schwachen Beinen stand. Durch dieses Verfahren wurde den Verteidigern Schweigepflicht auferlegt, während Polizei und Staatsanwaltschaft den Fall zum Schaden der Verurteilten in den Medien aufgeblasen haben. Ich könnte als Beispiel ...«

Der Staatsanwalt protestierte: »Alte Fälle, bei denen es darum geht, wer was zu der Presse gesagt hat, sind in Verbindung mit einer Vorführung vor dem Haftrichter nicht relevant ...«

Der Richter stimmte dem Staatsanwalt zu und schloss die Gerichtstüren.

Karin Sommer verließ den Raum mit den anderen Journalisten und Zuhörern, unter denen sich auch Halfdan Thor befand.

»Der eigene Sohn. Wenn man mir gesagt hätte, dass ich das noch mal erleben muss«, sagte der Kriminalinspektor leise, als sie allein in einer Ecke am Fenster standen. Dann nickte er zu dem Beamten hinüber, der zu Karin Sommers Bodyguard bestellt worden war, und sagte: »Sie fahren mit ihm nach Hause und informieren ihn über Ihre Pläne. Er wird um 20.00 Uhr abgelöst.«

»Hat sich im Lauf des Tages etwas ergeben?«, fragte Karin und sah auf die Uhr. Es war 16.15 Uhr.

»Nein, aber Kohlberg hat eine Pressekonferenz abgehalten, die Techniker arbeiten an Tatort, Fahrrad und Kleidung und der Pathologe ist dabei, den Todeszeitpunkt festzustellen. Morgen wissen wir mehr. Vor einer Stunde habe ich übrigens mit Ihrem Kollegen Thomas gesprochen. Ich habe ihn über alles informiert.«

»Er wird auch darüber schreiben. Ich bin ja sozusagen in den Fall involviert, nicht?«

»Wenn Ihnen irgendetwas einfällt, irgendjemand, der einen Groll gegen Sie hegt, rufen Sie mich an, Tag und Nacht«, sagte Thor.

»Ich habe bereits angefangen, mein Leben unter die Lupe zu nehmen: Wer hasst mich so, dass er oder sie meinen Tod wünscht?«, antwortete Karin.

»Sie haben ein paar hässliche Sachen erlebt«, sagte der Kriminalinspektor.

»Ja, und diesmal habe ich seltsamerweise keine große Angst. Vielleicht bin ich langsam abgehärtet oder ich stelle mich allmählich darauf ein, dass wir alle auf die eine oder andere Weise diese Welt einmal verlassen müssen«, antwortete Karin.

Das Gericht brauchte eine Stunde, um zu dem Beschluss zu kommen, dass der berechtigte Verdacht bestand, dass Valdemar, Søren und Esben Gewalt gegen Beamte in Ausübung ihrer Pflichten ausgeübt und die öffentliche Ordnung gestört hatten. Mit Rücksicht auf das allgemeine Rechtsempfinden und die Aufklärung des Falls wurde für die drei jungen Männer zunächst eine dreiwöchige Einzelhaft angeordnet.

Zurück in der Redaktion schrieb Karin ihre Story über die Anordnung der U-Haft.

»Es tut mir Leid für Thor«, sagte sie, als sie die Geschichte ihrem Chef Thomas mailte.

»Irgendwo kann ich die drei Jungen gut verstehen«, antwortete Thomas.

»Vergiss nicht, das auf der Redaktionsbesprechung zu erwähnen«, sagte Karin scharf. Ihr war aufgefallen, dass sich Thomas in Gegenwart von Chefredakteur Adam Lorentzen immer öfter wie ein gehorsamer Rekrut gebärdete, der ihm hübsch nach dem Mund redete. Das Gleiche traf auf Ulrik zu. Und wenn sie genauer nachdachte, war es in der Welt der Männer mehr die Regel als die Ausnahme, sich der Rangordnung entsprechend zu verhalten.

»Das werde ich«, antwortete Thomas mit leicht hochgezogenen Augenbrauen. »Bei der internen Nachbesprechung werde ich vorschlagen, eine etwas kritischere Haltung einzunehmen. Dänemark bekommt im Ausland langsam einen schlechten Ruf. Als wir nach Kairo kamen, haben wir als Erstes eine urdänische Krankenschwester getroffen, die – wie immer man das dreht und wendet – praktisch des Landes verwiesen wurde, weil sie einen Ägypter geheiratet hat. Ich habe mir überlegt, darüber zu schreiben … Nun gut, am folgenden Tag standen wir in dem alten Bazar der Stadt, wo einen die Händler fragen, woher man kommt, wenn sie mit einem ins Gespräch kommen wollen. Caroline antwortete fröhlich: ›Wir kommen aus Dänemark.‹ Und da passierte etwas Unangenehmes. Wir wurden umringt, die Gesichter waren nicht länger freundlich, lächelten nicht mehr. Einer sagte: ›Aus Dänemark? Ihr seid Rassisten, wisst ihr das?‹ Und ein anderer: ›Ihr habt mit den Irak besetzt. Warum? Was haben sie euch getan?‹

Auf der restlichen Tour haben wir konstant gelogen und behauptet, dass wir Schweden sind.«

Karin holte die für die Gedächtnisfeier angemessene Kleidung heraus. Ihren Begräbnisanzug, wie sie ihn nannte. Einen anthrazitfarbenen Anzug aus einem Seidenleinengemisch, der zusammen mit einem Halstuch in rotorangen

Tönen schön und diskret genug aussah – ohne so traurig zu wirken, dass man sie für die trauernde Witwe hielt. Oder in diesem Fall für den trauernden Witwer.

Karin war nicht auf ihr Aussehen fixiert, schätzte jedoch die Sicherheit und Anonymität, die die zu dem Anlass passende Kleidung ihr verlieh.

Dann weckte sie Jørgen, der darauf bestanden hatte, an ihrer Seite zu sein und sie zu trösten.

»Das ist nicht nötig«, hatte sie gesagt, war aber trotzdem froh gewesen, als er kam.

Am liebsten war er mit ihr auf Skejø zusammen und eine Zeit lang hatte er versucht, sie dazu zu überreden, ganz auf die Insel zu ziehen und zu pendeln, doch sie hatte gesagt, dass sie zu alt war, mehr als drei Stunden ihrer täglichen Zeit darauf zu verwenden, in einem Auto zu sitzen. Die Zeit wird kostbarer, wenn man langsam einsieht, dass sie bemessen ist, hatte sie gesagt, und dieser Satz hatte ihn verletzt.

»Das ist alles eine Frage der Prioritätensetzung«, hatte er geantwortet.

»Du kannst auch hierher in die Stadt ziehen. Wir könnten uns nach einer größeren Wohnung oder einem Haus umsehen«, hatte sie vorgeschlagen.

»Ich fühle mich in einer Provinzstadt nicht wohl«, hatte Jørgen gesagt. »Setz mich weit draußen auf dem Land aus oder im Zentrum von Kopenhagen, aber erspar mir den klammen Mief und die kleinbürgerliche Langeweile der Provinzstadt.«

»Was für ein dummes Vorurteil. Die Umgebung ist so, wie man sie sieht und in fünf Minuten bist du raus aus der Stadt.«

Das Thema hatte sich nie zu einem richtigen Konflikt entwickelt, weil sie stillschweigend ihre jeweiligen unterschiedlichen Bedürfnisse respektierten.

»Vielleicht ziehe ich nach Skejø, wenn ich so alt bin wie du«, hatte sie gesagt.

»Das wirst du nie«, hatte er geantwortet.

Die Gedächtnisfeier wurde in einem Gesellschaftsraum direkt gegenüber der Kirche abgehalten. Die *Sjællandsposten* kam generös für die Unkosten auf.

Anita war Mitglied der »Freunde des Liedes« gewesen und hatte selbst in einem lokalen Chor mitgewirkt, der als Einleitung *Wer kann segeln ohne Wind* sang, sodass kein Auge trocken blieb.

Anitas Schwager hielt im Namen der Familie eine Rede, in der er betonte, dass Anita ein guter Mensch gewesen war, der niemandem übel nachgeredet hatte, nie boshaft gewesen war oder Intrigen gegen die Familie gesponnen hatte (Sollte das unausgesprochen heißen, dass es andere in der Familie gab, die das hatten?, dachte Karin).

Und Adam Lorentzen erwähnte Anitas unschätzbaren Einsatz für die Zeitung und ihre menschliche Rolle als Mutter der Redaktion.

Der Chor sang zwei weitere Lieder, dann wurde das Büfett eröffnet: Kaffee, Wasser, Bier, Wein, Smørrebrød, Kuchen, Konfekt und Früchte.

Karin und Jørgen saßen mit Thomas und Caroline zusammen.

Kriminalinspektor Halfdan Thor war von Amts wegen anwesend und hielt sich in der Nähe des Ausgangs zur Garderobe auf, wo er sich mit Karins Bodyguard unterhielt, einem jungen Beamten mit so unreiner Gesichtshaut, dass man fast schon von Abszessen reden konnte.

»Eigentlich gefällt es mir nicht, dass wir nicht schreiben, was wirklich Sache ist«, sagte Thomas über den Tisch zu Karin.

Seit dem Mord waren fünf Tage vergangen und die Identität des Mordopfers war natürlich längst bekannt, doch die Polizei hatte darum gebeten, dass die *Sjællandsposten* die Verwechslungstheorie unerwähnt ließ. Und Adam hatte beschlossen, dem Ersuchen der Polizei Folge zu leisten.

Thomas musste in seinen Artikeln die Polizei zitieren, dass sie mehreren Spuren und verschiedenen Motiven für den Mord nachgingen.

Kriminalinspektor Halfdan Thor näherte sich ihrem Tisch und sagte zu Karin: »Hätten Sie Zeit für ein kurzes Gespräch, wenn wir hier fertig sind?«

»Natürlich.«

Sie setzten sich in das Auto des Kriminalinspektors.

»Wir haben noch immer keine Spur«, sagte er zu Karin. »Dass wir gewisse biologische Spuren auf dem Mantel gefunden haben, macht unsere Unsicherheit nur noch größer.«

Der Kriminalinspektor räusperte sich und war sichtlich verlegen.

»Deshalb muss ich Sie jetzt auch etwas sehr Privates fragen«, fuhr er fort.

»Fragen Sie nur«, sagte sie.

»Haben Sie Sex gehabt, während Sie den Regenmantel anhatten?«

Wenn man geweint hat – und Karin hatte den Tränen während der Gedächtnisfeier freien Lauf gelassen –, ist man oft in einer Stimmung, in der man leicht in Gelächter ausbricht.

Sie lachte laut und herzlich: »Stimmt, ich habe gehört, dass Gummi- und Regenkleidung als besonders speziell gelten, aber das ist nicht ganz mein Stil!«

»Hm. Dann spricht einiges dafür, dass wir es mit einem

sexuell motivierten Mord zu tun haben. Ein DNA-Profil haben wir auch«, sagte der Polizeibeamte.

»Heißt das, dass ich erleichtert aufatmen kann?«, fuhr Karin optimistisch fort. »Ich meine: Er hatte es also nicht auf mich persönlich abgesehen?«

»Es gibt da ein paar Dinge, die wir nicht ganz verstehen«, antwortete Halfdan Thor. »Die Rechtsmediziner weisen darauf hin, dass der Mord höchstwahrscheinlich von einem Profi ausgeführt wurde. Von einer Person, die gewusst hat, wie man einen Menschen mit einem einzigen Schlag auf die Halsschlagader auf der Stelle tötet. So etwas lernt man bei gewissen Kampfsportarten. Außerdem lernen das Soldaten. Anitas Kleidung war nicht in Unordnung. Sie lag auf dem Bauch, und dann waren da diese ... Hinterlassenschaften auf der Rückseite des Mantels.«

»Ein nekrophiler Soldat«, schlug Karin vor.

»Oder eine falsche Spur«, sagte Halfdan Thor. »Wir werden Sie weiter bewachen, bis wir klüger sind.«

Michael war immer stolz auf seinen Körperbau gewesen, hatte sich an seinem Körper erfreut und sein Aussehen zu schätzen gewusst. Seine vierschrötigen Gesichtszüge waren perfekt maskulin und seine Haut makellos. Er glich den Idealen, die er als kleiner Junge vergöttert hatte: Action Man und Ken.

Michaels Sexualität war absolut ungewöhnlich: Sie richtete sich auf ihn selbst. Er bekam eine Erektion, wenn er sich im Spiegel sah.

Jetzt war der größte Teil seines Gesichts von Binden verdeckt, genau wie seine verbrannten Hände, seine Arme und seine Brust. Er fragte den Arzt: »Wie wird mein Gesicht aussehen? Werde ich entstellt sein?«

Der Arzt schwieg lange, bevor er antwortete: »Es heilt gut,

doch Narben werden natürlich bleiben, vor allem im rechten Teil des Gesichts, wo die Verbrennungen am schlimmsten waren. Dafür haben Sie großes Glück gehabt, dass Ihre Augen keinen Schaden genommen haben. Wenn Ihnen die kosmetischen Aspekte Probleme bereiten, lässt sich da mit plastischer Chirurgie bestimmt etwas machen.«

Wenn die kosmetischen Aspekte Probleme bereiten, dachte Michael. Das war ein Todesurteil, das der Arzt gerade ausgesprochen hatte. Er würde sich lieber erschießen, als sich als Monster durch das Leben schleppen. Doch zuerst würde er Frederik erschießen, schwor er sich, nein, er würde ihn langsam zu Tode quälen, das würde er.

Er wusste natürlich inzwischen, dass er einen fürchterlichen Fehler gemacht hatte. Er hatte Radio gehört und Fernsehen gesehen.

Aber Fehler zu machen war menschlich und er hätte den Fehler ohne weiteres wieder gutmachen und die Richtige umbringen können, aber nein: Sie hatten beschlossen, ihn zur Strafe zu vernichten. Das zu vernichten, was ihm am meisten bedeutete und der Sinn seines Lebens war.

Er wollte sterben, aber zuerst sollten sie sterben. Das setzte voraus, dass er herausfand, wer *sie* waren.

Wenn er Frederik anrief, antwortete eine Computerstimme: »*Die Nummer, die Sie gewählt haben, ist zurzeit nicht vergeben. Die Nummer, die Sie gewählt haben, ist zurzeit nicht vergeben. Die Nummer, die Sie gewählt haben ...*«

Daraufhin versuchte er, Major Ernst Poulsen zu erreichen, der ihm seinerzeit Frederiks Telefonnummer gegeben hatte.

»Was? Wer?«, sagte der Major. »Da müssen Sie sich falsch erinnern. Ich habe Sie nie an jemanden verwiesen. Ich bin schließlich kein Arbeitsvermittler!«

Als Michael insistierte, sagte der Major: »Hören Sie, es ist nicht ungewöhnlich, dass man Probleme hat, wenn man von einer Mission nach Hause kommt. Ich würde Ihnen raten, den psychologischen Dienst des Militärs für ehemalige Irak-Soldaten in Anspruch zu nehmen.«

Michael biss die Zähne zusammen, dass es in den verbrannten Wangen wehtat. Während er im Krankenhaus lag, hatte er ausreichend Zeit, sich einen cleveren und grausamen Plan auszudenken. Zu diesem Plan gehörte Karin Sommer, was voraussetzte, dass sie noch einige Zeit am Leben blieb. Sie war die Einzige, die ihn zu Frederik führen konnte.

»Wann werde ich entlassen?«, fragte er den Arzt.

»In ein paar Tagen. Sobald die Binden entfernt worden sind. Aber Sie werden natürlich ambulant weiter behandelt.«

Ein Kriminalassistent der Mordkommission war bei ihm gewesen und hatte erzählt, dass eine Brandbombe in dem Päckchen gewesen war. Vermutlich, um ihn ernsthaft zu verletzen, ohne ihn zu töten. Er hatte der Polizei erzählt, dass das Päckchen auf der Matte vor seiner Tür gelegen und er geglaubt hatte, es käme von seiner Mutter. Seine Mutter hieß Fie und auf dem Päckchen stand: *Von F für M.*

Sie hatten ihn auch gefragt, ob er jemanden im Verdacht hatte.

Er hatte geantwortet, dass er eine Idee hatte, aber lieber mit seinem Kontaktmann, Lars Sejersen vom Nachrichtendienst der Polizei, reden wollte.

Seine Mutter war natürlich auch sofort ins Krankenhaus gekommen. Sie hatte geweint und gejammert und am liebsten hätte er sie zum Teufel geschickt, aber er benötigte ihre Hilfe. Er brauchte seine Pistole und sein Geld.

»In der untersten Kommodenschublade unter den Socken und der Unterwäsche liegt ein Umschlag mit Geld und unter dem Polster des weißen Ledersofas steckt meine Pistole. Du musst mir beides noch heute bringen. Hast du verstanden? Sofort!«

Die Mutter hatte eilig das Krankenzimmer verlassen.

In der Wohnung in Islands Brygge hatte sie mit der Pistole und dem Geld gesessen. Sie weinte wieder, denn sie kannte ihren Jungen gut genug, um zu wissen, was er mit der Pistole wollte.

Seit er zur Welt gekommen war, hatte sie ihm gesagt, wie schön er war. Und seit er sich selbst dessen bewusst war, hatte er pedantisch auf sein Äußeres geachtet. »Ich würde mich lieber umbringen, als so auszusehen«, hatte er schon früh gesagt, wenn er einem hässlichen oder entstellten Menschen begegnet war.

Nein, sie konnte ihm die Pistole nicht geben. Und das Geld – das brauchte sie eigentlich selbst.

Sie weinte, als sie wieder an seinem Krankenbett saß: »Die Tür war offen. Die Schubladen standen offen, die Polster waren von den Möbeln gerissen. Geld und Pistole waren weg.«

»Schwein!«, zischte Michael.

»Du darfst deine Mutter nicht Schwein nennen«, schluckte sie.

»Ich spreche nicht von dir. Verschwinde!«, zischte er.

Jetzt saß Lars Sejersen vom Nachrichtendienst der Polizei an seinem Bett. Er war ein großer, freundlicher Jütländer mit sehr blauen, sehr direkt blickenden Augen.

Michael sagte: »Es hat mir Spaß gemacht, für euch zu arbeiten, und ich würde gern weitermachen. Ich arbeite gern als Bodyguard. Ich werde in ein paar Tagen entlassen.«

»Natürlich kannst du bei uns weitermachen«, sagte Sejersen.

»Du weißt, dass ich als Soldat im Irak war. Um der Wahrheit die Ehre zu geben: Ich bin mit einem Eintrag in meinen Papieren vorzeitig entlassen worden. Ich war bei dem Transport einiger irakischer Gefangener in ein englisches Lager dabei, und als wir dort ankamen, war einer der Gefangenen seinen Verletzungen erlegen. Ich denke, dass er sich die Verletzungen in dem vorigen Lager zugezogen hatte, aber wir zwei, die wir für den Transport zuständig waren, wurden plötzlich zur Verantwortung gezogen. Es endete damit, dass wir eine Rüge bekamen, unseren Dienst nicht verantwortungsvoll getan zu haben, da wir nicht bemerkt hatten, dass der Iraker einen Arzt gebraucht hätte. Hier zu Hause lief die Folterdebatte und die Politiker mussten wohl ihre reine Weste demonstrieren. Wir wurden jedenfalls nach Hause geschickt und gefeuert.«

»Die Geschichte ist uns hinreichend bekannt und hat keine Bedeutung für dein Anstellungsverhältnis beim PET«, sagte Sejersen.

»Nein, aber hör zu: Vor drei Wochen haben mir morgens, als ich um die Amager Gemeindewiese gejoggt bin, zwei Einwanderer der zweiten Generation oder andere perfekt dänisch sprechende Araber aufgelauert und mich überfallen. Sie haben mich festgehalten und einer von ihnen hat etwas gesagt wie: »Da haben wir doch einen der feindlichen Soldaten. Den machen wir fertig!«

Sejersen beugte sich fasziniert vor: »Und dann?«

Michael antwortete: »Ich will nicht prahlen, aber ich bin ganz gut im Nahkampf, und als sie weiterliefen, hatten beide Nasenbluten.«

»Du hast keine Anzeige bei uns erstattet?«

»Zuerst habe ich gedacht, dass es sich nur um ein paar durchgeknallte Typen handelt, die bekommen haben, was sie verdient haben, doch dann habe ich festgestellt, dass ich von ein paar anderen Arabern überwacht werde, und als mich der Scheiß hier erwischt hat, war ich gerade auf dem Weg zu euch, um zu berichten, dass der Krieg jetzt auch Dänemark erreicht hat.«

Sejersen sagte: »Das ist eine sehr ernste Geschichte. Wir gehen das Ganze noch einmal gründlich durch. Ich schreibe einen Bericht und dann müssen wir versuchen, die Täter zu finden. Ich denke, wir sollten damit an die Öffentlichkeit gehen, doch das möchte ich meinen Vorgesetzten überlassen.«

Ostpreussen, Februar 1945

Oben in den Bäumen hingen die erfrorenen Leichen von ein paar zerlumpten deutschen Soldaten, die den Kampf aufgegeben hatten. Es war klar erkennbar, dass die Deserteure sowohl verletzt als auch ausgehungert gewesen waren, bevor fanatische Parteileute sie aufgehängt hatten. An ihren Leichen hingen Schilder, auf denen stand: »Ich bin ein Feigling.«

Gertrud und Dora versuchten, den Anblick zu meiden, indem sie schnell an ihnen vorbeigingen. Mit ein wenig Glück konnten sie über das Eis des Frischen Haffs kommen, bevor es dunkel wurde. Sie waren beide krank und erschöpft, doch das hatten sie mit dem größten Teil der zwei Millionen Menschen gemeinsam, die in den letzten Tagen des Krieges über die Ostsee wollten. Die Russen hatten den Landweg abgeschnitten, sodass das Meer der einzige Fluchtweg war.

Hinter den Flüchtlingen lagen ihre abgebrannten Städte und vor ihnen die winterlich kalte Ostsee, die feindlichen U-Boote und Tausende von Leichen, die nach der großen Schiffskatastrophe langsam an Land trieben. Es war erst eine Woche her, seit die *Wilhelm Gustloff* mit 4000 Flüchtlingen an Bord versenkt worden war.

Über ihnen kreisten unablässig die Jagdflieger.

»Vielleicht amüsieren sie sich«, sagte Gertrud sarkastisch, wenn die Kampfflugzeuge niedrig über den unendlichen schwarzbraunen Strom von Flüchtlingen strichen und Bomben abwarfen oder einen Teil der Kolonne mit Maschinengewehren niedermähten.

Die Widerstandsfähigsten unter den Flüchtlingen kämpften verbissen und gnadenlos – um den sichersten und wärmsten Unterschlupf, um Essen, Kleidung und den Transport auf den immer weniger werdenden Wagen, doch Gertrud und Dora beteiligten sich nicht an diesen Kämpfen. Sie verzichteten und hielten sich zurück, weil keine von ihnen einen starken Überlebenswunsch in sich spürte. Sie liefen einfach mit im Treck, hatten manchmal das Gefühl, von dem verzweifelten Menschenstrom mitgezogen zu werden.

»Einen silbernen Löffel für ein Brot«, rief eine verzweifelte Mutter. »Zwei silberne Löffel für ein Brot«, erklang es wenig später.

Eine Großmutter bot Silberbesteck für zwölf Personen gegen eine Decke für ihr vor Fieber zitterndes Enkelkind an.

Furchtbare Szenen spielten sich ab, wenn Kinder von Bombensplittern und Maschinengewehrkugeln getroffen wurden – oder einfach an Fieber und Hunger starben, doch noch Grauen erregender war es, wenn Kinder und Mütter voneinander getrennt wurden. »Hat jemand meinen kleinen Werner gesehen?«, »Helfen Sie mir, Brunhilde zu finden!«

Die unglücklichen Frauen liefen verzweifelt schreiend Kilometer um Kilometer an den Flüchtlingsreihen entlang. Einige hatten ihre Kinder in Verbindung mit den Zugtransporten verloren. Andere Mütter und Kinder waren in der Verwirrung und dem Gedränge getrennt worden, die bei den Bombardierungen und dem Beschuss der Flüchtlingskolonnen entstanden.

Eine Frau erzählte verzweifelt, dass sie an einem Bahnhof aus dem Zug gestiegen war, um Wasser für ihr Jüngstes zu beschaffen, das erst zwei Jahre alt war und Durchfall hatte. Es war ihr nicht gelungen, sich zu dem Zug zurückzukämpfen. Zehntausende drängten und schubsten. Es war der letzte Zug Richtung Königsberg und er war mit ihren drei Kindern abgefahren, von denen das Älteste erst fünf war.

Jetzt lief sie herum und fragte, ob jemand etwas von dem Zug wusste oder »drei kleine blonde Kinder« gesehen hatte.

»Königsberg ist abgesperrt. Die Russen haben die Stadt eingenommen«, antworteten die Leute. Und die Mutter schrie.

Gertrud sah Dora an und sagte: »Es ist nicht so schlimm, dass Rosemarie und August daheim bei Gott sind.«

Viele Frauen, Kinder und Familien hatten sich mit Gürteln, Schnüren und Seilen aneinander gebunden.

»Ich habe das silberne Mutterkreuz und Gott muss es uns gestatten, gemeinsam zu sterben«, sagte Minna, die sich mit einer Schnur aus Kleidungsstücken an ihre acht Kinder gebunden hatte, von denen das Jüngste vor vier Tagen auf der Flucht zur Welt gekommen war.

Minna, eine kleine, rundliche Futtermeisterfrau aus der Gemeinde Rastenburg, war einige Tage zusammen mit Gertrud und Dora in einer Gruppe gegangen.

Minna suchte in ihrer Manteltasche und zeigte ihnen stolz ihre frauliche Auszeichnung – das Mutterkreuz: »Wenn man sie schon in die Welt gesetzt hat, hat man auch die Pflicht zu versuchen, sie am Leben zu erhalten. Wären die Kinder nicht, hätte ich es wie Elfriede und Margarete gemacht«, sagte sie – und schien davon auszugehen, dass alle Elfriede und Margarete kannten.

»Und was haben Elfriede und Margarete gemacht?«, fragte Gertrud.

»Sie sind in den Wald gegangen und haben sich gegenseitig die Pulsadern aufgeschnitten.«

Die sechzehnjährige Anna hatte ihre Familie verloren, als sie in einer Fabrikhalle übernachtet hatten, die von russischen Kampfwagen umringt und beschossen worden war. Jetzt half sie Minna, die kleinsten der Kinder auf einem Karren zu ziehen, während Minna selbst das Neugeborene auf dem Arm hielt. Anna hatte nur Lappen um die Füße gewickelt, da sie ihre Schuhe auf der Flucht vor den russischen Soldaten verloren hatte. Die Brust tat ihr weh, ihr war schwindelig und sie hustete Blut.

Dank Anna kamen sie in Kontakt mit einer ihrer eigenen kleinen Militäreinheiten, denen die Aufgabe zugeteilt worden war, die verletzten und sterbenden Soldaten zu evakuieren. Ein Befehlshaber, der kaum einen Tag über achtzehn war, verliebte sich auf den ersten Blick in Anna mit den dicken, blonden Zöpfen, streckte den Arm nach ihr aus und sagte mit vor Fieber glänzenden Augen: »Schau, da liegen meine Kameraden. Sie werden bald tot sein. Morgen bin ich an der Reihe, aber ich will ein Kind, das weiterlebt, wenn ich tot bin, und dieses Kind will ich von dir.«

Unter anderen Umständen hätte Anna sich vielleicht bedroht gefühlt, doch jetzt kicherte sie nur und die älteren Frauen sagten: »Halt den Mund, du Lausbub!«

Sie mussten über das Frische Haff und weiter an der Frischen Nehrung entlang, um in eine der Hafenstädte in der Danziger Bucht zu kommen.

Tausende von Flüchtlingen vor ihnen hatten das zugefrorene Haff überquert, wo der Fluchtweg von Reisigbesen markiert war und auch hinter ihnen folgte ein endloses Gewimmel von Menschen und Wagen. Genau an diesem Tag, dem 6. Februar, war Tauwetter, was dazu geführt hatte, dass einige Zentimeter Wasser auf dem Eis standen und viele der Reisigbesen sich gelöst hatten und ziellos herumschwammen. Durch die Kolonnen hallte der Ruf, Abstand zu halten und auf die Eislöcher zu achten. Warnend wurde erzählt, dass schon viele Menschen und Wagen durch das Eis gebrochen waren.

Der verliebte Befehlshaber bot Anna, die nur Tücher um die Füße hatte, und Minna mit dem Neugeborenen und den übrigen sieben aneinander gebundenen Kindern an, bei den verletzten Soldaten auf dem Wagen zu sitzen. Auch die hochschwangere Dora wurde dazu aufgefordert, lehnte jedoch ab. Sie konnte das Jammern der Soldaten und ihre offenen, entzündeten Wunden nicht ertragen.

Gertrud und Dora hielten sich stattdessen an der hinteren Kante der Ladefläche fest, sodass sie teils über die ausgefahrene Eisdecke gingen, teils sich ziehen ließen. Auf diese Weise konnten sie auch die Wärme besser halten.

Gegen Mittag machten sie Halt und die Soldaten teilten ihre Rationen mit den Frauen und Kindern. Gertrud war über diese Freundlichkeit so gerührt, dass sie weinen musste.

Dafür weinte sie nicht länger über die Toten und Sterbenden, die den ausgefahrenen Weg über das Eis säumten. Einige waren von Fieber, Müdigkeit und kaputten Beinen dahingerafft worden. Andere waren von den tief fliegenden russischen Flugzeugen getroffen worden, die immer wieder kamen und ihre Bomben abwarfen oder die Flüchtlingskolonne beschossen.

Gegen Nachmittag stand das Schmelzwasser hoch auf dem Eis und das diesige Wetter machte es noch schwerer, die Umrisse der Eislöcher zu erkennen. In Gertruds und Doras kleiner Einheit ging einer der Soldaten voran und hielt das Zaumzeug des einen Pferdes, während er gleichzeitig vorsichtig mit einem Stock in das Eis stach. Trotzdem hatten sie Pech.

Gertrud hörte den Kutscher rufen und sah den vordersten Soldat und die Pferde verschwinden.

»Lass los!«, schrie sie Dora zu, die sich noch immer an der Ladeklappe festhielt. Eine Sekunde entstand der Eindruck, als würde das Fahrzeug an der Eiskante hängen bleiben, und Dora gelang es loszulassen, bevor Wagen und Passagiere mit einem großen Blubb verschwanden.

Gertrud und Dora standen noch immer auf dem Eis und wichen instinktiv ein paar Schritte zurück. Von dem Wagen stiegen Blasen hoch und eine Pelzkappe tauchte auf.

Minna, die sich an ihre acht Kinder gebunden hatte, Anna und der verliebte Soldat samt seiner gesunden und verletzten Kameraden waren verschwunden.

Gertrud und eine kleine Gruppe zufällig vorbeikommender alter Frauen falteten die Hände, schlossen die Augen und beteten ein Vaterunser für die Ertrunkenen.

Dann drehte Gertrud sich um und rief aus Leibeskräften, dass man auf das Eisloch achten sollte, nahm die Hand ihrer Schwiegertochter und ging weiter. Spät am Abend erreichten sie Neukrug an der Frischen Nehrung.

Dänemark,
November 2004

Karin Sommer gewöhnte sich langsam an ihre Bodyguards. Es waren vier junge Beamte, die einander ablösten. Zwei von ihnen waren richtig clever und man konnte sich gut mit ihnen unterhalten. Zu den beiden anderen hatte sie weniger Kontakt. Nachdem die Tage vergingen und nichts passierte, begann sie sich zu fragen, wann die Bewachung eingestellt werden würde. Halfdan Thor wollte lieber erst einen Täter dingfest machen, bevor er die Leute abzog, doch was war, wenn sie den Mörder überhaupt nicht fassten? Sie konnten sie schließlich nicht den Rest ihres Lebens beschützen.

Am Wochenende war sie bei Jørgen auf Skejø gewesen und auch ihre alte Tante Agnes, die sich von nichts und niemandem unterkriegen ließ, hatte die beiden Tage bei ihnen zu Hause verbracht.

Agnes war Karins einzige Verwandte und ihr Verhältnis war in den letzten Jahren sehr eng gewesen. Selten verging ein Tag, an dem Karin nicht anrief, um kurz mit der Tante zu reden, die in einer der eigenständigen, privaten Altenwohnungen lebte, die dem Pflegeheim der Insel angeschlossen waren.

Besonders auf Skejø blieb es natürlich nicht unbemerkt, dass ein junger Mann Karin begleitete und in der Fachwerkidylle wurden die wildesten Spekulationen angestellt, wer er wohl war. Reichte der alte Arzt der Dame vom Festland nicht mehr?

Wenn der Winter nahte, fühlten die Leute auf der Insel

sich einsamer und isolierter und mehr Einheimische gingen in die Kneipe, wie der Wirt erzählt hatte, aber der Umsatz war trotzdem so niedrig, dass er darüber nachdachte, in den Wintermonaten zu schließen. Alle Touristenattraktionen waren ohnehin zu und in vielen Ferienhäusern waren Sperrholzplatten vor Fenster und Türen genagelt. Diese vernagelten, winterlich toten Häuser boten einen deprimierenden Anblick, dachte Karin.

Sie hatte das Zusammensein mit Jørgen und Agnes wirklich genossen, doch Sonntagabend war sie von einer inneren Rastlosigkeit ergriffen worden. Sie und Jørgen hatten etwas zu viel getrunken, Karten gespielt und sich geliebt und obwohl alles äußerst zufrieden stellend gewesen war, war sie ziemlich erleichtert, sich am Montagmorgen in ihr Auto setzen und zurück in die Stadt zu ihrer Arbeit fahren zu können. Der Bodyguard folgte ihr in einem eigenen Auto und der Fährmann zog die Augenbrauen so hoch er konnte, als er den beiden Autos nachblickte.

Als sie wieder auf Seeland war, hielt sie an der ersten Tankstelle und kaufte die Morgenzeitungen. Ein paar Stunden später, wenn sie wieder in der Redaktion war, würde sie sie ohnehin lesen können, doch frag mal einen Süchtigen auf Entzug, ob er nicht noch ein paar Stunden auf seinen Stoff warten kann.

In der *Berlingske Tidende* nahm die Story die gesamte Titelseite ein:

Bombenattentat auf dänischen Irak-Soldaten

Die Nachrichtendienste der Polizei und des Militärs befürchten, dass der Irak-Krieg Dänemark erreicht hat, und fordern heimgekehrte Irak-Soldaten zur Vorsicht auf. In dem Versuch, die Täter zu finden, hat die Polizei mehrere Hausdurchsuchungen vorgenommen und vier Muslime festgenommen ...

Nun gut, jetzt war Karin zumindest über eins der Themen informiert, die in der Kriminalredaktion auf der Tagesordnung stehen würden. Schnell überflog sie die Story. Noch handelte es sich um einen Einzelfall, doch das würde sich bestimmt bald ändern, denn auch im Süden von Seeland lebte ein Teil heimgekehrter Irak-Soldaten – unter anderem der, den sie interviewt hatte. Ja, sie mussten auf jeden Fall mit ihm reden, mit ihm oder sonst jemandem, den sie auftreiben konnten.

Sie schaltete das Autoradio ein. Überall brachten sie die Story: Der Krieg hatte Dänemark erreicht!

Na schön, dachte sie. Damit hatte man eigentlich rechnen müssen. Wer andere überfällt, riskiert, dass die Überfallenen zurückschlagen. Aber, du meine Güte, wo sollte das enden?

Michaels vordringlichstes Problem war es, Zugang zu einem fremden Computer zu bekommen, ohne bemerkt zu werden. Er konnte in die Bücherei gehen, fürchtete jedoch, durch sein Aussehen so großes Aufsehen zu erregen, dass man sich an ihn erinnerte. Die eine Hälfte seines Gesichts war noch immer von Binden verdeckt.

Er könnte in irgendein x-beliebiges Privathaus einbrechen und den Computer im Haus benutzen, doch ein Einbruch war mit einem Risiko verbunden.

Der Zufall kam ihm in Form einer großen EDV-Messe im Bellacenter zu Hilfe. Die Messe war öffentlich und Tausende von Menschen testeten die Vorführmodelle.

Er schlug den Kragen hoch, zog die Hutkrempe weit ins Gesicht und suchte sich einen Computer, der in einem Raum stand, in dem ein Gedränge herrschte wie am Hauptbahnhof. Er war gut vorbereitet und schnell. Die ganze Aktion dauerte weniger als fünf Minuten.

Er schrieb an den Nachrichtendienst der Polizei:

»Ich bin Mitglied einer rechtsradikalen Organisation, die durch die Ermordung von Journalisten die Meinungsfreiheit treffen will. Ich nehme Abstand von diesem wahnsinnigen Gedanken. Ganz oben auf der Liste steht die Journalistin Karin Sommer. Sie arbeitet für die Sjællandsposten. Durch ein Versehen wurde eine andere Person umgebracht, doch jetzt ist Karin Sommer an der Reihe.

Auf der Leiche wurden falsche DNA-Spuren in Form von Sperma und Haaren hinterlassen.«

Der letzte Satz war einzig und allein dazu gedacht, sein Insiderwissen zu dokumentieren. Die DNA-Spuren waren nämlich nicht in den Medien erwähnt worden und er war sich sicher, dass die Polizei sie gefunden hatte.

An Karin Sommer schrieb er:

»Sehen Sie sich vor und denken Sie ein wenig über Ihre Vergangenheit nach.«

Eigentlich war das sein einziger Anhaltspunkt. Frederik hatte gesagt, dass etwas in Karin Sommers Vergangenheit der Grund dafür war, dass sie sterben sollte. Er musste versuchen, sie auf die richtige Fährte zu bringen, damit sie ihn zu Frederik führte – und zu der Rache, von der er Tag und Nacht fantasierte.

Vom Bellacenter aus nahm er ein Taxi und fuhr direkt zu dem Gespräch für eine Festanstellung als Bodyguard beim Nachrichtendienst der Polizei. Er selbst hatte den Wunsch gegenüber Sejersen zur Sprache gebracht. Er wollte gerne von der Freiberuflichkeit zur Festanstellung wechseln. Das war kein Problem. Ganz im Gegenteil, hatte Sejersen gesagt. Es gab immer Bedarf im Personenschutz für Angehörige der königlichen Familie, gewählte Volksvertreter und andere hochrangige Mitglieder der Gesellschaft. Die Terrorgefahr hatte die Security zu der am stärksten expandierenden Branche gemacht, wie Sejersen es ausgedrückt hatte.

Normalerweise setzte der PET nur Polizisten als Bodyguards ein, doch angesichts des wachsenden Bedarfs rekrutierte man jetzt auch Leute von außerhalb, bezeichnenderweise Leute mit einer militärischen Ausbildung, die dann durch diverse Spezialkurse und -ausbildungen geschleust wurden.

Michael hatte den Rat des PET befolgt, sich nicht in Verbindung mit dem Bombenattentat interviewen zu lassen. Sein Gesicht sollte nicht öffentlich bekannt werden.

Gerade Michaels entstelltes Gesicht konnte ein Problem darstellen, dachte Sejersen im Stillen. Der neue Mann des PET würde nie diskret und unbemerkt irgendwo auftauchen können. Er würde immer auffallen und leicht wiederzuerkennen sein. Doch im Personenschutz gab es viele Aufgaben, bei denen das Aussehen des Bodyguards keine Rolle spielte, und wie einer von Sejersens Vorgesetzten gesagt hatte, hatte der PET nahezu die *Pflicht,* Michael einzustellen, da er Dänemarks erstes richtiges Kriegsopfer war. Diese Einstellung schien sich ganz oben in der Hierarchie durchzusetzen, hatte Sejersen verstanden.

»Das Zeug kommt in einer Woche ab«, sagte Michael und zeigte auf den Verband. »Und ich würde gerne so bald wie möglich anfangen.«

Kriminalinspektor Halfdan Thor war ein halbstündiger Besuch bei Esben bewilligt worden, bevor der Junge in die Krankenabteilung des Westgefängnisses überführt werden sollte – allerdings unter Aufsicht.

Sie durften nicht über den Fall sprechen, hatte man Thor eingeschärft, doch das war ihm ohnehin bekannt. Esben befand sich prinzipiell in Einzelhaft und die Besuchserlaubnis war aufgrund eines Ansuchens der Anwältin des Jungen, Andrea Vendelbo, nur ausnahmsweise bewilligt worden.

Die Polizei hatte aus menschlichen Gründen zugestimmt.

Esben hatte es härter getroffen, als es anfangs den Anschein gehabt hatte.

Die Ärzte in der Neurologie hatten ein Blutgerinnsel im Gehirn festgestellt, das dem Jungen noch immer Beschwerden in Form von Krämpfen in einem Arm und starken Kopfschmerzen machte. Außerdem hatten die Chirurgen die verletzte Milz entfernen müssen. Von den Ärzten war Halfdan Thor versichert worden, dass man auch ohne Milz ein gutes Leben führen konnte. Sie hatten ihn mit verschiedenen Informationsschriften samt Hinweis auf die Homepage einer Selbsthilfegruppe ausgestattet.

Andrea Vendelbo hatte in Esbens Namen vier Mitglieder der Demokratischen Volkspartei wegen Gewalttätigkeit angezeigt. Dank seiner guten Quellen bei der Staatsanwaltschaft wusste Halfdan Thor bereits, dass der Staatsanwalt beschlossen hatte, keine Anklage zu erheben. Die Vier hatten im Rahmen legaler Notwehr gehandelt, war die Meinung der Staatsanwaltschaft.

Er hatte immer wieder darüber nachgedacht, was er sagen sollte, wenn er seinem Sohn von Angesicht zu Angesicht gegenüberstand. Und er hatte sich entschieden. Es gab nur eine Möglichkeit.

Esben sah krank aus und winzig klein. Seine Augen blickten ängstlich und seine Mundwinkel zuckten.

Einen Augenblick gab Thor sich der verzweifelten Vorstellung hin, wie er seine Dienstpistole (die er nicht bei sich hatte) nehmen, den Jungen entführen und auf seinen Schultern nach Hause tragen würde – wie damals, als er noch ganz klein war.

Er ging langsam zum Bett, küsste seinen Sohn auf die Stirn, nahm seine Hände in seine und sagte: »Ich liebe dich und ich bin sehr stolz auf dich. Wir werden das schon schaffen. Aske vermisst dich auch und ich soll grüßen und sagen, dass du cool bist.«

Der ihn begleitende Beamte zuckte zusammen. Musste der Kriminalinspektor so direkt sagen, dass er stolz auf seinen kriminellen Sohn war.

Diese Frage hatte Thor sich auch gestellt. Und nach vielen durchgrübelten Nächten war er zu dem Resultat gekommen, dass er es sagen musste. Weil es stimmte.

Wie Aske gesagt hatte: Esben hatte zumindest etwas getan.

Die meisten taten nichts. Die meisten, er selbst inklusive, waren träge und gleichgültig gegenüber der Tatsache, dass in der Welt so einiges schief lief. Das war Esben nie gewesen. Und darauf war er stolz. Über die Mittel konnte man diskutieren.

Überraschte, frohe Erleichterung machte sich auf dem Gesicht des Jungen breit und Thor ging weiter, als er eigentlich vorgehabt hatte: »Mutter wäre auch stolz auf dich gewesen«, sagte er.

Esben lächelte: »Das weiß ich. Sie wäre bestimmt Friedensaktivistin.«

»Warum glaubst du das?« Thor runzelte die Stirn, weil er sich seine sanfte, verstorbene Frau nicht gegen Wasserwerfer und Polizeischlagstöcke demonstrierend vorstellen konnte.

»Erinnerst du dich nicht? Wenn Aske und ich uns geschlagen haben, hat sie immer gesagt: ›Hört auf damit. Indem man sich schlägt, findet man nur heraus, wer der Stärkere ist. Wer Recht hat, findet man nicht heraus. Das ist im Krieg nicht anders!‹«

Der Beamte räusperte sich laut und warnend.

»Hören Sie, wir sprechen nicht über den Fall«, sagte Thor zu ihm – und an Esben gewandt: »Eure Mutter war ein außergewöhnlicher Mensch. Sie war sehr klug.«

Esben nickte und sagte: »Andrea ist auch ziemlich stark. Das finden wir beide – Aske und ich.«

Thor musste lachen. Er konnte die zierliche, schlanke Andrea nicht mit dem Wort »stark« in Verbindung bringen.

Die restliche Besuchszeit sprachen sie über die bevorstehenden Charterferien. Bei der Frage, wo es hingehen sollte, hatten sie im Kopf die Erde umrundet.

»Und jetzt beißt du einfach die Zähne zusammen, Bursche!«, sagte Thor, als er ging.

Esben weinte.

Halfdan Thor hatte das Krankenhaus noch nicht richtig verlassen, als auch schon sein Handy klingelte: »Kriminalinspektor Hansen, PET. Wir haben eine anonyme E-Mail bekommen, die euren Mordfall betrifft«, sagte der Kollege am Telefon.

»Ich bin ohnehin zufälligerweise in der Stadt. Was halten Sie davon, wenn ich in einer Viertelstunde bei Ihnen vorbeischaue?«

»Ich setze den Kaffee schon mal auf«, antwortete Hansen.

Der Name hatte Thor nicht unmittelbar etwas gesagt, doch als er kurz darauf begrüßt wurde, kam ihm irgendetwas an Kriminalinspektor Hansen bekannt vor und Thor sagte: »Wir sind uns doch schon einmal begegnet, nicht?«

»Auf der Polizeischule. Wir waren Kumpel in der Kampfsportmannschaft.«

»Verdammt, ja«, antwortete Thor. »Du bist Laurits!« Jetzt mussten die beiden Schulkameraden sich erst einmal von ihrem Leben und ihrer Karriere erzählen, bevor sie sich an die Arbeit machen konnten.

Laurits Hansen nahm die Kopie einer Mail von seinem Tisch, reichte sie Thor und sagte: »Ja, jeder kann sich an einen Computer setzen und uns so einen Scheiß schicken, aber ich finde, das solltest du dir ansehen.«

Thor las langsam:

»Ich bin Mitglied einer rechtsradikalen Organisation, die durch die Ermordung von Journalisten die Meinungsfreiheit tref-

fen will. Ich nehme Abstand von diesem wahnssinnigen Gedanken. Ganz oben auf der Liste steht die Journalistin Karin Sommer. Sie arbeitet für die Sjællandsposten. Durch ein Versehen wurde eine andere Person umgebracht, doch jetzt ist Karin Sommer an der Reihe.

Auf der Leiche wurden falsche DNA-Spuren in Form von Sperma und Haaren hinterlassen.«

»Verdammt«, brummte Thor und fuhr fort: »Das sieht nicht aus wie einer der üblichen Briefe, die wir von Psychopathen bekommen. Der kommt von jemandem, der etwas Konkretes weiß. Wir haben die Verwechslungstheorie nämlich nicht öffentlich gemacht. Es stimmt auch, dass wir einige seltsam verteilte biologische Spuren gefunden haben – ein Büschel Haare, die der Analyse zufolge in einem Friseursalon aufgefegt worden sein könnten. Die Haare stammen von mindestens sechs verschiedenen Personen. Und etwas Sperma, was keinen Sinn macht. In Verbindung mit dem Mord gibt es nämlich keine anderen Anzeichen, die auf irgendeine sexuelle Aktivität hindeuten. Ein DNA-Profil wird gerade erstellt.«

Halfdan Thor machte eine Pause, dann sagte er mit Nachdruck: »Der, der das geschrieben hat, ist in die Sache verwickelt!«

»Bist du sicher?«

»Absolut, aber warum zum Teufel schreibt dieser Mensch an euch und nicht an uns?«

»Wahrscheinlich weil das Ganze politischen Charakter hat. Dafür ist der PET zuständig.«

»Politischen Charakter? Das klingt verrückt«, sagte Thor.

»Die Leute sind verrückt. Was kannst du mir über Karin Sommer erzählen? Wir haben absolut nichts über sie. Ist sie durch politisch extreme Ansichten aufgefallen?«

»Nein, das kann man nun wirklich nicht sagen. Also, die *Sjællandsposten* ist eine gute alte, bürgerliche Zeitung, die die

Regierung aktiv unterstützt. Karin Sommer arbeitet in der Kriminalredaktion. Das macht sie schon eine geraume Weile. Sie hat Artikel zu unterschiedlichen rechtspolitischen Themen geschrieben und man kann wohl sagen, dass ihr Ausgangspunkt kritisch war, aber so ist das eben in der Journalistik. Da wird immer nach den Problemen gesucht, nicht?«

»Hat sie in der Einwandererdebatte Stellung bezogen?«

Thor dachte nach.

»Nicht in einer Weise, die mir aufgefallen wäre. Ich erinnere mich vage, dass sie eine Reportage über ein Flüchtlingslager gemacht hat, in der die langen Bearbeitungszeiten und die verschiedenen administrativen Eingriffe und Beschränkungen, wie die Bestimmungen über die Lebensmittelpakete und so weiter, kritisiert werden. Ihre Artikel stehen übrigens im Internet.«

»Wir möchten in dem Fall eng mit euch zusammenarbeiten. Wir sind sehr daran interessiert«, sagte Laurits Hansen.

Thor nickte: »Was stellst du dir vor?«, fragte er.

»Ich stelle mir vor, dass ihr auf lokaler Ebene weiter an der Aufklärung des Mordes arbeitet. Bekommt ihr Hilfe?«

»Ja, wir haben gerade zwei Leute vom NEC, der mobilen Einsatzreserve, bekommen«, antwortete Thor.

»Und wir werden Erkundigungen im rechtsradikalen Milieu einziehen«, sagte Laurits Hansen.

Thor nickte wieder: »Und wir tauschen fortlaufend Informationen aus?«

»Genau. Das heißt: Einige unserer Informationen sind sensibel und werden in den Berichten, die wir austauschen, nicht auftauchen. Aber wir zwei können natürlich jederzeit miteinander reden, wenn es erforderlich ist. Da ist noch etwas anderes: Karin Sommer braucht Personenschutz.«

»Den hat sie bereits. Sie wird rund um die Uhr bewacht«, sagte Thor.

»Diese Aufgabe würden wir gerne übernehmen. Wir haben Dänemarks beste Bodyguards.«

»Mehr als gerne. Wir haben eigentlich nicht genug Leute für diese Aufgabe und ich bin sicher, dass eure Bodyguards das besser können als unsere Ordnungsbeamten.«

Thor sah sich die Mail genau an.

»Da ist ein Schreibfehler«, sagte er. »Wahnsinnig ist mit zwei s geschrieben.«

Washington, November 2004

»Nie wieder einen Irak-Krieg«, sagte der Mann, der sich als Grey vorgestellt hatte, zu dem persönlichen Ratgeber des Präsidenten und fuhr fort: »Falls uns gelingt, was wir uns vorstellen, können die USA ihre zukünftigen Kriege ohne Blutvergießen gewinnen. Oder richtiger: Es wird natürlich einige Unfälle in Verbindung mit der Systemumstellung geben, doch diese Unfälle werden nicht ins Gewicht fallen. Generell wird es gute Kriege mit einem glücklichen Ausgang für alle geben, ja, man wird das Wort Krieg gar nicht mehr in den Mund nehmen. Die Sprache wird eine Reform erleben, denn Humanisten, Psychologen, Politwissenschaftler, Planer, Intellektuelle und Experten im gesellschaftswissenschaftlichen Bereich werden eine weitaus größere Rolle spielen als Generäle und Offiziere. Die USA werden der ganzen Welt Freiheit und Demokratie bringen können – ohne größere Verluste an Menschenleben.«

»Es wird schwer werden, jemanden für diese Idee zu begeistern, falls sie das Militär und die Waffenindustrie überflüssig macht«, sagte der Ratgeber des Präsidenten trocken.

»Das tut sie nicht. Das Militär als stabilisierender Faktor wird immer gebraucht werden. Aber man darf damit rechnen, die Ressourcen umverteilen zu können. Nachrichtenwesen, Überwachung, Informationstechnik und eine tiefe kulturelle, psychologische und politische Einsicht werden wichtiger werden als die reine Schlagkraft.«

»Der Präsident ist sehr angetan von der Idee und gibt grünes Licht. Die CIA wird ein Sonderkonto für Sie einrichten. Wie weit sind Sie? Von was für einem Zeitrahmen sprechen wir?«, fragte der Ratgeber des Präsidenten.

»Einige Rechte und Patente konnten wir bis jetzt noch nicht erwerben. Unsere Leute in Europa sind dabei, die letzten Hindernisse aus dem Weg zu räumen. Wenn das geregelt ist, gehen wir in die Entwicklungs- und Versuchsphase. Bestenfalls sprechen wir von vier bis fünf Jahren, doch das hängt natürlich davon ab, wie viele Ressourcen uns zur Verfügung stehen.«

»Go-go-go!«, sagte der Ratgeber des Präsidenten enthusiastisch.

Der Kampfruf der Irak-Soldaten hatte einen festen Platz in der Alltagssprache eingenommen.

In seinem tiefsten Inneren war der Ratgeber des Präsidenten skeptisch. Nicht zum ersten Mal wurden ihm große Erfindungen vorgelegt – deren Umsetzung zum Greifen nahe schien. Und was die Zusammenarbeit mit Osteuropa anging, war er generell misstrauisch. Eine geldgierige Mafia, die ganze Bande, dachte er. Doch die wissenschaftlichen Experten der CIA hatten dieses Projekt gutgeheißen. Und der Präsident war begeistert wie ein kleines Kind. Seine kleinen Rosinenaugen hatten gestrahlt bei dem Traum von den neuen Möglichkeiten. Jedenfalls konnten die Ausgaben als Peanuts angesehen werden – eine einzige Million war so gut wie nichts im Budget für militärische Entwicklungen.

Dänemark, November 2004

Karin schämte sich sofort für ihre Reaktion, konnte sie aber nicht kontrollieren. Sie zuckte leicht zusammen und sperrte für den Bruchteil von Sekunden reflexartig die Augen auf und starrte den neuen Bodyguard an, der auf dem Stuhl im Treppenhaus saß.

»Entschuldigen Sie, falls ich Sie erschreckt habe. Ich kann nichts dafür«, sagte der junge Mann mit dem entstellten Gesicht. Die rechte Hälfte war rot, vernarbt und knotig. Besonders das Auge und der Bereich um das Auge herum waren unangenehm anzusehen. Das Augenlid war ein zerknitterter roter Fetzen ohne Wimpern, die Augenbraue fehlte ganz.

Karin lächelte überschwenglich warm und herzlich: »Nein, Sie haben mich überhaupt nicht erschreckt. Ich war nur überrascht. Sind Sie neu?«

»Hat man Sie nicht unterrichtet?«, fragte Michael.

»Doch, sicher, Sie kommen vom PET. Darf ich Ihnen eine Tasse Kaffee anbieten?«

»Danke, aber ich trinke keinen Kaffee.«

»Tee?«, schlug sie vor.

»Ja, danke, ich habe meine eigenen Beutel und meine Tasse dabei«, antwortete Michael und öffnete seine Aktenmappe.

»Gut, dann setze ich schnell Wasser auf«, sagte Karin.

»Falls es Ihnen keine Mühe macht, möchte ich Sie bitten, das Wasser drei Minuten kochen zu lassen«, sagte Michael.

»Ja, sicher, natürlich. Das macht keine Mühe«, antwortete sie, runzelte aber trotzdem die Stirn auf dem Weg in die Wohnung. Die jungen Leute heute hatten schon seltsame Ideen.

Während sie beim Wasserkochen nach der Zeit sah, fragte sie sich, was mit seinem Gesicht passiert sein mochte. Er war einmal schön gewesen, das sah man an der unverletzten Gesichtshälfte.

Der junge Mann klärte sie auf, während sie Tee und Kaffee tranken. Er zeigte auf das rote, knotige Gewebe und sagte: »Jemand hat mir eine Briefbombe geschickt. Ich war als Soldat im Irak. Damit macht man sich Feinde.«

»Ich habe davon gelesen. Das tut mir Leid«, antwortete sie.

»Wussten Sie, dass es viele Untersuchungen darüber gibt, dass schöne Menschen – bei gleichen Voraussetzungen – in der Gesellschaft sehr viel bessere Chancen haben als hässliche?«, fragte er.

»Das ist bestimmt Unsinn. Man kann mit Untersuchungen so gut wie alles belegen«, antwortete sie leichthin, um seinem Problem keine Nahrung zu bieten.

Er schüttelte den Kopf und sagte: »Meine Zukunft ist zerstört. Ich wollte Agent beim Nachrichtendienst werden, doch das kann ich mit einem Gesicht, mit dem ich so auffalle und an das sich alle erinnern, vergessen. Stattdessen arbeite ich jetzt als Bodyguard.«

»Und dafür bin ich verdammt dankbar«, antwortete Karin und lächelte aufmunternd.

»Sie haben auch Feinde – oder zumindest einen«, sagte er und sah Karin forschend an.

»Das sagt die Polizei, aber es fällt mir schwer, das zu glauben. Eigentlich fühle ich mich nicht sonderlich bedroht. Da gab es schlimmere Zeiten ... «

Sie unterbrach sich selbst, wollte der bösen Erinnerung nicht erlauben, wieder an die Oberfläche zu kommen, und fuhr fort: »Ich bin gebeten worden, mein Leben kritisch unter die Lupe zu nehmen und mir darüber Gedanken zu machen, wer mich so hassen könnte, dass er mir den Tod wünscht.«

»Ist Ihnen jemand eingefallen?«, fragte er.

Sie schüttelte den Kopf und sagte: »Ich verfolge sozusagen zwei Spuren, eine berufliche und eine private. Im Moment gehe ich meine bis zu vierzig Jahre alten Notizbücher durch, um herauszufinden, wen ich verdammt nochmal so verärgert haben könnte. Doch das Ganze muss schließlich keine realistische Grundlage haben. Es kann sich auch um irgendeinen Verrückten handeln, den ich nur ein ganz klein wenig verärgert habe oder der einfach in der Zeitung über meinen Namen gestolpert ist.

Mit der privaten Spur habe ich mich noch nicht richtig auseinandergesetzt. Ehrlich gesagt, reiße ich mich nicht darum, mich in meine dunklen Seiten zu vertiefen oder mir über die missglückten Beziehungen Gedanken zu machen, von denen ich auch meinen Teil hinter mir habe.«

Letzteres sagte sie mit einem kleinen Lachen, das dem Ernst die Spitze nehmen sollte, während sie sich gleichzeitig mit fünf Fingern durch das silbergraue Haar fuhr, es leicht schüttelte und natürlich und voll auf die Schultern fallen ließ.

Der Bodyguard sah sie mit dem gesunden Auge aufrichtig interessiert und nachdenklich an und sie wollte gerne den eingangs angerichteten Schaden wieder gutmachen, indem sie ihm gegenüber eine freundliche Vertrautheit an den Tag legte. Sie sagte: »In der Journalistik sagt man, dass man eine Geschichte aus einer bestimmten Perspektive heraus betrachtet. Man entscheidet, in welchem Licht beziehungsweise aus welcher Perspektive die Story gesehen werden soll. Auf die gleiche Weise kann man auch sein Leben betrachten, nicht wahr? Man kann sein Leben so lange und unter so vielen verschiedenen Perspektiven betrachten, bis man schließlich nicht mehr weiß, wer oder wie man ist.«

Er nickte und sagte: »Und andere Menschen können einen noch ganz anders sehen?«

»Genau. Und wer sieht mich zurzeit als bösen Menschen, der sterben muss?«

»Der Betreffende muss aber nicht unbedingt so denken«, sagte Michael.

»Nein, wer weiß«, antwortete sie.

Michael fuhr unmittelbar hinter Karin zur *Sjællandsposten* und freute sich über den guten Anfang. Er war sich sicher, dass er ihr Vertrauen gewonnen hatte, und jetzt galt es einfach, auf natürliche Weise weiterzukommen. Es hatte mit irgendetwas in ihrer Vergangenheit, mit Terrorbekämpfung zu tun. Das nächste Mal würde er sich dem Thema nähern. Sie musste ihn zu Frederik führen. Er wollte Frederik zusammenschlagen, nein, er würde sein Gesicht in einen Eimer mit Säure tauchen, ihn kastrieren und brandmarken.

Er fühlte die Bitterkeit und den Hass von Stunde zu Stunde in seinem Inneren wüten und wachsen. Wenn er mit Frederik fertig war, würde er sich sein eigenes elendes Leben nehmen.

Er musste davon ausgehen, dass Frederik inzwischen wusste, dass er Karin Sommers Bodyguard war. Was stellte Frederik sich vor? Glaubte er, dass Michael – trotz der furchtbaren Strafe – seinen Job zu Ende bringen würde? Nein, so dumm war er wohl kaum. Doch war er sich andererseits darüber im Klaren, dass Michael die Journalistin als Lockvogel benutzte, um an seinen Auftraggeber heranzukommen?

Karin saß in ihrem Auto und philosophierte weiter über das Thema, wie man das eigene Leben aus verschiedenen Perspektiven betrachten konnte. Genau das taten die Leute, wenn sie ihre Biographien schrieben. Aus welcher Perspektive betrachtete *sie* ihr Leben und ihre Persönlichkeit?

Sicher, im Großen und Ganzen sah sie sich als optimistische Person, die immer wieder auf die Füße fiel. Natürlich hatte es Krisen gegeben. Vor allem in der Zeit um die Abtreibung, die sie in jungen Jahren hatte vornehmen lassen, und in Verbindung mit ihrer Midlife crisis, als sie in die Vierziger gekommen war. Doch das gesamte Lebensbild dürfte eigentlich eine Frau zeigen, die sich aus kleinen und schwierigen Verhältnissen hinaufgearbeitet hatte und eine redliche und ganze Persönlichkeit geworden war, die an ihrem Engagement für die Gesellschaft festhielt und für ihre humanistischen Ideale kämpfte. »Nennt mich ruhig kulturradikal, auch wenn das zurzeit mehr als unmodern ist.« So sah sie sich.

Doch in den dunklen Stunden der Wahrheit wusste sie, dass es auch noch ein anderes Bild von einer egozentrischen, selbstgerechten und ambitiösen Frau gab, die in ihrem strebsamen Leben nie Platz für andere Menschen gehabt hatte. Einer Frau, die äußerst rücksichtslos sein konnte, wenn es den eigenen Bedürfnissen und der eigenen Bequemlichkeit diente. Einer Frau, für die Ideale und Prinzipien zeitweise wichtiger gewesen waren als die konkreten Menschen. Sie war mit anderen Worten besser darin gewesen, die Welt theoretisch zu retten, als ihrer kranken Tante die wehen Füße zu massieren. Nicht, dass sie eine kranke Tante mit wehen Füßen gehabt hätte.

Aber sie hatte eine Mutter, einen Vater und einen Bruder gehabt, die sie nie ernsthaft wahrgenommen hatte, bevor es zu spät gewesen war.

Und dann waren da Torben und seine Kinder. O Gott, nein. Was war aus Sofie und Jens geworden? Sie hatten sie gehasst und für den Tod ihrer Mutter verantwortlich gemacht. Sie hatte viele Jahre nicht mehr an sie gedacht, doch diese Kinder waren jetzt erwachsen und vielleicht war auch ihr Hass gewachsen? Konnten sie dahinter stecken?

Widerwillig zerrte sie die Geschichte aus der Erinnerung ans Licht. Sie hatte Torben geliebt und die Liebe war gegenseitig gewesen. Die Beziehung hatte sieben Jahre gedauert und war von fieberhafter Begierde, gestohlenen Stunden und verzweifeltem, leidenschaftlichem Sex geprägt. In Wirklichkeit war Torben wohl der Mann ihres Lebens gewesen, doch leider auch der seiner Frau Ingrid.

Er hatte sich nicht entscheiden können und war einige Jahre zwischen der Frau und der Geliebten gependelt. Ungeheuer banal, ungeheuer dramatisch und ungeheuer aufreibend für alle Beteiligten.

Dann bekam Ingrid Krebs und er zog zu ihr und den Kindern nach Hause, traf sich aber weiter mit Karin, die ihrer irrationalen Begierde nicht widerstehen konnte.

Damals wohnte sie in Østerbro in Kopenhagen und an einem Abend, an dem sie und Torben es sich gemütlich gemacht hatten, klingelte es an der Tür. Draußen stand die dreizehnjährige Sofie und sagte mit zitternder Stimme und blankem Hass im Blick: »Könnten Sie Vater bitten, seine Hose anzuziehen. Mutter ist tot.«

In dem Augenblick fiel die Verzauberung von Karin ab. Sie schickte den Witwer fort, brach kurz darauf per Brief mit ihm und sah ihn nie wieder.

Sie rechnete nach: Sofie musste jetzt achtundzwanzig sein und Jens fünfundzwanzig. Sie musste herausfinden, wie es den beiden ergangen war. War es vorstellbar, dass einer von ihnen derart rachsüchtig war?

Sie wurde durch das Klingeln ihres Handys aus der unangenehmen Erinnerung gerissen. Der Anrufer war von Gallup, dem bekannten Meinungsforschungsinstitut, das eine Untersuchung über die Haltung der Dänen zur Situation im Irak durchführte, wie der Mann es neutral ausdrückte. Sie war nach dem Zufallsprinzip für die Befragung ausgewählt worden. Hatte sie zehn bis fünfzehn Minuten Zeit?

Wenn man selbst davon lebte, fremde Menschen zur Zeit und Unzeit zu belästigen, sollte man sich nicht kostbar machen, dachte Karin und antwortete: »Das ist okay, nur im Moment sitze ich im Auto. Rufen Sie mich in einer halben Stunde in der Redaktion an.«

Als sie das Aquarium betrat, eilte Chefredakteur Adam Lorentzen gut gelaunt aus seinem Büro: »Hey Karin, wie geht's?«

Karin grüßte freundlich zurück, doch in Wirklichkeit wuchsen ihr Ärger auf und ihre Antipathie gegen Adam. Er tat, als wären sie alte Kumpel oder gute Freunde. Klopfte ihr auf die Schulter, lachte verständnisinnig und tauchte mehrere Male am Tag an ihrem Platz auf, um ein wenig zu plaudern. Es war ganz eindeutig, dass die Situation sie für den Chefredakteur interessant gemacht hatte. Er liebte es auch, sich bei den Bodyguards einzuschmeicheln und besonders Michael, der verunstaltete Soldat, konnte mit seiner Gesellschaft in der Leseecke rechnen, von der aus die Bodyguards auf Karin aufpassten, wenn sie in der Arbeit war.

Adam liebte es, militärische Strategien mit ihnen zu diskutieren und Soldatengeschichten auszutauschen und gegenüber den Bodyguards machte er keinen Hehl daraus, dass er es weit gebracht hätte, hätte er sich ernsthaft für eine Karriere beim Militär entschieden. Jetzt tat er sein Bestes, als Kapitänleutnant der Reserve zu glänzen. Seine Augen leuchteten vor Begeisterung, wenn Michael von Gefechten mit den Irakern und dem Leben in Camp Eden erzählte und Karin empfand großes Unbehagen angesichts des neuen Interesses, das der Chef ihr entgegenbrachte.

Was ging da vor? Lebte Adam lediglich seine jungenhafte Waffen- und Kriegsbegeisterung aus? Oder behielt er sie im Auge?

Wie war eigentlich ihr Verhältnis? Wusste er, dass sie ihn in ihrem tiefsten Inneren verachtete und als fachlich inkompetenten Macho-Narr ansah, der nur dadurch zu seiner Position gekommen war, dass er vor ähnlichen Idioten stramm stand?

Nein, natürlich wusste er das nicht. Aber er kannte ihre Ansichten über das Militär, und was bedeutete es eigentlich, dass er Kapitänleutnant der Reserve war? Aus der Zeit des Kalten Krieges kursierten viele Gerüchte, dass die Nachrichtendienste an der Rekrutierung von Presseleuten interessiert gewesen waren. Was auch einleuchtend war. Journalisten hatten immer einen Vorwand zu recherchieren und waren im Besitz vieler nützlicher Informationen.

Halfdan Thor hatte ihr erzählt, dass die Ermittler unter anderem die Theorie in Erwägung zogen, dass jemand ihr aus politischen Gründen nach dem Leben trachtete.

Sie hatte allein bei dem Gedanken laut gelacht, da sie nie politisch organisiert gewesen war, aber andererseits hatte sie immer wieder umstrittene Standpunkte eingenommen und in seiner Festrede zum Geburtstag der Zeitung hatte Adam sie zum Spaß »die angejahrte Revolution« genannt.

Falls jemandem ihre Standpunkte aufgefallen waren – dann ihm.

Sie sah ihren Chef an und schauderte unwillkürlich bei der Vorstellung, dass er derjenige war, der ihr in aller Heimlichkeit nach dem Leben trachtete. Was wusste sie eigentlich über ihn?

Ein typischer Mittdreißiger, der überall im Wirtschaftsleben tätig sein könnte: gut geschnittene Designerjeans, helles, blaues Hemd mit diskreten elfenbeinfarbenen Streifen und ein teures Tweedjacket. Modisches und sehr sorgfältig frisiertes, unfrisiert wirkendes Morgenhaar.

Dann klingelte ihr Telefon. Es war der Mann von Gallup. Er erklärte, dass das Institut mit einer umfassenden Untersuchung zur Haltung der Dänen in der Irakfrage befasst war und dass zu dieser Untersuchung fünfundsiebzig qualitative Interviews mit einem repräsentativen Querschnitt von Dänen gehörten. Sie war nach dem Zufallsprinzip ausgewählt worden und er wollte ihr bereits im Voraus für ihre Teilnahme danken.

»*Qualitative* Interviews?«, sagte sie fragend.

»Ja, im Unterschied zu der *quantitativen* Methode, bei der ausgewertet wird, wie viele Personen das und das meinen. Bei den *qualitativen* Interviews werden die Leute gebeten, individuell ihre Standpunkte darzulegen und diese zu vertiefen und zu begründen. Die Antworten können nicht direkt ausgezählt und in ein Computerprogramm eingegeben werden ... deshalb möchte ich Sie der Ordnung halber darauf aufmerksam machen, dass das gesamte Interview auf Band aufgenommen wird.«

»Das ist okay«, antwortete Karin und fuhr fort: »Qualitativ – das heißt so, wie wir andere interviewen. Das nächste Mal werde ich sagen: Ich muss noch ein qualitatives Interview machen ...«

Sie lachte ein höfliches kleines Konversationslachen und der Gallup-Mann tat es ihr gleich.

Drüben in der Sofaecke telefonierte Michael mit seinem Handy. Dann stand er von seinem Platz auf und schrieb mit einem Filzschreiber auf ein Stück Papier, das er ihr unter die Nase hielt:

»Ziehen Sie das Gespräch in die Länge.
Kommt nicht von Gallup.
Polizei versucht, Telefon anzupeilen.«
Sie schrieb: »*Ehrlich antworten?*«
Er schrieb: »*Egal. Warum nicht? Vor allem weitschweifig.*«
Ja, warum nicht? So umstritten waren ihre Standpunkte nun auch wieder nicht. Und wenn jemand Leute umbringen wollte, weil sie gegen die dänische Kriegsteilnahme waren, musste er die halbe Bevölkerung ausrotten.

Sie drückte die Mithörtaste und lächelte den Bodyguard an, der immer noch neben ihrem Schreibtisch stand.

»Gut, dann fangen wir an«, sagte der Mann. »Es gibt einen speziellen und einen generellen Teil. In dem speziellen Teil geht es um den Einsatz im Irak, während es in dem generellen eher um Haltungen zur Konfliktlösung, zu Mitteln und Zielen geht.«

Michael signalisierte ihr, die Mithörtaste nicht länger gedrückt zu lassen, da er seine Kollegen am Handy hatte.

Sie hörte ein schwaches Rascheln – wie von einem Fragebogen. Jedenfalls waren sie gut darin, so zu tun als ob. Ihr selbst wäre nie ein Verdacht gekommen, so professionell wirkte das Ganze.

»Wie stehen Sie zu Dänemarks Teilnahme an der von den Amerikanern geführten Koalition?«

Sie antwortete: »Ich war absolut dagegen, dass Dänemark in einen illegalen, ungerechtfertigten und nicht provozierten Angriffskrieg involviert werden sollte. Ich habe nicht einen Augenblick lang geglaubt, dass die Iraker im Besitz von Massenvernichtungswaffen waren, die uns bedrohen könnten, auch wenn das jetzt so klingt, als hätte ich im Nachhinein gut reden. Deshalb spreche ich im Allgemeinen auch nicht darüber, aber die Waffeninspektoren haben schließlich nichts gefunden. Außerdem war ich als Medienmensch, der Quellen gegenüber ohnehin kritisch ist, der Meinung, die politische Rhetorik durchschauen zu können. Ganz offensichtlich ging es mehr darum, die Stimmung anzuheizen, als konkrete Indizien und Beweise vorzulegen. Darüber hinaus man hat uns belogen. Als Journalist ist man geübt darin zu hören, wenn jemand lügt.«

Er fragte: »Was haben Sie anlässlich Ihres Ressentiments gegen den demokratischen Beschluss zu der Teilnahme Dänemarks an der Koalition unternommen?«

Sie stutzte über die Formulierung. Zum ersten Mal wirkte der Mann nicht ganz so professionell auf sie, doch sie antwortete trotzdem: »Nichts. Ich fühlte mich total machtlos.«

»Wie sieht es mit Demonstrationen, Leserbriefen oder anderen demokratischen Ausdrucksformen aus?«

»Was sollte das helfen? Die Regierung hat eine bequeme Mehrheit. Außerdem bin ich der Meinung, dass Journalisten nicht an Demonstrationen teilnehmen und keine Leserbriefe schreiben sollten. Das hat etwas damit zu tun, dass wir den Lesern gegenüber unsere Glaubwürdigkeit behalten müssen. Doch davon einmal abgesehen, habe ich eine internationale Kettenmail unterschrieben – an die UN glaube ich –, in der die USA dazu aufgefordert wurden, den Waffeninspektoren mehr Zeit zu geben und von einem militärischen Überfall auf den Irak abzusehen. Ich habe die Mail von meinem Lebensgefährten bekommen und an andere Bekannte weitergeschickt. Keine dramatische politische Handlung, denke ich.«

Sie atmete ein und Michael, der jetzt mit dem Handy am Ohr auf der gegenüberliegenden Seite ihres Schreibtisches saß, zeigte ihr, was er auf das Papier geschrieben hatte:

»*Ziehen Sie das Gespräch in die Länge.*«

»Eh«, fuhr sie fort und bemühte sich, langsam zu sprechen: »Später hat man uns dann gesagt, dass die Absetzung

Saddam Husseins und die Einführung der Demokratie im Irak ausreichende Gründe für den Krieg waren. Da bin ich mir nicht so sicher. Wir haben 100 000 Zivilisten umgebracht. Und die Demokratie mit Waffengewalt einzuführen ist wohl ein Widerspruch in sich. Ich meine: Das erinnert doch an die Zeit, als wir Dänen hinaus in die Welt gezogen sind, um sie zum christlichen Glauben zu bekehren. Die dänischen Krieger trieben die Wenden ins Meer und die, die wieder an Land wollten, mussten vorher ihrem heidnischen Glauben abschwören. Praktischerweise waren sie so auch gleich getauft.

Die, die draußen blieben und ertranken, waren eingefleischte Heiden, die es nicht besser verdient hatten. Ist das nicht irgendwie das Gleiche? Das Christentum sollte doch richtig besehen von Herzen kommen, um seinem eigentlichen Sinn gerecht zu werden, und die Demokratie vom Volk.«

»Das ist zumindest ein lustiger Vergleich«, sagte der Interviewer neutral.

»Doch jetzt möchte ich zum nächsten Punkt weitergehen: Die fortdauernde Anwesenheit der Koalition im Irak unter dem UN-Mandat. Was meinen Sie zu dieser Situation und wie stehen Sie zur fortdauernden Anwesenheit der dänischen Soldaten?«

»Tja ...«, Karin machte eine Pause und fragte sich, wie sie die Antwort am besten in die Länge ziehen konnte. »Es geht wohl vor allem darum, dass die, die das Porzellan zerschlagen haben, es auch selbst zusammenfegen sollten.«

Plötzlich hielt sie inne. Sie war sich nicht sicher, wie weit sie mit ihren Antworten gehen sollte. Einige Male hatte sie es in Michaels entstelltem Gesicht zucken gesehen. Der arme Kerl. Vielleicht waren das unkontrollierte Nervenreaktionen, aber es konnte auch sein, dass ihre Verurteilung des

Krieges ihn persönlich traf. Er hatte trotz allem einen teuren Preis für seine Teilnahme daran bezahlt. Sie musste mit ihm reden und ihm klarmachen, dass selbstverständlich die Politiker und nicht die Soldaten die Verantwortung für den Krieg trugen.

Ziehen Sie das Gespräch in die Länge. Michael winkte wieder mit seinem Zettel.

»Also«, fuhr sie fort. »Ich meine: Je früher die dänischen Soldaten nach Hause kommen, desto besser. Das ist Ansichtssache, aber ich glaube, dass sie mit ihrer Anwesenheit mehr Probleme schaffen, als sie lösen. Ihre Aufgabe ist es inzwischen vor allem, sich selbst zu verteidigen, soweit ich das beurteilen kann. Diese Aufgabe lösen sie am besten und erfolgreichsten, indem sie gar nicht dort sind.«

Der falsche Gallup-Interviewer, Lund hatte er sich genannt, ergriff wieder die Initiative: »Jetzt kommen wir zum allgemeineren Teil«, sagte er, worauf er klang, als würde er von einem Blatt ablesen: »Wann ist Ihrer Meinung nach eine militärische Intervention als Konfliktlösungsmittel angeraten? Sie können zwischen folgenden Antworten wählen: 1) Nie 2) Selten 3) Häufig. Sie sollen Ihre Antwort begründen und können gerne Beispiele anführen.«

»Puha, was für eine Frage. Da muss ich erst einmal überlegen«, antwortete Karin.

»Gerne. Ich habe Zeit«, sagte der Interviewer entgegenkommend.

»Kann ich mir schnell einen Kaffee holen?«, fragte sie. All das zog das Gespräch in die Länge. Auf dem Weg zur Kaffeemaschine lächelte sie den entstellten Bodyguard herzlich an und streckte einen Daumen in die Luft.

»Fangen wir einmal mit einem Aspekt an«, dozierte Karin, als sie zurück war. »Ich glaube nicht, dass man mit Waffen Konflikte *lösen* kann, aber man kann natürlich so lange

Bomben werfen, bis die Konflikte *nicht mehr bestehen,* weil eine Seite verloren hat. Auf diese Weise ist der Konflikt zwar nicht gelöst, sondern zu einem – zumindest vorläufigen – Abschluss mit einem Gewinner und einem Verlierer gebracht. Und mit einem Verlierer ist bereits die Grundlage zu einem neuen Konflikt gelegt, denn Verlierer sind verbittert und sinnen auf Rache, nicht wahr? Das hat mir schon meine Mutter beigebracht. Viele Mütter sind unglaublich gut im Lösen von Konflikten, weil Geschwister sich immer streiten.«

»Heißt das, Ihre Antwort lautet '1) Nie'?«, fragte der Interviewer.

»Nein, jetzt sollten Sie sich aber auch an die qualitative Methode halten«, antwortete Karin. »Meine Antwort fällt in keine der Kategorien. Ich will vielmehr sagen, dass Konflikte sich nicht mit Waffengewalt lösen lassen, man jedoch – *vielleicht* und *ausnahmsweise* – gezwungen sein kann, sich mit Waffen zu verteidigen.«

»Ist die Frage nach Krieg und Frieden ein Thema, das Sie viel beschäftigt?«, fragte der Interviewer.

»Ja«, antwortete Karin. »Das muss ich zugeben. Es scheint mir eins der wichtigsten politischen Themen überhaupt. Ich gehöre der Nachkriegsgeneration an, die mit Berichten über die Schrecken des Krieges groß geworden ist. Ich habe die Friedensbotschaft sozusagen schon mit der Muttermilch aufgesogen.«

»Sind Sie der Meinung, dass es so menschenverachtende Regime gibt, dass ein Umsturz mit Hilfe des Militärs gerechtfertigt ist?«, fragte er und sie konnte sich des Gefühls nicht erwehren, dass die Diskussion ihn sehr viel mehr interessierte als das vermeintliche Interview.

»Sie meinen Despoten wie Hitler und dergleichen. Gerade aus diesem Grund möchte ich nicht ausschließen, dass das Volk genötigt sein kann, sich mit Waffengewalt zu verteidigen. Aber ich finde, dass zuerst alle anderen Mittel eingesetzt werden sollten und, falls unumgänglich, die Waffen, die den geringstmöglichen Schaden anrichten.«

»Die Waffen, die den geringstmöglichen Schaden anrichten. Wie meinen Sie das?«

»Nun ja, am besten wäre es wohl, nur mit Stöcken zu kämpfen – oder mit den bloßen Fäusten. Warum kann man Waffen nicht verbieten, wie man Rauschgift verbietet? Beides ist Mist, teuer und tödlich.«

»Wie ist Ihre Haltung zum Krieg gegen den Terror?«, fragte Lund.

Karin begann, sich über dieses verblümte Spiel zu wundern. Wer zum Teufel konnte ihre Ansichten zu Krieg und Terror *so* interessant finden?

»Das ist eine zu wichtige Frage, als dass ich sie so einfach beantworten könnte ...«, sagte sie.

Doch da kam Michael wieder mit seinem Schild:
»Ziehen Sie das Gespräch in die Länge.«

»Aber ich kann es ja mal versuchen«, fuhr sie fort, um Zeit zu gewinnen. »Ich bin Journalistin und ein Mensch der Worte. Ich kann es nicht lassen, über die Bedeutung der Worte nachzudenken, und bin der Meinung, dass allein der Ausdruck ›Krieg gegen den Terror‹ blanker Unsinn ist.

Man kann gegen einen Feind Krieg führen, aber Terror ist kein Feind, sondern eine Kampfstrategie beziehungsweise eine Taktik. Terror wird von unterschiedlichen Gruppierungen eingesetzt – oder von unterschiedlichen Feinden, wenn Sie so wollen. Sie und ihre politischen Anliegen muss man wohl getrennt betrachten – auch wenn man sie bekämpfen will ...«

Sie machte eine Pause, weil sie den Faden verloren hatte. Das passierte ihr immer häufiger, dachte sie besorgt. Noch eine Alterserscheinung? Doch der falsche Gallup-Mann fuhr unverdrossen fort: »Die Welt ist Zeuge geworden, wie viele unschuldige Menschen durch Terror umgekommen sind. Wie ...«

Karin konnte es nicht lassen, ihn zu unterbrechen: »Die Welt ist auch Zeuge geworden, wie viele unschuldige Menschen durch andere Kampftaktiken umgekommen sind. Es trifft wohl immer die Unbeteiligten und Unschuldigen«, antwortete sie.

»Wir alle erinnern uns an die Bilder von der Schule Nummer 1 in Beslan. Wenn Ihnen Mittel und Möglichkeiten zur Verfügung gestanden hätten, die Geiselnahme ohne den Verlust von Menschenleben zu beenden, hätten Sie diese eingesetzt?«

Karin musste lachen. Dieser Mann, der für die Gedankenpolizei, den Nachrichtendienst oder für wen auch immer arbeitete, hatte wirklich eine ausgeprägte Fantasie.

»Ja, natürlich, aber das ist doch vollkommen hypothetisch und – entschuldigen Sie – eine dumme Frage, weil es nur eine Antwort darauf gibt. Ich würde auch ein ertrinkendes Kind aus der Badewanne retten!«

»Das heißt, wenn Sie über eine Technik verfügen würden, mit deren Hilfe Sie Konflikte ohne Kriege lösen könnten ...?«

Wie dumm war dieser Mensch eigentlich? Glaubte er wirklich, dass sie ihm immer noch abnahm, dass er sie für Gallup interviewte.

»Ja, darauf können Sie wetten, dass ich sie einsetzen würde«, antwortete sie. »Wenn ich über eine solche Technik verfügen würde, säße ich nicht hier und schriebe über gebrochene Beine und den Einbruch im Supermarkt in der Storegade.«

Jetzt schrieb Michael wieder etwas mit seinem Filzschreiber.

»Okay. Haben das Telefon ausfindig gemacht.«

»Die gebrochenen Beine rufen nach mir«, sagte Karin zu dem Mann am Telefon.

»Ja, ich denke auch, dass wir durch sind. Ich bedanke mich noch einmal für Ihr Mitwirken an der Erhebung«, beendete der falsche Gallup-Mann das Gespräch.

Nach diesem Gespräch warf Frederik das gestohlene Handy in das Kaminfeuer und ein paar Stunden später den geschmolzenen Klumpen in einen Abfallcontainer. In dem Bericht an seinen Kontaktmann schrieb er unter anderem:

»Habe die angeordnete Gesinnungsuntersuchung vorgenommen ... Das Objekt hat eine kritische Haltung gegenüber militärischer Machtanwendung. (Charakteristisch für ältere Frauen in Dänemark.) Das Objekt bestreitet jedoch nicht, dass militärische Machtanwendung in einzelnen Fällen gerechtfertigt sein kann (vgl. Nationalsozialismus) ... Was den Krieg gegen den Terror angeht, vertritt das Objekt die Meinung, dass Begriffsverwirrung herrscht, würde aber zivile Opfer unbedingt vor Terror retten ...«

Frederik ging es nicht gut und er fürchtete um sein Leben. Er hatte die Kontrolle und den Überblick verloren, seit dieser Idiot von einem Auftragsmörder die falsche Frau umgebracht hatte.

Sein Arbeitgeber war über Michaels Patzer natürlich außer sich gewesen und hatte ihn, Frederik, gebeten, dem Idiot augenblicklich den Mund zu stopfen. »Jag ihm einen ordentlichen Schrecken ein, aber keine weiteren Morde«, hatte der Befehl gelautet.

Frederik sollte vollkommene Ruhe bewahren, bis die Organisation sich wieder meldete. Das hatte sie vor einigen Tagen getan und ihm die Aufgabe zugeteilt, in Erfahrung zu bringen, was Karin Sommer zu Krieg und Terror dachte. Sie hatten die Fragen formuliert und er musste Karin Sommer Recht geben, dass einige davon ziemlich dumm waren: *Wenn Sie zivile Opfer vor dem Terror retten könnten ...*

Er begriff nicht, warum Karin Sommers Meinung so wichtig war. Sie war politisch gesehen eine völlig unbedeutende Person und ihre Ansichten waren nicht außergewöhnlich. Sie hatte keinen oder fast keinen Einfluss auf die öffentliche Meinung.

Warum in Gottes Namen interessierte sich eine internationale Organisation zur Bekämpfung des Terrors für diese unbedeutende ältere Frau aus der dänischen Provinz? Und wie war es Michael gelungen, sich in den PET einzuschleusen und die Aufgabe übertragen zu bekommen, als Bodyguard Karin Sommer zu beschützen?

Um den Schaden wieder gutzumachen, hatte Frederik natürlich angeboten, sowohl Karin Sommer als auch Michael zu eliminieren, doch man hatte ihm indirekt gedroht, dass er ganz oben auf der Liste stehen würde, falls er irgendetwas unternehmen sollte, das ihm nicht befohlen worden war.

Jetzt war ihm diese Befragung befohlen worden, die er leider telefonisch hatte durchführen müssen, da Michael auf Karin Sommer aufpasste. Der Teufel sollte diese Bewachung holen, die es mit sich brachte, dass Frederik sich nicht selbst dem Objekt nähern konnte. Er hätte einen sehr viel besseren Bericht vorlegen können, wenn er ihr von Angesicht zu Angesicht gegenübergesessen und sich einen persönlichen Eindruck hätte verschaffen können.

Frederik stellte sich in einen Türeingang und trank einen Schluck aus seinem Flachmann – wie ein echter Alkoholiker. Er war sich durchaus darüber im Klaren: Mit ihm war es bergab gegangen. Es war jetzt fünfzehn Jahre her, dass er seine Rechtsanwaltszulassung verloren hatte. Die übliche Geschichte mit dem Anderkonto. Er hatte sechs Monate bekommen.

Durch die Arbeit als Jurist für einige kleinere Organisationen war er wieder auf die Beine gekommen und diese Arbeit hatte ihn auch vor einigen Jahren in Kontakt mit der Organisation gebracht.

Er wusste nicht sehr viel mehr, als dass sie ihre Wurzeln in Amerika hatte und in Verbindung mit dem »Krieg gegen den Terror« im Untergrund arbeitete. Diesem Krieg hatte er sich gut und gerne anschließen können und bevor er sich versehen hatte, war er tief involviert und hatte viele seiner bisherigen Grenzen überschritten.

Er war vor allem des Geldes wegen dabei. Die Organisation schien über unbegrenzte Mittel zu verfügen und er hatte für seinen bescheidenen zweijährigen Einsatz rund drei Millionen Kronen kassiert. Das viele Geld verlieh der Organisation in seinen Augen die Legitimation und er vermutete, dass sie einem der vielen Geheimdienste der USA angegliedert war.

Sein Kontaktmann war Deutscher und nannte sich Fritz. Er hatte Fritz einige Male getroffen, doch meistens kommunizierten sie mit einem Code über anonyme Hotmail-Adressen, eingerichtet auf öffentlich zugänglichen Computern.

Als Karin die Mithörtaste gedrückt hatte, hatte Michael die Stimme am Telefon sofort erkannt: Sie gehörte Frederik.

Er strengte sich furchtbar an, Ruhe zu bewahren, doch seine innere Erregung und sein Hass ließen seine Gesichtsmuskeln zucken, dass die Narben schmerzten.

Frederik war noch immer hinter Karin Sommer her und früher oder später würde er seinem Zielobjekt nahekommen. Michael schwor sich, Frederik zu erwischen, bevor die Polizei ihn fand. Karin Sommer galt es um jeden Preis zu beschützen, bis sie Frederik aus seinem Versteck gelockt hatte.

Michael war immer leicht beunruhigt, wenn Wachwechsel war und er die Bewachung anderen überlassen musste.

Karin bemerkte seine große Sorge und Verantwortlichkeit. Sie war ganz gerührt. »Sie nehmen Ihre Arbeit sehr ernst und sind sehr pflichtbewusst«, sagte sie zu ihm.

Er nickte: »Ich bin beim Militär ausgebildet worden.«

»Ach ja«, sagte sie. »Sie dürfen das, was ich über den Irak-Krieg gesagt habe, nicht persönlich nehmen. Die Verantwortung liegt natürlich nicht bei den Soldaten.«

»Das tue ich auch nicht«, antwortete er.

»Warum sind Sie eigentlich Soldat geworden?«, fragte Karin.

»Ich habe mich immer für Waffen und Krieg interessiert. Das Einzige, das ich gerne gespielt habe, als ich noch klein war, war Krieg. Ich glaube, ich habe über dreihundert Kriegsspiele auf dem Computer. Es ist immer schön, wenn man sein Hobby zu seinem Beruf machen kann.«

Einen Augenblick hatte sie das Gefühl, einen Ansatz von Provokation in seinem unverletzten Auge aufflackern zu sehen und dachte: Wow, was willst du eigentlich? Dann ging sie jedoch davon aus, dass er ihr ihre verurteilenden Äußerungen über den Krieg heimzahlen wollte, der ihn das halbe Gesicht gekostet hatte. Im Großen und Ganzen ging es ihr mit ihm nicht anders als mit anderen Leuten, die auf die eine oder andere Weise behindert waren: Sie ließ ihnen etwas mehr durchgehen.

»Stimmt«, sagte sie besänftigend.

Er sah fast ein wenig enttäuscht aus und es war offensichtlich, dass das Thema für ihn noch nicht ausdiskutiert war.

»Ich mag einfach alles am Krieg. Die Spannung, die man spürt. Die Maschinen. Die schweren Waffen. Die toten Feinde«, sagte er.

»Man riskiert doch auch, selbst getötet zu werden«, sagte sie.

»Genau, das macht es ja so spannend«, antwortete er. »Und irgendwie muss man ohnehin gehen.«

Sie nickte und sie schwiegen eine Zeit lang. Dann fing er von neuem an: »Aber Sie sind jedenfalls dagegen? Haben Sie dem Mann am Telefon die ganze Wahrheit gesagt oder waren Sie irgendwann einmal friedenspolitisch organisiert – vielleicht als Sie noch jünger waren?«

»Ich bin nie organisiert gewesen, habe aber immer mit der Friedensbewegung sympathisiert. Verstehen Sie: Ich bin 1945 geboren, und als ich klein war, habe ich viele Geschichten gehört, wie furchtbar der Krieg gewesen ist, habe von kleinen Kindern gehört, die ermordet worden sind oder ihre Mütter verloren haben. Meine Mutter hat mir einige solcher Geschichten erzählt. Das war bestimmt nicht sehr pädagogisch, denn ich hatte nachts Albträume und habe mich in den Gräben versteckt, wenn ich Militärfahrzeuge gesehen habe. Ich empfinde noch immer Unbehagen und Abscheu gegenüber allem, was mit dem Militär zu tun hat … in dem Punkt sind wir verschieden.«

»Meine Mutter war sehr stolz, als ich meine erste Uniform bekam«, sagte er.

»Natürlich war sie das. Jede Mutter ist stolz auf ihren Sohn …«

Karin wollte sich nicht auf eine gefühlsgeladene Diskussion mit dem entstellten Veteranen einlassen.

»Nein, sie war vor allem stolz, dass ich Soldat geworden bin. Seit ich zwei Jahre alt war, hat sie mir alles an Kriegsspielzeug geschenkt, was man für Geld kaufen konnte …

Ich glaube nicht, dass Frauen generell pazifistischer sind als Männer.«

»Das kann gut sein«, antwortete Karin.

»Es ist lustig, dass diese Leute sich für Ihre Meinung zu Krieg und Terror interessieren. Haben Sie wirklich nie an einer Demonstration teilgenommen?«, insistierte er.

»Doch, das habe ich. 1981 habe ich an einem langen Friedensmarsch teilgenommen, quer durch Europa nach Paris ...«

»Ja?« Er stand von dem Sofa auf und konnte seinen Eifer nur schlecht verbergen. Endlich zeigte sich ein eventueller Einstieg.

»Eigentlich war das Ganze mehr zufällig. Ein paar meiner Freunde sind in dem Friedensmarsch mitgegangen und dann wurde mein Arbeitsplatz aufgrund eines Konflikts dichtgemacht und ich bin ihnen mit dem Rad hinterher gefahren. In Deutschland habe ich sie eingeholt«, erzählte sie.

»War der Friedensmarsch von den Kommunisten organisiert?«, fragte er.

»Nein, den hatten norwegische Friedensaktivistinnen organisiert. Ich habe einen langen Artikel darüber geschrieben.«

»Den würde ich gern einmal lesen. Sie sollten ihn auf jeden Fall auch der Polizei geben«, sagte Michael.

»Ich glaube nicht im Geringsten daran, dass jemand mich aufgrund meiner Meinung zum Krieg umbringen will. Das ist zu weit hergeholt. So speziell ist meine Einstellung nun auch wieder nicht und einflussreich bin ich auch nicht.

Aber ich werde den Artikel heraussuchen. Ich kann mich an nichts anderes mehr erinnern, als dass die Organisatoren des Friedensmarsches sauer auf mich waren, weil sie den Artikel für nicht loyal genug hielten.«

Gotenhafen, Februar 1945

Das Jammern der verletzten Soldaten mischte sich mit den Schreien der gebärenden Frauen. Gertrud kam es so vor, als lägen überall in dem großen, kalten Packhaus Frauen in den Wehen. Schwangere Frauen und Frauen mit Kindern genossen erste Priorität im Evakuierungsprogramm der Partei und selbst jetzt, wo alles in Auflösung begriffen war und das Überleben ein Kampf aller gegen alle war, war noch ein Rest von Respekt und Ehrfurcht gegenüber der von den Nazis so hoch gepriesenen Mutterschaft übrig.

Sie waren zu Tausenden in dem Packhaus und sie waren zu Zehntausenden, wenn sie täglich auf den Kai drängten, um einen Platz auf einem Schiff zu ergattern. Gertrud und Dora hatten fünf Tage lang versucht, sich durch die Menschenmenge zu zwängen, um die Schiffskarten zu bekommen, die man dem Hörensagen nach brauchte, von denen jedoch niemand wusste, wo man sie bekam.

Gertrud hatte sich auf der Wanderung über das Eis des Haffs die Füße ruiniert. Sie schmerzten, waren schwarzblau und so geschwollen, dass sie nur mit großer Mühe in die Stiefel kam. Außerdem hatte sie Fieber und hustete Blut.

Tagsüber wurden die Toten auf Karren fortgebracht und Gertrud dachte ohne Trauer, dass sie an einem der nächsten Tage wohl eine von ihnen sein würde. In einem fast unaufhörlichen inneren Dialog mit Gott setzte sie sich mit ihrem Leben auseinander. Sie hatte gesündigt, aber sie hatte auch bereut und ihr war Vergebung zuteil geworden – und sie hatte stets versucht, ihr Pfund nach bestem Vermögen zu verwalten, erklärte sie Gott.

Auf dem Hof hatte sie hart gearbeitet und ihre beiden Söhne alleine erzogen, nachdem ihr Mann Helmuth im Ersten Weltkrieg gefallen war. Die Jungen hatten sich gut entwickelt. Karl, der 1942 bei Leningrad gefallen war, war ein guter Landwirt geworden, der eines Tages den Hof hätte übernehmen können. Und Winfried, ihr Jüngster, war so begabt, dass er ein Stipendium für die Universität bekommen hatte. Er war mit dem Medizinstudium fast fertig gewesen, als er zu den Sanitätern einberufen worden war.

Das Kind in Doras Bauch war von Winfried und dieses Kind war der einzige Grund, dass Gertrud sich nicht in den Schnee legte, um zu sterben. »Ich überlasse es dir, Gott, die Zeit zu bestimmen«, beendete sie gerne ihr inneres Gebet.

Am sechsten Tag gelang es ihnen, sich zu einem der Parteifunktionäre vorzukämpfen, der versuchte, die Flüchtlingsmassen im Hafengebiet unter Kontrolle zu halten.

»Das Kind kann jederzeit kommen!« Gertrud schrie, um den Lärm von Jagdflugzeugen und Kampfhandlungen zu übertönen, während sie die Schwiegertochter gleichzeitig zu dem Mann hinschubste.

Er reichte ihnen einige Papierfetzen und rief zurück: »Hafenbecken 4, aber passen Sie auf. Sie versuchen, euch auf dem Weg dorthin zu treffen.«

Die Kriegshandlungen wirkten chaotisch. Über sich hatten die Flüchtlinge noch immer die russischen Jagdbomber und hinter ihnen drängten die ersten russischen Stoßtrupps vor. Eine Gruppe deutscher Kriegsschiffe versuchte mit ihren Kanonen, die Flieger von der Seeseite aus auf Abstand zu halten, sodass Frauen, Kinder und Alte und Verwundete an Bord kommen konnten, was aber nur teilweise gelang.

Wieder und wieder wurden die Kais bombardiert und die

panischen Flüchtlinge suchten Schutz, wo sie ihn finden konnten, um wenig später wieder an Bord der Schiffe zu drängen. Alle waren sich des Risikos sehr wohl bewusst, dass auch die Schiffe torpediert und bombardiert wurden. Viele hatten Familienangehörige, Freunde oder Bekannte unter den 4000 Opfern der torpedierten und gesunkenen *Wilhelm Gustloff*. Aber lieber im kalten Wasser der Ostsee ertrinken als den Grausamkeiten der russischen Truppen ausgeliefert zu sein. Überall wurden Schreckensgeschichten erzählt, was mit Frauen und Kindern passiert war, die lebend in die Hände der Russen gefallen waren.

Dora und Gertrud liefen, so gut sie konnten, von Gebäude zu Gebäude. Granaten heulten ihnen um die Ohren und Jagdflieger kreisten über ihren Köpfen. Viele Gebäude im Hafengebiet brannten und überall lagen tote Pferde und verletzte oder kranke Menschen samt Mauerbrocken, Telefondrähten und Glasscherben auf den Straßen.

Mitten in diesem Kriegschaos warf Dora sich in eine schmutzige Schneewehe.

»Ich kann nicht mehr. Ich will nicht mehr. Ich will sterben!«, sagte sie.

»Nimm dich zusammen. Denk an Winfried. Denk an das Kind. Jetzt dauert es nicht mehr lange. Wir sind bald da.«

Die Autorität und der ausgestreckte Arm der Schwiegermutter halfen der jungen Frau ein weiteres Mal auf die Beine und sie erreichten das Kohlenboot, das sie vom Krieg fortbringen sollte. Die Fahrkarten brauchten sie nie, denn sie wurden von der verzweifelten Menschenmenge mit an Bord getragen. »Du musst dich auf den Beinen halten, sonst werden wir niedergetrampelt«, rief Gertrud, als sie mitten auf dem Fallreep standen.

Die Leute schrieen, drängelten, schubsten und schlugen und Gertrud und Dora, die sich aneinander festhielten, wurden sozusagen mit dem Menschenstrom mitgerissen. Schließlich standen sie an Deck des alten Kohlenschiffes und sahen in einen riesigen, dunklen Laderaum hinunter. Ballen mit Holzwolle wurden in den Laderaum geworfen. Anschließend schickte man die Flüchtlinge die zehn Meter tiefe Treppe hinunter. Die Verletzten und Invaliden wurden von der Besatzung getragen.

Dora spürte die erste Wehe wie einen Messerstich im Rücken, als sie in das Dunkel hinabstieg.

Die nächste kam, als das Schiff sich gegen Mitternacht einem Konvoi nach Hela anschloss.

Dann ging es schnell für die zum dritten Mal Gebärende.

Im Rumpf des Schiffes wurde im Umkleideraum der Maschinenmannschaft ein notdürftiges Entbindungszimmer eingerichtet. Außer Dora lag noch ein junges Mädchen von knapp siebzehn Jahren in den Wehen. Unter den Flüchtlingen war eine alte Krankenschwester, die sich um die beiden kümmerte.

Um 2.58 Uhr brachte Dora ein schönes Mädchen zur Welt und alles schien in bester Ordnung, woraufhin die Krankenschwester sich auf das gebärende junge Mädchen konzentrierte, das größere Probleme hatte. Die Geburt zog sich in die Länge, da die Wehen nicht stark genug waren oder der Kopf des Kindes zu groß. Das junge Mädchen weinte und weinte und bettelte darum, ins Meer geworfen zu werden.

»Da wirst du noch früh genug landen«, sagte die Krankenschwester genau in dem Moment, als das Schiff gefährlich rollte – vermutlich aufgrund des Drucks durch einen abgeschossenen Torpedo oder vielleicht auch durch eine Seemine. Sie hörten die Explosionen die ganze Zeit und im Umkleideraum war ein kleines Bullauge, durch das man Lichter aufblitzen sah.

Der Raum war nur wenige Quadratmeter groß, sodass Gertrud keinen Platz in dem provisorischen Entbindungszimmer gefunden hatte, doch die Krankenschwester kam nach der Geburt heraus, stellte sich auf eine Seilrolle und zeigte den Flüchtlingen, die dicht an dicht auf dem Kajütenboden saßen oder lagen, das Neugeborene.

»Und wo ist die Oma?«, rief sie.

»Hier«, antwortete Gertrud. »Ist alles so, wie es sein soll?«

»Alles ist so, wie es sein soll, und sie heißt Rosemarie«, antwortete die Krankenschwester.

Gertrud lächelte und nickte. Dann hatte Dora sich also entschieden, das Neugeborene nach seiner toten Schwester zu nennen. Nun gut, das war üblich, aber Gertrud hatte nie viel von dieser Sitte gehalten.

Gegen Morgen brachte das junge Mädchen endlich ihr Kind zur Welt. Zuerst kam ein kleiner, aber wohlgestalteter Junge und dann – eine große Nachgeburt.

Da wurde der Krankenschwester, die noch nie bei einer Geburt dabei gewesen war, plötzlich klar, dass bei Dora doch nicht alles so war, wie es sollte. Die Nachgeburt war nämlich noch immer nicht herausgekommen und seit der Geburt waren inzwischen vier Stunden vergangen.

Sie drückte Dora in dem Versuch auf den Bauch, den Mutterkuchen herauszupressen, während sie mit der Hand versuchte, ihn zu fassen zu bekommen, aber nein. Wie war das noch? Sie versuchte sich das medizinische Kompendium aus ihrer Ausbildungszeit und was sie sonst noch mitbekommen hatte, in Erinnerung zu rufen. Wenn der Mutterkuchen nicht herauskam, bestand Infektionsgefahr. Was machte man in einer solchen Situation?

Sie fragte im Laderaum, ob eine der anwesenden Frauen sich mit so etwas auskannte.

»Sie muss sich hinhocken und drücken.«

»Sie braucht warme Umschläge.«

»Hagebuttentee wäre gut.«

»Er muss von einem Chirurgen herausgeschnitten werden.«

Dora ging in die Hocke und drückte, bis sie erschöpft zurück auf ihr Lager fiel. Die Nachgeburt saß fest. Eine Stunde später spürte sie den ersten Schüttelfrost.

Gegen Mittag kam die Plazenta endlich heraus und Dora und das Neugeborene wurden zurück in den Laderaum gebracht, wo Gertrud neben sich ein Areal von ungefähr dreißig mal hundert Zentimeter für Mutter und Kind erobert hatte.

Die ungefähr 1000 Flüchtlinge lagen dicht an dicht auf der Holzwolle und dem Stroh. Das Elend war unbeschreiblich. Die, denen es am schlechtesten ging, gingen langsam in Verwesung über, noch bevor sie tot waren.

Die Fäulnis begann in Verletzungen, Verbrennungen und Erfrierungen, und wenn sie sich erst in einem Bein oder Arm festgesetzt hatte, breitete sie sich schnell und lebensbedrohend aus.

»Totes Fleisch«, nannte die Krankenschwester das und machte Listen, wessen Arm oder Bein zuerst amputiert werden sollte, wenn man an Land kam.

Die auf der Liste zuoberst standen, erreichten das Land nie.

Die Sterbenskranken wurden in die Nähe der Treppe zum Deck gelegt und hochgetragen, wenn sie gestorben waren.

In der ersten Nacht starben einige Soldaten, deren Glieder zum Teil durch Bomben abgerissen waren, ein Kind, das während der Bombardierung des Hafens einen Bombensplitter ins Auge bekommen hatte, der bis ins Gehirn gegangen war, sowie eine alte Frau, die sich auf der Flucht schwere Erfrierungen in einem ihrer Beine zugezogen hatte.

Im Lauf des Vormittags starben zwei Kleinkinder, das eine an Fieber, das andere an Durchfall, und gegen Mittag wurde ein alter Mann wahnsinnig und rammte sich ein Messer in den Bauch, wobei er die Pulsader traf. Sein Blut färbte dort, wo er gelegen hatte, die Wolle rot, aber der Platz wurde trotzdem schnell wieder belegt.

Obwohl die Nachgeburt herausgekommen war, nahm Doras Fieber im Lauf des Tages zu. Gertrud packte sie in alles, was sie an Kleidung und Tüchern auftreiben konnte, da bekannt war, dass Kindbettfieber ausgeschwitzt werden musste. Auch viele ihrer Nachbarn auf dem Kajütenboden zeigten sich hilfsbereit. Der Krieg brachte nicht nur das Schlechteste in den Menschen zum Vorschein. Die Not ließ einige Menschen sich auch von ihrer besten und fürsorglichsten Seite zeigen.

Gegen Abend hatte das Fieber Dora fest im Griff. Gertrud versuchte, ihr mit einem Teelöffel Wasser einzuflößen, während sie gleichzeitig die neugeborene Rosemarie auf dem anderen Arm hielt, um sie vor dem Schmutz auf dem Kajütenboden zu schützen. Magenverstimmungen und Seekrankheit in Kombination mit den wenigen Toiletten hatten zu einer furchtbaren Schweinerei auf dem Kajütenboden geführt. Draußen an den Schiffsseiten hatte man eine Leinwand aufgehängt, hinter der Toiletteneimer angebracht waren, doch die Eimer waren schnell überfüllt gewesen und flossen über, wenn das Schiff rollte. Ihr Inhalt wurde auf dem Deck in Holzwolle und Stroh getreten. Der Gestank war unerträglich und das Infektionsrisiko enorm, das wusste Gertrud. Deshalb versuchte sie, das Kind die ganze Zeit auf dem Arm zu halten.

Dora starb in der Nacht. Kindbettfieber, schrieb der Kapitän, der die Toten registrierte. Er stand auch der kleinen Feierlichkeit vor, mit der die Leichen im Meer versenkt wurden, eingeschlagen in Sackleinen und beschwert mit den Pflastersteinen, die das Schiff zu diesem Zweck mitführte.

Um Sackleinen zu sparen, war man dazu übergegangen, zwei Leichen in ein Stück Leinen zu schlagen, sodass Doras Leiche einige Stunden auf eine zweite warten musste. Es war die Leiche eines zwölfjährigen Mädchens, das allem Anschein nach an Blinddarmentzündung gestorben war. Beide sahen reizend aus, dachte Gertrud, während die Mannschaft die Körper und zwei Pflastersteine in das Sackleinen schlug, das anschließend mit Bindfaden umwickelt wurde.

Der Kapitän las eine kurze Passage aus seinem Andachtsbuch vor, dann warfen die Seeleute die Toten in die Ostsee.

Gertrud deckte Rosemarie auf dem Arm mit ihrem Schal zu und betete zu Gott: »Du musst etwas mit diesem kleinen Kind vorhaben. Gib mir die Kraft, ihm beizustehen.«

DÄNEMARK,
NOVEMBER 2004

»Wir haben das Gebiet lokalisiert, aus dem der Anruf gekommen ist: aus der Kopenhagener Innenstadt um den Rundetårn. Unser falscher Gallup-Mann hat sich nicht viel Mühe gemacht, die Nummer des Handys geheim zu halten, mit dem er angerufen hat, aber ...«, sagte Kriminalinspektor Laurits Hansen vom PET am Telefon. »... das Problem ist, dass das Handy gestohlen ist«, beendete Kriminalinspektor Halfdan Thor den Satz seines Kollegen.

Kein Krimineller, der noch seine fünf Sinne beisammen hatte, telefonierte mit seinem eigenen Handy. Und da jedes Schulkind ein eigenes Handy hatte, konnte man Hunderte am Tag stehlen, wenn einem danach war oder man eins brauchte.

»Das Handy ist einem elfjährigen Mädchen gestohlen worden. Sie heißt Viola und kann ziemlich genau sagen, wie und wann es verschwunden ist, weil sie fast dauernd telefoniert. Deshalb haben wir eine vage Spur. Das Handy ist verschwunden, während sie mit der Linie 1 unterwegs war und neben einem ›alten Mann‹ gesessen hat, wie sie es ausdrückt. Wir haben ihr Männer verschiedener Altersstufen gezeigt und glauben sagen zu können, dass der ›alte Mann‹ ungefähr fünfundvierzig bis fünfzig Jahre alt sein muss, leicht untersetzt, schütteres Haar. Genauer lässt sich das nicht sagen, aber wir lassen einen unserer Leute eine Woche lang mit dem Mädchen im Bus fahren. Wahrscheinlich wird nichts dabei herauskommen, aber es ist einen Versuch wert. Wie sieht es bei euch aus?«, fragte Hansen.

»Wir haben auch nicht viel. Ein Zeuge hat in der Nähe des Tatorts einen Fußgänger gesehen, den er folgendermaßen beschrieben hat: jüngerer Mann, keine besonderen Kennzeichen. Dunkle Jacke, Jeans, Turnschuhe und eine halb über die Augen gezogene Strickmütze. Ich kenne kaum junge Männer, die *nicht* so aussehen. Die Beschreibung passt so gesehen auf drei Viertel meiner eigenen Leute. Wir überlegen, ob es der Mühe wert ist, geben aber im Laufe des Tages eine Fahndung heraus«, antwortete Halfdan Thor.

»Wir konzentrieren uns auf die rechtsradikalen Organisationen. Wir *haben* Leute da draußen, aber sie haben nicht den geringsten Hinweis bekommen, dass irgendetwas gegen Journalisten im Busch ist. Und dann diese Karin Sommer! Sie hat weder einen politischen Hintergrund noch ein politisches Profil. Das Ganze passt hinten und vorne nicht zusammen«, sagte Hansen.

»Kann es sich vielleicht um ein *set up* handeln? Um eine falsche Fährte, die jemand sorgfältig für uns gelegt hat?«, fragte Halfdan Thor.

»Diese Möglichkeit haben wir uns die ganze Zeit offen gehalten und sie drängt sich mehr und mehr auf, denke ich. Ihr nehmt Anita Knudsen gründlich unter die Lupe? Ich meine: Das Ganze wäre fantastisch durchtrieben und raffiniert ausgedacht, wenn von Anfang an sie umgebracht werden sollte. Und wir fallen darauf herein und verfolgen unsere Verwechslungstheorie. Habt ihr euch ihren Mann genau angesehen?«

»Ich denke ja, aber wir können ihn uns jederzeit noch einmal vornehmen«, antwortete Halfdan Thor und fuhr fort: »Wie lange wollt ihr Karin Sommer rund um die Uhr bewachen? Sie selbst ist nicht besonders ängstlich.«

»Das wird ad hoc entschieden. Bis auf weiteres können wir es nicht riskieren, die Bewachung einzustellen ... denn seltsam ist das Ganze schon ... jetzt auch noch dieser Anruf. Wir werden morgen mit ihr reden. Sie hat dem Bodyguard erzählt, dass sie an einer großen Friedensdemonstration teilgenommen hat.«

Halfdan Thor zuckte leicht zusammen.

»An einer Friedensdemonstration, aha. Wo wir gerade dabei sind, mein ältester Sohn hat auch an so etwas teilgenommen. Er war einer von den ...«

»Ja, ich weiß. Wir kennen seinen Fall. Das Thema sollten wir beide besser außen vor halten«, sagte Kriminalinspektor Laurits Hansen freundlich, aber bestimmt.

»Das hatte ich auch vor«, antwortete Thor verletzt.

Und plötzlich war ihm klar, dass die gesamten Kollegen natürlich darüber informiert waren, dass der Sohn des Kriminalinspektors gemäß Paragraph 119, Gewalt gegen Beamte in Ausübung ihrer Pflichten, verhaftet worden war.

Ein Paragraph, zu dem die Polizisten ein ganz besonderes Verhältnis hatten, da er sie selbst schützte – sowohl vor gewalttätigen Überfällen wie vor Klagen über Polizeigewalt.

»Bumerangeffekt« hatte Andrea in einem ihrer rechtspolitischen Artikel den Umstand genannt, dass Menschen, die über Polizeigewalt klagten, sich dem Paragraphen zufolge ziemlich sicher sein konnten, selbst gemäß Paragraph 119 festgenommen und verurteilt zu werden.

So sollten sie lernen, sich nicht zu beklagen.

Andrea Vendelbo dachte über eine Karriere an der Universität nach, was Halfdan Thor nur zu gut passte, da er hoffte, dass sie dann mehr Zeit und Kraft für ihre Beziehung haben würde. Er hätte auch absolut nichts dagegen, wenn sie nicht mehr als Strafverteidigerin arbeiten würde, denn dabei riskierten sie schlimmstenfalls, einander als Kontrahenten gegenüberzustehen – wie in dem Robinson-Fall –

und auf jeden Fall, immer unterschiedliche fachliche Standpunkte zum Strafrecht zu vertreten.

Neben ihrer Anwaltstätigkeit arbeitete sie als externe Dozentin im Strafrecht und investierte mehr und mehr Zeit in ihre Untersuchungen und Artikel. Sie nahm die Dinge sehr ernst und hin und wieder hatte Halfdan Thor das Gefühl, dass es ihr ein wenig an Humor und Distanz fehlte. In den Kreisen, in denen er verkehrte, machte man zumindest immer den netten Versuch, etwas Lustiges oder Oberflächliches zu sagen, wenn man sich traf.

Doch Andrea war da anders. Sie konnte ihn treffen, ihn umarmen und anschließend todernst fragen: »Was denkst du zu den Bemerkungen zu den Bedenken des Strafgesetzausschusses bezüglich ...«

Nicht gerade die heißeste Einleitung zu einem gemütlichen Abend zu Hause.

Er zweifelte nie an seiner Liebe, aber hin und wieder an ihrer.

»Gebranntes Kind« hatte er anfangs gedacht, da Andrea eine traumatische Beziehung hinter sich hatte. Doch jetzt war er bei der Theorie angelangt, dass sie einfach zu kopflastig war, um sich auf ihre Gefühle und ihren Körper einzulassen. Sie hatte immer irgendeinen vernünftigen Vorbehalt oder einen sachlichen Einwand.

Sie wollte nicht mit ihm zusammenziehen, weil sie keinen vernünftigen Grund dafür sah. Ganz im Gegenteil. Sie fand, dass das Risiko für Konflikte größer war, wenn man zusammen wohnte. Damit hatte sie zweifelsfrei Recht, doch das »Risiko«, eine liebevolle Beziehung aufzubauen, war auch da, hatte er eingewandt.

Sie hatte den Gedanken nicht völlig zurückgewiesen, deshalb hoffte er noch immer und hatte sich bereit erklärt, hinzuziehen wohin immer es ihr passte.

Sobald Laurits Hansen aufgelegt hatte, wählte er ihre Nummer. Sie musste inzwischen von ihrem Besuch im Gefängnis, der auch Esben gegolten hatte, zurück sein.

Es fiel ihm auf, dass sie mit dem rechtlichen Teil begann: »Das Landgericht hat den Haftbefehlen zugestimmt, sodass Esben noch ein wenig Geduld haben muss ...«

»Wie geht es ihm?«, fragte Thor leicht unwirsch.

»Ja, eigentlich geht es ihm ganz gut. Es hat ihm sehr viel bedeutet, dass du ihm deine Anerkennung ausgesprochen hast. Er war nahezu euphorisch, als er davon erzählt hat. Und solange er im Krankenhaus liegt, erlebt er die Isolation als nicht ganz so schlimm. Er spricht mit dem Krankenhauspersonal und leiht sich Bücher aus.

Wir haben über seine Verteidigung gesprochen. Alle drei wollen, dass die Aufmerksamkeit dabei auf den Protest gegen Dänemarks Teilnahme am Irak-Krieg gelenkt wird. Sie meinen es sehr ernst und ich denke, dass ich das respektieren kann, aber es gibt nun einmal gewisse prozessuale Regeln, die auch ich befolgen muss. Und die Staatsanwaltschaft wird alles dafür tun, dass kein Politikum daraus wird. Das habe ich ihm erklärt und ich glaube, er hat das verstanden. Er ist ein kluger Junge«, sagte sie.

»Und ein guter Junge«, sagte Halfdan Thor mit einem Kloß im Hals.

»Er will das Gymnasium schmeißen«, sagte Andrea.

»Nein, das musst du ihm ausreden. Ich werde schon dafür sorgen, dass er weitermachen kann«, sagte Thor erregt.

»Er sagt, dass er auf jeden Fall aufhören und sich auf einer Autorenschule einschreiben will ...«

»Nie im Leben ...«

»Daran kannst du ihn eigentlich nicht hindern, also lass es ihn doch versuchen. Er hat ganz offensichtlich etwas von einem Original«, sagte Andrea.

»Ja, ja«, sagte Halfdan Thor und versuchte hörbar, sich zu beruhigen. »Wozu sind Frauen eigentlich sonst gut, als sentimental zu werden und dagegen zu arbeiten, wenn Väter versuchen, ihre Söhne zu Männern zu erziehen.«

»Eine seltsame Betrachtungsweise«, antwortete Andrea und fügte hinzu: »Also, ich muss Dagmar abholen. Hast du oder habt ihr Lust, am Wochenende in die Stadt zu kommen? Dann machen wir etwas zusammen.«

»Ja«, antwortete er. »Ich kann natürlich für Aske nicht sicher zusagen, aber ich komme auf jeden Fall. Im Moment ist es so dunkel auf dem Land. Küsschen.«

Karin zündete die Öllampe und den Leuchter mit den Teelichtern an, um es sich ein wenig gemütlich zu machen. Es war dunkel, wenn sie morgens ging, und dunkel, wenn sie abends nach Hause kam. Jetzt regnete es auch noch. Der November war ein trauriger Monat und sie griff dem Licht und Schmuck des Weihnachtsmonats gern ein wenig voraus. Sie mochte ihre Wohnung sehr. Sie war nicht groß, lag dafür aber in einem der attraktivsten Häuser der Provinzstadt – einem früheren Lagerhaus direkt am Hafen. Und schon jetzt im November hatte sie die Fenster mit Lichtern und Christrosen geschmückt.

Ihr Bodyguard, der heute Abend Christian hieß, saß draußen auf dem Treppenabsatz. Sie hatte einen Abend mit einer Flasche Wein und einer Recherchereise durch ihr Leben geplant. Man hatte sie darum gebeten:

»Denken Sie genau nach, was Sie getan haben, das jemanden bitter, wütend oder rachsüchtig gemacht haben könnte«, hatte Halfdan Thor gesagt.

Er war ihr Ansprechpartner, aber sie war sich durchaus darüber im Klaren, dass er mit dem Nachrichtendienst der Polizei zusammenarbeitete, der das verfolgte, was Thor »eine politische Spur« nannte.

»Wir verfolgen diese Spur noch immer, auch wenn sie nicht mehr höchste Priorität genießt«, hatte Halfdan Thor gesagt. »Es scheint nicht sehr wahrscheinlich, dass Sie aus politischen Gründen bedroht werden, nicht?«

»Nein, ehrlich gesagt nicht«, hatte sie geantwortet.

»Wir glauben mehr und mehr, dass jemand uns auf eine falsche Fährte locken will. Machen Sie mir bitte eine Liste, mit wem Sie sich im Laufe der Zeit angelegt haben – sowohl privat als auch beruflich«, hatte er gesagt.

»Puha, was für eine angenehme Beschäftigung. Ein Artikel mit der Überschrift: Menschen, die Grund haben, mich zu hassen«, hatte sie geantwortet. Aber natürlich würde sie kooperativ sein.

Neben ihrem bequemen Lesestuhl lag ein Haufen Notizbücher und natürlich hatte sie auch ein paar Ideen, wo sie nachschlagen konnte.

Das oberste Notizbuch betraf einzig und allein den Skov-Jensen-Fall. Ein Geschäftsmann, dessen dänisches Imperium abzuschießen sie vor einigen Jahren mitgeholfen hatte, als man ihr einen Tipp über mehrere zweifelhafte Geschäftstransaktionen zugespielt hatte. Er war kein Irgendwer gewesen, sondern ein wirtschaftlicher Emporkömmling, der die Bewunderung des ganzen Landes genoss und das Ziel amerikanischer Träume erreicht hatte, als er zum persönlichen Freund der Königsfamilie wurde und in Amalienborg ein und aus ging.

Skov-Jensen hatte Dänemark damals verlassen müssen, doch in Russland, das seit dem Systemwechsel wie ein Magnet auf undurchsichtige Geschäftsleute aus aller Welt wirkte, ein neues Betätigungsfeld gefunden. Nach dem zu urteilen, was sie gelesen hatte, war er jetzt nicht nur reich, sondern steinreich, und spielte hin und wieder mit dem Gedanken, halb Dänemark aufzukaufen.

Aber warum sollte er verbittert sein? Eigentlich hatte sie ihm nur einen kleinen Schubs in die Welt versetzt, in der man keine Millionen, sondern Milliarden zählte.

Sie schrieb ihn trotzdem auf die Liste.

Dann waren da die Menschen, deren Karriere sie behindert hatte.

Viele Jahre lang war der rechtspolitische Stoff des *Bladet* in Kopenhagen ihre Domäne gewesen und sie hatte immer den Standpunkt vertreten, dass Journalisten zuallererst auf der Seite der Bürger zu stehen und die mächtigen staatlichen Systeme zu kontrollieren hatten: Polizei und Staatsanwaltschaft, Gerichte und Strafvollzugsbehörde. Damals war das modern gewesen, doch heute waren die Journalisten eher geneigt, den Standpunkt der Polizei einzunehmen.

Zur Sache: Sie hatte ihr Tonband eingeschaltet und verschiedene Fälle von Machtmissbrauch, administrativer Willkür, Schlamperei oder Arroganz gegenüber dem kleinen Mann aufgedeckt.

Die Strafvollzugsbehörde hatte einen Rüffel vom Ombudsmann bekommen. Ein Richter war zutiefst verletzt gewesen und hatte ergebnislos versucht, ihren Chefredakteur feuern zu lassen, und ein Polizist war wegen Verfälschung von Beweisen verurteilt worden.

Sie ging die Notizbücher durch und schrieb vierzehn Namen auf ihre Liste.

Dann waren da die Leute, deren Gefühle sie verletzt hatte, in einigen Fällen unbeabsichtigt.

Sie hatte einen wohlmeinenden, solidarischen und lustigen Artikel über ein Viertel mit einer hohen Kriminalitätsrate schreiben wollen, doch der Artikel war missverstanden worden. Mit Humor muss man in der Zeitung vorsichtig sein. Mehrere tätowierte Männer aus dem Viertel waren bei der Zeitung vorstellig geworden. Sie waren sehr wütend gewesen und hatten Drohungen ausgesprochen.

Sie schrieb den Fall auf die Liste.

Außerdem war eine christliche Sekte über einen ihrer Artikel verärgert gewesen, in dem sie geschrieben hatte, dass die Sekte abgefallene Mitglieder schikanierte. Sie hatten sie verklagt, nach einigen Verhandlungen die Klage jedoch zurückgezogen.

Sie ging die Notizbücher weiter durch. Nach ein paar Stunden hatte sie vierundsechzig Personen auf ihrer Liste und noch einen kleinen Schluck Weißwein und begann an der Relevanz dessen, was sie hier tat, zu zweifeln.

Die Liste ließe sich beliebig verlängern, denn in den meisten Fällen gab es einen Verlierer oder jemanden, der sich ins Unrecht gesetzt fühlte, aber ehrlich? Die Leute kamen über so etwas hinweg und wenn sie nicht krank im Kopf waren, brachten sie nicht so viele Jahre später eine Journalistin um.

Sie nahm sich ihr Privatleben vor und einige unangenehme Fragen als Ausgangspunkt. Wer mag mich nicht? Warum mag er mich nicht? Wie und wer zum Teufel bin ich eigentlich?

Sie machte eine Liste:

Leute, die ich verletzt, betrübt oder enttäuscht habe.

Sie begann mit ihrer Mutter, die vor vielen Jahren gestorben war, und zählte sieben weitere Personen auf, unter anderem Torbens Kinder.

Es gab einige durchgängige Muster. Sie hatte sie enttäuscht oder verletzt, weil sie ihren eigenen Zielen gefolgt war. Vielleicht war sie in Wirklichkeit ein egoistischer und gewissenloser Mensch? Sie goss sich Wein nach.

Dann begann sie eine neue Liste.

Streitigkeiten und Intrigen, in die ich involviert war.

Diese Liste wurde ziemlich lang und sie war sich noch immer nicht sicher, ob sie niemanden vergessen hatte. In einigen Fällen handelte es sich um Streitigkeiten, die sie selbst angezettelt hatte, doch in den meisten Fällen war sie rein faktisch das Opfer anderer gewesen. Aber mit Sicherheit kein passives Opfer. Einer ihrer Lehrer hatte immer in die Poesiealben der Mädchen geschrieben: »*Streit vermeiden, so lange man kann, doch geht es nicht anders, kämpf wie ein Mann.*«

Das hatte sie sich zu Herzen genommen, und wenn jemand es auf sie abgesehen oder ihr eine Falle gestellt hatte, hatte sie es ihm mit Vergnügen doppelt heimgezahlt. Und sie schätzte, dass sie in acht von zehn Fällen gewonnen hatte. Das Resultat war natürlich, dass einige Leute sie nicht leiden konnten. Aber waren sie deswegen gleich potenzielle Mörder?

Sie öffnete eine neue Flasche Wein, obwohl sie wusste, dass sie das besser lassen sollte, doch diese Recherche im eigenen Leben war hart gewesen und noch immer war da die große, existenzielle Frage: *Wie und wer bin ich?*

Sie dachte an ihre Kindheit, an ihren Vater und ihren Bruder, die beide auf unglückliche Weise ums Leben gekommen waren, und an ihre Mutter, die ein sehr ungewöhnlicher Mensch gewesen war. Sie wünschte, sie hätte mehr mit ihrer Mutter gesprochen, als noch Zeit dazu war. Aber sie war schon als Siebzehnjährige zu Hause ausgezogen und hatte über lange Jahre einen gefühlsmäßigen Abstand zu ihrer Familie gehalten.

Nicht, dass sie irgendwann ihre Familie abgelehnt hätte, aber sie war ausschließlich zu höflichen Besuchen nach Hause gefahren – wie eine Fremde aus einer anderen Welt. Genau das war sie geworden: eine Fremde aus einer anderen Welt, denn der Journalismus hatte sie innerhalb weniger Jahre von den untersten in die obersten Gesellschaftsschichten katapultiert. Und von dem einen Ende des Landes ans andere.

Für die Siebzehn- bis Zwanzigjährige war das ein enormer Schritt gewesen und viele Jahre lang hatte sie sich sowohl in ihrer alten als auch in ihrer neuen Welt fremd gefühlt.

Ihre Mutter gehörte definitiv der alten Welt an.

Sie musste mehr wissen. Sie sah auf die Uhr. Es war zehn. Sie konnte Tante Agnes auf Skejø noch anrufen.

»Nein, wie schön, dass du anrufst. Im Fernsehen gibt es heute Abend nur Pornos, und das wird auf Dauer ein wenig langweilig. Ich habe gerade ausgeschaltet«, sagte Tante Agnes. Sie hatte wirklich das Talent, ihren Mitmenschen das Gefühl zu geben, genau das Richtige zu tun.

»Ich sitze hier und durchforste mein Leben«, sagte Karin.

»Oha, dann pass bloß auf. Man kann nie wissen, was dabei so alles an die Oberfläche kommt«, antwortete Agnes und lachte.

»Und dabei musste ich an Mutter denken. Du hast sie ja sehr viel länger gekannt als ich. Wie war sie eigentlich? Ich meine – in der Zeit, bevor es mich gab und an die ich mich erinnern kann?«

»Hm«, antwortete Agnes. »Ich mache mir gerade einen Zigarillo an.«

Karin lächelte. Sie konnte Agnes vor sich sehen.

»Ja, weißt du, deine Mutter und ich waren ja Cousinen. Unsere Väter waren Brüder und kamen aus Kopenhagen, doch ihr Vater ist als Handwerksgeselle auf die Walz gegangen. Er wollte nach Deutschland und Italien, ist aber nicht weiter als bis nach Apenrade gekommen, wo er deine Großmutter geheiratet hat.

Mein Vater ist auf Skejø gelandet, wo ich geboren bin. Und ich bin einige Jahre jünger als deine Mutter. Wir haben uns vor allem auf Familienfesten gesehen, doch davon gab es damals ziemlich viele. Wir haben auch ein einziges Mal zusammen Ferien gemacht, als wir zehn, zwölf Jahre alt waren.«

»Wie war sie als Kind?«

»Sie war klug. Die Erwachsenen redeten immer über ihre Einser in der Schule. Als sie mit vierzehn abging – das machten wir alle damals –, war sie in allen Fächern die Beste, mit Ausnahme von Musik und Handarbeit. Ich erinnere mich so genau daran, weil sie uns trägen und dummen Vettern und Cousinen immer als leuchtendes Beispiel vor Augen geführt wurde.«

»Ein irritierender Ausbund an Tugend also?«, fragte Karin.

»Nein, das will ich mit Sicherheit nicht sagen. Sie war bei allen wilden Spielen dabei. Es hieß, sie sei ein richtiger Junge. Als wir Cousinen älter wurden und uns für Kleider und Frisuren zu interessieren begannen, spielte sie noch immer am liebsten mit den Vettern, kletterte auf Bäume und baute Höhlen.«

»Wenn sie so klug war, warum hat sie dann nie eine Ausbildung gemacht? Ich weiß, dass die Familie arm war, aber es gab doch auch damals schon einige Mädchen, die das trotzdem geschafft haben?«

»Also, mit vierzehn konnte man nicht viel machen, wenn man von der Schule kam und arbeiten musste. Sie hätte es natürlich später versuchen können, aber in der Zwischenzeit war sie heilig geworden. Seit sie sechzehn war, interessierte sie sich nur noch für Gott und Jesus und ging in die Bibelschule und all das. Das war auch eine Art Ausbildung, soweit ich das verstanden habe.«

»Wart ihr als junge Mädchen viel zusammen?«

»Ja, wir haben uns ja ständig auf Familienfesten gesehen und einige von uns Vettern und Cousinen hatten viel Kontakt und Spaß zusammen, aber deine Mutter hat sich irgendwie abgesondert.«

»Wie?«

»Also, wenn wir anderen auf Feste oder Bälle gingen, ging sie zu Gebetstreffen. Und wenn wir Karten spielten und ein Glas Portwein tranken, saß sie da und las in ihrer Bibel. Wir fanden das ein bisschen traurig für sie, aber sie war der Meinung, es sei eher traurig für uns, weil wir in der Hölle landen würden. So ergab es sich quasi von selbst, dass wir nicht so viel miteinander zu tun hatten. Aber es gab viele andere Heilige in der Familie, mit denen war sie zusammen. Sie sind inzwischen alle tot.«

»Heimgerufen zum Herrn«, sagte Karin.

»Wie bitte?«

»Das war ein Ausdruck, den meine Mutter gebraucht hat, wenn jemand gestorben war«, antwortete Karin und fuhr fort: »Ich habe mich immer gewundert, dass sie Vater geheiratet hat?«

»Sie wollte ihn retten, aber er hat sich schon bald gewehrt«, sagte die Tante.

»Richtig«, antwortete Karin und lächelte ein wenig bei dem Gedanken an all die Frauen, die sich einen Mann nahmen, um ihn zu ändern, zu retten und zu bekehren. Wenn sie ihn nicht zum Christentum bekehrten, dann wollten sie ihn eben zu einem anderen und besseren Menschen machen – so sahen es zumindest diese Frauen. Sie hatte diesen Prozess oft beobachtet. Und er war immer zum Scheitern verurteilt.

»Man sollte niemanden heiraten, um ihn zu ändern, denn das funktioniert nicht«, sagte Agnes.

»Ganz deiner Meinung. In all den Jahren, an die ich mich erinnern kann, ging es ihnen ziemlich schlecht miteinander. Hast du sie manchmal getroffen, als sie frisch verheiratet waren? Wie lief es eigentlich anfangs?«

»Nein, ich habe sie so gut wie nie getroffen. Das war während der Besatzungszeit, da sind wir nicht so viel gereist, aber ich habe deiner Mutter geschrieben und ich weiß, dass sie ein paar schwere Jahre hatten. Das Geld war sehr knapp und dein Vater die meiste Zeit nicht zu Hause, weil er in den Torfmooren und den Braunkohlelagern gearbeitet hat. Nicht, dass deine Mutter sich beklagt hätte. Das hat sie nicht und im Großen und Ganzen hat sie in ihren Briefen nicht viel über ihr Leben erzählt. Sie waren mit Bibelzitaten und Bibelauslegungen gespickt. So gesehen bekam man per Brief eine ganze Predigt frei Haus geliefert. Und wenn ich ganz ehrlich sein soll, hat mich das nicht sehr interessiert.«

»Mich auch nicht«, sagte Karin, die einen Hauch von schlechtem Gewissen verspürte, wie sie mit den Briefen ihrer Mutter umgegangen war. Sie hatte sie nur überflogen, um zu sehen, ob sie etwas anderes als Bibelzitate und frommes Gewäsch enthielten, und anschließend schnell in den Papierkorb geworfen. Nicht einen einzigen Brief von ihrer Mutter hatte sie aufbewahrt.

Karin war in den Jahren, in denen man seiner Mutter blind vertraut, selbstverständlich ein sehr religiöses Kind gewesen, doch schon mit vierzehn hatte sie den Glauben verloren und mit achtzehn war sie Atheistin – mit einer fast aggressiven Haltung dem Christentum gegenüber. Damals war sie der festen Überzeugung, dass das Christentum ein raffiniertes politisches Mittel der Unterdrückung war, und sie war wütend, dass der Glaube in einem solchen Ausmaß das Leben ihrer Mutter eingeschränkt hatte. In ihren Augen hatte er das – und das sagte sie auch. Sie schickte ihrer Mutter eine Karte mit einem Gedicht von Otto Gelsted: *»Befreit euch von Selbstbetrug und Leben, das längst ist tot. Löscht auf der Flagge das weiße Kreuz, macht es rot.«*

Es war die Antwort der achtzehnjährigen Karin auf den

Vers, den die Mutter vier Jahre früher vorne in ihre Konfirmationsbibel geschrieben hatte:

»Lass Demut dich klein machen, lass Liebe dich groß machen, lass Glauben dich still führen in Jesu gesegneter Spur.«

»Aber du kannst stolz auf deine Mutter sein«, unterbrach Tante Agnes ihre Gedanken. »Sie war eine kluge Frau und sie hatte ein gutes Herz. Niemand klopfte vergebens an ihre Tür.«

»Stimmt, daran erinnere ich mich«, antwortete Karin. »Nicht selten musste ich mein Bett für irgendeinen Landstreicher oder Säufer räumen. Dann habe ich am Fußende bei Mutter und Vater geschlafen. Die fahrenden Gesellen, wie meine Mutter sie nannte, hatten ein kleines Kreuz in unseren Gartenzaun geschnitzt. Hier wohnen nette Menschen, teilten sie einander durch dieses Zeichen mit. Von wegen, dass sie ein Essenspaket bekamen und ihnen ein Schlafplatz im Stall oder der Scheune zugewiesen wurde. Nach Mutters Auslegung des Christentums sollten sie das Beste bekommen, was das Haus zu bieten hatte – darunter fiel auch mein Bett.«

»Und sie war nicht auf den Mund gefallen – und hatte ihre eigenen Ansichten. Sie hatte vor nichts und niemandem Angst, weil sie fest davon überzeugt war, dass Gott auf ihrer Seite stand«, fuhr Agnes fort.

Das entsprach auch Karins Erinnerung. »Mutter war zu der Ansicht gekommen, dass Jesus Sozialist war. Ich kann mich erinnern, wie sie am Küchentisch gesessen und Briefe an die Gemeinde und die Lokalzeitung geschrieben hat, um armen Menschen zu helfen, die nicht selbst für ihre Sache einstehen und einen Brief schreiben konnten«, sagte sie.

»Du ähnelst ihr sehr«, sagte Agnes.

»Wirklich?«

Anschließend lag sie lange wach und dachte nach. Glich

sie wirklich ihrer Mutter? Sie war sich zwar darüber im Klaren, dass es gleiche Verhaltensmuster gab, doch sie hatte schließlich von der religiösen Lebenseinstellung ihrer Mutter Abstand genommen. Karin hatte sich nicht nur gegen das Christentum, sondern gegen alle Formen von Glauben oder Aberglauben gewandt.

Sie betrachtete das Christentum noch immer als verdummend und einengend. Und als probates Werkzeug zur Unterdrückung von Menschen.

Nein, die Menschheit muss schon selbst die Verantwortung für sich übernehmen, murmelte sie, während sie für die Nacht Wasser in ein paar große Gläser füllte. Anderthalb Flaschen Wein. Das ging nicht. Sie musste sich reichlich Flüssigkeit zuführen, um einem Kater vorzubeugen.

Sie war seit zehn Jahren nicht mehr in der Gegend gewesen, in der sie geboren war, und hatte noch vier Urlaubstage gut. Warum nicht eine kleine Pilgerfahrt zum Grab ihrer Mutter und ihres Vaters machen? Ja, das würde sie tun. Sie würde ein wenig mit ihrer Mutter reden und versuchen, einige Dinge zurechtzurücken. Vielleicht konnte sie ohne den Bodyguard fahren, um mit ihren Gedanken alleine zu sein? Das musste die Polizei entscheiden.

Ballum, Februar 1945

Martha war diejenige, die den Frauenbibelkreis von Ballum gegründet hatte, zu dem außer Martha noch zwei Nachbarsfreuen, Gudrun und Ebba, gehörten.

Die drei Frauen trafen sich mindestens einmal die Woche, knieten nieder und baten Gott inständig, den Krieg zu beenden und die Schmerzen aller Kriegsopfer – vor allem der Kinder und schwangeren Frauen – zu lindern. Martha fühlte vor allem mit Letzteren, da sie selbst hochschwanger war.

Martha war als frisch vermählte Landarbeiterfrau hinaus ins Marschland gezogen, weil dort die Häuser am billigsten waren. Sie und Anton hatten beide als Dienstboten gearbeitet und waren sich einig gewesen, dass sie etwas Eigenes haben wollten. Sie hatten 200 Kronen gehabt und 1000 Kronen leihen können. Das war gerade genug, um diese alte Häuslerstelle im Marschland zu übernehmen, die ziemlich verfallen und längere Zeit nicht bewohnt gewesen war. Es gab weder fließend Wasser noch Strom.

Doch Martha und Anton waren stolz, weil das Haus und die drei Morgen Land, die dazu gehörten, ihr Eigen waren. Vorausgesetzt, sie konnten die Raten bei der Bank termingerecht zahlen.

Das Haus war so eingerichtet, wie dänische Bauernhäuser seit der Eisenzeit aufgeteilt waren: der Raum für die Menschen auf einer Seite und der für die Tiere auf der anderen. Anton träumte davon, Tiere auf dem Markt in Løgumkloster kaufen zu können.

Er besuchte, so oft es ihm möglich war, die Tier- und Pferdemärkte, musste sich aber mit Zugucken begnügen, wenn die Bauern handelten.

Wenn er von den Märkten nach Hause kam, war er mürrisch und verstimmt und sie waren erst vier Monate verheiratet, als er nach einem solchen Marktbesuch einen Wutanfall bekommen und den Küchentisch umgestoßen hatte.

Martha hatte Anton dazu bewogen, sein Herz Jesus zu geben – dafür hatte Anton Marthas bekommen. Das war nie so direkt ausgesprochen worden, doch da von Anfang an klar war, dass Martha nie einen Unerlösten heiraten, würde, war Anton eben erlöst worden – und hatte bei diesem Anlass auch aufgehört, Pfeife zu rauchen.

Kurz nachdem Anton erlöst worden war, erhielt er die persönliche Aufforderung von Gott, Martha zu heiraten, und so geschah es auch. Gegen Gottes Stimme konnte Martha nicht an.

Drei Wochen nach der Hochzeit fing Anton wieder an, Pfeife zu rauchen. Und ehrlich gesagt begann auch sein Glaube zu schwächeln. Martha musste sowohl das Tischgebet wie auch die Bibellesung übernehmen, was eigentlich die Aufgabe des Mannes gewesen wäre.

Das war soweit in Ordnung. Martha hatte keine Zweifel, dass Männer und Frauen vor Gott gleich waren, aber sie vermisste, wie sie es selbst ausdrückte, »die enge Gemeinschaft im Herrn«. Und das hatte sie auf die Idee mit dem Frauenbibelkreis gebracht. Im Herbst war sie in der Nachbarschaft von Tür zu Tür gegangen und hatte zwei andere Mitglieder für den Kreis rekrutieren können.

Gudrun war schon vorher ihre nächste Nachbarin und gute Freundin gewesen. Gudrun hieß mit Nachnamen Müller und gehörte der deutschen Minderheit an, doch dem maß Martha keine große Bedeutung bei.

Martha selbst kam aus einer alten dänischen Familie. Ihre Eltern in Apenrade hatten der dänischen Minderheit südlich der Grenze angehört, bis sich die Grenze bei der Rückgliederung 1920 verschob. Martha, die als Kind dänischer Eltern 1916 geboren war, war so gesehen bis zu ihrem vierten Lebensjahr selbst deutsche Staatsbürgerin gewesen.

Als Grenzländerin hatte Martha die Erfahrung gemacht, dass menschliche Eigenschaften keinesfalls an Nationalitäten gebunden waren. Sie wusste zudem, dass vor Gott alle Völker gleich waren.

Während des Krieges und der Besatzung wurde der Tatsache, wer dänisch und wer deutsch war, sehr viel Aufmerksamkeit geschenkt, doch im Grenzland verliefen die Trennungslinien zwischen den Nationalitäten nicht so klar.

Im ersten Besatzungsjahr hatte Martha erlebt, dass viele urdänische Südjütländer sich der Besatzungsmacht gegenüber außerordentlich kooperativ gezeigt hatten, und dass sich nicht wenige begeistert zu Hitlers Politik geäußert hatten.

Dafür hatte sie Minderheitsdeutsche gekannt, die sich – auch im ersten Kriegsjahr – vehement gegen den Nationalsozialismus ausgesprochen hatten. Gudrun Müller zum Beispiel hatte nie ein Geheimnis daraus gemacht, was sie von Hitler hielt: »So ein kriegsbesessener Schreihals! Kann ihm nicht jemand das Maul stopfen?«

Als das Kriegsglück sich 1944 wendete, wurde die Sympathie für die Nazis fast unsichtbar und unhörbar im Grenzland. Und im Herbst und Winter 1944 meinten einige, sich nun den Gewinnern anschließen und ihren Widerstand gegen den Nationalsozialismus dadurch demonstrieren zu müssen, dass sie die Nachbarn verhöhnten und schikanierten, die als Minderheitsdeutsche geboren waren. Die neueste politische Stimmung im Grenzland traf Gudrun und ihren Mann Heinz hart.

Heinz war Futtermeister und Gudrun Melkerin auf einem

großen Hof, dessen Besitzer Jes Abelsen in den ersten drei Jahren der Besatzung viel mit den Deutschen gehandelt und gefeiert hatte. Doch jetzt, wo seine alten Freunde im Begriff waren, den Krieg zu verlieren, verspürte Abelsen ein gewaltiges Bedürfnis, sein Dänentum zu demonstrieren. Das tat er, indem er Heinz und Gudrun kündigte, die seit elf Jahren für ihn arbeiteten.

Sie verloren nicht allein ihre Arbeit, sondern auch ihr Zuhause, das Futtermeisterhaus, und die kostenlose Ration von Kartoffeln und Milch für ihre fünf Kinder.

Deshalb mussten sie in eines der kleinsten Häuser der Gemeinde ziehen, wo sie Nachbarn von Anton und Martha wurden.

In ihrem Haus wollten die drei Frauen an diesem Winternachmittag ihr Bibeltreffen abhalten.

Es war schön, in den warmen Duft des mit Torf beheizten Hauses zu kommen, fand Martha und sah insgeheim genau hin, wie praktisch Gudrun sich mit ihren fünf Kindern eingerichtet hatte. Sie und Anton hatten nämlich selbst Pläne, viele Kinder zu bekommen.

Im Wohnzimmer gab es außer dem Esstisch nur ein Sofa und eine Matratze, auf der die Erwachsenen schliefen, und eine Kommode – und natürlich den Kachelofen und die Torfkiste.

Alle fünf Kinder im Alter von ein bis vierzehn Jahren schliefen im Kinderzimmer in selbstgebauten Hochbetten. Heinz war tüchtig in so etwas. Von ihm konnte Anton noch viel lernen, dachte sie. Anton war so ungeduldig. Wenn die Dinge nicht sofort gelangen, wurde er wütend und verlor das Interesse.

Martha, die nicht nur die Gründerin, sondern auch die geistige Leiterin des Bibelkreises war, bezog sowohl die Erwachsenen wie die Kinder in Andacht und Gebete mit ein.

Das hatte auch einen pädagogischen Grund.

Es kam nämlich vor, das einige der anwesenden Kinder im Laufe der Woche so unartig gewesen waren, dass ein gemeinsames Gebet um Gottes Vergebung angebracht war. Dann konnte man die andachtsvoll niedergeschlagenen Augenlider ein wenig öffnen und den Sünder erröten und sich winden sehen, während sein Vergehen vor dem Herrn ausgebreitet wurde.

Die Losungskärtchen – kleine gedruckte Karten mit Hinweisen auf Bibelverse – fungierten als Leitfaden für die Andacht. Jede der drei Frauen zog ein Kärtchen aus einem kleinen Kästchen, als wären es Lose in einer Tombola. Martha las die Bibelverse laut vor, deutete sie und vertrat eine Ansicht, warum Gott genau das zu genau diesem Zeitpunkt zu dieser oder jener sagen wollte.

Martha bediente sich selbst der Losungskärtchen, um Gottes Willen zu hören, wenn sie schwierige Entscheidungen zu treffen hatte oder in einer Krise steckte. Auf diese Weise hatte sie viele verblüffende, einschlägige Antworten von Gott erhalten. Gebetserhörung, nannte sie das.

Die drei Frauen lagen vor dem Sofa auf den Knien, wenn sie beteten, und ihre Gebete schlossen die Opfer des Krieges mit ein. Auf beiden Seiten. Auf allen Seiten.

Martha ging davon aus, dass die Zivilisten, unschuldige und machtlose Menschen, immer die Opfer waren. Kaiser, Könige, Politiker und große Männer (eine Gruppe, die sie nicht näher zu definieren pflegte) zettelten Kriege an, weil sie nicht genug Macht und Geld bekommen konnten. Das war seit Urzeiten die Ursache der Kriege. Daraus machte sie in ihren Predigten und Gebeten kein Hehl.

»Sie kann sich gut ausdrücken«, sagte Ebba ergriffen.

»Ja, o ja, sie hätte Pfarrerin werden sollen«, pflichtete Gudrun ihr ergriffen bei.

Das hatte Martha auch eigentlich gewollt, Pfarrerin werden, doch es hatte zwei unüberwindbare Hindernisse gegeben: zum einen ihr Geschlecht und zum anderen ihre Armut.

Sie hatte nachgedacht und war zu dem Schluss gekommen, dass diese Hindernisse unchristlich und nicht im Sinne Gottes waren. Deshalb hatte sie der Volkskirche als scheinheiliger Institution den Rücken gekehrt und war der Heilsarmee beigetreten, wo Männer und Frauen auf allen Ebenen gleich gestellt waren und man sich der sozialen Ungerechtigkeiten auf dieser Welt bewusst war.

Jetzt hatte sie rein geografisch nicht mehr die Möglichkeit, bei der Heilsarmee aktiv zu sein, und als eine Art Kompensation den Frauenbibelkreis ins Leben gerufen.

Als der Gottesdienst für diesen Nachmittag beendet war, lud Gudrun zu Ersatzkaffee und Pfannkuchen ein. Bei ihren Gesprächen nahmen die drei Frauen kein Blatt vor den Mund.

»Sie haben mich den größten Teil der Nacht wach gehalten«, sagte Ebba von den Flugzeugen der Alliierten, die praktisch jede Nacht zu Hunderten über die jütländische Westküste hinwegflogen, um deutsche Städte zu bombardieren.

»Sie haben Bomben über Kiel und Stettin abgeworfen«, sagte Gudrun, die dank ihrer deutschen Verbindungen und ihrer deutschen Familie am besten über die Kriegshandlungen auf der anderen Seite der Grenze informiert war.

»Wenn es doch bald zu Ende wäre. All die Kinder und Frauen und alten Menschen, die in den Ruinen leiden und sterben. Ich verstehe nicht, dass Gott das zulässt. Ich verstehe es wirklich nicht«, sagte Ebba und sah ihr geistiges Oberhaupt Martha fragend an.

Martha dachte so konzentriert nach, dass sich zwei senkrechte Falten zwischen ihren Augenbrauen bildeten, und sagte: »Ich verstehe das auch nicht, aber vielleicht steuert Gott die bösen Dinge gar nicht. Es steht doch geschrieben: Er ist gut und Er ist allmächtig. Vielleicht hat Er uns in seiner Allmacht ja einen freien Willen verehrt – auch den freien Willen, uns selbst zu zerstören.«

»Und die Säuglinge?«, fragte Ebba.

»Und wir anderen, die wir nichts zu sagen haben?«, fuhr Gudrun fort.

Martha war um die Antwort verlegen, aber sie antwortete: »Wir müssen einfach glauben, dass Er unendlich gut und allmächtig ist. Und seinem Wort um unserer Seele willen folgen.«

»Halleluja«, sagte Ebba schwermütig.

Dann richtete Gudrun sich auf und sagte: »Morgen hole ich die Flüchtlinge ab, eine junge Mutter mit Zwillingen.«

»Wo kommen sie her?«, fragte Martha.

»Aus Ostpreußen. Ihr Land brennt und die, die es nicht schaffen wegzukommen, werden ermordet, vergewaltigt oder aus ihren Häusern verjagt, sodass sie erfrieren. Alle Flüchtlinge erzählen, was für Grausamkeiten dort passiert sind, wo die Russen vorgerückt sind. Die Flüchtlingsbehörde in Tondern hat uns von der Minderheit gebeten zu helfen, bis der Krieg zu Ende ist.«

»Wo willst du sie unterbringen?«, fragte Ebba.

»Wir rücken ein bisschen zusammen. Heinz und ich können uns das Sofa teilen, wenn er zu Hause ist, und die Kinder jeweils zu zweit in einem Bett liegen.«

Zwischen Marthas Augenbrauen bildeten sich erneut die beiden senkrechten Falten, dann sagte sie: »Anton und ich können auch jemanden aufnehmen. Eine alte Frau zum Beispiel.«

Gudrun sah sie nachdenklich an: »Ich würde dich nie darum bitten, aber wenn du wirklich meinst ... nur was sagt Anton dazu?«

»Anton sagt das Gleiche wie ich«, antwortete Martha resolut. »Als wir uns verlobt haben, haben wir gesagt, dass unser Heim immer den Notleidenden offen stehen soll.«

»Es herrscht großer Bedarf. Viele von ihnen sind krank und vor allem viele Kinder sind auf der Flucht gestorben«, sagte Gudrun und machte eine lange Pause, bevor sie fortfuhr: »Aber ihr könntet Probleme bekommen, du und Anton, denn jetzt, wo Hitler dabei ist, den Krieg zu verlieren, sind viele der Meinung, dass man den deutschen Flüchtlingen nicht helfen darf.«

Martha lachte laut, als freute sie sich bereits auf diese christliche Herausforderung: »Ja, das kann ich mir vorstellen, aber das kümmert mich nicht. Jesu Wort über die Nächstenliebe ist das höchste Gesetz. Und wer ist mein Nächster? Der, der in der Nähe ist und meine Hilfe braucht. Würde ich irgendwo anders auf der Welt leben, würde ich vielleicht einen Engländer oder einen Russen oder einen Neger in meinem Haus aufnehmen!«

Ebba und Gudrun sahen sie bewundernd an und sie konnte nicht ganz umhin, sich ein wenig in ihrer Bewunderung zu sonnen. Bei der Heilsarmee war sie darin geschult worden, eine Kriegerin Christi zu sein, eine heilige Kriegerin, und so sah sie sich gerne.

»Ja, wenn du das wirklich meinst, sage ich ihnen Bescheid«, sagte Gudrun.

»Am liebsten eine alte Frau«, sagte Martha. »Eine Frau auf jeden Fall. Und natürlich eine Christin.«

Als sie mit ihrem Hund Hegge an ihrer Seite nach Hause ging, freute sie sich über ihren Entschluss.

Sie war ein guter und christlicher Mensch, aber sie war auch ein armer und auf ihre Weise einsamer Mensch und sie hatte die Erfahrung gemacht, dass das Glück relativ war. Einen Flüchtling aufzunehmen würde ihr das Gefühl geben, privilegiert zu sein.

Die Ehe mit Anton war nicht ganz so geworden, wie sie sich das vorgestellt hatte, obwohl Gott eine große Rolle bei ihrer Schließung gespielt hatte. Während der Verlobungszeit hatten sie sich lange Briefe geschrieben, in denen sie beide von ihren Gebeten und Gottes Antwort darauf berichtet hatten.

Martha hatte nie das Gefühl gehabt, dass Gott ihr klar zu verstehen gegeben hatte, dass sie Anton heiraten sollte. Doch Anton hatte eine eindeutige Antwort erhalten und das hatte reichen müssen. Nur – sobald sie verheiratet waren, war Anton in seinem Glauben wankelmütig geworden. Und wäre es nur das.

Während der einjährigen Verlobungszeit hatten sie großen Abstand zueinander gewahrt, um nicht in Versuchung zu kommen. Deshalb hatte sie Anton im Grunde genommen nicht wirklich gekannt, bevor sie heirateten, und nach der Eheschließung hatte es, frei heraus gesagt, einige Überraschungen gegeben.

Dabei war eigentlich nichts Grundlegendes verkehrt. Anton war ein guter und ordentlicher Mensch, sagte sie sich und anderen tapfer. Aber er hatte ein schwieriges Gemüt. Er war schwermütig, unberechenbar und launisch, konnte wegen Bagatellen laut werden. Oder sich tagelang unter der Bettdecke verkriechen, wenn er sich verletzt fühlte. Sie versuchte, ihn zu mäßigen und aufzumuntern, wenn es nötig war.

Das war nicht leicht, denn Anton hatte große Träume und wenig Möglichkeiten, sie zu realisieren.

Er hatte, seit er ein Junge war, für die Bauern in seiner Gemeinde gearbeitet und wollte so gerne selbst ein Bauer sein.

»Wir arbeiten uns nach oben«, sagte Martha.

»Aber wie soll ich mich nach oben arbeiten, wenn keine Arbeit da ist«, hatte er gerufen. Und war ein weiteres Mal gegangen und hatte die Tür hinter sich zugeknallt.

Er brüllte und warf mit Dingen um sich, aber er erhob nie die Hand gegen sie und sie wusste, dass er das nie tun würde.

Dann bot ihm die Wehrmacht 1,82 Kronen die Stunde – dreimal soviel wie den Lohn eines normalen Arbeiters – für das Ausgraben von Bunkern auf Rømø, aber er lehnte ab. An dem Tag war Martha stolz auf ihn. Sie hatte doch den richtigen Mann geheiratet.

Eine Zeit lang hatte er für 65 Øre die Stunde Torf gestochen. Dann war er wieder arbeitslos gewesen und hatte wie eine noch nicht explodierte Bombe zu Hause auf dem Sofa gelegen.

Als Heinz die Futtermeisterstelle gekündigt wurde, fuhr er nach Søby bei Brande, um in den Braunkohlelagern zu arbeiten. An seinem ersten Wochenende zu Hause schlug er Anton vor mitzukommen.

Es lief gut. Jetzt arbeitete Anton seit zwei Monaten dort. Im Winter war es vor allem Bauarbeit. Er kam jedes zweite Wochenende nach Hause, und das war eine gute Ordnung, fand Martha. Er lieferte ihr praktisch seinen ganzen Lohn ab, sodass Martha wirtschaften und für die Raten und die Hühner sparen konnte, die sie gern zum Frühjahr kaufen wollte. Vielleicht würde es auch für ein Schwein reichen. Sie war gut darin, lange mit dem Geld auszukommen.

Einen Flüchtling. Eine nette, alte Frau. Es wäre schön, wenn jetzt, wo sie so kurz vor der Geburt stand, ein Mensch im Haus wäre. Das würde Anton auch so sehen. Sie musste es ihm heute Abend schreiben. Sie schrieb ihm jeden Tag, schickte aber nur zwei Briefe pro Woche ab, um Porto zu sparen.

An dem Tag nach dem Treffen des Bibelkreises kam Gudrun zu ihr. Die Flüchtlingsbehörde würde gern von Marthas Angebot Gebrauch machen und hatte auch jemanden vorgeschlagen:

»Sie ist achtundfünfzig und hat ein kleines Kind. Natürlich ihr Enkelkind. Ihre Schwiegertochter ist an Bord des Schiffes, mit dem sie gekommen sind, an Kindbettfieber gestorben. Die Kleine ist ein wenig schwächlich. Könnt ihr beide aufnehmen?«, fragte Gudrun.

»Wenn Gott sie uns schickt, schaffen wir das auch«, antwortete Martha.

Die Sprache war kein Problem. Martha sprach fließend deutsch, da sie vor 1920 in dem damals deutschen Apenrade zur Welt gekommen war.

Marthas Vater, ein Tischlergeselle aus Kopenhagen, und ihre Mutter, eine höhere Tochter aus Apenrade, hatten eine kurze, glückliche Ehe geführt.

Marthas Mutter war nämlich so früh an Tuberkulose gestorben, dass Martha nur eine flüchtige, vage Erinnerung an sie hatte. Dafür vergötterte sie ihr Andenken ebenso wie ihren Vater, der sie alleine großgezogen hatte, bis auch er zwanzig Jahre nach seiner Ehefrau an Tuberkulose starb.

Die mutterlose Martha hatte sich immer eine Mutter gewünscht, und nachdem sie mit der deutschen Flüchtlingsfrau Gertrud einige Tage zusammen verbracht hatte, wusste sie, dass sie endlich eine gefunden hatte.

Vom ersten Augenblick an und dem ersten gegenseitigen »Der Herr sei mit dir«, hatten die beiden Frauen, die verschiedenen Generationen angehörten und aus verschiedenen Ländern stammten, sich verstanden und die Geburt hatte sie einander noch näher gebracht.

Martha hatte einen Tag nach Gertruds und Rosemaries

Ankunft Wehen bekommen. Sie war eine Erstgebärende, sodass jeder wusste, dass die Geburt sich hinziehen würde. Deshalb machten Martha und Gertrud auch einen Ersatzkaffee-Besuch bei Gudrun, die nach der Hebamme schickte.

Die Hebamme kam gegen 20.00 Uhr, untersuchte Martha und meinte, dass das Kind erst am nächsten Tag kommen würde. Sie sollte versuchen zu schlafen und nach ihr schicken, wenn die Pausen zwischen den Wehen kürzer wurden.

Natürlich war für Gertrud ein Bett auf dem Sofa gemacht, doch sie bot für den Fall, dass Martha Hilfe brauchen würde, an, in der Schlafkammer zu wachen.

Anton war in Søby. Sie hatten besprochen, dass Martha einen Nachbarn bitten sollte, zur Telefonzentrale zu gehen und in dem Büro in Søby anzurufen, wenn die Geburt in Gang kam. Das musste auf den nächsten Tag verschoben werden, denn jetzt war das Büro geschlossen.

»Es spielt sowieso keine Rolle, ob er es weiß oder nicht. Eine Geburt ist ein einsames Geschäft«, stöhnte Martha unter einer Wehe, hatte aber noch die Kraft, Gertrud schief anzulächeln.

Als Gertrud neues Holz in den Ofen geschoben, ausreichend Wasser geholt und einen Kessel und zwei Töpfe gefüllt hatte, setzte sie sich auf einen Stuhl in der Kammer und legte ihr wehes Bein auf einen Schemel. Doch dann schlug Martha vor, dass sie sich auf Antons Seite legte und versuchte auszuruhen. Rosemarie schlief im Wohnzimmer – in der großen Kommodenschublade, in der die beiden Frauen ein kleines Bett hergerichtet hatten.

Sie sprachen gemeinsam das Abendgebet und beteten, dass die Geburt gut gehen möge. Sie beteten auch darum, dass der Krieg zu Ende gehen und Gott gnädig auf die armen Menschen in Ostpreußen sehen möge, die jetzt litten oder auf der Flucht über das Meer waren.

Dann sagte Martha: »Es ist schon sonderbar, dass du hier

im Bett liegst und ich mein erstes Kind auf die Welt bringen werde. Eigentlich habe ich nie eine Mutter gehabt, doch jetzt kommt es mir fast so vor, als hätte ich eine.«

»Ich habe nie eine Tochter gehabt und für mich bist du auch wie eine Tochter. Ich bin sicher, dass Gott etwas mit uns vorhat. Es muss einen Grund geben, dass er uns zusammengeführt hat«, antwortete Gertrud.

Die Zwischenräume zwischen den Wehen wurden immer kürzer, doch Martha war der Meinung, dass die Wehen nicht kräftig genug waren und die Hebamme hatte schließlich auch gesagt, dass sie erst morgen gebären würde.

Gegen zwei Uhr nachts fühlte sie einen kräftigen Drang, auf die Toilette zu gehen, doch als sie unter das Bett nach dem Nachttopf griff, ging das Fruchtwasser ab und sie krümmte sich unter einer Wehe zusammen.

»Ich glaube, es wird Zeit«, sagte Gertrud besorgt und sah hinaus. Es blies kräftig, der Schnee stob und eine Schneewehe verdeckte das halbe Fenster.

»Es kommt erst morgen«, sagte Martha mit zusammengebissenen Zähnen.

»Keine Geburt gleicht der anderen. Die Hebamme kann sich auch irren«, sagte Gertrud. Und als Martha sich erneut zusammenkrümmte, fuhr sie fort: »Ich gehe jetzt zu Gudrun hinüber und schicke Heinz nach der Hebamme. Ich komme zurück, sobald ich kann.«

Sie konnte kaum eine Hand vor Augen sehen und musste sich mit ihrem gesamten Körpergewicht gegen den Wind und das Schneetreiben stemmen, um vorwärts zu kommen.

Der einen Kilometer lange Weg zu den Nachbarn, für den man unter normalen Umständen zehn Minuten brauchte, dauerte fast eine halbe Stunde. Der Rückweg war leichter, doch die Sicht noch geringer, und dass sie sich einmal verlief, kostete eine weitere Viertelstunde.

Als sie um 3.30 Uhr in das Haus zurückkam, war die Geburt im Gang. Blutiger Schleim tropfte aus Martha, die sich neben das Bett gehockt hatte.

»Ich glaube, das Kind kommt. Geht es besser, wenn ich mich hinlege?«, fragte sie mit verblüffend ruhiger Stimme.

»Ich weiß es nicht, aber wenn du liegst, sehe ich mehr und kann dir besser helfen«, antwortete Gertrud.

Martha legte sich hin und bei der nächsten Wehe konnte Gertrud den Kopf des Kindes sehen.

»Ja, er kommt«, sagte Gertrud.

»Warum sagst du ›er‹? Ist es eine Steißgeburt?«, stöhnte Martha.

»Nein, nein, ich kann den Schädel sehen. Das habe ich nur so gesagt.«

»Ich wünsche mir eine Toch …«

Der restliche Satz wurde von einer kräftigen Presswehe erstickt, mit der das Kind sanft und – nach Gertruds Meinung – sehr elegant durch den Geburtskanal glitt.

»Die hast du auch bekommen, du hast eine Tochter bekommen«, rief Gertrud und lachte laut. Ihr Lachen überraschte sie selbst. Sie wusste nicht, woher es kam. Sie legte der Mutter das Kleine auf den Bauch, und da lachte auch Martha.

»Eine kleine Puppe«, sagte sie zärtlich und streichelte das spärliche dunkle Haar des Säuglings, das von Blut und Käseschmiere verklebt war.

Dänemark,
Dezember 2004

Der Mann mit dem entstellten Gesicht hatte Wache.

»Hey, Michael. Ich habe noch vier freie Tage und überlege, in die Gegend zu fahren, in der ich geboren bin. Glauben Sie, dass ich ohne Begleitung reisen kann?«, fragte Karin.

»Das müssen Sie meinen Chef fragen.«

»Wenn man mich nicht alleine fahren lässt, würden Sie mich dann nach Südjütland begleiten?«

»Sehr gern«, antwortete er.

Anschließend rief sie Halfdan Thor an. Er sagte, dass er sich unverzüglich mit dem PET beraten würde, weil die Risikobeurteilung in deren Aufgabenbereich fiel. Er wollte auf jeden Fall mit Kriminalinspektor Laurits Hansen vom PET sprechen, weil es eine Entwicklung im Mordfall Anita Knudsen gab.

»Was haben Sie herausgefunden?«, fragte Karin sofort – aus persönlicher wie professioneller Neugier.

»Wir haben eine gute Personenbeschreibung von einem Mann, der uns vielleicht Informationen zu dem Fall liefern kann. Sie bekommen sie in ein paar Stunden zusammen mit einem nachgestellten Foto. Wir schicken heute Nachmittag eine Fahndung heraus.«

»Wir hatten Glück«, erklärte Thor seinem Kollegen beim PET. »Wir haben von den Spermaresten, die bei Anita Knudsen gefunden worden sind, eine DNA-Analyse gemacht. Und in der Rechtsmedizin sind sie routinemäßig die Kartei durchgegangen, um zu sehen, ob ein entsprechendes DNA-Profil vorliegt. Und das tut es.«

»Verdammt, dann seid ihr dem Täter dicht auf den Fersen?«, sagte Laurits Hansen gut gelaunt.

»Nein, leider nicht. So leicht wird es uns nun auch wieder nicht gemacht. Das DNA-Profil gehört einem jungen Mann, der in dem Viertel gewohnt hat, in dem im Frühjahr Louise ermordet worden ist. Ich weiß nicht, ob du dich an den Fall erinnerst?

Die Mordkommission hatte den Täter schnell gefasst, doch vor dessen Ergreifung in Verbindung mit dem Fall alle Männer in dem Viertel um Material für eine DNA-Analyse gebeten. Eigentlich hätten die Profile alle wieder gelöscht werden müssen, doch dem Institut ist ein technischer Fehler unterlaufen, und das ist unser Glück.«

»Ich verstehe nicht ganz?«, sagte Laurits Hansen.

»Also, das Sperma, das wir auf der Leiche von Anita Knudsen gefunden haben, stammt von einem jüngeren Mann, der es im Grønnepark in ein Kondom vergossen hat – oder wie man das nun ausdrücken soll. Und der das Kondom dann weggeworfen hat.«

»Du meinst den Schwulen-Treffpunkt?«

»Genau, er ist schwul und hat darüber hinaus ein hieb- und stichfestes Alibi für den Mordabend, aber einer seiner Freunde, der Ole heißt, konnte uns eine Beschreibung der Person geben, die das gebrauchte Kondom aufgelesen hat – am Tag vor dem Mord. Er – also Ole – erklärt, dass die Schwulen sich oft hinter den Büschen verstecken, um einander diskret zu taxieren. Ole stand also versteckt da, als ihm ein richtig gut aussehender Typ auffiel, der offensichtlich mit der Nase am Boden durch die Gegend lief und nach etwas suchte. Plötzlich fand der Typ, wonach er gesucht hatte. Er warf eine Plastiktüte auf den Boden und knickte zwei

Äste von einem Strauch ab. Mit den Ästen sammelte er das benutzte Kondom auf, steckte es in die Plastiktüte und machte sich schnell davon. Ole hat die Geschichte noch anderen Schwulen erzählt, die sich immer im Park treffen. Sie haben eifrig diskutiert, ob es sich um jemanden handelt, der keine Kinder hat und nach einem Spender sucht oder um eine neue Form der Perversion.

Für uns ist interessant, dass Ole uns eine ungewöhnlich gute Beschreibung des Spermasammlers geben konnte. Ole interessiert sich nämlich sehr für Aussehen und Kleidung der Leute.

Ole beschreibt den Mann, der das Sperma aufgesammelt hat, als ungewöhnlich schön, gut gekleidet und maskulin, mit glatt rasiertem Schädel und regelmäßigen, kantigen Gesichtszügen. Er war ungefähr 1,90 groß und trug Boss-Jeans und ein Armani-Sakko. Wir haben beide Kleidungsstücke zusammen mit Ole in einem Herrenbekleidungsgeschäft gefunden und fotografiert. Der Spermasammler trug Timberlands. Da haben wir auch entsprechende gefunden. Wir wollen jetzt einen unserer Beamten mit diesen Sachen einkleiden, um ein Foto für die Fahndung zu machen, die heute herausgehen soll.«

Thor blätterte in dem Vernehmungsprotokoll und fuhr fort: »Ole hat uns weiter erzählt, dass er die Angewohnheit hat, Männer in Kategorien einzuteilen, und diesen Mann hätte er dem Polizisten- oder Soldaten-Typ zugeordnet, wäre da nicht die teure und geschmackvolle Kleidung, die eher für einen Anwalt, einen Architekten oder einen EDV-Typen mit sportlichen Interessen spricht. Der Mann hatte eine sichere Körpersprache und sah sehr durchtrainiert aus. Ole sagt, dass er ihn wiedererkennen würde.«

»Ihr habt auch die Beschreibung einer Person, die in der Nähe des Tatorts gesehen worden ist?«, sagte Laurits Hansen.

»Ja, aber die war so dünn und vage, dass wir sie für sich allein zu nichts gebrauchen konnten, aber jetzt haben wir sie mit der neuen verglichen und können sagen: An einem Tag haben wir es mit einem eleganten Herrn zu tun, der in Kopenhagen Sperma aufsammelt, und am nächsten mit einer anonym gekleideten Durchschnittsperson in der Nähe des Tatorts in Sydkøbing. Nichts in den beiden Beschreibungen schließt aus, dass es sich um dieselbe Person in unterschiedlicher Kleidung handelt. Wir schicken die Fahndung heute raus.«

»Das musste ja kommen, das mit den falschen DNA-Spuren«, sagte Laurits Hansen.

»Dann ist da noch etwas: Karin Sommer fragt, ob sie alleine nach Jütland fahren kann?«, fragte Thor.

»Nein, ich denke nicht. Wir warten noch etwas«, antwortete Laurits Hansen.

Thomas erfuhr die ganze Geschichte von Halfdan Thor und schrieb den Leitartikel:

Falsche DNA-Spuren ausgelegt

In Verbindung mit dem Mord an der sechsundfünfzigjährigen Sekretärin Anita Knudsen fahndet die Polizei nach einem ca. dreißigjährigen ca. 1.90 Meter großen kahlköpfigen Mann.

Ein aufmerksamer Zeuge hat den Gesuchten beobachtet, wie er ein benutztes Kondom im Grønnepark in Kopenhagen aufgesammelt hat. Das Sperma, das auf der Leiche von Anita Knudsen gefunden wurde, stammt mit großer Wahrscheinlichkeit aus diesem Kondom, erklärte Kriminalinspektor Halfdan Thor, der die Ermittlungen leitet.

Die Polizei geht davon aus, dass der Täter verschiedene falsche DNA-Spuren am Tatort hinterlassen hat. Außer dem Sperma aus dem Kondom wurden noch Haare von mindestens sechs ver-

schiedenen Personen auf der Leiche gefunden, erklärte der Kriminalinspektor.

Der Zeuge konnte der Polizei eine sehr detaillierte Beschreibung von Kleidung und Aussehen der gesuchten Person liefern und meint, den Gesuchten wiedererkennen zu können. Er wird von dem Zeugen als »Polizistentyp« beschrieben. Für das Fahndungsfoto hat die Polizei einen Beamten mit ähnlichen Sachen eingekleidet, wie sie der Gesuchte aus dem Grønnepark getragen hat.

Auf dem Foto des Gesuchten, das heute von der Polizei veröffentlicht wird, ist das Gesicht verdeckt. Der Polizeizeichner arbeitet in Zusammenarbeit mit dem Zeugen noch an einem Phantombild. Der Zeuge beschreibt den Gesuchten als gut aussehenden Mann mit regelmäßigen, maskulinen Zügen.

Die Polizei vertritt die Ansicht, dass der elegant gekleidete Unbekannte, der im Grønnepark beobachtet wurde, durchaus mit dem Mann identisch sein kann, der am Mordabend in der Nähe des Tatorts in Sydkøbing beobachtet wurde.

Letztgenannter trug Jeans, eine schwarze Jacke und eine Strickmütze. Der Zeuge, der den Mann in der Nähe des Tatorts beobachtet hat, konnte sein Gesicht nicht sehen und sieht sich außer Stande, ihn wiederzuerkennen.

Karin sah sich das Foto an. In dem Begleitartikel waren die Kleidermarken genau angegeben, selbst die Schuhmarke hatte der Zeuge der Polizei mit Sicherheit benennen können.

»Was für ein unglaublich aufmerksamer Zeuge«, sagte sie zu dem entstellten Bodyguard und zeigte ihm das Bild.

Karin hatte beschlossen, dass Beste aus der Situation zu machen und für einen entspannten Kontakt zu sorgen, wenn sie schon den ganzen Tag mit einem Fremden zusammen sein musste.

Michael nickte – ein klein wenig unaufmerksam. »Ja, das kann man wohl sagen«, antwortete er.

Hinter der äußeren Ruhe machte sich Panik breit. Zum ersten Mal sah er einen kleinen Vorteil darin, fast das halbe Gesicht verloren zu haben, denn niemand würde ihn unmittelbar mit dem Foto in Verbindung bringen, mit der Beschreibung eines schönen Mannes oder mit der Zeichnung, die die Polizei erstellen ließ. – Doch dieser Zeuge, der so aufmerksam war, würde ihn bestimmt auch an einer Gesichtshälfte wiedererkennen.

Wie zum Teufel konnte ihn jemand gesehen haben? Er war sich völlig sicher gewesen, dass niemand in der Nähe gewesen war, als er das Kondom von der Erde aufgelesen hatte.

Er musste den Zeugen finden und unschädlich machen. In ein paar Tagen sollte er mit Karin nach Jütland fahren.

Doch zuerst musste er nach Hause und die Kleidung loswerden. Er sah auf die Uhr: Noch zwei Stunden bis zur Wachablösung.

Er fuhr so schnell, dass er nur eine Dreiviertelstunde bis Islands Brygge in Kopenhagen brauchte.

Schnell hatte er die Boss-Jeans und das Armani-Sakko in kleine Fetzen geschnitten und auf zehn Abfallsäcke verteilt, die er zuschnürte. Mit den Schuhen, den soliden Timberlands, war das schon schwieriger. Er musste sie so zurichten, dass sie nicht mehr tragbar aussahen. Nach einigem Suchen fand er einen Rest Farbe, den er über sie kippte, sodass jeder verstehen würde, warum sie weggeworfen worden waren. Er steckte die Schuhe in zwei verschiedene Abfalltüten und schnürte sie ebenfalls zu.

Dann verstaute er alle Tüten in einer riesigen Einkaufstasche von Illum und fuhr nach Vesterbro, wo er die einzelnen Tüten auf zwölf verschiedene Mülleimer in vier verschiedenen Hinterhöfen verteilte.

Dann kam der schwierige Teil: herauszufinden, wer der aufmerksame Zeuge war, und ihn unschädlich zu machen.

Der Name des Zeugen würde im Polizeiprotokoll stehen und er wusste, dass Halfdan Thors Leute und der PET zusammenarbeiteten und ihre digitalen Protokolle austauschten. Das Problem war nur, dass er keinen unmittelbaren Zugang zu dem Material auf dem Computer hatte und auch nicht darum ersuchen konnte, weil ihn das später verdächtig machen würde. Der Computer würde automatisch registrieren, dass er in dem Programm gewesen war.

Er dachte sich einen kühnen Plan aus. Er wusste, dass der Computer von Kriminalassistent Lars Sejersen, der an dem Fall arbeitete, den größten Teil des Tages eingeschaltet war. Er wusste auch, dass Sejersen ein Gewohnheitsmensch war, der jeden Tag um 12.30 Uhr Mittag machte.

Das Glück war ihm so wohlgesonnen, dass er vor Freude hätte in die Luft springen können.

Sejersens Computer war nicht nur eingeschaltet. Die Akte mit dem Mordfall war auch geöffnet. Michael überflog schnell die einzelnen Dokumente. Die meisten hatten mit den Ermittlungen in den rechtsradikalen Kreisen zu tun, sah er. Doch es gab noch ein Unterdokument, das mit »Lokales« betitelt war und in welchem er ein weiteres Dokument mit dem Titel »Grønnepark« fand. Er klickte es an. Und da – zuoberst in dem Protokoll standen Name und Adresse des Mannes, der Michael im Grønnepark gesehen hatte. Des Mannes, der im Stande war, ihn wiederzuerkennen: Textildesigner Ole Buhl.

Nach dem Mittagessen ging Michael zurück in sein eigenes Büro, klickte Google an und suchte nach »Textildesigner Ole Buhl«.

Er landete elf Treffer, unter anderem einen Verweis auf die Homepage des Designers. Am interessantesten war, dass Buhl eine Zeit lang Mitglied im Vorstand der Landesvereinigung der Schwulen und Lesben gewesen war.

Aha, natürlich. Er war schwul. Trafen sich die Schwulen nicht im Grønnepark? Daran hatte Michael nicht gedacht, als er in den Parks der Großstadt nach benutzten Kondomen gesucht hatte. Verdammt. Es war einleuchtend, dass ein Textildesigner auf die Kleidung achtete und Schwule aufmerksam waren, was Männer und ihr Aussehen anging. Er war mehr als dumm gewesen. Mehr als dumm, wiederholte er und schlug sich mit der geballten Faust hart gegen die Stirn. Nun gut, zumindest hatte er sowohl Adresse als auch die Telefonnummer des Zeugen Ole Buhl.

Washington, Dezember 2004

»Wir alle sind uns einig, dass der Irak-Krieg sich zu einem großen Desaster entwickelt hat, das sich am besten nicht wiederholt«, sagte der Professor des Kriegswissenschaftlichen Forschungscenters in seinem Vortrag.

»Die neue Form des Krieges, den wir nicht Krieg, sondern Stabilitätssicherung nennen, baut auf der Theorie des Zentrums und der Peripherie sowie auf der neuesten Forschung im Rahmen des menschlichen Verhaltens und der menschlichen Reaktionsmuster auf.

Stabilitätssicherung. Lassen Sie mich nebenbei vorschlagen, einen Wettbewerb für ein kürzeres, populäreres Wort auszuschreiben. Es sollte nur nicht SS oder Stasi dabei herauskommen!«

Der Professor lachte über seinen eigenen Witz, und als der Präsident ebenfalls wieherte, löste der Scherz bei allen lautes Lachen aus.

»Stabilitätssicherung hat das Ziel, die Freiheit des Menschen und den freien Markt auf der ganzen Welt zu sichern, und die USA stehen, wie wir alle wissen, an erster Stelle im Kampf für Freiheit und Stabilität. Wenn wir von freien Menschen und einem freien Markt reden, sprechen wir von der Henne und dem Ei. Es lässt sich unmöglich sagen, was zuerst da war, und das eine kann nicht ohne das andere existieren.

Während des Stabilisierungsprozesses, das heißt, während wir in ein anderes Land eindringen, um Freiheit und

Stabilität zu sichern, setzen wir die neue Technik ein, die wir vorläufig mit dem Codewort ›Dream‹ bezeichnen wollen.

Ich werde Ihnen keine Details zu ›Dream‹ liefern. Das wird Dr. Grey heute Nachmittag übernehmen.

Ich will nur erwähnen – zur Beruhigung der Herren vom Militär und der Waffenindustrie –, dass ›Dream‹ den konventionellen Krieg und die konventionellen Waffen nicht überflüssig macht. ›Dream‹ wird nur selten alleine eingesetzt werden können, sondern vielmehr eine äußerst wichtige Ergänzung darstellen.

Ich möchte auch gleich erwähnen, dass sich ›Dream‹ erst in der Planungsphase befindet. Ich will damit sagen, dass wir von einem Zeitrahmen von fünf bis zehn Jahren ausgehen, bis die Technik voll entwickelt und einsatzfähig ist.

Wir arbeiten so schnell wir können, da wir wissen, dass sowohl Russland als auch China an entsprechenden Techniken forschen. Wir glauben, dass uns vor allem die Russen ein weites Stück voraus sind, weshalb höchste Geheimhaltung geboten ist.

›Dream‹ gibt uns die Möglichkeit der Systemumgestaltung und Terrorbekämpfung ohne Blutvergießen oder zumindest mit einem äußerst begrenzten Verlust an Menschenleben – Dr. Winther wird morgen über ›Dream‹ im Kampf gegen den Terrorismus berichten.

Die Vorteile von ›Dream‹ sind leicht erkennbar, wenn wir uns einmal ansehen, was im Irak schief gelaufen ist und was oft in Verbindung mit traditionellen militärischen Eingriffen schief läuft.

Mit unserem Eingreifen im Irak haben wir die den Bürgern bekannte Gesellschaftsstruktur zerstört, haben 100 000 Zivilisten getötet und durch die Bombardierung von Anlagen, Betrieben, Häusern, Städten und was weiß ich noch allem das Land ärmer gemacht. Die Rechnung bezahlen wir jetzt selbst.«

Wieder nickte der Präsident mit ernster Miene. Was immer man für eine Meinung von ihm haben mochte, er war ein feinfühliger Mensch, dachte der Professor und fuhr fort: »In Wirklichkeit wäre uns allen – auch uns Amerikanern – am besten damit gedient gewesen, wäre der irakische Aufbau der Gesellschaft – die Struktur derselben – erhalten geblieben. Die Partei hätte weiter bestehen sollen, Armee und Polizei hätten weiter bestehen sollen.«

Der Präsident blinzelte mit den Augen und unterbrach: »Dann hätte sich doch nichts verändert!«

»Doch, vieles hätte sich verändert. Genau hier kommt die Theorie von Zentrum und Peripherie ins Spiel«, antwortete der Professor. »Jede Organisation, ob groß oder klein, von einem Nationalstaat bis hin zu einem Briefmarkenclub, besteht aus einem Zentrum und dessen Umgebung zur Peripherie hin. Und nahezu die meisten Organisationen sind hierarchisch aufgebaut.«

Der Professor, ein langer und extrem dünner Mann mit tiefen Augenhöhlen und einer vorstehenden Stirn, zeichnete eifrig auf der weißen Tafel: einen sehr kleinen Kreis in einem großen Kreis. Der kleine Kreis in der Mitte war das Zentrum und der große Kreis die Peripherie.

»Nehmen wir ein Schulbeispiel einer hierarchischen Organisation: das Militär. Es ist so hierarchisch aufgebaut, dass wir nur sehr wenige Menschen an der Spitze oder im Zentrum, wie wir es nennen, auswechseln müssen, um eine Erneuerung herbeizuführen. Der Rest zieht nach, wie man so schön sagt. Im Irak hätten wir demnach nur die Spitze des Militärs durch unsere eigenen Vertrauensleute aus der irakischen Opposition austauschen müssen. So hätten wir ein starkes und gehorsames Heer gehabt – anstelle von Hunderttausenden von erwerbslosen, jungen, bewaffneten und im Gebrauch von Waffen geübten Aufrührern.

Die Baht-Partei hätte eine neue Führung bekommen müssen, ebenso die Polizei. In der irakischen Opposition hätten wir genug Leute dafür gehabt.

Natürlich hätten auch die Führungskräfte in den einflussreichen Medien ausgewechselt und die religiösen Führer kontrolliert werden müssen. Wir hätten einfach in allen wichtigen Organisationen des Landes neue Zentren einsetzen, hätten schätzungsweise 1000 bis 2000 Menschen austauschen müssen. Selbst wenn diese Zahl hoch erscheint, ist das eine überschaubare Aufgabe – im Verhältnis zu einem jahrelangen Krieg.«

»Wenn wir so viele Führungskräfte eliminiert hätten, wäre das mit Sicherheit nicht ohne Probleme über die Bühne gegangen«, meinte der Sicherheitsratgeber des Präsidenten.

»Aber genau das wollen wir ja nicht. Das ist die Pointe, wenn wir mit ›Dream‹ arbeiten. Wir töten niemanden, denn das schafft nur Aggressionen und Widerstand. Wir entfernen lediglich die Personen in den Zentren und internieren sie möglicherweise für eine kurze Zeit, bis die neue Situation stabil ist – am besten durch demokratischen Entscheid.«

»Aber werden die Leute passiv zusehen?«, fragte ein Stabsmitglied.

»Ja«, antwortete der Redner laut und klar. »Das werden sie – in einem absolut verblüffenden Ausmaß. Wir verfügen über zahlreiche Untersuchungen, die belegen, dass die große Mehrheit der Menschen einfach mitläuft – solange ihre Bedürfnisse gestillt werden und sie das Gefühl haben, in für sie erkennbare Strukturen zu gehören. Populär ausgedrückt: Menschen sind in hohem Grad Herdentiere, die den Anführern und der Mehrheit der Herde folgen.

Die ›Dream‹-Strategie mag den verantwortlichen Stellen vielleicht kostspielig erscheinen, da sie großer Vorbereitungen bedarf.

Bevor ›Dream‹ zum Einsatz kommt, müssen wir natürlich alle wichtigen Zentren – politische, ökonomische, administrative und kulturelle – ausgemacht und analysiert haben. Wir müssen auch neue Leute gefunden, ausgebildet und darauf vorbereitet haben, die Organisationen kurzfristig zu übernehmen, und wir müssen Material für die Medien ausgearbeitet haben, das die neue Situation legitimiert. Letzteres ist entscheidend, denn durch die Medien erreichen wir die Peripherie.«

Er zeigte auf den Rand des großen Kreises und fuhr fort: »Doch all das wird nur einen Bruchteil dessen kosten, was das Militär uns kostet und einen verschwindend geringen Teil dessen, was es uns kostet, ein bombardiertes Land wieder aufzubauen.«

»Das klingt, als sprächen Sie von einem guten, altmodischen Coup«, sagte ein Mann aus dem Verteidigungsministerium.

»So können Sie das durchaus nennen. Der Unterschied ist jedoch der, dass wir von außen kommen und mit Hilfe von ›Dream‹ einen unblutigen Systemwechsel vornehmen«, sagte der Redner und beschloss seinen Vortrag mit dem Hinweis, dass das Kriegswissenschaftliche Forschungscenter seinen Namen in Forschungscenter für Freiheit, Frieden und Stabilität geändert hatte.

Der Präsident klatschte begeistert und der innere Zirkel, das Zentrum des Weißen Hauses, tat es ihm gleich.

Dänemark, Dezember 2004

Der Textildesigner Ole Buhl war vor kurzem von seinem Freund Stig geschieden worden. Die Scheidung war für beide extrem hart. Sie waren nämlich sieben Jahre zusammen gewesen und hatten vor drei Jahren geheiratet. Gleichzeitig hatte Ole Probleme in der Arbeit. Es wurde immer schwerer, sich als Designer zu behaupten, denn die Konkurrenz war brutal. Ständig tauchten neue und talentierte Designer auf und alles musste so schnell gehen und so perfekt sein, dass es für einen Vierzigjährigen schwer sein konnte mitzuhalten.

Ole, der gerade 41 geworden war, war schlicht und einfach deprimiert, und wenn er deprimiert war, war sein sexuelles Verlangen enorm groß. Deshalb hatte er auch wieder Sex mit vielen zufälligen Partnern, was er noch vor wenigen Jahren total abgelehnt hätte. Er war im Grunde ein »one man's man«. Aber Sex tröstete und ließ ihn – zumindest eine Zeit lang – die traurigen Gedanken vergessen. Sex war zu seiner Droge geworden.

Wie alle anderen Singles lernte er seine Partner über die Dating- und Chat-Seiten des Internets kennen und in den letzten Monaten waren es wirklich viele gewesen. Doch diese Art von Sex schien sein Verlangen nur noch zu steigern. Mit One-night-stands ist es wie mit leeren Kalorien, sie sättigen nicht, sagte er sich in einer ehrlichen Analyse.

Als Kasper anrief, sprang er direkt auf das an, was nach einem schnellen Fick aussah, und gestand sich nicht ein, dass er sich wirklich nicht erinnern konnte, wer Kasper war.

»Wir haben uns 96 oder 97 bei Pan kennen gelernt – damals als du im Vorstand saßest. Eine Nacht war ich bei dir zu Hause. Ich bin einige Jahre in Südafrika gewesen, aber ich habe oft gedacht, dass ich dich gerne wiedersehen würde. Habe süße Träume gehabt, das kann ich ruhig zugeben.«

»Nein, wie schön«, sagte Ole kokett. Die Wahrheit war die, dass er in der Zeit vor Stig so promiskuös gewesen war, dass er sich nicht an jeden einzelnen Sexpartner erinnern konnte.

Jetzt sagte er: »Ich kann sofort kommen und eine Flasche Wein mitbringen, dann können wir das Wiedersehen feiern.«

»Das geht nicht, ich wohne nicht alleine«, sagte Kasper.

»Hast du einen Lebengefährten?«, fragte Ole.

»In gewisser Weise ja, aber nicht mehr lange. Wir sind dabei, uns zu trennen.«

»Das ist hart. Ich habe das gerade selbst hinter mir«, sagte Ole mitfühlend.

»Man braucht ein bisschen Ablenkung«, sagte Kasper.

»Genau! Komm zu mir. Ich wohne noch immer in der gleichen Wohnung. Ich habe zwar nur Tiefkühlpizza im Haus, aber mit einem Salat und einem guten Rotwein ...«

»Okay, dann machen wir das«, sagte Kasper.

Ole wartete gespannt und erwartungsvoll in seiner schicken Wohnung, die sehr geschmackvoll im Stil der fünfziger Jahre eingerichtet war. Er liebte Retro, was Möbel in gutem dänischen Design, Lampen, Besteck, Teppiche und Gardinen anging.

Als er die Pizza aus dem Tiefkühlfach nahm, spürte er bereits eine beginnende Erektion. Natürlich war es die Spannung, die ihn erregte. Die Spannung angesichts eines neuen

Partners. Warum empfand man nicht die gleiche Spannung und Erregung bei einem alten, lang gedienten Lebensgefährten? Warum waren die Menschen, was das Sexuelle anging, so unpraktisch eingerichtet? War es ein Fluch, den der Herr im Sexualtrieb angelegt hatte? Soweit er das beurteilen konnte, war es bei Homos und Heteros das Gleiche. Das Neue war immer verlockender als das Alte, das Gras auf der anderen Seite des Zauns immer grüner. Das führte zu nichts anderem als Unglück, Scheidung und Aids, warum zum Teufel war man also so veranlagt?

Er deckte den Tisch mit seinem Blåkant-Geschirr stilvoll für zwei, während er sich fragte, ob er Kasper wiedererkennen würde, wenn er ihn sah. Wenn nicht, musste er so tun als ob.

Sieben Jahre waren eine lange Zeit und Kasper würde wohl kaum erwarten, dass er sich an Details ihres Onenight-stands erinnerte.

Er lächelte erwartungsvoll, während er den Weißwein kaltstellte und eine gute Flasche Rotwein dekantierte.

Es könnte sich schließlich auch herausstellen, dass gerade diese Beziehung auf lange Zeit Bestand haben sollte. Zumindest hatte Kasper sich über sieben Jahre an ihn erinnert. Und es musste doch noch immer erlaubt sein, an die große Liebe zu glauben. Ob Kasper schön war? Wahrscheinlich. Er konnte sich zumindest nicht erinnern, extrem hässliche Liebhaber gehabt zu haben. Er hatte immer Wert auf Ästhetik gelegt.

Kaspers Beruf? Ole hatte ihn am Telefon nicht ausfragen wollen, aber Kasper hatte selbst erzählt, dass er in einem Safaripark in Südafrika gearbeitet hatte. Das klang wildromantisch. Er sah einen schönen, sonnengebräunten nackten Mann auf einem Zebrafell vor sich und sein Penis rührte sich merkbar.

Dann rief sein Exlebensgefährte Stig an, um mit ihm zu plaudern. Sie betrachteten sich noch immer als gute Freunde. Stig hatte die Scheidung gewollt, deshalb genoss es Ole, sagen zu können: »Hey Stig, mein Lieber, das wird ein kurzes Gespräch, ich bin fürchterlich in Eile. Ich erwarte einen Gast, eine alte Flamme aus der Zeit vor dir. Er heißt Kasper. Er ist so exotisch. Er hat viele Jahre als Großwildjäger in Afrika gelebt. Jetzt ist er wieder zu Hause, und wer ist der Erste, den er sehen will?«

»Wie schön für dich«, sagte Stig.

»Oh, es klingelt. Ich muss«, sagte Ole und warf das Handy fort.

Kasper, der Schelm, hielt die Hand über den Türspion. Ole lächelte breit, öffnete die Tür weit und blickte in das Gesicht eines Monsters und – die Mündung einer Pistole.

»Kein Laut und rein mit dir«, sagte Michael, gab Ole einen Schubs und schloss die Eingangstür hinter ihnen.

Es wäre nicht notwendig gewesen, Ole zu befehlen zu schweigen, denn es hatte ihm vor Schreck die Sprache verschlagen. Noch nie hatte er ein so hässliches Gesicht gesehen. Die eine Hälfte sah aus, als hätte jemand versucht, sie wegzuschmelzen. Sie bestand überwiegend aus knotigem, verfärbtem Narbengewebe und in einem Loch zwischen den Knoten saß ein rotes Auge ohne Wimpern und Augenbrauen.

Die ersten Sekunden sah Ole nur die entstellte Gesichtshälfte, doch dann wanderte sein Blick weiter zu der anderen und der Schock ließ ihn instinktiv einige Sekunden den Atem anhalten: Das war der Mann aus dem Grønnepark. Der Mann, der das benutzte Kondom aufgesammelt hatte. Innerhalb von Sekunden legte sich Ole eine Strategie zurecht. Der Mann durfte nicht merken, dass er ihn wiedererkannt hatte.

»Wer sind Sie?«, fragte Ole heiser, bevor seine Kehle ganz trocken war.

»Das weißt du ganz genau. Ich habe deinen Augen angesehen, dass du mich wiedererkannt hast«, sagte der Mann ruhig und ohne eine Miene zu verziehen. Er fuhr fort: »Und du lungerst also im Park herum? Ab ins Badezimmer!«

»Nein, ich habe Sie noch nie zuvor gesehen!«, insistierte Ole.

»Ich habe gesagt ins Badezimmer«, sagte Michael und drückte die Pistole gegen Oles Schläfe.

Jetzt schrie Ole in Panik, ein langer, heiserer Schrei und Michael schlug ihn mit dem Griff der Pistole bewusstlos.

Die Schläfe bekam eine Schramme, blutete aber nicht. Genau das hatte Michael beabsichtigt. Er wollte auf jeden Fall vermeiden, dass Blut floss, denn Blut hinterließ Spuren.

Ihn zu erschießen kam auch nicht in Frage. Ole mit seiner eigenen registrierten Pistole zu erschießen wäre ebenso verhängnisvoll wie das Hinterlassen von Fingerabdrücken.

Stattdessen schleppte er den Bewusstlosen ins Badezimmer, wo er genau das fand, was er sich vorgestellt hatte: einen Bademantel mit Gürtel.

Er zog mit seiner behandschuhten Hand den Gürtel aus dem Bademantel und fest um Oles Hals zusammen. Dann wartete er fünf Minuten, um sicherzugehen, dass er wirklich tot war.

Für den Fall, dass Ole keinen Bademantel gehabt hätte, hatte Michael selbst ein Stück Kabel in der Tasche.

Zufrieden betrachtete Michael den gedeckten Tisch. Perfekt. Wenn der Ermordete gefunden wurde, würde man denken: jemand, den er gekannt hat. Ein typischer Mord im Schwulenmilieu – ein eifersüchtiger Freund, eine Auseinandersetzung mit einem Strichjungen.

Man würde den Mord nicht mit der Zeugenrolle des Ermordeten in Verbindung bringen, denn nur die Polizei kannte die Identität des Zeugen. Nein, der Textildesigner Ole Buhl war von jemandem ermordet worden, den er erwartet und für den er aufgewartet hatte. Anschließend würde die Polizei ihre gesamte Energie darauf verwenden, das Schwulenmilieu zu durchkämmen.

Es kam nicht ganz so, wie Michael sich das vorgestellt hatte.

Die Polizei fand Oles Leiche, noch bevor sie ganz kalt war, und wenn sie sich ein wenig mehr beeilt hätten, hätten sie den Täter durchaus noch fassen können.

Als Ole zur Tür gelaufen war, um »Kasper« hereinzulassen, hatte er nämlich sein Handy weggeworfen, ohne es richtig ausgeschaltet zu haben. Stig, der am anderen Ende der Handyverbindung war, konnte hören, dass es noch immer eingeschaltet war. Er lauschte weiter, denn wer möchte nicht gerne wissen, was der Exlebensgefährte so treibt.

Deshalb hörte Stig den für ihn so sonderbaren Wortwechsel ebenso mit wie Oles heiseren Schrei und den Schlag gegen die Schläfe, einen Laut, den er zu Recht als Gewalt der einen oder anderen Art identifizierte.

Er lauschte noch einige Minuten, und da er weder Ole noch diesen Kasper hörte und Ole telefonisch auch nicht erreichen konnte, beschloss er, die Polizei anzurufen. Stig hatte Sinn für Dramatik: »Mein Exfreund hat geschrieen. Ich hörte einen fürchterlichen Krach wie bei einer Schlägerei, dann war alles still«, sagte er am Telefon zu dem Polizisten und fügte entschuldigend hinzu: »Es kann sein, dass das nichts zu bedeuten hat, aber gewöhnlich schreit er nicht. Ich habe ihn noch nie schreien hören, jedenfalls nicht so heiser.«

Der Polizist auf der Wache antwortete: »Wir schicken der

Sicherheit halber einen Streifenwagen zu der Adresse. Hat jemand einen Schlüssel zu der Wohnung, ein Hausmeister vielleicht?«

»Das weiß ich nicht, aber ich habe einen Schlüssel. Wir sind noch immer Freunde«, sagte Stig.

Am Ende lief es darauf hinaus, dass der Streifenwagen Stig und seinen Schlüssel aufsammelte, bevor sie zu Oles Adresse fuhren.

Die beiden Streifenpolizisten gingen ins Haus und fanden Oles noch warme Leiche.

Der Mord an dem Textildesigner Ole Buhl nahm einige Tage die Titelseiten ein und die Kriminalreporter wurden nicht von der Mordkommission berichtigt, wenn sie andeuteten, dass es sich um einen Mord aus Eifersucht im Homosexuellenmilieu handelte.

Die Mordkommission Kopenhagen ermittelte im Mordfall Ole Buhl, doch wurden die Ermittlungen in enger Zusammenarbeit mit Kriminalinspektor Halfdan Thor aus Sydkøbing und Kriminalinspektor Laurits Hansen vom Nachrichtendienst der Polizei geführt.

Die Chefs der drei verschiedenen Polizeidienststellen hatten eine Sonderkommission zusammengestellt, die die Koordination übernahm, und sie hatten beschlossen, eine Nachrichtensperre bezüglich der Ermittlungen zu verhängen und alle wichtigen Informationen nur einem ganz kleinen Kreis von Kriminalbeamten zugänglich zu machen.

Es war nämlich schnell klar, dass es möglicherweise ein fatales Leck in den eigenen Reihen der Polizei gab, da es dem Spermasammler, wie man den Gesuchten inzwischen nannte, gelungen war, Name und Adresse des Zeugen in Erfahrung zu bringen, der ihn im Grønnepark beobachtet hatte.

»Und du lungerst also im Park herum!«, hatte der Mörder gesagt, unmittelbar bevor er Ole Buhl umgebracht hatte.

Sein Freund Stig hatte alles wiedergeben können, was zwischen Ole Buhl und dem Mörder, der sich Kasper genannt hatte, gesprochen worden war. Angesichts dieses Hintergrunds herrschte kaum Zweifel, dass Ole Buhl ermordet worden war, weil er der Zeuge gewesen war, der den Spermasammler wiedererkennen konnte.

Es herrschte auch kaum Zweifel, dass der Mörder derselbe war, der Anita Knudsen umgebracht hatte: der schöne, kahlköpfige Mann in dem Armani-Sakko und den Boss-Jeans.

Sowohl Halfdan Thor wie auch Laurits Hansen hatten ihre Leute zusammengetrommelt und gefragt: Hat einer von euch die Identität des Zeugen an Außenstehende weitergegeben?

Alle hatten den Kopf geschüttelt.

Man hatte auch überprüft, inwieweit Fremde Zugang zu den Polizeicomputern gehabt hatten, doch auch das schien nicht der Fall gewesen zu sein.

Schließlich hatten die Chefs sich diskret im Kreis der eigenen jüngeren Leute umgesehen, diese Schrecken erregende Möglichkeit jedoch wieder verworfen. Glücklicherweise gab es keine schönen, kahlköpfigen und gut gekleideten Kriminalassistenten, auf die die Personenbeschreibung passte.

»Es besteht natürlich die Möglichkeit, dass Ole Buhl selbst jemandem erzählt hat, dass er den Spermasammler gesehen hat und dass das zufälligerweise diesem zu Ohren gekommen ist«, meinte Laurits Hansen.

»Ziemlich unwahrscheinlich. Wir sind trotz allem mehr als fünf Millionen Dänen«, sagte der Chef der Mordkommission Kopenhagen, Carsten Juhl.

»Wir haben einen Vorsprung«, stellte Halfdan Thor fest. »Der Spermasammler weiß nicht, dass jemand sein Gespräch mit dem Opfer mitgehört hat. Er muss glauben, dass wir auf der falschen Fährte sind und nach dem Freund von Ole Buhl suchen, der zum Abendessen kommen sollte. Wir lassen ihn in dem Glauben.«

»Und bis auf weiteres stellen wir keine Verbindung zwischen den beiden Fällen her, wenn wir mit der Presse sprechen«, sagte Laurits Hansen.

»Aber wir intensivieren die Fahndung nach dem Spermasammler. Vielleicht können wir im Fernsehen eine Rekonstruktion bringen«, schlug Halfdan Thor vor.

Ballum, April 1945

Die beiden Neugeborenen lagen satt und zufrieden neben Martha – jedes auf seiner Seite. Jeder weiß, dass die Menge der Muttermilch sich nach dem Bedarf richtet und Martha hatte von Anfang an beide Mädchen gestillt. So hatte sie auch keine Milchknoten und keine Brustentzündung bekommen. Die Mädchen waren rund und gesund, konnten inzwischen lächeln und sahen sie mit verliebten Augen an.

Rosemarie war bei der Geburt schmächtig und zerbrechlich gewesen, doch jetzt wog sie etwas über fünf Kilo und hatte Marthas eigene Tochter um 200 Gramm überholt. Martha dachte, dass es fast so war, als hätte sie Zwillinge bekommen, und wenn man sich die Arbeit teilte, klappte es wunderbar.

Im Augenblick stand Gertrud in der Küche, kochte Windeln aus und bereitete die Hauptmahlzeit zu. Sie nahmen das warme Essen mitten am Tag ein. Es sollte Kartoffelpuffer mit Spiegelei geben. Sie hatten Glück gehabt mit den fünf Hühnern, die Martha gekauft hatte. Sie legten fleißig Eier, die einen wichtigen Teil ihres Speisezettels ausmachten. Sie hatten zudem das Glück, billig Milch auf dem Hof kaufen zu können. Es musste furchtbar sein, während des Krieges in der Stadt zu wohnen, dachte Martha.

In ihren täglichen Gebeten dankten sie Gott, dass Er sie zusammengeführt hatte. Martha nannte Gertrud »Mama« und für die beiden Kinder war sie »Oma«.

Als Gertrud nach Ballum gekommen war, waren ihre Augen trocken und ihre Gesichtszüge steif und unbeweglich gewesen. Die ganze Not und das Unglück, das sie erlebt hatte, hatten sie irgendwie versteinert, dachte Martha. Das hatte sich geändert. Jetzt war ihr Gesicht lebendig und sie konnte sowohl Witze machen als auch weinen. Wenn sie nachts weinte, versuchte sie das lautlos zu tun, doch Martha konnte es an den Atempausen hören. Dann stand sie gern auf, machte ihnen eine Tasse Milch warm und zündete die Petroleumlampe an. Über der warmen Milch redeten sie über Gertruds tote Familie, das Leben in Ostpreußen und all die schrecklichen Erlebnisse, die Gertrud während des Krieges und auf der Flucht gehabt hatte.

»Es ist gut, darüber zu reden«, sagte Martha, denn jeder wusste, dass eingeschlossene Trauer krank machte.

Anton kam zweimal im Monat aus dem Lager in Søby nach Hause. Dann verließen Gertrud und Rosemarie natürlich das Doppelbett. Es war überhaupt sehr wichtig für Gertrud, dass Anton es gut hatte, wenn er zu Hause war. Sie achtete darauf, Leckereien für ihn zu haben – wie jetzt den geräucherten Plattfisch – und forderte Martha immer wieder auf, sich um Antons Wohlbefinden zu kümmern. Und auch die Babys ein wenig in den Hintergrund zu verweisen, wenn Anton zu Hause war. In diesen Nächten nahm sie die Kinder mit ins Wohnzimmer und passte auf sie auf.

Sie gab Martha viele gute Ratschläge, wie eine Ehe funktionierte. »In der Bibel steht, dass der Mann das Oberhaupt ist, aber ich verrate dir ein Geheimnis, das sie vergessen haben, in der Heiligen Schrift zu erwähnen«, sagte sie mit einem hintergründigen Lächeln.

»Was für ein Geheimnis?«, fragte Martha.

»Dass die Frau der Hals ist, der das Haupt dreht.«

Martha lachte.

»Männer brauchen Bewunderung«, war ein anderer Rat.

»Das tun Frauen auch«, sagte Martha.

»Es gibt keine größere Bewunderung als die, die du in den Augen der Babys siehst, wenn sie saugen«, sagte Gertrud.

»Ich bin sicher, dass die Männer keine Kriege anfangen würden, wenn sie Babys bekommen könnten«, sagte Martha.

»Vielleicht, aber das lässt sich nicht ändern. Die Männer wollen immer Krieg«, seufzte Gertrud.

Wenn Anton nach Hause kam, erzählte er vom Leben im Männerlager in Søby, wo viele tranken, spielten und in Schlägereien gerieten. Es klang furchtbar und Martha war froh, ganz sicher sein zu können, dass Anton sich an so etwas nicht beteiligte. Er hatte nie getrunken und er war ein Schwächling, der sich von Schlägereien fernhielt. Er spielte auch nicht, sondern lieferte praktisch seinen ganzen Lohn bei Martha ab. Ja, er war ein guter Mann, sagte sie sich.

Einige Male war er deprimiert gewesen, wie sie es nannte, wenn er wütend war oder Dinge kaputt machte, aber es war offensichtlich, dass Gertruds sanfte und diplomatische Gegenwart seine Launen milderte.

Es war unmöglich, seine Wutanfälle vorauszusehen oder ihnen vorzubeugen, weil der jeweilige Auslöser gar nichts mit der eigentlichen Ursache dieser Ausbrüche zu tun hatte. Er konnte sie zum Beispiel wie ein Wahnsinniger anschreien, fluchen und mit den Türen schlagen, weil er der Meinung war, dass die Spiegeleier falsch gebraten waren, doch wenn Martha ihm später in einer zärtlichen Stunde zusetzte, stellte sich als eigentliche Ursache heraus, dass die Tiere auf dem Markt zu teuer waren oder der neue Vormann auf der Arbeit sich über ihn lustig gemacht hatte, weil er keine hundert Kilo heben konnte.

Wenn Anton zu Hause war, wurde er, wie gesagt, verwöhnt und beide Frauen dankten ihm und priesen ihn, dass er so gut für sie sorgte und sie jeden Tag Essen auf dem Tisch und Holz für den Ofen hatten. Es bestand kein Zweifel, dass er das Lob genoss, und er erzählte lange Geschichten über die elenden Familienväter, die mit ihm im Søbylager lebten.

Nichtsdestoweniger war Martha im Geheimen erleichtert, wenn er wieder fuhr. Zusammen mit Gertrud und den Kindern hatte sie einen guten Alltag, während Antons Anwesenheit sie immer ein wenig unruhig und angespannt machte.

Sie sprach mit Gertrud darüber: »Es ist, als würde ich auf einem Boden mit versteckten Landminen gehen. Man weiß nie, wann man auf eine tritt«, sagte Martha.

»Kein Mensch ist perfekt«, antwortete Gertrud und lächelte.

Sie sagte nie ein böses Wort über Anton, aber sie tröstete Martha und betete mit ihr, wenn der Mann einen Wutanfall gehabt hatte und ungerecht gewesen war.

Zweifelsohne liebte Anton seine kleine Tochter und war stolz auf sie, aber er nahm sie nie auf den Arm. Säuglinge und ihre Pflege waren – genau wie Hausarbeit – reine Frauensache und es passte ihm ausgezeichnet, dass Gertrud da war, um Martha zu helfen.

Auch er war im Stillen erleichtert, wenn er das Nest mit den Frauen und Kindern wieder verlassen konnte. Es war der Alptraum seines Lebens, wieder arbeitslos zu werden.

Dänemark, Dezember 2004

Fie hatte ihren Friseursalon von dem Geld, dass sie zwischen den Socken ihres Sohns Michael gefunden hatte, generalüberholen lassen.

Glas, gebürsteter Stahl und Marmor. Alles war neu und schön.

»Ich habe ein Darlehen auf den unbelasteten Teil meines Hauses aufgenommen«, erklärte sie Michael.

»Und das Geld egoistischer Weise ganz für dich allein verbraucht?«, fragte Michael wütend.

»Nicht für mich. Der Salon stellt einen bleibenden Wert dar und du bist mein einziger Erbe«, sagte sie defensiv. Und fügte hinzu: »Falls du Geld brauchst, kann ich meinen Kredit um 20 000 Kronen erhöhen.«

»Ich brauche kein Geld. Ich kann mich sowieso nicht außer Haus zeigen. Ich erschrecke die Leute, so wie ich aussehe«, sagte er.

»Unsinn. Jeder kann sehen, dass du einen Unfall gehabt hast. Du musst lernen, damit zu leben. Die andere Hälfte deines Gesichts ist noch immer schön.«

»Halt die Klappe«, sagte er und schlug sie wütend ins Gesicht, doch nur mit der Handrückseite.

»Wie kannst du deine eigene Mutter nur so behandeln?«, schluchzte sie.

»Wenn du jetzt dasitzen und heulen willst, gehe ich«, sagte er.

»Nein, nein, geh nicht. Ich habe dir vier DVDs gekauft,

alles Kriegsfilme. Wir können sie uns zusammen ansehen.«

Michael brummte eine unverständliche Antwort und Fie stellte den Fernseher an. Zuerst traute sie ihren eigenen Augen nicht, aber doch: Im Fernsehen wurde unverkennbar ein Bild von Michael gezeigt, bevor sein Gesicht entstellt worden war.

»Die Person, nach der die Polizei in Verbindung mit dem Mord fahndet, ist ungefähr dreißig Jahre alt und 1,90 Meter groß«, sagte der Nachrichtensprecher. »Das Bild wurde von dem Polizeizeichner nach der Beschreibung eines Zeugen angefertigt. Der Zeuge beschreibt den Gesuchten als schönen Mann mit regelmäßigen, maskulinen Gesichtszügen. Er trug ...«

Fie kannte jeden von Michaels Socken, weil sie bei ihm sauber machte und dafür sorgte, dass seine Sachen gewaschen und gereinigt wurden.

Jetzt sah sie ihn mit großen Augen an und sagte langsam: »Michael?«

Michael starrte das Fernsehbild selbst einige Sekunden an, bevor er resolut nach der Fernbedienung griff und den Fernseher ausschaltete.

»Hast du etwas gesagt?«, fragte er die Mutter.

»Der Mann hat genau die gleichen Sachen an wie ...«

Michael riss sie an den Haaren und zwang ihren Kopf nach hinten. Dann legte er die Hände um ihren Hals und drückte zu, bis er die Todesangst in ihren Augen sah. Das musste reichen. Er ließ sie wieder los.

»Und du hältst dein verdammtes Maul!«, sagte er, als er aufstand und ging.

Fie blieb zitternd zurück. Wie hatte es nur so weit kommen können? Sie hatte sich für diesen Jungen aufgeopfert, ihn in Watte gepackt, ihm alles gekauft, worauf er gezeigt hatte, dafür gesorgt, dass er in nichts zurückstecken musste. Immer die besten und schönsten Kleider, das schickste Fahrrad, die neueste Elektronik. Für sie als Alleinerziehende war das nicht immer leicht gewesen. War das sein Dank? Er hatte versucht, seine eigene Mutter umzubringen!

Als er gegangen war, schaltete sie den Fernseher wieder ein, um auf die Nachrichten auf einem anderen Kanal zu warten. Zehn Minuten später sah sie das Fahndungsfoto erneut und sie hatte nicht den geringsten Zweifel, dass Michael diese Frau umgebracht hatte. Sie hatte auch keinen Zweifel, dass Michael fähig war, sie zu töten.

Deshalb rief sie ihre einzige Angestellte, Jytte, an.

»Du musst in den nächsten Wochen den Salon alleine führen. Ich fühle mich ein bisschen kaputt und gestresst und werde irgendeine Charterreise buchen. Ich versuche, schon morgen loszukommen.«

Sie begann zu packen. Der Gedanke streifte sie, ihren Sohn bei der Polizei anzuzeigen. Aber so etwas tat eine Mutter nicht.

Kriminalassistent Lars Sejersen vom Nachrichtendienst der Polizei war die Aufgabe zugeteilt worden, mit Karin Sommer über ihre Teilnahme an dem Friedensmarsch nach Paris 1981 zu reden.

Er war blond, blauäugig und sehr jütländisch.

»Es gibt einige Anzeichen, die auf ein politisches Motiv hindeuten. Wir sind deshalb der Meinung, dass wir darüber reden müssen«, sagte er. »Was hat Sie damals bewogen, an dem Friedensmarsch teilzunehmen?«

»Eigentlich war es ein Zufall. Es war Sommer und eine meiner Freundinnen, die arbeitslos war, ist mitgegangen. Eine Woche nach Beginn des Marsches gab es auf meiner Arbeitsstelle Probleme. Die Schriftsetzer und Drucker wurden ausgesperrt und die Zeitung machte dicht. Da kam mir die Idee, mit dem Fahrrad hinterherzufahren und mich meiner Freundin anzuschließen. Ich bin in Kuhstedt in Deutschland dazugestoßen und den ganzen Weg bis nach Paris mitmarschiert. Sieben Wochen insgesamt. Das war gesund und lustig war es auch, aber ich weiß nicht, ob es einen großen politischen Effekt gehabt hat.«

»Haben Sie unterwegs viele Leute kennen gelernt?«

»Ja, man ging mal hier und mal da in der Kolonne mit und redete miteinander und lernte viele interessante Menschen kennen. Die Leute kamen und gingen. Um die Städte herum waren wir immer viele, weit draußen auf dem Land weniger.«

»Haben sich einige dauerhafte Kontakte daraus ergeben?«

»Für mich nicht, aber für meine Freundin. Sie hat den Mann kennen gelernt, mit dem sie noch immer verheiratet ist. Ich selbst erinnere mich nicht an viele Namen, aber ich habe hier einige Fotos.«

Sie nahm das erste aus dem Stapel: »Hier diese Frau war achtzig, sie wurde Super-Karla genannt. Sie war Dänin. Sie war wohl eine der Ältesten, aber es waren viele ältere Frauen dabei, vor allem auf dem Weg durch Deutschland. Ich erinnere mich, dass die Geschichten der alten Deutschen großen Eindruck auf mich gemacht haben. Sie haben oft geweint, wenn sie von ihren Erlebnissen während des Kriegs erzählt haben. Ihnen war es mit dem Friedensmarsch wirklich ernst, während wir anderen den Marsch auch ein wenig als lustige Sommerreise durch Europa betrachtet haben.«

»Ihnen war es nicht ernst damit?«, fragte Sejersen.

»Doch, das war es bestimmt. Frieden ist für mich das wichtigste politische Thema überhaupt, aber ich war mir nicht sicher, dass wir mit diesem Marsch nach Paris etwas für den Frieden taten. Der Ideologie des Marsches haftete –

wenn auch nur ansatzweise – etwas Masochistisches an, womit ich so meine Probleme hatte. An der Spitze marschierte eine Gruppe Mönche in orangefarbenen Kleidern. Ihre Körper waren durch Selbstquälerei voller Narben und man hatte speziell sie ausgewählt, mit den norwegischen Veranstaltern des Marsches, den Friedensaktivistinnen, an der Spitze zu gehen.

Je mehr und je größere Blasen, desto mehr Frieden. Für mich sah das fast nach einer religiösen Haltung aus. Und nach einer sehr weiblichen Haltung: Wir leiden und opfern uns für den Frieden. Mein Ding ist es mehr, aufzustehen und Frieden als erstes und wichtigstes Menschenrecht einzufordern.

Bei einer der Diskussionen habe ich vorgeschlagen, uns wie die Flagellanten den ganzen Weg bis nach Paris selbst zu quälen. Das war ironisch gemeint, doch den Vorschlag hat tatsächlich jemand ernst genommen.«

»Und er hier?«, fragte Sejersen und zeigte auf einen Mann, der auf drei oder vier Bildern zusammen mit Karin Sommer zu sehen war.

»Ich glaube, um Bremen herum sind wir viel zusammen gegangen. Ich kann mich nicht erinnern, wie er hieß. Er hat mir übrigens seine Adresse gegeben und ich wollte mit ihm in Kontakt bleiben, aber Sie wissen ja, wie das ist, wenn man von Reisen nach Hause kommt ... man tut es doch nicht«, antwortete Karin.

»Sie sehen aus, als wären Sie...?« Sejersen ließ die Frage in der Luft hängen und zeigte auf ein Foto, wo der Mann Karin den Arm um die Schultern gelegt hatte.

Sie lachte: »Nein, nein. Er war bestimmt ein interessanter, toller Typ, aber er hielt nichts vom Flirten und war auch sehr viel älter, um die Sechzig glaube ich, und ich war damals sechsunddreißig. Nein, wie die Zeit vergeht.«

Sie studierte das Bild eingehend in dem Versuch, sich an den Namen des Mannes zu erinnern. Irgendetwas mit Fried oder Frieden – Friedrich, Alfried, Gottfried?

»Man sprach die Leute einfach an, stellte sich vor und begann ein Gespräch. Sonst hatte man ja nichts zu tun, während man ging. Und man ging dreißig bis vierzig Kilometer am Tag.

Ich glaube, es war irgendwo kurz vor Bremen, als er zum ersten Mal neben mir war. Er bedauerte, dass er nur eine kurze Zeit dabei sein konnte, weil er seiner Arbeit nachgehen musste. Ich habe vergessen, was er gemacht hat, aber er war irgendein Akademiker.

Wir sind ein paar Tage nebeneinander hermarschiert und haben uns unterhalten und er hat in meiner Gruppe gegessen. Ich hatte einen Spirituskocher mit. Ich liebe Pfadfinderessen.

Seine persönliche Geschichte war ziemlich schrecklich. Er war Soldat an der Ostfront. Ich glaube, er hat auch Platon zitiert: ›Nur für die Toten hört der Krieg auf.‹ Was so zu verstehen war, dass kein Überlebender jemals Frieden in seiner Seele bekam.

Wenn man acht Stunden nebeneinander hergeht, hat man wirklich Zeit, einander seine Lebensgeschichte zu erzählen. Er war ein guter Zuhörer und sehr an meiner Geschichte interessiert. Er hat mir vorgeschlagen, Kontakt zu halten, aber die Initiative lag bei mir – und es ist nie etwas daraus geworden«, sagte Karin.

Wenn sie nachdachte, konnte sie sich gut an ihre brutale Überlegung erinnern, die gegen eine Weiterführung dieser interessanten Bekanntschaft gesprochen hatte. Als sie in den Dreißigern war, hatte sie die Neigung, Männer nach ihren Eigenschaften als zukünftige Partner zu klassifizieren. Frede, oder wie er nun hieß, kam nicht in Frage und deshalb hatte sie keine Zeit und Energie auf ihn verschwenden wollen.

Jørgen war verletzt, dass Karin während ihrer freien Tage alleine nach Südjütland fahren wollte.

»Warum kommst du nicht nach Skejø – oder ich begleite dich nach Südjütland?«, sagte er am Telefon.

»Ich muss eine Weile alleine sein«, antwortete sie.

»Du bist doch ohnehin nicht alleine, wenn der Bodyguard mitfährt.«

»Er hält sich im Hintergrund. Ich bemerke ihn kaum mehr. Und da unten lauert schließlich keine Gefahr«, sagte Karin.

»Das kann man nicht wissen. Hast du überhaupt keine Angst?«, fragte Jørgen.

»Nicht sonderlich. Es ist auf die eine oder andere Weise zu unwirklich. Halfdan Thor meint auch, dass sie den Personenschutz bald einstellen«, sagte Karin.

»Was willst du eigentlich da unten?«, fragte Jørgen.

»Nach meinen Wurzeln suchen, mich selbst finden«, sagte Karin mit einem kleinen Lachen, dass der Aussage das Pathetische nehmen sollte.

»Bist du nicht ein bisschen zu alt für eine Identitätskrise?«

»Wird man dafür jemals zu alt?«, fragte Karin. Und erklärte entschuldigend: »Dieses ganze Recherchieren in meinem eigenen Leben hat meine Neugier geweckt. Und jetzt mache ich so eine Art Touristenreise in das Land meiner Kindheit. Ich habe nichts Besonderes vor. Ich werde ein paar Spaziergänge auf dem Deich machen und ein paar Bier im Gasthaus trinken, denke ich.«

»Das könntest du auch mit mir zusammen«, insistierte Jørgen.

»Das werde ich auch gern – ein anderes Mal«, beendete Karin die Diskussion.

Dänemark, Mai 1945

In den Tagen um die Kapitulation am 4. Mai 1945 konnten weder lebende noch im Sterben liegende oder tote deutsche Flüchtlinge aus dem Freihafen von Kopenhagen wegkommen, da die deutsche Flüchtlingsbehörde sich aufgelöst und die Widerstandsbewegung den Leuten verboten hatte, Deutschen zu helfen.

Nach der Kapitulation fand man in den Hallen des Freihafens dreihundert Leichen, vor allem von Frauen und Kindern, die in diesen Tagen an ihren Wunden, an Fieber, Hunger und Durst gestorben waren.

Die Leichen, die nicht identifiziert werden konnten, wurden auf Lastwagen zu einem Massengrab auf dem Westfriedhof gefahren.

Rund um die Schulen von Kopenhagen fand man weitere dreihundert tote Flüchtlinge.

Die Leichen wurden oft ohne Sarg in Massengräbern begraben, in denen man die Toten übereinander stapelte. Aus dem Lager in Rørdal (Ålborg Ost) wurden die Toten anfangs nackt zu einem Massengrab auf dem Südfriedhof transportiert.

Für die überlebenden Flüchtlinge in den umliegenden Lagern wurde am 8. Mai 1945 im Hauptquartier der Alliierten eine Essensregelung ausgegeben: Kein Flüchtling durfte mehr als 1800 Kalorien am Tag bekommen.

Viele Schwangere, Säuglinge und Mütter, die bereits erschöpft und ausgehungert waren, starben in diesen Tagen und am 24. Mai wurde die Regelung dahingehend geändert, dass den Flüchtlingen von nun an 2000 Kalorien am Tag bewilligt wurden.

Weit über die Hälfte der 13 493 deutschen Flüchtlinge, die im Laufe des Jahres 1945 in Dänemark starben, waren Kinder.

An den Flüchtlingslagern wurden Warnschilder aufgestellt: »Jeglicher Verkehr und Kontakt mit internierten deutschen Flüchtlingen ist verboten und wird bestraft.«

Eine Dänin, die einem weiblichen Flüchtling ein Paket Butter zugeworfen hatte, wurde zu einer Strafe von 50 Kronen (ein Wochenlohn) verurteilt. Desgleichen ein Däne, der einem Flüchtling eine Dose Hering geschenkt hatte.

Ballum, 5. Mai 1945

Gott hatte ihre Gebete endlich erhört. Der Krieg war zu Ende und das wöchentliche Treffen des Ballumer Frauenbibelkreises, das diesmal bei Martha stattfinden sollte, sollte natürlich ein Dank- und Jubeltreffen werden. Ganz Dänemark jubelte.

Seit der Ankunft von Gertrud und den Babys gehörten dem Bibelkreis vier Erwachsene und acht Kinder an. Marthas kleine Heilsarmee hatte beträchtlichen Zuwachs erhalten.

Ebba Smed war krank gewesen, als sie das Treffen für diese Woche verabredet hatten, deshalb beschloss Martha, ihr einen Besuch abzustatten und sie von dem Termin zu unterrichten. Sie wollte auch mit ihr besprechen, wer was mitbringen sollte, denn dieser glückliche Tag musste natürlich gefeiert werden.

Ebba war ebenso alt wie Martha und hatte einen Sohn von gut einem Jahr. Sie war mit einem Arbeiter im kommunalen Dienst verheiratet und führte ein sicheres, wenn auch bescheidenes Leben in einem soliden kleinen Haus mitten im Dorf. Sie war eine etwas farblose und stille junge Frau, die aus ihrer Bewunderung für Marthas tatkräftigere Entschlossenheit, ihren Glauben und ihre Redegewandtheit nie ein Geheimnis gemacht hatte.

Martha überließ es Gertrud, auf die beiden kleinen Mädchen aufzupassen, und machte sich froh auf den Weg ins Dorf. Überall war geflaggt und die Leute waren auf der Straße, grüßten, lachten und umarmten einander.

Martha wunderte sich zum ersten Mal, als der Kaufmann

merkwürdig reagierte. Sie schuldete ihm doch kein Geld? Trotzdem nickte er nur kurz und drehte ihr schnell den Rücken zu, als auch sie ihre Freude mit jemandem teilen wollte. Seltsam. Er gehörte zur Inneren Mission und sonst wechselten sie immer ein frommes Wort und unterhielten sich kurz, wenn sie sich trafen.

Sie grüßte weiter und viele grüßten zurück, aber sie konnte nicht umhin zu bemerken, dass auch viele in die andere Richtung guckten oder es plötzlich eilig hatten, wenn sie sich näherte.

Sie begann etwas zu ahnen und der Besuch bei Ebba bekräftigte diese Ahnung.

»Gut, dass du kommst. Ich muss mit dir reden, aber du kannst nicht lange bleiben, ich habe viel zu tun«, sagte Ebba und bot ihr keinen Stuhl an.

»Es geht um das Treffen des Bibelkreises«, begann Martha.

»Ja, darüber wollte ich auch mit dir reden. Ich melde mich ab, ich komme nicht mehr«, sagte Ebba.

»Ja, aber Ebba, hast du den Glauben verloren? Wir können zusammen beten«, sagte Martha.

»Nein, ich habe den Glauben nicht verloren«, antwortete Ebba ausweichend und schlug die Augen nieder.

»Ebba! Was ist los?«, fragte Martha so laut und bestimmt, dass die autoritätsgläubige Frau ihr antworten musste.

»Es liegt an Anders. Er sagt, dass wir nicht mit Deutschen verkehren dürfen. Jeder ordentliche Däne meidet die Deutschen. Und im Bibelkreis sind sowohl Gudrun als auch Gertrud.«

»Aha«, sagte Martha. »Warst du deshalb letzte Woche krank?«

Ebba nickte.

»Anders hat mir verboten zu kommen und er kann sehr böse werden«, flüsterte sie.

So hing es natürlich zusammen, dachte Martha, als sie nach Hause ging. Sie hätte es voraussehen müssen, doch die Wahrheit war die, dass sie weder Gudrun noch Gertrud als Deutsche betrachtete. Für sie war Gertrud eine Frau, ein Flüchtling und – fast eine Mutter. Und Gudrun war ihre nächste Nachbarin, ihre beste Freundin und – eine Art große Schwester und ein Vorbild, weil sie so gut mit ihren fünf Kindern zurechtkam.

Sie entschloss sich zu einem langen Spaziergang auf dem Deich, um vor Gott ihre Probleme auszubreiten. Das Beste an dem flachen Land mit dem Wattenmeer und der Marsch war der hohe, hohe Himmel, der einem das Gefühl gab, Gott nahe zu sein. Auch an diesem Tag war sie sicher, seine Stimme von dort oben zu hören.

Martha ging erst nach Hause, als die Milch aus ihren Brüsten zu laufen begann und ihr ganzer Bauch nass wurde. Die Kinder schrieen vor Hunger, als sie endlich da war und sie versuchte lächelnd, jedes auf einer Seite anzulegen. Es gelang nur mit Gertruds Hilfe.

Die großen Kinder spielten draußen und die Kleinen schliefen, sodass Martha, Gudrun und Gertrud ihr Treffen ungestört beginnen konnten.

»Zuerst muss ich euch eine Mitteilung machen: Ebba ist nicht hier, weil sie sich aus dem Bibelkreis abgemeldet hat«, sagte Martha und berichtete von dem Besuch bei der früheren Schwester im Herrn.

»Ich weiß. So ist das eben«, sagte Gudrun Müller, während es um ihre Mundwinkel zuckte. »Sie waren bei uns und haben Hakenkreuze an die Haustür gemalt. Sie haben ›deutsche Schweine‹ auf die Tür geschrieben. Es macht mich so traurig wegen der Kinder – ich habe Angst, dass ihnen etwas zustößt.«

Sie weinte, doch Martha stand kampfbereit auf – wie die Soldatin der Heilsarmee, die sie war: »Wisch dir die Tränen aus den Augen und leg deine Sorgen in Gottes Hand. Weißt du, wer hinter dem Vandalismus an eurem Haus steckt?«

Gudrun nickte: »Jes Abelsen und ein paar seiner Knechte, die jetzt mit einer Armbinde herumlaufen.«

»Die Heiligen der letzten Tage«, sagte Martha spöttisch.

Jeder wusste, dass Jes Abelsen im ersten Besatzungsjahr durch den Verkauf von Korn an die Deutschen reich geworden war und einige große Weihnachtsfeste in seinem Festsaal auf dem Hof gefeiert worden waren. Erst seit knapp einem Jahr, hatte er den Kurs gewechselt. Zu einem Zeitpunkt, wo für alle offensichtlich gewesen war, woher der Wind wehte.

»Ich reise nach Hause, sobald man mich lässt«, sagte Gertrud still.

»Nein, du sollst nicht nach Hause reisen«, antwortete Martha heftig und unmittelbar. Sie hatte sich an Gertrud gewöhnt, war so mit ihr verbunden und hielt so viel von ihr, dass sie sich ein Leben ohne sie nur schlecht vorstellen konnte. Aber natürlich *musste* Gertrud irgendwann zurück. Das war klar.

»Ich habe einen Spaziergang auf dem Deich gemacht und mit Gott geredet und Er hat mir geantwortet, dass wir seine geliebten Kinder sind und uns nicht zu viele Sorgen machen sollen«, sagte Martha und fuhr fort: »Wir haben sein Gebot der Nächstenliebe und Schwesternschaft befolgt und wir haben nicht gegen die Gesetze dieses Landes verstoßen. Wir sollen den Kopf oben tragen und unsere Häupter nur vor Gott beugen! Der Herr sei gelobt! Der Herr segne euch!«

Mit ausgebreiteten Armen und den Händen über den Köpfen der beiden anderen Frauen, teilte sie den Segen aus. Alle brachen gestärkt von dem Treffen auf.

Am nächsten Tag war auch ein Hakenkreuz auf Marthas Tür und jemand hatte »SCHWEIN« darauf geschrieben.

Sie wusch und kratzte es ab, dann zog sie ihr Sonntagskleid an, band sich das schönste Halstuch um und ging zu Jes Abelsens Hof. Jes und zwei Knechte, die wirklich alle selbst gemachte Freiheitskämpferarmbinden trugen, machten nach dem Frühjahrspflügen Mittag.

Martha stellte sich direkt vor Jes, sah ihm in die Augen und fragte: »Jes, hast du dein Autogramm auf meiner Tür hinterlassen?«

»Wie meinst du das?«, fragte der Hofbesitzer.

»Ich meine, dass jemand ein Hakenkreuz auf meine Tür gemalt hat. Der Betreffende hat es sogar signiert. Er nennt sich ›SCHWEIN‹. Jemand hat dich und deine Kumpane in der Nähe gesehen.«

Jes Abelsen kniff die dicht beieinander stehenden Augen zusammen und sagte warnend: »Pass auf, dass du nicht zu weit gehst. Deutschfreundliche Kollaborateure sind nicht sonderlich beliebt.«

»Nein, und ich liebe sie auch nicht sonderlich. Deshalb könnte ich mir auch vorstellen, dass so ein Kollaborateur sich selbst ›SCHWEIN‹ nennt. Selbsterkenntnis nennt man das, nicht wahr?«

Jes Abelsen schnaubte: »Was willst du damit andeuten, Weib?«

»Ich will damit andeuten, was ich auch in einem Leserbrief an die Zeitung schreiben werde: dass gewisse Hofbesitzer, die an dem Verkauf von Korn an die Deutschen reich geworden sind, jetzt versuchen, sich selbst rein zu waschen, indem sie mit selbst gemachten Armbinden herumlaufen und ordentliche, christliche Menschen belästigen.«

Jes Abelsen bekam vor Wut einen roten Kopf: »Das willst du in der Zeitung schreiben?«

»Ja, das will ich, wenn das Schwein mit seiner Schweinerei nicht aufhört. Und die Zeitung druckt meine Beiträge immer«, sagte Martha, drehte sich um und ging.

Um bei der Wahrheit zu bleiben, hatte sie bisher nur an der religiösen Diskussion in der Zeitung teilgenommen, aber sie hatten wirklich all ihre Beiträge gedruckt.

Ballum, Dezember 2004

Manche Menschen glauben, dass die Stellung der Himmelskörper zum Zeitpunkt der Geburt Bedeutung für die Persönlichkeitsentwicklung hat.

Diese Art von Aberglauben lag Karin Sommer fern, doch wenn sie unbedingt an etwas glauben sollte, würde sie eher der irdischen Landschaft Bedeutung für die Persönlichkeitsentwicklung beimessen, dachte sie, als sie an diesem Wintermorgen über das südwestjütländische Wattenmeer blickte und in der Erinnerung die örtliche Nationalhymne hörte, wie sie im Dorfgemeinschaftshaus gesungen worden war: »Für den Fremden schroff und arm ...«

Es musste einen Unterschied machen, ob man die Augen zum ersten Mal oben auf einem Berg aufschlug oder tief unten in einem Tal, philosophierte sie. Sie selbst hatte also ihre Augen hier in dieser flachen südwestlichen Ecke Dänemarks aufgeschlagen: »Schön ist dies Land, kein Hindernis den Blick einschränkt, wenn er so wandelt über Feld und Flur, Gemüt und Denken Ruh und Frieden schenkt.«

Nun ja, »Ruh und Frieden in Gemüt und Denken« war wohl nicht gerade die Überschrift zu ihrem Leben, aber trotzdem. Auf die eine oder andere Weise empfand sie eine Verwandtschaft mit der Natur des Wattenmeers, die einem zwar platt und einförmig erscheinen mochte, zu der jedoch auch große Dramen und Unbeständigkeit gehörten, Ebbe, Flut, Springflut und Sturmflut.

»Wer nicht deichen will, muss weichen«, hatten die Alten

gesagt und haarsträubende Geschichten von der Großen Flut erzählt, bei der dreißig Gemeinden in den Wellen verschwunden, sowie von der anderen großen Flut, bei der neunzehn Kirchen untergegangen waren. Diese Berichte wurden seit siebenhundert Jahren von Generation zu Generation überliefert und die Anzahl der Ertrunkenen stieg unweigerlich mit jeder Generation, die die Geschichten weitererzählte.

Diese Erzählungen hatten auch auf die kleine Karin großen Eindruck gemacht, denn es war nicht schwer gewesen, sich die Sturmfluten vorzustellen. Schließlich kam es immer noch vor, dass die Natur mit ihren Muskeln spielte, auch wenn man sich hinter den riesigen, modernen Deichen meistens sicher fühlte.

Wer nicht deichen will, muss weichen. Bau eine Verteidigungsanlage oder flüchte! Karin war in einer sentimentalen, philosophischen Stimmung, in die man leicht gerät, wenn man die Orte seiner Kindheit aufsucht.

Im Gasthof hatte sie eine Broschüre mitgenommen: »Marsch und Watt. Zusammen mit den im Süden zum Delta des Rheins in Holland hin angrenzenden Gebieten stellen Marsch und Wattenmeer einen Landschaftstyp dar, den es sonst nirgendwo auf der Welt gibt«, las sie.

Wirklich? Sie hatte nicht gewusst, dass diese Landschaft hier so einzigartig war. Warum nicht öfter hierher kommen? Vielleicht sollten sie und Jørgen im Sommer im Marschland Fahrradferien machen?

Michael, ihr Bodyguard, war im Gasthof geblieben, um sich einen Film auf dem Computer anzusehen. Sie waren sich schnell einig geworden, dass es sich nicht lohnte, wenn er ihr die paar hundert Meter bis zu der Schleuse hinunter folgte. Überhaupt konnte sie wohl nirgendwo auf der Welt sicherer sein als hier im Marschland.

Außer Jørgen und der Polizei wusste niemand, dass sie sich in dieser dünn besiedelten Ecke Dänemarks aufhielt. Ballum war Anfang Dezember mit Sicherheit kein Touristenziel. Im Gasthof wohnten nur noch zwei Ornithologen mit ihren Ferngläsern, Notizbüchern und Fotoapparaten. Das Marschland genoss unter Vogelfreunden internationale Berühmtheit.

Karin und Michael hatten die Vereinbarung getroffen, dass sie einander gegenüber keine gesellschaftlichen Verpflichtungen hatten und Karin hatte ihm klar gemacht, dass der Zweck ihrer Reise der war, sich in Ruhe und Frieden in ihre eigenen Gedanken und Erinnerungen vertiefen zu können. Deshalb würde sie es wohl auch meistens vorziehen, alleine zu essen und alleine spazieren zu gehen.

Michael passte das ausgezeichnet. »Hier kann man schon 20 Kilometer weit sehen, wenn man sich nur auf eine Zeitung stellt. Ich werde einen großen Abstand zu Ihnen halten und trotzdem auf Sie Acht geben. Es liegt an Ihnen, ob Sie Lust haben zu reden oder Ihnen etwas einfällt, was für den Fall oder Ihre Sicherheit relevant sein könnte«, hatte er gesagt.

Karin und Michael konnten es ohnehin nicht vermeiden, sich häufig zu sehen, da der Gasthof zur Schleuse den Charakter eines erweiterten Privathauses hatte. Im Erdgeschoss lagen Küche und Gaststube und in der ersten Etage waren fünf Gästezimmer mit einem gemeinsamen Aufenthaltsraum und einem Bad.

Karin konnte es nicht lassen, sich für die Menschen, mit denen sie zu tun hatte, zu interessieren und zu versuchen, sich ein Bild von ihnen zu machen – als könnte sie jederzeit gebeten werden, ein Porträt von ihnen zu schreiben. Die Neugier und der Drang zu beschreiben waren integrierte Teile ihrer Persönlichkeit.

Manchmal fragte sie sich, was zuerst da gewesen war. War sie so neugierig, weil sie Journalistin war? Oder war sie Journalistin, weil sie so neugierig war?

Und jetzt Michael – er war schon ein Rätsel. Seit sie ihm bei ihrem ersten Zusammentreffen unbeabsichtigt ihr Erschrecken über sein entstelltes Gesicht gezeigt hatte, hatte sie versucht, den Schaden wieder gutzumachen, indem sie besonders freundlich und verständnisvoll war und mehr mit ihm sprach als mit den anderen Bodyguards zusammen.

Sie hatte auch den Eindruck gewonnen, dass er der Umsichtigste und Pflichteifrigste von ihnen war.

Doch wenn sie ein Porträt von ihm schreiben sollte? Es kämen nicht viele Zeilen dabei heraus, dachte sie. Denn er war äußerst geizig mit Informationen über seine Person und seine persönlichen Verhältnisse.

Er war nicht verheiratet und hatte keine Freundin, das hatte sie ihm entlocken können und sie hatte sich gefragt, ob er schwul war, da er sehr perfektionistisch und pedantisch war, sowohl was seine Kleidung als auch was sein Essen und seine Person anging. Wenn ja, war er zumindest keiner der kontaktfreudigen Schwulen.

Er las keine Bücher, wie einige der anderen Bodyguards, sondern saß viel an seinem PC. Er hatte ihr selbst erzählt, dass er gerne Intelligenztests machte und Kriegsspiele spielte.

Sein Musikgeschmack ging in Richtung Heavy Metal und sie hatte verschiedentlich bemerkt, dass er eine – ihrer Meinung nach – recht zynische und darwinistische Lebenseinstellung hatte: Lass fallen, was nicht alleine stehen kann. Wie es jetzt unter den jungen Neoliberalen modern war, dachte sie.

Er hatte – vielleicht um sie zu provozieren – gesagt, dass er alles am Krieg liebte. Und falls die Absicht die war, ihr ihren friedenspolitischen Mund zu stopfen, war ihm das gelungen.

Im Großen und Ganzen verfügte sie über genug Fingerspitzengefühl zu begreifen, dass er als Bodyguard nur seine Pflicht tat und sie bestimmt keine guten Freunde werden würden.

Er war ein junger Krieger des 21. Jahrhunderts und sie ein Überbleibsel von 1968.

Sie hatte gesehen, wie er sehnsüchtig die Auslagen der exklusiven Geschäfte betrachtete und daraus die Vermutung abgeleitet, dass er schwul war. Auf das gleiche Konto schrieb sie seine Kenntnisse der Gastronomie und der Fünfsternehotels.

Es war ganz offensichtlich, dass es eine kleine Qual für ihn war, im Hotel kein eigenes Badezimmer zu haben. Sobald sie eingecheckt hatten, hatte er eine Flasche Chlorreiniger besorgt, um Handwaschbecken und Badewanne zu reinigen.

»Ich möchte niemandem zu nahe treten, aber ich bekomme so leicht Infektionen«, sagte er entschuldigend.

»Ja, natürlich. Eine gute Idee«, antwortete Karin. Ihr war das total gleichgültig. Sie war weit weg in ihren eigenen Gedanken und hatte sich entschieden, keine mentale Energie auf ihren Bodyguard zu verschwenden.

Michael seinerseits dachte: Wenn Frederik nicht hier in Ballum auftaucht, was ein ganz ausgezeichneter Ort ist, um Karin Sommer zu liquidieren, gebe ich es auf, auf ihn zu warten und mich zu rächen. Dann gehe ich bei Ebbe hinaus ins Wattenmeer, schieße mir eine Kugel in den Kopf und lasse mich von der Flut forttragen. Mit meinem Monstergesicht will ich nicht zurück nach Kopenhagen.

Ballum, Juni 1945

Martha teilte Windeln und Kinderkleidung in zwei Stapel – einen, den sie behalten wollte und einen, den Gertrud und Rosemarie mit in das Lager in Oksbøl nehmen sollten. Es war ein trauriger Tag. Die Männer waren frühmorgens gekommen und hatten gesagt, dass Gertrud in zwei Tagen mit einem Flüchtlingstransport in das Lager gebracht werden würde.

Gertrud und Rosemarie sollten laut Paragraph 14 des Fremdengesetzes von jetzt an hinter Stacheldraht bewacht werden. Seit dem 5. Mai war es ohnehin gegen das Gesetz gewesen, dass Gertrud bei Martha und Anton gewohnt hatte, hatten die Männer erklärt. Das Gesetz sagte nämlich klar und deutlich, dass kein Däne etwas mit deutschen Flüchtlingen zu tun haben durfte.

»Warum darf man eigentlich nicht seine Christenpflicht tun und das wenige, das man hat, mit seinen Mitmenschen teilen?«, fragte Martha.

»Wir müssen die Gesetze unseres Landes einhalten. Das ist auch Christenpflicht«, antwortete der Mann von der Flüchtlingsbehörde und fuhr fort: »Ihr habt Glück gehabt. Vielerorts sind solche wie ihr ... solche deutschfreundlichen Familien nicht so unbeschadet davongekommen. Krieg ist Krieg, das verstehen Sie doch, oder?«

Sein Tonfall war herablassend väterlich.

Martha erhob sich zu ihrer ganzen Höhe von 1,60 Meter und sagte scharf: »Wir führen keinen Krieg gegen kleine Kinder und alte Frauen.«

»Sie müssen übermorgen früh um acht Uhr reisefertig sein«, antwortete der Mann.

»Nach dem, was man so hört, bekommen die Menschen in den Lagern nicht genug zu essen. Und viele der Kinder sterben«, insistierte Martha. Es gab verschiedene lokale Berichte, wie in den Flüchtlingslagern täglich die Leichen der kranken und verhungerten Flüchtlinge eingesammelt wurden.

»Es sind auch viele in den Konzentrationslagern der Nazis umgekommen«, antwortete der Mann.

»Na, na«, sagte Gertrud, um zu vermitteln. »Wir kommen sowieso bald nach Hause nach Ostpreußen.«

Die alte Frau nahm das Ganze am ruhigsten und versuchte, Martha zu trösten und zu beruhigen.

»Ich darf dir kein Essen schicken. Ich darf dir nicht einmal schreiben. Das ist verboten«, sagte Martha.

»In Gedanken und im Gebet sind wir uns nah«, sagte Gertrud. »Und jetzt, wo wir den Krieg und die Flucht überlebt haben, überleben wir auch das Lager in Oksbøl. Es kann nicht mehr lange dauern, bis wir nach Hause dürfen, und dann hören wir wieder voneinander. Ich verdanke dir und Anton alles, und das werde ich dir nie vergessen.«

»Ich wünschte, du könntest für immer hier bleiben – als wärst du meine Mutter«, sagte Martha und beeilte sich hinzuzufügen: »Und Rosemarie natürlich auch.«

»Ach, wer weiß schon, was Gott für uns bereithält«, antwortete Gertrud.

Gott hielt nichts Gutes für sie bereit. Am gleichen Abend bekam das kleine Mädchen Fieber und im Laufe der Nacht rang sie um Atem. Der Arzt kam am nächsten Vormittag, hielt den Zustand des Mädchens aber nicht für so ernst, dass sie ins Krankenhaus eingewiesen werden musste. Sie sollte nur warm gehalten werden und reichlich Wasser zu trinken bekommen. Da sie ein starkes kleines Mädchen war, würde sie das Fieber schon bewältigen.

In der Nacht kam die Krise und das Mädchen bewältigte das Fieber nicht. Als der Arzt am nächsten Morgen kam, war sie tot.

Martha weinte und Gertrud saß mit erloschenen, leeren Augen da. Der Arzt begann, das Todesattest auszustellen.

»Wie lautet der volle Name des Kindes?«

»Rosemarie Lyck«, antwortete Gertrud müde.

Einige Stunden später kamen sie, um Gertrud für die Fahrt in das Flüchtlingslager in Oksbøl abzuholen, aber sie waren menschlich und verschoben die Abreise um anderthalb Tage, sodass sie ihr Enkelkind noch begraben konnte.

»Du kommst zu uns zurück«, flüsterte Martha tränenerstickt, als sie voneinander Abschied nahmen.

»Ja, ich komme zurück und danke für alles«, antwortete Gertrud, doch ihre Augen blickten ins Leere – als würde sie nicht nur von Martha, sondern vom Leben Abschied nehmen.

Ballum, Dezember 2004

Der rothaarige Ornithologe mit dem fröhlichen Gesicht zeigte Karin stolz sein Notizbuch mit der Liste der Vögel, die er an diesem Vormittag auf seiner Wanderung auf dem Deich gesehen hatte.

Männer, deren großes Hobby es war aufzuschreiben, welche Vögel sie gesehen hatten, hatten etwas unendlich Sanftes und Unschuldiges, dachte Karin und kam seinem Versuch, mit ihr in Kontakt zu kommen, bereitwillig entgegen.

Er zählte auf: »Brandgans, Spießente, Eiderente, Gänsesäger, Singschwan, Schwimmenten – mindestens 8000, kurzschnäbelige Gans, Weißwangengans, Blässgans...«

»Ja, ja«, sagte Karin. »Ich freue mich auch an dem Vogelleben im Marschland, aber ich muss zugeben, dass ich die verschiedenen Arten nicht kenne. Ich kann gerade mal eine Möwe von einer Gans unterscheiden!«

»Dann geht es Ihnen wie meinem Freund Hermann. Darf ich vorstellen: Vogelliebhaber Hermann aus Berlin. Sprechen Sie deutsch?«

»Schlecht. Wenn wir uns in einer Fremdsprache unterhalten müssen, ziehe ich Englisch vor.«

»Okay«, sagte der rothaarige Ornithologe, der Henrik hieß und aus Nordjütland kam. Er ging zum Englischen über und stellte seinen deutschen Freund Hermann vor.

Karin fiel unmittelbar auf, dass Hermann ein sehr attraktiver Mann war – im gleichen Alter wie sie oder etwas jünger. Er war dunkel mit angegrauten Schläfen, seine Augen blitzten schelmisch und er hatte einen entzückenden Schnäuzer wie ein Oberst.

»Wenn man den ganzen Tag in einem Labor eingesperrt ist, ist es ganz wunderbar, in die Natur zu kommen. Die Landschaft hier hat etwas Präriehaftes, finde ich«, sagte der Deutsche in fehlerfreiem Englisch, wie es Karin schien.

»In einem Labor?«, fragte sie neugierig.

»Ja, ich bin Chemiker und arbeite in der Forschung und Entwicklung, und Sie?«

»Ich bin Lehrerin«, log Karin.

»Ich habe Ihren Namen nicht richtig verstanden?«

»Inger. Inger Nielsen«, sagte Karin.

Es kam ihr schon etwas lächerlich vor, doch die Polizei hatte ihr geraten, bis auf weiteres eine falsche Identität anzunehmen. Versteck zu spielen. Sie hatte das Gefühl, in einem Film mitzuwirken.

»Zu was lädt man eine Lehrerin morgens um zehn Uhr ein, zu einem Apfel?«, fragte Hermann lächelnd.

»Zu einem Saft, danke«, antwortete Karin. Sie war der Vorstellung nicht abgeneigt, Hermann als interessante neue Bekanntschaft anzusehen, was allem Anschein nach auf Gegenseitigkeit beruhte.

Sie setzten sich alle drei an einen der Tische des Gasthofs. Michael saß alleine an einem anderen.

»Möchtest du dich zu uns setzen?«, fragte Karin. Michael schüttelte den Kopf und Karin stellte ihn vor – wie sie es zuvor abgesprochen hatten: »Das ist Michael, mein Neffe. Er erholt sich hier nach einem Unfall. Er ist am liebsten für sich.«

»Ja, sicher, das kann ich gut verstehen«, sagte Henrik mitfühlend.

»Sind in Dänemark jetzt Ferien?«, fragte Hermann.

»Nein«, antwortete Karin. »Ich arbeite an einer Sonderschule – für Problemkinder. Wir haben keinen traditionellen Stundenplan, sondern machen Projektunterricht, bei dem wir Theorie und Praxis in längeren Blöcken kombinieren. Im Moment unterrichte ich nicht, sondern plane ein Projekt über die Menschen und die Natur an der Westküste. Das erfordert einiges an Recherche.«

Karin war ganz beeindruckt von ihrem Talent, Lügengeschichten zu erfinden.

Hermann nickte und sah ihr tief in die Augen: »Das klingt interessant. Ich finde es gut, dass die Schulbehörde so viele Mittel für Problemkinder bereitstellt.«

Er flirtete mit ihr. Sie war sich ganz sicher und ärgerte sich, ihm nicht erzählen zu können, was für ein interessanter Mensch sie in Wirklichkeit war.

»Ich will heute das Büro der Stadtverwaltung aufsuchen, um mich über Bevölkerung, Erwerbstätigkeit und dergleichen schlau zu machen. Außerdem will ich das Naturzentrum besuchen und sehen, was es dort an pädagogischem Material gibt«, erzählte sie.

Hermann nickte und hielt ihren Blick fest. Für einen Flirt war es noch ziemlich früh am Tag, dachte sie. Doch viele Menschen, sie selbst inklusive, fanden es aufregend zu reisen und Fremde zu treffen, die im Zimmer nebenan schliefen, dachte sie. Sie erwiderte seinen Blick und lächelte.

»Vielleicht sehen wir uns heute Abend zum Essen?«, fragte er, als sie aufbrachen.

»Möglich«, antwortete Karin.

»Jedenfalls kann man in Ballum sonst nirgendwo essen«, sagte Henrik.

Dresden 1952

Als Winfried Lyck 1952 aus der russischen Kriegsgefangenschaft entlassen wurde, versuchte er als Erstes in Erfahrung zu bringen, was mit seiner nächsten Familie passiert war, mit seiner Mutter Gertrud, seiner Frau Dora, ihren beiden Kindern, die mit auf der Flucht gewesen waren, und dem Kind in Doras Bauch.

Eine sorgfältig geführte dänische Datei gab ihm schließlich die Gewissheit, dass alle tot waren.

Seine Mutter Gertrud war im Februar 1946 im Flüchtlingslager in Oksbøl in Dänemark gestorben und vor ihrem Tod hatte sie erklärt, dass ihre Schwiegertochter Dora sowie ihre drei Enkelkinder alle verschieden waren.

Die beiden ältesten Kinder waren auf der Flucht in Ostpreußen gestorben, die Schwiegertochter Dora bei der Geburt auf dem Flüchtlingsschiff und das jüngste Kind, Rosemarie, unmittelbar bevor Gertrud in das Lager in Oksbøl überführt worden war.

Winfried selbst hatte Glück gehabt und im Gegensatz zu den meisten seiner Kameraden die russische Gefangenschaft überlebt. Das verdankte er einzig und allein seinem Beruf.

Als er mit sechsundzwanzig in Gefangenschaft kam, tat er Dienst als deutscher Militärarzt und Ärzte wurden in der Sowjetunion in der Nachkriegszeit dringend gebraucht.

Um der Wahrheit die Ehre zu geben, fehlten ihm noch ein paar Jahre seiner Ausbildung, als er zum deutschen Kriegsdienst eingezogen worden war, doch die Zeit in den Militärlazaretts hatte ihn einer harten und gründlichen Meisterausbildung unterzogen.

Als junger und unerfahrener Arzt hatte man ihn oft mit der Narkose betraut – der Betäubung von Tausenden von Kriegswracks, die wieder zusammengeflickt werden mussten. Schmerztherapie und Narkose waren das Gebiet, dem sein großes Interesse galt.

In der Sowjetunion galt er als so genannter privilegierter Gefangener, der seine Strafe verbüßte, indem er russische Kriegsgefangene zusammenflickte und – insbesondere – auf dem Gebiet der Narkose forschte.

Durch einen Zufall arbeitete er mit Alexander Kstovo zusammen, einem herausragenden Wissenschaftler auf diesem Gebiet. Seine eigene Arbeit beschäftigte sich anschließend ebenfalls mehr und mehr mit der Erforschung neuer und zweckmäßigerer Betäubungsmittel und -methoden.

Über mehrere Jahre versuchten die russischen Behörden vergebens, ihn mit voller Freiheit, der russischen Staatsbürgerschaft und einer Zweizimmerwohnung zu überreden, im Land zu bleiben und seine Forschungsarbeit fortzusetzen, aber er lehnte ab – und nach sieben Jahren mussten sie ihn ziehen lassen.

Als er die Sowjetunion verließ, brachte er nicht mehr mit als das, was sich im Inneren seines Schädels speichern ließ. Doch das war gewichtig, da er mit Erfolg an der Isolation eines Stoffes gearbeitet hatte, der ganz spezifisch die Region des Gehirns beeinflussen und stimulieren konnte, die den Atem reguliert.

Durch einen Zufall war er in seiner Zeit als Kriegsgefangener in Sibirien auf ein Hausmittel gestoßen, das Auszüge aus dem »blauen Moos« enthielt und bei Säuglingen dem Wiegentod vorbeugen konnte.

Eine von vielen Ursachen für den unerklärlichen plötzlichen Kindstod war das Versagen des Atemzentrums im Gehirn und falls an dem Hausmittel etwas dran war, war es vielleicht denkbar, dass das blaue Moos das Atemzentrum beeinflusste?

Er startete einige primitive Versuche, die sein Interesse noch verstärkten, und führte später seine Arbeit in einem besser ausgestatteten sowjetischen Labor fort. Es gelang ihm zu beweisen, dass bestimmte Stoffe im blauen Moos spezifisch auf das Atemzentrum einwirken. Er startete eine Versuchsreihe, um den entsprechenden Stoff zu isolieren und eine chemische Formel dafür zu finden.

Sein ursprüngliches Interesse, ein Mittel zu finden, das die Atemtätigkeit stimulierte, entsprang seiner Arbeit im Rahmen der Schmerztherapie, die wiederum eng mit der Narkose verknüpft war, da stark schmerzstillende Mittel die Nebenwirkung hatten, die Atemfunktion zu reduzieren, was im schlimmsten Fall zu Atemstillstand und Tod führen konnte.

Ließ sich das schmerzstillende Mittel mit einem Stoff kombinieren, der den Atem stimulierte, könnte das die Behandlung für den Patienten risikoärmer machen.

Er sah diese Forschung als sein ganz persönliches Hobby an und arbeitete offiziell und de facto die meiste Zeit an den großen Gemeinschaftsprojekten des sowjetischen Labors. Er war nichtsdestoweniger ein Kriegsgefangener und hatte nicht die Absicht, den Russen etwas zu schenken.

Sollte er mit seiner privaten Forschungsarbeit wirklich Erfolg haben, hätte das nicht allein Bedeutung für die Schmerztherapie. Es würde auch den Narkosebereich revolutionieren.

Das Problem bei allen bekannten Betäubungsmitteln war, dass sie auch die Atmung lahm legten. Deshalb mussten Patienten unter Narkose intubiert und der Atem künstlich in Gang gehalten werden.

Wenn man künftig Menschen betäuben und ihnen gleichzeitig einen Stoff injizieren könnte, der spezifisch das Atemzentrum stimulierte, würde das Risiko einer Betäubung wesentlich reduziert.

Sein nächster noch lebender Verwandter war ein Vetter mütterlicherseits, Axel Grosser, der Ingenieur in Dresden und in Entwicklung und Forschung tätig war. Ihn suchte er direkt nach der Freilassung aus der russischen Kriegsgefangenschaft auf. »Ich arbeite an der Entwicklung eines Betäubungsmittels, dessen Inhaltsstoff die Atemtätigkeit stimuliert. Ich brauche ein Labor«, sagte er.

»Du brauchst ein Bad, eine Rasur und neue Kleidung«, antwortete Axel gut gelaunt, doch innerhalb von vier Tagen fand er ein Labor, eine Stellung und eine Wohnung für Winfried.

Axel Grosser war ein einflussreicher Mann, Mitglied der Sozialistischen Einheitspartei Deutschlands und sehr optimistisch hinsichtlich der Zukunft seines Landes.

Ballum,
Dezember 2004

Karin hatte nicht gelogen, als sie den Vogelbeobachtern im Gasthof erzählt hatte, dass sie die Gemeindeverwaltung aufsuchen wollte. Sie hatte ein Anliegen. Sie wollte herausfinden, wo genau sie geboren war. Das Problem war, dass ihre Eltern in den ersten Ehejahren viel umgezogen waren – einmal, weil ihr Haus zwangsversteigert worden war, und zweimal, weil sie versucht hatten, sich wohnungsmäßig zu verbessern. Sie hatten, wie sie sich erinnerte gehört zu haben, an drei verschiedenen Orten in der Gemeinde gewohnt, bevor sie weiter nach Norden gezogen waren.

Die freundlichen Leute in der Gemeindeverwaltung fanden mühelos heraus, wo Martha und Anton Sommer gewohnt hatten, und schrieben Karin drei Adressen auf, eine in Rejsby-Ballum, eine in Vesterende-Ballum und eine in Bådsbøl-Ballum. An der Landstraße zwischen Skærbæk und Højer gab es nicht weniger als vier verschiedene Ballums.

1945 hatten Martha und Anton Sommer in Rejsby-Ballum gewohnt. Das Haus stand noch immer. Es war lediglich zum Ferienhaus umfunktioniert worden, erfuhr sie in der Gemeindeverwaltung.

Sie folgte der detaillierten Karte, die man ihr gegeben hatte, und fuhr eine Seitenstraße hoch, an der drei kleine Häuslerstellen liegen sollten. Sie war in der kleinsten geboren. Sie stieg aus dem Auto und winkte Michael zu, der fünfzig Meter weiter unten an der menschenleeren Straße geparkt hatte.

Es war wirklich ein idyllisches, kleines Reetdachhaus. Man sah, dass es liebevoll in Stand gehalten wurde. Der Kalk war schneeweiß und das Fachwerk gut in Schuss. Es war offensichtlich, dass es nicht bewohnt und wahrscheinlich für den Winter verschlossen war, deshalb nahm sie sich die Freiheit, um das Haus herumzugehen und in die Fenster zu schauen. Es war gemütlich im Landhausstil eingerichtet. Sie erkannte nichts wieder, ja, selbst mit dem besten Willen konnte sie sich an nichts in diesem Haus erinnern. Sie war auch ungefähr erst ein Jahr alt gewesen, als ihre Eltern nach Vesterende-Ballum gezogen waren.

»Hallo! Steht das Haus zum Verkauf?«

Karin zuckte vor Schreck zusammen, da sie niemanden in ihrer Nähe bemerkt hatte. Langsam kam die Frau, die sie angesprochen hatte, näher. Sie hatte hinter der Hecke gestanden, die den kleinen Garten des Hauses abschirmte, und Karin sah, dass an der Rückseite des Hauses ein kleiner Weg verlief – entlang eines kleinen Baches.

»Äh, das weiß ich nicht. Ich schaue mich nur um, weil ich neugierig bin. Ich bin in diesem Haus geboren«, sagte Karin.

»Das ist ja interessant. Ich heiße Eva und wurde da oben geboren. Ich wohne noch immer dort«, sagte sie und zeigte die Straße hinauf.

»Wann sind Sie geboren?«, fragte Karin.

»1943«, antwortete Eva.

»Ich bin 1945 geboren. Dann haben wir uns als Kleinkinder bestimmt gekannt.«

»Wie heißen Sie mit Nachnamen?«, fragte Eva.

»Sommer, und Sie?«

»Geborene Müller. Mein Vater und meine Mutter hießen Heinz und Gudrun.«

»Jetzt erinnere ich mich an etwas, das meine Mutter erzählt hat«, sagte Karin.

»Und Sie sind auf ein paar Fotos in dem alten Album meiner Mutter«, sagte Eva und fuhr fort: »Kommen Sie mit zu mir auf eine Tasse Kaffee!«

»Danke, gern, ich muss nur dem Mann dort oben Bescheid geben«, sagte Karin.

»Sie können Ihren Mann ruhig mitbringen!«, sagte Eva, die sie missverstanden hatte.

»Das ist nicht mein Mann, aber das ist jetzt zu kompliziert. Ich gebe ihm gerade Bescheid, dann komme ich.«

Sie blätterten in dem Album mit den alten schwarzweißen Fotos mit den gezackten Rändern.

»Hier rupfen deine und meine Mutter Hühner«, sagte Eva.

»Und hier bist du mit deiner Mutter und Oma und ihrem Enkelkind!«, fuhr sie fort.

Das Bild war draußen im Garten aufgenommen und verblüffend scharf. Karin strengte sich an, Details zu erkennen.

»Das da bei meiner Mutter muss ich sein«, sagte sie. »Weißt du was? Ich möchte verdammt gern eine Kopie von dem Bild.«

»Natürlich«, sagte Eva. »Ich lasse dir eine machen.«

Karin sah sich in Evas Wohnzimmer um, das genauso gut Leuten mit einem guten Geschmack in Østerbro oder Nord-Seeland gehören könnte – mit PH-Lampen, einem Piet Hein-Esstisch und einem Wegener Sofa.

»Wohnst du alleine?«, fragte Karin.

»Ja, mein Mann ist vor drei Jahren gestorben. Er war Lehrer am Seminar. Ich bin Bibliothekarin in Tondern.«

»Ich bin Journalistin bei der *Sjællandsposten,* aber das hänge ich im Moment nicht an die große Glocke. Es gibt da Probleme. Man hat mich bedroht, kann man so sagen. Deshalb folgt mir ein Beamter.« Karin zeigte zu Michael hin, der im Auto saß. »Und du solltest besser mit niemandem über mich reden«, fügte sie hinzu.

»Natürlich nicht!«, sagte Eva und sah Karin mit großen, verblüfften Augen an.

»Ich glaube, ehrlich gesagt, nicht, dass irgendeine Gefahr besteht, aber sie müssen schließlich ihre Arbeit tun«, sagte Karin.

»Noch eine Tasse Kaffee? Es ist schon lustig, dass wir jetzt hier sitzen, wo unsere Mütter einmal gesessen haben – vor sechzig Jahren!«, sagte Eva.

»Und sie hatten weder fließend Wasser noch Strom«, sagte Karin.

»Das war eine harte Zeit während der Besatzung, weil meine Eltern der deutschen Minderheit angehörten«, sagte Eva.

»Ja, ich kann mich erinnern, dass Mutter davon gesprochen hat. Die Leute hier im Grenzland waren nicht immer so nett zu ihren Nachbarn, aber deine und meine Mutter waren gute Freundinnen, bis meine Eltern nach Norden gezogen sind«, sagte Karin.

»Meine Mutter hat deine Mutter sehr bewundert, vor allem weil sie sich in den letzten Kriegstagen um eine ältere deutsche Flüchtlingsfrau und ihr Enkelkind gekümmert hat«, sagte Eva. »Davon hat meine Mutter oft gesprochen. Das war mutig.«

»Meine Mutter war sehr religiös«, sagte Karin.

»Das war meine Mutter auch«, sagte Eva.

»Unglaublich, wie viel seitdem passiert ist«, sagten sie im Chor.

Sie tauschten ihre Handynummern aus und verabredeten sich für einen der nächsten Tage zum Essen – im Gasthof oder vielleicht in einem neuen, schicken Restaurant in Tondern, das Eva kannte.

Kopenhagen, Dezember 2004

Kriminalinspektor Laurits Hansen vom Nachrichtendienst der Polizei, der Chef der Mordkommission Kopenhagen, Carsten Just, und Kriminalinspektor Halfdan Thor aus Sydkøbing hielten vor der Pressekonferenz ein internes kleines Gipfeltreffen ab.

Sie waren übereingekommen, im Großen und Ganzen alle Informationen öffentlich zu machen und die Öffentlichkeit in Verbindung mit den Ermittlungen in zwei der brutalsten Mordfälle der letzten Zeit, die allem Anschein nach von demselben Täter begangen worden waren, um Hilfe zu bitten.

Aus verschiedenen taktischen Gründen hatten sie bisher ihre Theorie geheim gehalten, dass der Mord an Anita Knudsen ein Verwechslungsmord war, genau wie sie den Mord an der Zeitungssekretärin Anita Knudsen gegenüber der Öffentlichkeit bisher nicht mit dem Mord an dem Textildesigner Ole Buhl in Verbindung gebracht hatten.

Sie waren davon ausgegangen, einen Vorsprung zu haben, solange der Täter nicht wusste, welche Karten sie in der Hand hatten.

Mittlerweile mussten sie widerwillig zugeben, dass ihre Karten vielleicht doch nicht gut genug waren und sie das Spiel möglicherweise überhaupt nicht verstanden.

»Vielleicht läuft da draußen jemanden herum, der ein paar Zusammenhänge kennt, die wir nicht sehen«, sagte Kriminalinspektor Laurits Hansen vom PET, der über die Arbeit seiner Abteilung berichtete. »Wir haben diese anonyme

Mail bekommen, dass eine rechtsradikale Organisation Karin Sommer und andere Journalisten umbringen will und ich glaube mit gutem Gewissen sagen zu können, dass wir jeden Stein umgedreht haben. Wir haben Karin Sommers politische Vergangenheit und Gegenwart durchkämmt und unsere Fühler in alle rechtsradikalen Gruppierungen ausgestreckt, die wir kennen. Wir haben nicht das Geringste gefunden, das darauf hindeuten würde, dass eine rechtsradikale Organisation es auf Karin Sommer oder andere dänische Journalisten abgesehen hat. Wir glauben mehr und mehr, dass die Mail eine Art Ablenkungsmanöver war ... oder vielleicht auch nur das Werk eines Verrückten.«

Halfdan Thor unterbrach ihn: »Das Merkwürdige ist, dass die Person, die die Mail geschrieben hat, von den falschen DNA-Spuren auf Anita Knudsens Leiche gewusst hat. Das kann nicht nur ein Zufallstreffer gewesen sein!«

»Nein«, sagte Laurits Hansen. »Wahrscheinlich hat uns der Täter die Mail geschickt, um uns auf eine falsche Spur zu führen oder um Verwirrung zu stiften. Nachdem ich den Fall noch einmal eingehend studiert habe, wage ich fast mit Sicherheit zu sagen, dass Karin Sommer keine Rechnung mehr mit einer rechtsradikalen Organisation offen hat.«

Jetzt war Halfdan Thor an der Reihe: »In Verbindung mit den Ermittlungen im Mordfall Anita Knudsen haben wir in drei Richtungen ermittelt, und zwar: 1.) Wir gehen davon aus, dass der Täter ein zufälliges Opfer gewählt hat. 2.) Wir gehen davon aus, dass der Täter Anita Knudsen töten wollte, und 3.) Wir gehen davon aus, dass der Täter Karin Sommer töten wollte.

Die dritte Hypothese stützt sich auf die Tatsache, dass Karin Sommer kurz vor dem Mord einen Anruf erhalten hat, mit dem sie unter Vorspiegelung falscher Tatsachen zum Tatort gelockt werden sollte.

Ich muss zugeben, dass wir – nach gründlicher Untersuchung der beiden ersten Möglichkeiten – die dritte Möglichkeit für die wahrscheinlichste halten. Wir glauben, dass der Täter Karin Sommer töten wollte«, sagte Halfdan Thor.

»Aber warum?«, fragte Laurits Hansen.

»Wir wissen es nicht. Wir können nicht einmal raten«, antwortete Halfdan Thor. »Sie hat ihr Privatleben und ihr Berufsleben durchkämmt und aufgeschrieben, mit wem sie sich angelegt hat. Das ist eine lange Liste, denn sie hat immer ein aktives soziales Leben geführt und ist seit vierzig Jahren Journalistin, aber unter den aufgeführten Personen ist niemand, der unmittelbar ins Auge fällt und von dem sie sich vorstellen kann, dass er noch mit ihr abrechnen möchte – jedenfalls nicht in dieser Größenordnung! Und wir auch nicht. Es kann sich natürlich um einen Verrückten mit Zwangsvorstellungen handeln, doch die entlarven sich gewöhnlich selbst, indem sie ihre Opfer schikanieren oder Drohungen aussprechen. Meistens haben sie die Kontrolle verloren, nicht?«

Rund um den Tisch herrschte Schweigen und Halfdan Thor kam zu der Schlussfolgerung: »Uns fehlt ganz einfach ein Motiv.«

»Das kann ich von uns nicht sagen«, sagte Carsten Just von der Mordkommission, der über die Ermittlungen der Sonderkommission im Mordfall des Textildesigners Ole Buhl berichtete: »Wir haben diesen Wortwechsel, aus dem klar hervorgeht, dass Ole Buhl ermordet wurde, weil er den Mann identifizieren konnte, der, wenn ich das mal so sagen darf, Sperma für die Leiche von Anita Knudsen aufgesammelt hat. Und von dem wir annehmen können, dass er Anita Knudsens Mörder ist. Hier möchte ich gleich hinzufügen, dass das Ermittlungsteam sehr viele Hinweise auf die Personenbeschreibung und die Zeichnung von dem Gesicht des Mannes erhalten hat. Vier- bis fünfhundert insgesamt.

Das ist immer das Problem, wenn man nach Leuten fahndet, die ziemlich durchschnittlich und gut aussehen. Das Team geht jetzt die Hinweise durch.«

»Wie verteilen wir die Rollen auf der Pressekonferenz?«, fragte Halfdan Thor.

»Irgendwie so wie jetzt. Jeder erzählt von seiner Arbeit«, schlug Carsten Just vor.

»Und wer kommt mit der Information, dass eine Belohnung ausgesetzt worden ist?«, fragte Laurits Hansen.

»Das überlassen wir dem Polizeipräsidenten. Er steht mit dem glücklichen Geber in Kontakt«, antwortete Carsten Just.

Ole Buhls geschiedener Mann Stig hatte 50 000 Kronen als Belohnung für den ausgesetzt, der Hinweise geben konnte, die zur Ergreifung des Mörders von Ole Buhl führten.

»Was ist mit Karin Sommer – wie lange soll sie noch unter polizeilichem Schutz stehen?«, fragte Halfdan Thor.

»Wir gehen jetzt mit dem Ganzen an die Öffentlichkeit«, sagte Laurits Hansen. »Wir schütteln den Baum und gucken, was herunterfällt. Hoffentlich fällt etwas. Und anschließend nehmen wir zur Bodyguard-Frage Stellung.«

»Übrigens«, sagte Kriminalinspektor Laurits Hansen, als sie aufbrachen, »wie sollen wir erklären, dass der Täter dem Zeugen Ole Buhl auf die Spur gekommen ist, falls einer der Journalisten sich daran aufhängt?«

»Mit der Wahrheit: dass wir nicht wissen, wie das passieren konnte«, schlug Halfdan Thor vor.

Ballum,
Dezember 2004

Karin erhielt den Anruf am Morgen. Er kam von Birgitte, ihrer alten Freundin und Kollegin aus den Jahren beim *Bladet* in Kopenhagen.

»Ich muss schon sagen, du verstehst es, dich in den Mittelpunkt zu rücken«, sagte Birgitte mit einem ungewöhnlich morgenfrischen Lachen.

»In den Mittelpunkt? Ich befinde mich in der finstersten Einöde!«, antwortete Karin verwirrt.

»Dann warte, bis du die Zeitungen gesehen hast. Du kannst versuchsweise auch das Radio einschalten. Gerade interviewen sie Kriminalinspektor Halfdan Thor. Langer Rede kurzer Sinn, aus der Titelgeschichte geht hervor, dass du umgebracht werden solltest, der Mörder sich jedoch geirrt und stattdessen eure Sekretärin erdrosselt hat – und anschließend noch einen Zeugen«, berichtete Birgitte.

»Ja, das ist im Großen und Ganzen richtig, aber ich hätte nicht gedacht, dass sie damit an die Öffentlichkeit gehen«, sagte Karin.

»Thor hat vor einigen Minuten in den Morgennachrichten gesagt, dass sie sich entschlossen haben, alle Fakten publik zu machen, um die Öffentlichkeit um Hilfe zu bitten«, sagte Birgitte.

»Sie hätten mich ruhig darüber informieren können, bevor sie mich auf die Titelseite bringen«, sagte Karin leicht verärgert.

Na schön, Thor hatte sie wohl so gesehen vorbereitet, indem er gesagt hatte, dass sie eine Änderung der Öffentlichkeitsstrategie in Erwägung zögen. Unter anderem weil sie die Auffassung vertraten, dass ein Publikmachen des Falls mehr Sicherheit für sie mit sich brächte.

»Und eine anonyme Quelle hat der Polizei erzählt, dass man es aus politischen Gründen auf dich abgesehen hat! Ich muss schon sagen!«

Karin konnte hören, dass Birgitte das Drama genoss – eine typische Journalistenhaltung.

»Ja«, sagte Karin, um mitzuspielen: »Du kannst mich auch gleich Ulrike Meinhof nennen!«

Karin sah auf die Uhr. Es war erst kurz nach sieben. Sie konnte Michael noch nicht wecken. Und wo zum Teufel bekam man hier die Kopenhagener Zeitungen? Gab es eine nähere Möglichkeit als den Bahnhof in Tondern?

Dann fiel ihr ein, dass sie im Gasthof als Inger Nielsen eingecheckt hatte. Und wenn sie jetzt ein Bild von ihr in der Zeitung brachten?

Sie drückte Halfdan Thors Geheimnummer, die er ihr gegeben hatte, um jederzeit für sie erreichbar zu sein.

»Ja«, sagte er. »Wir haben diesen Beschluss getroffen. Wir sind der Meinung, dass es den besten Schutz für Sie darstellt, wenn wir die Sache publik machen.«

»Der Meinung waren Sie vor einigen Tagen noch nicht, deshalb nenne ich mich hier auch Inger Nielsen«, sagte Karin.

»Das können Sie ruhig weiter tun. Sie können es aber auch lassen. Den Bodyguard behalten Sie auf jeden Fall so lange, bis sich eine Entwicklung abzeichnet, aufgrund der wir eine Einstellung des Personenschutzes verantworten können. Der Grund, dass wir uns anfangs für eine andere Öffentlichkeitsstrategie entschieden haben, ist der, dass wir gehofft hatten, den Täter schnell zu fassen«, erklärte der Kriminalinspektor.

»Und wenn ein Bild von mir in der Zeitung erscheint?«, fragte Karin.

»Ja, was ist dann?«, antwortete Thor.

»Dann wissen alle hier im Gasthof, dass ich nicht Inger Nielsen bin!«

»Das hat doch nichts zu bedeuten. Man wird sicherlich verstehen, dass Sie einen anderen Namen angegeben haben. Doch das ist nicht länger nötig. Sie können sich nennen, wie Sie Lust haben«, sagte er.

»Dann denke ich, ehrlich gesagt, dass ich wieder ich sein will«, sagte sie.

»Ich hoffe, Sie genießen Ihren kleinen Urlaub. Aus dem einen oder anderen Grund bin ich nie in diese Ecke des Landes gekommen. Ich habe sie immer als langweilig, platt und eintönig angesehen«, sagte Thor.

»Da irren Sie sich. Die Landschaft ist einfach fantastisch«, antwortete Karin, die gerne ihren beleidigten Ton zu Anfang des Gesprächs wieder gutmachen wollte und deshalb fortfuhr: »Wie läuft es mit Ihrem Jungen? Die Einzelhaft dauert jetzt doch fast schon zwei Monate.«

»Der Oberste Gerichtshof nimmt morgen zu einer weiteren Inhaftierung Stellung. Andrea hat verdammt gute Arbeit geleistet. Klar, dass mir das alles ziemlich zu schaffen macht, wenn ich denn die Wahrheit sagen soll«, sagte Thor.

»Mir macht das auch zu schaffen«, sagte Karin. »Wir befinden uns im Krieg und den Leuten ist das total gleichgültig. Dann protestieren ein paar Jungen lautstark. Und sie werden wie die schlimmsten Feinde der Gesellschaft behandelt. Was soll das?«

»Ich hoffe nur, dass er freigelassen wird«, sagte Thor leise.

Die Blase verlangte ihr Recht und Karin zog eine Fleece-Jacke über ihr Nachthemd und ging ins Badezimmer.

Sie hörte jemanden die Treppe heraufkommen, und als sie aus dem Bad kam, begegnete sie dem rothaarigen Ornithologen Henrik, der ihr munter einen Guten Morgen wünschte. Er hatte eine Zeitung unter dem Arm.

»Wo bekommt man so früh Zeitungen?«, fragte sie.

»Die *Jydske Vestkysten* bekommen Sie überall, aber Kopenhagener Zeitungen gibt es nur an einigen der großen Tankstellen. Die *Berlingske* habe ich in Højer bekommen.«

»Sie lesen die *Berlingske*?«, sagte Karin und wunderte sich ein wenig, da Henrik Nordjütländer war.

»Ja«, sagte er. »Wegen der Aktienkurse. Ich bin ein Spekulant.«

»Ah, ja«, sagte Karin und wunderte sich noch mehr. Soweit sie wusste, informierten sich Börsenspekulanten heutzutage im Internet – noch ein Bereich, in dem die Zeitungen verloren hatten.

»Ich wäre Ihnen dankbar, wenn ich kurz in Ihre Zeitung schauen könnte, wenn Sie durch sind«, sagte sie lächelnd.

Er lächelte zurück und antwortete: »Natürlich. Möchten Sie gern den Artikel über sich lesen?«

Er hielt ihr die Titelseite hin und zeigte auf ihr Foto neben einer mehrzeiligen Überschrift:

Doppelmörder wollte Journalistin töten
Die Polizei glaubt, dass es sich bei dem Mord an der Sekretärin Anita Knudsen um ein Versehen gehandelt hat und bittet die Öffentlichkeit um Hilfe bei der Aufklärung von zwei Morden.

»Dann verstecken Sie sich also hier unten im Marschland?«, sagte Henrik verschwörerisch und mit einer Stimme, als wären sie Komplizen.

»Das kann man so sagen, aber jetzt besteht bestimmt kein Grund mehr, dass ich mich weiter Inger nenne«, sagte sie.

»Und der mit dem entstellten Gesicht, der Sie begleitet, ist das Ihr Bodyguard?«

Karin nickte.

»Also, Sie können auf mich zählen – und auf Hermann auch«, sagte Henrik. »Wir sagen niemandem etwas und andere Gäste wohnen nicht im Gasthof. Zumindest hier können Sie sich hundert Prozent sicher fühlen. Wir passen alle auf Sie auf.«

»Danke«, sagte Karin. »Das mag vielleicht überheblich klingen, aber ich habe die ganze Zeit nicht wirklich Angst gehabt. Die Polizei war der Meinung, dass ich mich bedeckt halten soll, und jetzt haben sie die Story selbst an die Medien gegeben. Ich habe nichts dagegen. Ich bin prinzipiell für so viel Öffentlichkeit wie möglich, nur wäre es schön gewesen, wenn man mich darauf vorbereitet hätte.«

»Das kann ich gut verstehen«, sagte Henrik.

DDR, 1975

Winfried Lyck, der inzwischen sechsundfünfzig Jahre alt war, genoss großes Ansehen für seine Forschung im Bereich der Betäubungsmittel und Betäubungsmethoden, eine Forschung, die sich im Lauf der Jahre weit verzweigt hatte.

Aber er war kein glücklicher Mensch. Der Krieg hatte ihn nie richtig losgelassen.

Er war ein schöner Mann, der in den Träumen vieler Laborantinnen herumgespukt hatte, aber er hatte nicht wieder geheiratet.

Sein Vetter Axel Grosser und dessen Familie waren die einzigen Menschen, mit denen er außerhalb des Labors Umgang pflegte.

Seinen höchsten Glückszustand erlebte er, wenn er über der Arbeit alles vergaß, sodass der endlose innere Film mit Bildern von verstümmelten Kriegsopfern und brennenden Städten verblasste.

Da er keine anderen Wünsche an das Leben hatte, als durch harte Arbeit seinen Einblick in die Grausamkeit zu verdrängen, war er mit dem Leben in der DDR recht zufrieden. Und umgekehrt war die DDR mit ihm zufrieden.

Er hatte auf einigen Gebieten kontinuierlich an der Verbesserung und Erforschung der Stoffe, Methoden und Apparate gearbeitet, derer sich die Anästhesisten bedienten, und gleichzeitig sein sehr langfristig angelegtes Forschungsprojekt weiterverfolgt: die Zusammensetzung eines Betäubungsmittels, das das Atemsystem nicht lähmte.

Er machte Fortschritte und er erlitt Rückschläge. Zunächst hatte er den Stoff in dem blauen Moos nachweisen und isolieren müssen und dann beweisen, dass er spezifisch die Rezeptoren stimulierte, die den Atem steuerten. Als ihm das gelungen war, startete er Versuche, den Stoff in einer synthetischen Form zu gewinnen, um ihn in ausreichender Konzentration herstellen zu können.

Gerade als ihm das gelungen war, wurde er zum Leiter eines großen staatlichen Forschungsprojekts bestellt, in dem es populär ausgedrückt um die sichere Dosierung von Betäubungsmitteln ging. Diese Arbeit faszinierte ihn seit vielen Jahren und er war einer Phentanylvariante auf die Spur gekommen (einer künstlichen Opiumart), die eine Art Maximalwirkung hatte – und scheinbar selbst in hohen Dosen nicht tödlich war.

Er war so gesehen mit zwei Projekten befasst und sah folgende Perspektive: Falls beide zum Erfolg führten, könnte dabei ein Betäubungsmittel herauskommen, das nicht überdosiert werden konnte und den Atem nicht lähmte.

Das schrieb er in einem Brief an seinen alten Kollegen und Mentor Alexander Kstovo, der ihm in der Kriegsgefangenschaft geholfen und mit dem er über die Jahre einen sporadischen, wissenschaftlich-kollegialen Kontakt gepflegt hatte.

Die Antwort war verblüffend: Alexander Kstovo hatte Winfrieds Forschung mit dem Kreml erörtert und der Kreml versprach Winfried buchstäblich Gold und grüne Wälder (am Schwarzen Meer), wenn er entweder für den Kreml arbeiten oder seine bisherige Forschung einem wissenschaftlichen Institut überlassen würde, das mit Mitteln des Kremls forschte.

Alexander Kstovo schrieb auch, dass gerade dieser Zweig der Forschung im Bereich der Betäubungsmittel allerhöchste Priorität genoss – sowohl in der Sowjetunion wie auch in den USA.

Winfried Lyck setzte sich mit seinem Vetter Axel Grosser zusammen, der zurzeit an der Entwicklung von Industrierobotern arbeitete, und mit dessen dreißigjährigem Sohn Erwin Grosser. Sie diskutierten die Situation und ihre Zukunft.

Winfried Lyck hatte seine Forschung bisher ausschließlich im Rahmen der Schmerztherapie und der Narkose innerhalb des Gesundheitswesens angesiedelt gesehen, doch nach dem Angebot der Russen war ihnen allen klar, dass ein militärisches Interesse an der Entwicklung von Betäubungsmitteln bestand – als chemischer Waffe.

»Wir sind etwas ganz Großem auf der Spur«, sagte der junge Erwin Grosser.

»*Winfried* ist vielleicht etwas ganz Großem auf der Spur«, korrigierte ihn der Vater.

»Ja, nur wenn dieses Betäubungsmittel als chemische Waffe eingesetzt werden soll, muss es zu Gas verarbeitet werden, und das ist mein Spezialgebiet. Und es muss eine Transport- und Verbreitungstechnik konstruiert werden, und das ist dein Spezialgebiet, Vater«, sagte der junge Forscher begeistert.

»Ich will keine Waffen herstellen«, sagte Winfried Lyck.

»Und ich möchte nicht wissen, für wen wir Waffen herstellen würden«, sagte Axel Grosser, der in Opposition zur Partei geraten war und die Kälte von verschiedenen Seiten zu spüren bekam.

»Ihr versteht es einfach nicht, eure Chance zu ergreifen«, sagte Erwin ärgerlich.

Er hingegen verstand es umso besser und trat kurze Zeit darauf eine Stelle im Militärischen Forschungszentrum an, wo er auf dem Gebiet der Gasarten zu einem geschätzten Abteilungsleiter wurde.

Winfried Lyck kannte das sowjetische System gut genug, um es nicht einmal zu wagen, das sowjetische Angebot abzulehnen. Man konnte nie wissen, wie weit die Arme der Sowjetunion in der DDR reichten.

Stattdessen schrieb er einige Monate später einen Brief an Alexander Kstovo, in dem er von einer neuen Versuchsreihe berichtete, die seine ursprüngliche Theorie von einem Betäubungsmittel, das nicht überdosiert werden konnte und das Atemsystem nicht lähmte, völlig umgestoßen hatte.

»Wir müssen wohl erkennen, dass es nie möglich sein wird, einen Stoff herzustellen, der spezifisch die Rezeptoren beeinflusst, die den Atem steuern, und wir immer gezwungen sein werden, die uns bekannten Betäubungsmittel sehr genau zu dosieren, wenn wir ernsthafte Komplikationen vermeiden wollen«, schlussfolgerte er in seinem Brief an Alexander Kstovo.

Die gleiche Erklärung gaben Winfried Lyck und Axel Grosser Axels Sohn Erwin, der jetzt stark in die Entwicklung neuer chemischer Waffen für das DDR-System involviert war.

»Das Ganze basierte auf einem Fehlschluss, wie sich herausgestellt hat. Ein solches Betäubungsgas ist und bleibt eine Utopie«, sagte Winfried Lyck zu Erwin.

»Tja«, sagte Erwin. »Das glaube ich auch, aber trotzdem wird auf beiden Seiten an der Entwicklung eines solchen geforscht. Wir haben auch einige Versuche laufen.«

»*Wir* haben das Ganze aufgegeben«, sagten die beiden älteren Forscher.

Und natürlich logen sie, denn beide waren von dem echten Forscherdrang erfüllt, der einen nicht aufhören ließ, wenn man sich erst einmal auf neue, unerforschte Wege begeben hatte. Man *musste* einfach sehen, was weiter vorne kam.

Ballum,
Dezember 2004

Bereits beim Frühstück um neun Uhr kannte der ganze Gasthof – das heißt die Vogelbeobachter und das Wirtspaar und ihre Putzfrau – Karins Geschichte und Karin genoss ein wenig die Situation und die Aufmerksamkeit, die ihr der Oberst entgegenbrachte.

Als Oberst bezeichnete sie im Stillen den feschen Hermann – aufgrund seines Schnäuzers. Die Stimmung in der Gaststube war leicht aufgekratzt und Karin unterhielt alle mit den Details, die nicht in der Zeitung gestanden hatten. Sie erzählte, wie sie zum Irak-Krieg interviewt und über ihre Teilnahme an dem Friedensmarsch 1981 ausgefragt worden war.

Nur Michael hielt sich still im Hintergrund.

»Kommen Sie doch zu uns herüber«, schlug Henrik vor.

»Ich bin im Dienst«, antwortete Michael verbissen.

Wow. Karin hörte außer der Gereiztheit auch Ärger in seiner Stimme. Es war offensichtlich, dass es ihm nicht gut ging. Wenn sie ihn doch bald los würde, dachte sie.

Sie entschlossen sich zu einem gemeinsamen Spaziergang auf dem Deich.

»Aber versuchen Sie nicht, mir die Namen von dreihundert verschiedenen Vogelarten beizubringen. Ich kann mich später ohnehin nicht mehr daran erinnern«, sagte sie zu Henrik.

»Okay«, meinte Henrik.

Das Wetter war grau, feucht und etwas neblig, sodass die Landschaft nicht richtig zur Geltung kam, dachte Karin, die mit Hermann voranging.

»Waren Sie schon oft hier, um Vögel zu beobachten«, erkundigte sich Karin.

»Nein, das ist das erste Mal. Ich habe über das Gebiet gelesen und dann meinen Freund Henrik angerufen und vorgeschlagen, dass wir uns hier treffen. Ich komme aus Berlin und er aus Nordjütland. Wir haben uns sozusagen in der Mitte getroffen«, sagte Hermann.

»Woher kennen Sie sich?«

»Von Konferenzen und Kongressen. Wir sind Kollegen. Henrik arbeitet am Ålborg Universitets Center und ich in einem Forschungsinstitut in Berlin. Wir sind beide Chemiker und in der Forschung tätig. Aber warum sind Sie hierher gekommen? Nur um sich zu verstecken?«

»Nein, ich bin in einem kleinen Haus nicht weit von hier geboren.«

»Wie romantisch!«, sagte Hermann.

»Oder sentimental«, sagte Karin mit einem selbstironischen Lächeln.

»Sie sind schön«, sagte Hermann.

Karin fiel aus allen Wolken. Sie sah auf die Uhr und sagte: »Es ist noch zu früh am Tag. Es ist erst 9.30 Uhr.«

Beide lachten.

»Sind Sie verheiratet?«, fragte er.

»Nein«, antwortete sie und unterließ es, ihm zu erzählen, dass sie einen Lebensgefährten hatte.

»Ich bin verheiratet«, sagte er.

»Aha«, sagte sie verwirrt. Worauf wollte er hinaus?

»Aber ich habe meine Frau lange nicht mehr gesehen. Sie lebt in Spanien.«

»Aha«, sagte Karin. Sie wollte keine vertiefenden Fragen stellen, denn sie fühlte sich nicht ganz wohl bei der Wendung, die das Gespräch genommen hatte.

»Mir ist das sehr sympathisch, was Sie heute Morgen über

Ihre Teilnahme an dem Friedensmarsch erzählt haben«, wechselte er endlich das Thema.

»Mir ist die deutsche Haltung auch sehr sympathisch. Für euch ist Frieden ein wichtigeres Thema als für uns in Dänemark«, sagte sie, froh über die neue Richtung ihres Gesprächs.

»Für mich ist Frieden das Wichtigste. Bis zu einem gewissen Grad bin ich selbst in die Friedens- und Konfliktforschung involviert. An meinem Institut arbeiten wir unter anderem an Alternativen zu tödlichen Waffen.«

»Wasserwerfer, Gummigeschosse und so etwas. Das klingt interessant«, sagte Karin höflich, während gleichzeitig eine Alarmglocke leise klingelte. Warum wurde sie jetzt wieder in ein Gespräch über Waffen, Krieg und Frieden verstrickt? Na schön, durch ihre Äußerungen am Frühstückstisch hatte sie schließlich selbst dazu eingeladen.

Fünfzig Meter hinter ihnen ging Michael mit Henrik.

Michael wartete nur auf Frederik, den er ermorden wollte, bevor er sich selbst den Frieden gab. Er war sich sicher, dass Henrik und Hermann mit Frederik im Bunde standen.

»Was glauben Sie, wo Frederik bleibt?«, fragte er plötzlich laut und klar.

»Wer?«, fragte Henrik und sah den entstellten Mann verblüfft an.

»Unser gemeinsamer Freund Frederik. Wir rechnen doch damit, dass er bald kommt, nicht?«

Michael war ein Mann in der Krise, am Rande des Selbstmords.

DDR, Dänemark und Deutschland, 1981

Der zweiundsechzigjährige Winfried Lyck war etwas außer sich. Vor einer Woche hatte er einen Brief aus Dänemark bekommen, von einer Angestellten eines Museums in Jütland. Der Brief war erst an drei seiner früheren Adressen gegangen, bevor er in seiner jetzigen Wohnung gelandet war.

Die Absenderin schrieb in einwandfreiem Deutsch, dass sie in einem Museum in Oksbøl arbeitete, dessen eine Abteilung sich mit den deutschen Flüchtlingen im Oksbøllager in der Zeit von 1945–49 beschäftigte.

Jetzt hatten sie für dieses Museum einen Karton mit verschiedenen Gegenständen aus dem Lager in Oksbøl bekommen, unter anderem mit einem Tagebuch, das eine gewisse Gertrud Lyck geführt hatte, die sich von Juni 1945 bis zu ihrem Tod im Februar 1946 in dem Lager aufgehalten hatte.

Aus der Flüchtlingskartei ging hervor, dass Gertrud Lycks Sohn, Winfried Lyck, sich 1952 nach dem Schicksal seiner Mutter erkundigt hatte. Deshalb schrieb das Museum nun an die Adresse dieses Sohns, um zu hören, ob er an dem Tagebuch interessiert war.

Als international anerkannter Anästhesiespezialist und Forscher hatte Winfried Lyck an vielen Kongressen und Konferenzen im Ausland teilgenommen. Da er immer brav in die DDR zurückgekehrt war, setzten die Behörden großes Vertrauen in ihn. Deshalb bekam er problemlos die Genehmigung, nach Dänemark zu reisen, um die Grabstätte seiner

Mutter zu besuchen und die von ihr hinterlassenen Dokumente abzuholen.

Er war jetzt reisefertig und seine Hände zitterten leicht. Auf seiner Stirn bildeten sich Schweißperlen, so bewegt war er. Auf die eine oder andere Weise hatte er das Gefühl, dass sein Verhältnis zu seiner Mutter sowie zu seiner Ehefrau und seinen Kindern nie richtig abgeschlossen worden war, zumindest nicht so, wie man sein Verhältnis zu den Toten abschließen sollte. Begräbnisse waren ein Ritual, dass zu diesem Abschluss gehörte, aber er war nicht auf ihren Begräbnissen gewesen. Es gab noch immer offene Wunden, wo längst Narben hätten sein sollen, dachte er. Er hatte verdrängt, statt zu akzeptieren. Es seinen Gedanken verboten, sich mit dem Schicksal seiner Lieben zu beschäftigen.

Er checkte für eine Nacht im *Hotel Oksbøl* ein, nahm ein Bad und ging zum Museum hinüber, das hundert Meter von dem Hotel entfernt lag.

Im Museum wurde er freundlich in Empfang genommen. Man überreichte ihm das Tagebuch, das zum Schutz in einen Karton gepackt war.

Die Museumsangestellte bestand darauf, ihn herumzuführen, und tief bewegt sah er Bilder und Filme von dem Leben hinter dem Stacheldraht, wo seine Mutter ihre letzten Tage verbracht hatte.

Es war sowohl schlechter als auch besser, als er es sich vorgestellt hatte.

Schlechter kam es ihm vor, wenn er Bilder von dem Stacheldraht und den bewaffneten Wächtern sah und von den vielen strengen Restriktionen und Verboten las. Oder von den Demütigungen, denen die Flüchtlinge ausgesetzt gewesen waren – und dem Hohn, den sie hatten ertragen müssen.

Besser erschien es ihm, wenn Bilder, Texte und Filme zeigten, wie – mit den Jahren – eine würdige Gesellschaft in dem Flüchtlingslager herangewachsen war, mit Platz für kulturelle Veranstaltungen, Schmunzeln und Lachen.

Leider hatte seine Mutter die besseren Zeiten nicht mehr erlebt.

»Das erste Jahr war mit Sicherheit das schlimmste«, erzählte die Museumsangestellte. »Auch weil die ganze Stimmung im Land so stark vom Hass auf die Deutschen geprägt war, der während der Besatzungszeit allgegenwärtig war.«

»Das ist nur zu verständlich«, sagte Winfried Lyck.

»Aber es ist nicht verständlich, dass man sich an unschuldigen Frauen und Kindern gerächt hat«, meinte seine Führerin.

Anschließend ging er zum Flüchtlingsfriedhof und suchte das Grab seiner Mutter. Bewegt kniete er nieder. Erst jetzt konnte er Abschied nehmen. Er war noch immer aufgewühlt, als er zurück zum Hotel ging, fühlte sich aber gleichzeitig erleichtert, endlich richtig Abschied von seiner Mutter genommen zu haben.

Es musste an dem Begräbnisritual liegen, das er erst jetzt hatte nachholen können – fünfunddreißig Jahre nach ihrem Tod, dachte er. Warum hatte er das nicht früher getan? Weil er es nicht hatte ertragen können, es nicht gewagt hatte, mit dem Schmerz und der Schuld konfrontiert zu werden, erkannte er.

Er aß im Hotelrestaurant eine Rinderbrühe und setzte sich mit dem Tagebuch auf das Hotelbett.

Das wird hart, dachte er. Und das wurde es. Die Flucht durch Ostpreußen, der Tod der beiden älteren Kinder, die Geburt und Doras Tod. Es war genauso Grauen erregend, wie er es sich vorgestellt und selbst im Krieg erlebt hatte.

Doch als er das Buch ungefähr bis zur Mitte durchgelesen hatte, erwischte er sich plötzlich dabei, wie er lächelte und sich über die Gastfreundschaft freute, ja die Liebe, die Gertrud und Rosemarie von Frau Sommer in Ballum entgegengebracht worden war. Und über die Beschreibung des täglichen Lebens mit den zwei kleinen Kindern. Die rührende Erzählung von der Freundschaft der beiden Frauen musste er immer wieder lesen.

Er war tief bewegt und bevor er sich schlafen legte, beschloss er, die in dem Tagebuch erwähnte Karin Sommer zu suchen, die jetzt sechsunddreißig Jahre alt sein musste.

Er hatte Glück, man fand nur eine einzige Karin Sommer bei der zentralen Telefonauskunft, bei der Winfried Lyck nachfragte.

Er erhielt ihre Adresse und Telefonnummer und fuhr nach Kopenhagen.

Es war eine Adresse in Christianshavn, in einem alten gelben Haus in einer engen Straße. Als er das Treppenhaus betrat, hörte er Musik, Reden und Rufen und viele der Türen zu den Wohnungen standen offen. Wie in einem Kollektiv, dachte er. Leider war Karin Sommers Wohnung verschlossen und er klingelte vergebens.

Als er eine Weile vor ihrer Tür gestanden hatte, kam ein Mädchen aus der Nachbarwohnung.

»Kann ich Ihnen helfen?«

»Ich suche Karin Sommer.«

»Die habe ich seit ein paar Tagen nicht mehr gesehen. Vielleicht ist sie in der Arbeit.«

»Wo arbeitet sie?«

»Beim *Bladet*«.

Die Zeitung wirkte wie ausgestorben, doch die Tür zur Redaktion des *Bladet,* in der ein einsamer Mensch saß, stand offen.

»Ich suche Karin Sommer«, sagte er auf Englisch.

»Da werden Sie lange suchen müssen, sie ist irgendwo in Norddeutschland. Sie nimmt an dem Friedensmarsch teil – zu Fuß nach Paris. Wir anderen begnügen uns damit, unsere Überstunden abzufeiern, da die Zeitung bis auf weiteres geschlossen bleibt. Streik. Die Schriftsetzer«, sagte er.

»Und dieser Friedensmarsch?«, fragte Winfried.

»Hier sehen Sie die Route«, sagte der junge Mann und griff nach einer anderen dänischen Zeitung, der *Information*.

»Kann ich eine Kopie der Karte bekommen?«

»Sicher«, antwortete der junge Redakteur, hatte aber dann doch keine Lust, die Beine vom Schreibtisch zu nehmen. »Nein, Sie können die ganze Zeitung haben, bitte sehr!«, sagte er.

Winfried Lyck startete am rückwärtigen Ende des Marsches und bewegte sich langsam nach vorn, doch schon nach ein paar Stunden ging er Seite an Seite mit Karin Sommer.

Er stellte sich mit seinem ganzen Namen vor, doch der Nachname weckte offensichtlich keine Erinnerungen.

Als Karin ihm später einzelne Bruchstücke ihrer Lebensgeschichte erzählte, wurde ihm klar, dass sie die deutsche Flüchtlingsfrau nur als Oma gekannt hatte.

Er erzählte nicht, dass er Omas Sohn war. Er erzählte insgesamt nicht viel von sich, sondern lauschte mit großem und echtem Interesse ihren Erzählungen. Sie war ein fantastisches Mädchen, fand er. Und was sie beruflich aus sich gemacht hatte. Und ihr Familienleben war auch in Ordnung. Ihr Vater war früh und auf tragische Weise gestorben, aber sie hatte ein gutes Verhältnis zu ihrem kleinen Bruder und ihrer Mutter, die sie sehr schätzte, erzählte sie.

Das zu hören freute ihn.

Sie gingen drei Tage zusammen und er gab ihr seine Adresse. Sie sagte, dass sie ihm bestimmt schreiben würde. Aber das tat sie nicht.

Das war auch nicht das Wichtigste. Das Wichtigste war, dass er sich von den Toten verabschiedet und erfahren hatte, dass es auch große Güte in der Welt und Hoffnung für die Zukunft gab.

»Du wirkst verändert«, sagte sein Vetter und bester Freund Axel Grosser, als er nach Hause zurückkam.

»Das bin ich auch. Dadurch, dass ich das Grab meiner Mutter besucht habe, hat sich vieles für mich geklärt«, sagte er.

Kopenhagen, Dezember 2004

Die Polizei bekam fast mehr Hilfe von der Öffentlichkeit, als sie bewältigen konnte, obwohl inzwischen fünfzehn Mann zu der Sonderkommission gehörten, die aus Leuten von der Mordkommission Kopenhagen, dem Nachrichtendienst der Polizei und der Kriminalpolizei von Sydkøbing bestand.

Im Laufe von wenigen Tagen hatten sie zirka achthundert Hinweise erhalten, wer der gesuchte große, kahlköpfige, schöne Mann mit der schicken Kleidung sein könnte, und der Leiter der Sonderkommission, der Chef der Mordkommission, Carsten Just, musste seinen Leuten einschärfen, Prioritäten zu setzen.

Kahlköpfigkeit war in Mode gekommen und viele junge Männer trugen teure Markenkleidung.

Die Belohnung von 50 000 Kronen, die Ole Buhls Exfreund Stig für Hinweise ausgesetzt hatte, die zur Aufklärung des Mordes an seinem Freund führen konnten, war bestimmt auch ein Ansporn für manche Anrufer gewesen. Stig, der ein mondänes Café betrieb, hatte sich mehrere Tage in den Spalten der Boulevardzeitungen ausgeweint – eine unbezahlbare Reklame für sein Geschäft.

Der Mord an Ole Buhl verlieh dem Fall insgesamt eine Kopenhagener Exklusivität, die der Mord an der Sekretärin in Sydkøbing allein nie erlangt hätte.

Der Chef der Mordkommission Carsten Just sagte zu seinen Leuten: »Ihr sollt keinen der Hinweise übergehen, aber ihr müsst Prioritäten setzen, was heißt, dass ihr den größten Teil der Zeit auf die wirklich interessanten verwendet.

Die wirklich interessanten sind die, bei denen die Wahrscheinlichkeit am größten ist, dass es sich um unseren Mann handelt. Das heißt zum Beispiel: Die Beschreibung passt. In seiner Vergangenheit gab es Gewaltdelikte. Sein Verhalten war sonderbar und so weiter.

Die am wenigsten interessanten sind die, bei denen der Informant lediglich sagen kann: Er ähnelt dem Mann auf eurem Bild.«

Das war einleuchtend und für alle verständlich.

Deshalb wurde dem Hinweis der Damenfriseurin Jytte Hansen auch keine hohe Priorität beigemessen.

»Ich heiße Jytte Hansen und bin Damenfriseurin. Ich wende mich bezüglich der Fahndung nach einem großen kahlköpfigen Mann an Sie. Ich denke, dass es sich um den Sohn meiner Arbeitgeberin handeln könnte ...«

Der Beamte am Telefon war professionell und freundlich, auch wenn er sie unterbrach: »Danke, dass Sie uns anrufen, Frau Hansen. Ich schreibe mir das Wichtigste auf ...«

Er notierte sich ihren Namen, die Adresse und die Telefonnummer.

»Und der Name der Person, die Sie mit unserer Fahndung in Verbindung bringen?«

»Michael – mit Nachnamen muss er wohl Jensen heißen. Seine Mutter ist meine Chefin. Ihr gehört der Salon Sonnenschein in der Amagerbrogade. Sie heißt Fie Jensen.«

»Haben Sie mit ihr über Ihren Verdacht gesprochen?«

»Nein, sie macht eine Charterreise.«

»Warum glauben Sie, dass es Michael sein könnte?«

»Weil er dem Mann auf dem Fahndungsfoto ähnlich sieht«, sagte Jytte Hansen.

»Sind Sie ihm in letzter Zeit begegnet?«

»Nein, ich habe ihn ungefähr ein halbes Jahr nicht mehr gesehen.«

»Wissen Sie, welchen Beruf er ausübt?«

»Nein, er will nicht, dass seine Mutter darüber redet. Er ist manchmal sehr grob zu ihr, glaube ich. Nein, das weiß ich – soviel Ahnung von Psychologie habe ich auch. Er verhält sich gegenüber seiner Mutter nicht wie ein netter Junge, aber sie findet sich mit allem ab. So ist das oft mit Müttern, nicht?«

»Gibt es etwas Konkretes, das auf Michael hindeutet? Wissen Sie zum Beispiel, ob er vor kurzem in Sydkøbing war?«

»Nein, das weiß ich nicht. Sie schreiben doch, dass man sich an Sie wenden soll, wenn man jemanden kennt, der so aussieht. Das schreiben Sie doch!«

»Ja, und wir haben uns Ihre Angaben auch notiert und bedanken uns, dass Sie angerufen haben«, sagte der Beamte freundlich.

»Ein Michael, der so aussieht«, sagte er müde und legte seine Notizen mit Michaels Namen und Adresse auf den Stapel mit den Hinweisen von geringer Priorität.

»Die Hälfte von ihnen heißt Michael«, sagte einer seiner Kollegen.

Berlin, 1999

Winfried Lycks achtzigster Geburtstag war stilvoll verlaufen. Es waren ein paar Gratulanten von seinem Arbeitsplatz, dem Labor, gekommen, in dem er noch immer als eine Art Seniorratgeber tätig war. Man wollte solange als möglich von seiner Einsicht und Erfahrung auf dem Gebiet der Anästhesie profitieren.

Dem Verstand des Alten fehlte es an nichts. Dafür hatte er Schmerzen in einem Bein und die Reise nach Kopenhagen, von der er vor drei Tagen nach Hause zurückgekehrt war, hatte an seinen Kräften gezehrt.

Er war deshalb dankbar, dass ein Repräsentant der jungen Generation, der Sohn seines Vetters, Erwin Grosser, sich der praktischen Dinge angenommen hatte. Erwin hatte für Partyspießchen, Snacks und Wein für die Gratulanten gesorgt und versprochen, Winfried am Nachmittag zu seinem Vater, Axel Grosser, zu bringen.

Dieser, ein paar Jahre älter als Winfried und durch eine Hirnblutung teilweise gelähmt, lebte seit dem Tod seiner Frau in einer eigenständigen Altenwohnung mit einer täglichen Hilfe für die persönliche Pflege.

Es war rührend, dass Erwin, der inzwischen ein viel beschäftigter Mann war, sich die Zeit nahm, den Tag für seinen entfernten Verwandten festlich zu gestalten. Winfried bedankte sich vielmals bei ihm.

Erwin war nicht nur viel beschäftigt. Er war auch reich und für Winfried, der sein halbes Erwachsenenleben in einem sozialistischen System gelebt hatte, war es seltsam, dass man als Wissenschaftler *so* reich werden konnte.

Sicher, er hatte nie Not gelitten. Er hatte seine schöne Zweizimmerwohnung und jeden Tag etwas zu essen auf dem Tisch gehabt. Wenn er zu internationalen Kongressen gefahren war, war sein Anzug ein wenig blank gewetzt und seine Schuhe waren etwas ausgetretener als die der westlichen Wissenschaftler gewesen, aber das hatte ihm nie etwas bedeutet.

Erwin hingegen repräsentierte die neue Zeit. Alles musste teuer und glamourös sein. Geld bedeutete den jungen Leuten alles, dachte Winfried, der den neunundvierzigjährigen Erwin noch immer als jung ansah.

Jetzt saßen sie in Erwins riesigem BMW und waren auf dem Weg zu Axel.

»Läuft weiterhin alles gut in deinem Institut?«, fragte Winfried.

Erwin war jetzt der oberste Chef des Instituts, das nach der Wiedervereinigung privatisiert worden war.

Erwin äußerte sich nur selten konkret zu den Projekten seines Instituts, da es sich bei vielen um Militärgeheimnisse handelte.

»Es läuft ganz ausgezeichnet, Onkel Winfried. Die Amerikaner haben eine Menge Geld in eins unserer Projekte investiert. Es hat viel Ähnlichkeit mit der Idee, die du seinerzeit aufgeben musstest. Sie wollen ein Gas, mit dem man die Leute betäuben kann, ohne sie zu töten. Um Geiselnehmer unschädlich zu machen, natürlich.«

»Ja, ich habe davon gehört«, sagte Winfried.

Um der Wahrheit die Ehre zu geben, hatte Erwins privates Institut einige der besten Forscher des staatlichen Labors abgeworben, für das Winfried noch immer arbeitete.

»Wir versuchen, das Phentanylmolekül dahingehend zu manipulieren, dass wir eine stärker wirkende Variante bekommen, die betäubt, ohne zu töten. Wir versuchen, ein neues Phentanylmolekül zu kreieren.«

»Ja, das tut ihr wohl«, sagte Winfried und registrierte, wie sich kurz sein schlechtes Gewissen meldete.

Er hatte schließlich ein solches Molekül kreiert. Und hätte er sein Material nicht Erwin zur Verfügung stellen sollen?

Ein Betäubungsmittel, das den Atem nicht lähmte, war das große und teilweise geheime Projekt seines Lebens gewesen – zuerst in der Sowjetunion und später in Ostdeutschland. Und es war ein glücklicher Tag im Jahr 1996 gewesen, als er Axel hatte anrufen und sagen können: »Es hat gewirkt. Die Ratten haben sechzehn Stunden süß geschlafen. Dann sind sie aufgewacht, haben ein wenig verwirrt die Köpfe gedreht und zu fressen begonnen. Es ist fantastisch. Ich hätte nie geglaubt, dass das möglich ist.«

Winfried und Axel hatten nach einigen Überlegungen beschlossen, Winfrieds wissenschaftlichen Durchbruch bis auf weiteres geheim zu halten. Sie wussten, dass Militärwissenschaftler in Ost und West intensiv an der Herstellung entsprechender Betäubungsgase arbeiteten.

»Wenn uns das gelingt, werden wir weltberühmt und steinreich«, sagte Erwin jetzt freudestrahlend.

»Wozu wollen die Amerikaner es einsetzen?«, fragte Winfried.

»Das versteht sich doch von selbst: Es wäre eine neue, fantastische Waffe gegen Terroristen und im Krieg. Man stellt seinen Feind unter volle Betäubung und regelt, was zu regeln ist. Genial, wenn es gelingt, doch wenn ich ehrlich sein soll, bin ich skeptisch. Du musstest schließlich auch aufgeben. Nun gut, ich versuche trotzdem, optimistisch zu sein. Wir haben einige unglaublich gute Leute, die an dem Projekt arbeiten.«

»Ich weiß. Ihr habt sie uns abgeworben«, antwortete Winfried.

Sie waren bei den Altenwohnungen angekommen.

»Ich begleite dich noch zu Vater hinein, gehe aber gleich wieder. Ich habe eine Besprechung. Gegen 21 Uhr hole ich dich wieder ab«, sagte Erwin, als er dem Alten aus dem Auto half.

»Hast du erledigt, was du in Kopenhagen erledigen wolltest?«, fragte Axel Grosser.

Winfried nickte: »Ja, jetzt dürfte alles geregelt sein. Hier ist deine Kopie.«

»Sei so nett und leg sie in die Mappe mit dem Testament in der untersten Schublade«, sagte Axel Grosser.

»Vielleicht hätte ich Erwin das Ganze geben sollen?«, sagte Winfried nachdenklich.

»Er bekommt es ja, wenn sie sich einig werden«, sagte Axel Grosser.

»Wie auch aus deiner Kopie hervorgeht, habe ich beschlossen, dass das Material bei meinem Tod oder spätestens am 1. 1. 2005 übergeben wird«, sagte Winfried.

»Dann gibt es mich mit Sicherheit nicht mehr«, seufzte Axel.

»Mich hoffentlich auch nicht. Ich fühle mich müde«, sagte Winfried.

»Wir haben ein langes Leben hinter uns«, sagte Axel.

»Ich habe fünf Leben hinter mir. Erst Ostpreußen, dann den Krieg, dann Russland, dann Ostdeutschland und dann das wiedervereinigte Deutschland. Das ist mehr als genug für ein Dasein«, sagte Winfried, schnaufte kurz und fuhr fort: »Und – hat mich das klüger gemacht? Nein, ich verstehe noch immer nichts, absolut nichts!«

»Das liegt daran, dass du nie aus deinen vier Wänden herausgekommen bist«, sagte der Vetter.

Im Gegensatz zu Winfried war Axel aufgeschlossen und politisch engagiert gewesen. Zuerst war er begeisterter Kommunist. Doch als er zu der Einsicht kam, dass Macht korrumpiert, hatte er sich gegen den Kommunismus gewandt und war so massiv zum Systemkritiker geworden, dass er einige Jahre in Ungnade gefallen war und sein Dasein als Hausmeister in einem grauen Wohnviertel hatte fristen müssen.

Er hatte gejubelt, als die Mauer fiel, war aber bald wieder skeptisch geworden, als er als Zeuge miterlebte, wie das freie Spiel der marktwirtschaftlichen Kräfte und des Kapitalismus sich in Osteuropa ausbreitete: Die Privatisierungsmafia raffte alles an sich, während die Alten und Kranken bettelten und die armen Frauen an die Bordelle in Westeuropa verkauft wurden.

»Das eine System ist genauso korrupt wie das andere. Im Grunde genommen sind es immer die gleichen Menschen, die oben schwimmen«, sagte Axel.

Und genau diese Schlussfolgerung war der Grund, warum er Winfrieds Idee unterstützt hatte: Die Welt sollte nicht über noch mehr Waffen verfügen.

Das Betäubungsgas, das nicht tötete, konnte in den richtigen Händen zu einer guten Waffe im Dienst eines guten Krieges werden. Aber es gab keine richtigen Hände und keine guten Kriege, sagten sich die beiden alten Männer.

Zu Erwin sagten sie gar nichts, obwohl sie ihn gern hatten.

Ballum, Dezember 2004

»Wer ist Frederik?«, fragte der rothaarige Ornithologe, Henrik, in dem Moment, in dem Michael die Gaststube verlassen hatte, um auf die Toilette zu gehen.

Nach dem Vogelspaziergang auf dem Deich hatten alle mit Ausnahme von Michael beschlossen, dass ein Bommerlunder, wie der beliebte deutsche Schnaps hieß, ihnen gut tun würde. (Karin liebte ihn allein wegen seines Namens!) Jetzt saßen sie in der Gaststube, in der sie sich allmählich wie zu Hause fühlten.

»Frederik?«, Karin sah verwirrt aus.

»Ja, Ihr Bodyguard behauptet steif und fest, dass wir auf einen Frederik warten. Er war total überdreht. Fast schon ein wenig beängstigend!«

»Der Name sagt mir nichts«, antwortete Karin, ging zum Englischen über und fragte Hermann: »Warten Sie auf Frederik?«

»Ich kenne keinen Frederik«, antwortete er, doch Karin nahm eine Spur von Verwunderung oder Zweifel in seinen Augen wahr. Ihre Frage war natürlich auch seltsam und unbegründet.

Es regnete und stürmte und war kein Wetter, um sich draußen aufzuhalten. Als Michael von der Toilette zurückkam, sagte Karin: »Wenn Sie etwas Besseres vorhaben, brauchen Sie ganz sicher nicht mit hier in der Gaststube zu sitzen und mich zu bewachen.«

»Ich setze mich nach oben«, antwortete er mürrisch.

Karin fühlte sich erleichtert, als er ging. Sie hatte den Eindruck, dass es Henrik und Hermann nicht anders ging. Michael hatte etwas Undefinierbares, Unangenehmes an sich, dachte Karin. Anfangs hatte sie gemeint, dass sein Aussehen es ihm so schwer machte, und hatte ihm daher das Wohlwollen entgegengebracht, das man Behinderten automatisch entgegenbrachte, doch inzwischen war sie zu der Schlussfolgerung gekommen, dass er einfach ein sonderbarer und nicht sehr angenehmer Typ war.

»Er war im Irak-Krieg«, unterrichtete sie die beiden anderen.

»Das erklärt einiges«, sagte Henrik.

»Ich verstehe nicht, wie man jemanden dazu bringen kann«, sagte Karin.

Hermann antwortete: »›Die Männer wollen immer Krieg‹, sagten die alten Frauen in meiner Familie. Das ist nur eine Theorie und ich bin kein Psychologe, aber ich glaube, dass der Krieg uns Männern ein Gefühl von Leben gibt und eine Kompensation dafür ist, dass wir keine Kinder bekommen können. Verdammt, man muss doch nur in ein beliebiges Spielzeuggeschäft gehen. Es gibt Babypuppen für die Mädchen und Waffen für die Jungen. Wenn man schon kein Leben geben kann, kann man es zumindest zerstören, so wird das Gleichgewicht wieder hergestellt und beide Geschlechter werden gleichermaßen zu Herrschern über Leben und Tod, nicht?«

»Es kann aber auch sein, dass wir die Männer dazu erziehen«, wandte Karin ein.

»Das ist alles biologisch bestimmt«, sagte Henrik kurz angebunden und fuhr fort: »Darwin für Anfänger: Nur die Männer, die ihre Rivalen besiegten, pflanzten sich fort. Wenn man männlichen Ratten Testosteron verabreicht, gehen sie aufeinander los. So einfach ist das!«

»Es liegt in der menschlichen Natur, sich nicht mit der Natur abzufinden«, protestierte Karin.

»Vergessen Sie es! Wir sind nichts anderes als Zwischenwirte für die Gene, die um einen Platz in der Zukunft kämpfen«, sagte Henrik.

Nach zwei Bommerlundern und einem Bier war Henrik von einem freundlich lächelnden, ein wenig unsicheren Mann zu einem lachenden, sicheren Mann geworden. Nach einem Bommerlunder und einem Bier war Karin ein wenig beschwipst und bestellte Wasser und Kaffee. Letzteren wollte Hermann auch.

Karin fand, es war nicht das Schlechteste, in einem Gasthof in Südjütland zu sitzen und mit zwei sympathischen, gleichaltrigen Männern Bommerlunder zu trinken. Es passierte etwas, es war nicht langweilig. Als Henrik pinkeln musste, drückte Hermann leicht ihre Hand, die auf dem Tisch lag, und sagte: »Ich könnte mir gut vorstellen, Sie wiederzusehen, wenn Sie nicht länger unter der Aufsicht eines Bodyguards stehen. Was halten Sie davon?«

In diesem Moment hätte Karin erzählen müssen, dass sie anderweitig engagiert war, aber sie wollte die gute Stimmung nicht kaputt machen, deshalb begnügte sie sich damit, ihm sanft in die Augen zu sehen und zu antworten:

»Vielleicht.«

Dann musste Hermann pinkeln und sie war mit Henrik alleine, der fragte: »Wissen Sie inzwischen, wo Sie heute Abend essen?«

Das war leichter, denn er war überhaupt nicht ihr Typ.

»Ja, ich habe mich mit einer alten Nachbarin zum Essen verabredet, sie heißt Eva.«

Im ersten Stock gab es einen Aufenthaltsraum mit Fernseher und einer Sofagruppe. Von diesem Gemeinschaftsraum gingen Türen zu allen Zimmern ab und die Treppe führte direkt in die Diele hinunter, wo sich die Eingangstür zum Gasthof befand. Wenn Michael hier saß, im Zentrum des Hauses sozusagen, konnte er den Verkehr in alle und aus allen Zimmern sowie zum Badezimmer überwachen und auch den Eingang des Gasthofs im Auge behalten. Die Hintertür auf der anderen Seite, die die Gastleute benutzten, konnte er nicht kontrollieren. Dafür würde er ein Auto auf der relativ verlassenen Landstraße bestimmt anhalten hören. Er war überzeugt, dass Frederik bei diesem Schmuddelwetter nicht zu Fuß kommen würde.

Er schaltete seinen Computer an und legte eine DVD ein, hatte jedoch Schwierigkeiten, sich auf den Film zu konzentrieren. Sein Gehirn benahm sich seltsam, dachte er. Als wäre sein kontrollierendes Über-Ich außer Kraft gesetzt und das Gehirn liefe sozusagen im Leerlauf. Es kreiste unaufhörlich um Frederik und dessen Vernichtung. Sein Hass und sein Wunsch nach Rache hatten Besitz von ihm ergriffen und ließen ihn verzerrte Bilder von Frederik sehen und Frederiks Schreie hören. Am schlimmsten war es, wenn er gezwungen war, sein eigenes entstelltes Gesicht im Spiegel zu sehen. Dann verschmolz sein Gesicht mit Frederiks Gesicht und er dachte an die Säure, die er ihm ins Gesicht, in Augen und Mund schleudern wollte. Doch wo blieb Frederik? Warum kam Frederik nicht?

Moskau, 2002

Svetlana Gubareva hob die Hände, um dem fantastischen Stunt zu applaudieren: Ein maskierter Mann mit einer Kalaschnikow war mitten in der Theatervorstellung auf die Bühne gesprungen und achtzehn verschleierte, schwarz gekleidete Frauen mischten sich lärmend unter das Publikum.

Svetlana ließ die Arme schnell wieder sinken, weil es ganz still im Saal geworden war und die Luft schwer vor kollektiver Angst war. Die Schauspieler auf der Bühne waren vor Entsetzen erstarrt.

Dann ergriff der maskierte Mann das Wort: »Ihr seid jetzt meine Geiseln. Ihr werdet lange Zeit hier festgehalten werden. Wir fordern das Ende des Krieges in Tschetschenien.«

Im Laufe der nächsten siebenundfünfzig Stunden sollten Svetlana und die anderen neunhundertzweiundzwanzig Theaterbesucher den Albtraum ihres Lebens als Geiseln von vierzig schwer bewaffneten Männern und achtzehn Frauen mit Gürteln und Taschen voller Sprengstoff und Handgranaten erleben.

Svetlana war ins Theater gegangen, um zu feiern, dass ihre Ausreise in die USA bewilligt worden war. Bei ihr waren ihr amerikanischer Freund Sandy und ihre dreizehnjährige Tochter Alexandra.

Alle drei waren auf dem Weg nach Amerika.

Nur Svetlana überlebte das Geiseldrama. Ihr amerikanischer Freund, mit dem sie in die USA hatte ziehen wollen, und ihre Tochter starben. Nicht durch die Hand der Terroristen, sondern durch das bisher nicht bekannte Betäubungsgas, das die russischen Spezialeinheiten in das Theater pumpten.

Einhundertneunundzwanzig Menschen starben an dem Gas.

Vierhundert andere wurden ins Krankenhaus gebracht, wo die Ärzte nicht wussten, was sie tun sollten, da die Behörden sich weigerten bekannt zu geben, welches Gas die Spezialeinheiten eingesetzt hatten.

Gegenüber der Öffentlichkeit behaupteten die russischen Behörden zunächst, das Gas wäre nicht lebensgefährlich, und in den ersten Tagen wurde die Betäubungs-Aktion in mehrere Lagen Verheimlichung, Rechtfertigung und Lügen verpackt:

Die einhundertneunundzwanzig Geiseln waren den russischen Behörden zufolge alle an natürlichen Krankheiten, an Alter, Stress und Erschöpfung gestorben. Das Gas wäre nämlich nicht tödlich, seine Formel unterläge jedoch der Geheimhaltungspflicht.

Unter starkem Druck erklärte der russische Gesundheitsminister Yury Schewtschenko schließlich, dass man ein Mittel eingesetzt hatte, das auf einer Phentanylvariante basierte.

Phentanyl ist ein künstlich hergestelltes Molekül, das weiterverarbeitet wird, indem man es zum Beispiel mit Schwefel oder Kohlenstoff kombiniert, um so die stärker schmerzstillenden beziehungsweise betäubenden Stoffe Suphentanyl und Carphentanyl zu erhalten.

Weltweit hätten sich Militärforscher bereitwillig einen Arm abhacken lassen, um weitere Details zu erfahren, wie die russischen Wissenschaftler das Phentanylmolekül entwickelt hatten, um das Gas zu bekommen, das bei der Geiselaktion eingesetzt worden war.

Für die vielen Wissenschaftler in den militärischen Forschungslaboratorien, die seit Jahrzehnten an der Entwicklung eines nicht tödlichen Betäubungsgases arbeiteten, war die Aktion in Moskau nämlich kein Fiasko, nur weil einhundertneunundzwanzig Menschen starben.

Sie war vielmehr ein großer Erfolg, weil mehr als achthundertsechzig Geiseln überlebten.

Die Russen hatten ein Betäubungsgas entwickelt, das weit weniger tödlich war als alle bisher bekannten.

Ballum, Dezember 2004

Karin setzte sich mit ihrem geliehenen Handy im Bett zurecht. Ihr Handy mit der öffentlich bekannten Nummer wurde im Zuge der Jagd nach dem Mörder von der Polizei abgehört, aber man hatte ihr ein Telefon gegeben, mit dem sie ihre ganz privaten Gespräche führen konnte.

Jetzt wollte sie zum wirklichen Leben Kontakt aufnehmen. Obwohl sie hier geboren war, hatte sie das Gefühl, sich an einem fremden, völlig exotischen Ort zu befinden. Lustig, wie wenig man im Grunde genommen mit seinen Gewohnheiten brechen musste, um etwas ganz anderes zu erleben, dachte sie.

»Hier ist es langweilig«, sagte sie taktisch klug zu Jørgen und fügte hinzu: »Aber es ist schön, ein wenig zu entspannen. Heute habe ich einen Spaziergang auf dem Deich gemacht und ein Bier in der Gaststube getrunken.«

Das war nicht gelogen.

»Wohnen noch andere Gäste im Gasthof?«, fragte er.

»Ja, zwei Vogelbeobachter, mit denen ich mich ein wenig unterhalten habe, aber Vogelarten gehören nicht gerade zu meinen Interessengebieten.«

»Kommst du am Wochenende?«

»Ja, und ich hoffe, dass ich bis dahin meinen entstellten Bodyguard los bin.«

»Ich dachte, du würdest ihn den anderen vorziehen?«

»Das war auch so, aber da ist mit Sicherheit nur mein gutes Herz mit mir durchgegangen, weil er behindert ist. Er ist seltsam und hat etwas Merkwürdiges zu einem der beiden Ornithologen gesagt.«

»Vielleicht hat sein Kopf Schaden genommen«, schlug Jørgen vor.

»Seine Psyche bestimmt. Ich glaube, er trägt enorme unterdrückte Aggressionen mit sich herum.«

»Das ist nur zu verständlich, wenn man durch eine Bombe entstellt worden ist. Ist er dir gegenüber unangenehm geworden?«

»Nein, überhaupt nicht. Es ist schwer zu erklären. Er verbreitet irgendwie eine unangenehme Stimmung. Und das nicht nur aufgrund seines Gesichts.«

»Was machst du sonst noch heute?«

»Ich will mit einer alten Freundin aus Sandkastenzeiten essen gehen. Sie heißt Eva und ist Bibliothekarin. Sie kennt in Tondern ein exklusives Restaurant.«

Anschließend rief sie Thomas in der Kriminalredaktion der *Sjællandsposten* an. »Was tut sich bei euch?«, fragte sie.

»Sie suchen noch immer nach dem schönen, kahlköpfigen Mann. Er ist der Hauptverdächtige. Das Problem ist nur, dass es richtig viele schöne, kahlköpfige Männer gibt«, sagte Thomas.

»Versprich mir, dir nie den Schädel kahl zu scheren«, sagte Karin, die das für eine hässliche Modeerscheinung hielt.

»Versprochen«, antwortete Thomas.

»Gibt es denn gar nichts Neues?«, fragte sie.

»Nichts, worüber sie Auskunft geben. Vor einer Stunde habe ich mit Thor gesprochen. Er hat gesagt, dass sie mit Hochdruck dabei sind, den Stapel mit Hinweisen abzuarbeiten, die sie bezüglich des Glatzkopfes aus der Bevölkerung bekommen haben.«

»Sonst etwas Interessantes?«, fragte Karin.

»Eine Leiche im Kopenhagener Südhafen, die noch nicht identifiziert ist. Ein Mann, vierzig bis fünfzig Jahre alt, Kopfschuss und in den Hafen geworfen. Sieht wie eine Hinrichtung aus. Vielleicht haben die Osteuropäer ihre Finger im Spiel. Vielleicht die Drogenkartelle. Vielleicht die Mafia. Sie veröffentlichen ein Foto, um herauszufinden, wer er ist. Aber wir haben wohl kaum das Glück, dass das in unseren Berichtsbereich fällt.«

»Eine unidentifizierte Leiche gibt immer eine gute Story. Das kurbelt die Fantasie der Leser an«, sagte Karin.

Kopenhagen, Dezember 2004

Da war einiges, das überhaupt nicht zusammenpasste, dachte Kriminalinspektor Halfdan Thor, als er nach dem Frühstück in Andrea Vendelbos sehr einfach und funktional eingerichteter Dreizimmerwohnung in Frederiksberg aufräumte.

Die meisten Verbrechen waren verhältnismäßig leicht zu verstehen. Es ging um Geld oder Liebe beziehungsweise Sex: Raubmord, Mord aus Eifersucht, Vergewaltigung, Raub, Einbruch. Oder jemand fühlte sich auf seiner Jagd nach Geld und Liebe betrogen: Mord aus Rache, Mord an Rivalen und Mord in Verbindung mit Territorialkriegen unter Rockern, Rauschgifthändlern oder anderen Mafiosi.

Aber warum sollte jemand Karin Sommer umbringen wollen, eine ganz gewöhnliche Provinzjournalistin? Sie hatten ihre Vergangenheit und Gegenwart genauestens durchkämmt, ihr Berufsleben und ihr Privatleben, ohne auch nur die Spur eines traditionellen Motivs zu finden, aber es musste letztendlich eins geben. Hatte er etwas übersehen? Hatte er zu traditionell gedacht? Was machte sie eigentlich in Südjütland?

Er wurde in seinen Gedanken unterbrochen, als es an der Tür klingelte.

»Esben«, sagte er froh und umarmte seinen Sohn. »Ich hatte nicht damit gerechnet, dass du so früh kommst.«

Halfdan Thor hatte bestenfalls die telefonische Nachricht erwartet, dass er den Sohn im Westgefängnis abholen könnte, falls das Oberste Gericht die Entscheidung des Landgerichts auf Fortsetzung der U-Haft aufhob.

»Es ist elf, Vater. Ich glaube, sie waren darauf vorbereitet, dass das Oberste Gericht uns freilassen würde. Einer der Beamten hat gesagt, ich könnte mich schon mal fertig machen. Ich war startklar, als Andrea anrief.«

Erst jetzt sah Thor seinen Sohn richtig an. Er war, falls überhaupt möglich, noch dünner und bleicher geworden als letzte Woche, als er ihn im Gefängnis besucht hatte.

»Jetzt kannst du dich erst einmal ausruhen und heute Abend gehen wir zusammen essen«, sagte Thor.

»Ich muss zu einem Treffen. Das dauert wohl den ganzen Tag und Abend«, sagte Esben.

»Zu einem Treffen?«

»Ja, ›Stoppt den Krieg‹ hat ein Treffen organisiert für alle, die im Gefängnis gesessen haben. Es werden viele erwartet.«

»Aber Esben, das kannst du doch nicht meinen. Du bist gerade erst aus dem Gefängnis entlassen worden und stürzt dich gleich wieder in irgendwelche Aktivitäten.«

Halfdan Thor sah wütend und besorgt zugleich aus.

»Vater, sie haben 100 000 Zivilisten getötet!«, sagte Esben ernst und sah seinen Vater an.

»Daran kannst du sowieso nichts ändern!«

»Das haben die Mitläufer in Nazideutschland auch gesagt.«

Halfdan Thor musste sich mehr als beherrschen, um die Wut zu kontrollieren, deren Ausgangspunkt die Sorge um den Sohn war: »Das ist absolut nicht das Gleiche. Du musst doch einsehen ...«

»Es ist nie das Gleiche. Das Gleiche kehrt immer auf eine andere Weise wieder zurück«, antwortete Esben.

Jetzt musste Thor versuchen, die Ruhe zu bewahren und

den Kontakt zu dem Jungen nicht abbrechen zu lassen. »Ja, sicher«, seufzte er. »Ich mache mir nur Sorgen – du hast schließlich deine Milz verloren und so.«

Es wirkte. Die leicht angespannten Züge des Jungen entspannten sich und er sagte: »Ich dachte, dass ich heute Nacht vielleicht hier schlafen kann. Von Andrea aus ist das okay.«

»Ja, natürlich. Das ist ihre Wohnung. Dann sehen wir uns heute Abend. Versprich mir, dass du gut auf dich aufpasst.«

»Also Vater ... ich komme gerade aus dem Gefängnis ... nicht aus dem Kindergarten. Ich bin faktisch erwachsen.«

Darüber war Thor anderer Meinung, doch das sagte er klugerweise nicht, sondern machte sich auf den Weg zur Arbeit. Er musste erst um 13.00 Uhr da sein, weil er die Nacht durchgearbeitet hatte. Er und Carsten Just trugen gemeinsam die Verantwortung für die Arbeit der Sonderkommission, die an der Aufklärung der Morde an der Sekretärin Anita Knudsen und dem Textildesigner Ole Buhl arbeitete.

Der Arbeitstag begann nicht sonderlich gut für Halfdan Thor. Die Sonderkommission war im Lauf der Nacht um zwei Mann geschrumpft, die die Mordkommission für einen anderen Fall abgezogen hatte: ein unidentifiziertes Mordopfer im Hafen.

Und gerade jetzt waren sie in der arbeitsaufwendigsten Phase mit tausend losen Enden und ohne jedes Muster.

Er begann sich die Protokolle vorzunehmen, die hinzugekommen waren, seit er nach Hause gegangen war. Unter anderem hatte das Rechtsmedizinische Institut etwas Neues bezüglich des Mordes an Ole Buhl.

Ole Buhl hatte, unmittelbar bevor er erdrosselt wurde, einen harten Schlag auf die Schläfe bekommen. Der Schlag hatte einen Abdruck hinterlassen, der von einer Pistole stammen konnte. Der Techniker, der den Bericht geschrieben hatte, diskutierte hin und her und betonte seine Unsicherheit, wollte jedoch nicht unerwähnt lassen, »dass der Abdruck eine Krümmung aufweist, die der Krümmung im Griff der Pistolen entspricht, die Polizisten tragen. Es könnte sich jedoch auch um eine ähnliche handeln ...«

Halfdan Thor machte eine Pause und schloss konzentriert die Augen, während er an die äußerst unangenehme Möglichkeit dachte, die schon früher einmal diskutiert worden war: Konnte es sich bei dem Täter um einen Polizisten handeln? Vielleicht sollte er zusammen mit den anderen Chefs eine gründlichere Untersuchung anberaumen. Es war noch immer nicht geklärt, wie der Mörder an Namen und Adresse des Zeugen Ole Buhl hatte kommen können.

Er rief in der Technik an.

»Der Abdruck, können Sie dazu noch Näheres sagen?«, fragte er.

»Carsten Just hat mich das Gleiche gefragt. Wir arbeiten daran. Wir nehmen gerade ein paar bildtechnische Untersuchungen vor, vergrößern das Ganze, führen Punktmessungen durch und lesen sie zum Vergleich mit einem Pistolengriff in den Computer ein.«

»Zum Vergleich mit unseren eigenen Pistolen?«, fragte er.

»Ja, das hat Carsten Just vorgeschlagen«, antwortete der Techniker.

»Das halte ich auch für richtig«, sagte Halfdan Thor.

Sein Kollege von der Kopenhagener Mordkommission Carsten Just hatte mit Sicherheit dieselbe Sorge wie er.

»Wie weit seid ihr mit den Hinweisen aus der Bevölkerung?«, fragte er bei der Lagebesprechung.

»Wir haben noch ungefähr fünfzig von denen, denen wir geringere Priorität beigemessen haben. Aber es kommen laufend neue herein. Die Beschreibung war nicht detailliert genug. Und jetzt sind wir zwei Mann weniger.«

Hin und wieder sollten Chefs zeigen, dass sie selbst mit anfassen können und die langweiligsten Aufgaben nicht an andere abgeben, deshalb sagte Halfdan Thor: »Lasst uns zusehen, dass wir damit endlich in die Hufe kommen. Gebt mir mal eine Hand voll.«

Jetzt saß er mit ungefähr zehn Kurzprotokollen von Telefonaten an seinem Schreibtisch.

Zuerst rief er die Personen an, die sich mit einem Hinweis an sie gewandt hatten, wer der Mann sein könnte, und redete ausführlicher mit ihnen.

»Nein, er kann es doch nicht sein. Ich habe erfahren, dass er zu dem Zeitpunkt auf Teneriffa war«, sagte einer der ersten.

Eine Frau war zweifelsohne geistesgestört. Ihr war inzwischen die Idee gekommen, dass Prinz Joachim durchaus auch in Frage kommen könnte.

Nach ausführlichen Gesprächen sortierte er vier kahlköpfige Männer als uninteressant aus. Jetzt hatte er noch sechs und er versuchte, auf seinem Stadtplan eine Route zu zeichnen. Nørrebro, Vesterbro, Vanløse und einer auf Amager. Die Frage war nur, ob er mit Amager anfangen oder aufhören sollte. Anfangen, entschloss er sich. Denn er hatte nicht einmal eine Adresse von dem Mann, um den es ging, wusste lediglich, dass er Michael Jensen hieß.

Die Anruferin, eine Damenfriseurin, hatte nur die Adresse der Mutter angeben können und war sich zudem nicht sicher gewesen, ob diese schon aus den Ferien wieder nach Hause gekommen war.

Die Mutter wohnte im »Griechenlandviertel« in einem kleinen Bungalow aus den dreißiger Jahren mit hohen Eckfenstern und einem hohen Keller.

Er klingelte, doch niemand öffnete. Aus alter Ermittlergewohnheit drehte er eine Runde um das Haus. Der relativ kleine, viereckige Garten war von einer Hecke und einem Zaun umgeben. Das Haus war irgendwann um einen kleinen Wintergarten erweitert worden, von dem aus eine Tür in das Haus selbst führte.

Alles sah schön und gepflegt aus.

Die Glastür zum Wintergarten war nur angelehnt. Er ging in den Wintergarten und öffnete einer plötzlichen Eingebung folgend die Tür zum Haus. Sie war nicht verschlossen. Sollte er oder sollte er nicht?

Ja, warum eigentlich nicht? Wenn er schon einmal hier war, konnte er sich auch gründlich umsehen.

Verdacht auf Einbruch. Die Türen standen offen, würde er jederzeit erklären können, falls das Unwahrscheinliche eintreffen sollte, dass sich jemand über sein Eindringen beschwerte.

Es war ein feminines, modernes, in zarten Pastelltönen gehaltenes Heim. Die Möbel waren weiß lackiert und anschließend mit Sandpapier abgeschliffen worden, sodass das Holz hindurchschimmerte, was dem derzeitigen Möbelgeschmack entsprach, den Thor mehr als sonderbar fand.

Auf der auf diese Weise weißlackierten und abgeschliffenen Kommode im Schlafzimmer stand eines der Dinge, die den Zweck seines Besuchs ausmachten – ein Foto des Sohns. Das musste der Sohn sein. War er schön? Tja, das war Geschmacksache. Reichlich steril, nach Thors Geschmack. Und sehr unpersönlich, würde er meinen. Er trug Uniform und war nicht kahlköpfig, doch so etwas ließ sich natürlich von einer Minute auf die andere ändern.

Thor zuckte mit den Schultern. Nichts wies darauf hin, dass das ihr Mann war, und in Wirklichkeit war es schon ein wenig verrückt, wegen so einem Routinecheck eine Klage wegen Hausfriedensbruchs zu riskieren.

Er ging in die Küche, die nach Thors Meinung ebenso feminin perfekt war wie der Rest des Hauses – bis auf einen kleinen Stilbruch. Auf dem kleinen Marmoresstisch lag ein Brief, ein Bescheid oder richtiger – ein Befehl:

»*Sieh zu, dass du sauber machst. Die Schweinerei macht mich wahnssinnig.*«

Dieses Haus kann der Schreiber wohl kaum meinen, dachte Thor verwundert. Und da fiel es ihm wieder auf: Die Leute konnten nicht mehr richtig buchstabieren. Wahnsinnig mit zwei s. Wo hatte er das gesehen? Ja, jeden Tag fand er mindestens zehn Rechtschreibfehler in der Zeitung.

Egal, wenn er schon einmal hier war, wollte er zumindest versuchen, eine Adresse herauszubekommen. Er öffnete die oberste Schublade des weißlackierten, auf antik getrimmten Sekretärs und fand, was er suchte. Ein Adressbuch mit Adresse und Telefonnummer des Sohns auf der ersten Seite. Michael Jensen wohnte in Island Brygge. Er notierte sich die Adresse.

Berlin, September 2004

Erwin Grosser war das Herz schwer, während er nach dem Begräbnis den Nachlass seines Vaters Axel Grosser durchsah. Nicht allein deshalb, weil er dabei an seinen Vater dachte, sondern eher noch, weil er an sich dachte. Wenn man auf Begräbnissen weint, weint man nicht um den Toten. Man weint darüber, wie sehr man streben, kämpfen und leiden muss, nur um dann wieder zu nichts zu werden. Zu absolut nichts, dachte er.

Er musste der Tatsache in die Augen sehen, dass er als Mitglied der nächsten Generation jetzt bei der Wanderung Richtung Grab ganz vorn in den Reihen ging.

Man hätte eine Religion haben sollen, um diesem Gefühl der Sinnlosigkeit entgegenzuwirken. Dem Leben einen Sinn zu geben, war die wichtigste Funktion der Religion, dachte er. Aber er hatte keine Religion – oder doch? War der Glaube an die Sinnlosigkeit eine Religion?, fragte er sich und sagte versuchsweise halblaut: »Ich glaube an die heilige, allgemeine Sinnlosigkeit.«

Glaubte man an die Sinnlosigkeit, hieß die erste praktische Lebensregel: Es kommt einzig und allein darauf an, das Leben zu genießen und das Bestmögliche daraus zu machen, wenn man denn schon einmal hier ist.

Genau so. In einem sinnlosen Dasein wurde der persönliche Genuss zum höchsten Ziel. Und in der modernen Gesellschaft kosteten die meisten Genüsse Geld und deshalb galt es, Geld zu haben, Geld, Geld, Geld.

»85 Prozent der Zeit denke ich an Sex und/oder Geld. Bis zu meinem vierzigsten Geburtstag habe ich mehr an Sex als an Geld gedacht. Seitdem denke ich mehr an Geld als an Sex«, pflegte Erwin selbstironisch zu sagen.

Glücklicherweise hatte er Geld, weil er nicht nur ein herausragender Wissenschaftler, sondern auch ein tüchtiger Geschäftsmann war. Zwei Talente, die ansonsten nur selten zusammen auftraten.

Als Junge hatte ihn sein schweigsamer, verschlossener und etwas geheimnisvoller Onkel Winfried fasziniert, der aus dem Krieg in Russland nach Hause gekommen war, als Erwin sieben Jahre alt war.

Onkel Winfried hatte ihn mit in sein Labor genommen, wo es in den Reagenzgläsern brodelte und blubberte, und wo es Zentrifugen, Messgeräte, Gefrierschränke und Bunsenbrenner gab, deren Funktion der Onkel ihm geduldig demonstrierte und erklärte.

Der Onkel war sein Vorbild gewesen – auch bei seiner Entscheidung, Chemiker zu werden, doch später hatte Erwin seine Arbeit anders gesehen als Winfried die seine.

Für Erwin war die Arbeit das Mittel, ihm eine gesellschaftliche Identität und finanzielle Unabhängigkeit zu sichern, doch für den Onkel war die Forschung der Zweck seines Lebens.

Erwin war ganz vorne mit dabei gewesen, als die Mauer fiel. Er wusste, dass in der Welt auf der anderen Seite das Ziel seiner Träume lag und er war nicht enttäuscht worden. Eine Penthousewohnung, ein Auto, Fernreisen zu den exotischsten Zielen dieser Erde.

Das staatliche Forschungsinstitut, das vor der Wiedervereinigung vor sich hingekränkelt hatte, war nach der Privatisierung aufgeblüht, was nicht zuletzt Erwins geschäftlichen Talenten und Initiativen zu verdanken war. Vertragsforschung war die moderne Lösung und Erwin machte Verträge mit denen, die zahlen konnten.

So hatte er bereits 1999 für die Intensivierung der Forschung des Instituts auf dem Gebiet der synthetischen Opiate enorme Zuschüsse aus einem amerikanischen Fonds ausgehandelt.

Nach Moskau 2002 hatten die Amerikaner endgültig Blut geleckt. Sie wollten unbedingt ihr Betäubungsgas und hatten unter allgemeinen Bezeichnungen wie »Antipersonal Calmative Agents«, »Antipersonal Chemical Immobilizers und »Synthetic Opioids« zahlreiche Projekte und Programme laufen.

»Wir sind ganz dicht dran. Geben Sie uns drei bis fünf Jahre«, hatte Erwin zu Dr. Grey gesagt.

Dr. Grey, der große Geheimniskrämerei betrieb, hatte die Zusammenarbeit zwischen Erwin Grossers Institut und den amerikanischen Fonds, die das Institut unterstützten, organisiert.

Erwin war sich voll darüber im Klaren, warum das Ganze mit so viel Heimlichtuerei abgewickelt wurde und weshalb es undurchsichtig blieb, wer die Forschung des Instituts kaufte. Dafür war nicht allein die Furcht verantwortlich, dass Terroristen von der Sache Wind bekommen könnten, wie Grey es gerne hinstellte. Ein ebenso gewichtiger Grund war der, dass die Amerikaner sich am Rande des Verbots bewegten, das in der internationalen Konvention zu biologischen und chemischen Waffen niedergelegt war.

Erwin zweifelte keinen Augenblick, dass das Pentagon hinter dem Forschungsauftrag stand, und Dr. Grey hatte auch mehrere Male auf das JNLWD verwiesen, das amerikanische Joint Non-Lethal Weapons Directorate, eine Nebenstelle des Pentagons, die sich positiv ausgedrückt mit Programmen zur Entwicklung »nicht tödlicher Waffen« beschäftigte.

Für Erwin war das in Ordnung. Es störte ihn nicht im Geringsten, für das amerikanische Militär zu arbeiten. Man war schließlich Teil derselben westlichen Welt und sein Institut betrieb Vertragsforschung. Verträge schloss er mit denen, die Geld hatten, es sei denn, sie waren Kriminelle oder Terroristen. So hatte er sich ausgedrückt, als er das Thema mit seinem Onkel Winfried diskutiert hatte: »Ich bin kein Politiker. Und selbst wenn ich eine ethische Betrachtungsweise anlegen würde, hätte ich keine Probleme damit, einen Stoff herzustellen, der das Leben unschuldiger Geiseln retten kann.«

Ursprünglich hatte ihn der Onkel auf die Chemie gebracht. Die Forschung des Onkels war im Grenzland zwischen ärztlicher Wissenschaft und Chemie angesiedelt gewesen und er hatte oft bedauert, dass er sich nicht von Anfang an für die Chemie entschieden hatte, sondern vielmehr genötigt gewesen war, sich die entsprechenden Kenntnisse im Laufe der Jahre anzueignen.

»Wenn du forschen willst, werde Chemiker«, hatte Winfried gesagt. Erwin war seinem Rat gefolgt und hatte es nie bereut. Sie waren Kollegen geworden und hatten sich fachlich gut verstanden, fand Erwin.

Winfried war in vielfacher Hinsicht wie ein zusätzlicher Vater für ihn geworden. Er vermisste ihn und er würde ihn sogar noch mehr vermissen, jetzt, wo sein eigener Vater tot war.

Winfried war nicht tot, aber es wäre besser gewesen, er wäre es, dachte Erwin, denn der Onkel war in das Dunkel der Senilität abgetaucht, wo niemand ihn mehr erreichen konnte. Als guter Neffe besuchte ihn Erwin einmal die Woche, doch nicht ein Schatten des Wiedererkennens zeigte sich in den Augen des Onkels. Er saß nur in seinem Stuhl und starrte ins Leere. Sagte er etwas, waren es Wortfetzen, die keinen Sinn ergaben.

»Starke Verkalkung und Blutpfropfen im Gehirn«, hatte der Arzt ihm erklärt. Zurzeit lag der Onkel im Krankenhaus, weil er beinahe verhungert und verdurstet wäre. Im Krankenhaus hielten sie ihn mit einem nährstoffreichen Proteindrink am Leben, den sie ihn unablässig zu trinken nötigten.

»Muss das sein?«, hatte Erwin gefragt. Er hatte seine eigene Theorie, dass alte Menschen bewusst oder unbewusst aufhörten zu essen und zu trinken, wenn sie ihr Leben als beendet ansahen.

Bei seinem Vater war es schneller gegangen. Er hatte mit einer unangezündeten Zigarre zwischen den Fingern in seinem Rollstuhl vor dem Fernseher gesessen, als das Pflegepersonal ihn tot aufgefunden hatte. Der gesamte Todeskampf konnte nicht länger als maximal zehn Minuten gedauert haben. So sollte es sein. Es war traurig, Zeuge der sich lang hinziehenden Demütigung des Onkels zu sein, dachte Erwin, während er die Schubladen und Schränke des Vaters leerte.

Es gab nicht viel aufzuräumen in der kleinen Altenwohnung, in der sich das Leben seines Vaters in den letzten fünf Jahren abgespielt hatte. Der Vater war immer ein ordentlicher Mensch gewesen.

In der untersten Kommodenschublade lag eine Mappe mit der Aufschrift »Persönliche Dokumente«.

Erwin öffnete sie: Geburtsurkunde, Taufschein, Zeugnisse, Briefe von und an die Eltern, Briefe von und an Freunde, einige vergilbte Fotos, der erste Anstellungsvertrag und ein Testament. Letzteres wunderte Erwin etwas, da er ein Einzelkind war. Warum hatte der Vater ein Testament gemacht? Nun gut. Er würde dem »Ostdeutschen Heimatverein« gern 3000 Euro spenden. Aber sicher, natürlich.

Dann war da noch ein verschlossener Umschlag, auf dem »Kopie für Axel« stand.

Erwin öffnete ihn und vor Verwunderung fiel ihm buchstäblich der Unterkiefer herunter, als er den mit der Hand geschriebenen Brief las:

Kopie für Axel
An Karin Sommer
Berlin 5. 5. 1999

Liebe Karin,
in der Anlage findest Du ein rotes und ein blaues Päckchen. Wenn Du das Tagebuch meiner Mutter gelesen hast, das sich in dem roten Päckchen befindet, wirst Du wissen, warum ich mich entschlossen habe, Dir den Inhalt des blauen Päckchens zu überlassen.

Das blaue Päckchen enthält mein wissenschaftliches Lebenswerk, mit dem ich unmittelbar nach Kriegsende begonnen habe, während ich noch als Kriegsgefangener in Sibirien war. Mein Ziel war es – allgemein verständlich ausgedrückt –, ein Mittel zur Schmerzlinderung und Betäubung zu entwickeln, zu dessen Nebenwirkungen nicht die Behinderung der Atemfunktion gehört. Dieses Forschungsprojekt war äußerst befriedigend und hat in hohem Ausmaß meinem Leben einen Sinn gegeben.

Wenn ich das Resultat meiner Forschung trotzdem geheim gehalten und nicht öffentlich gemacht habe, hatte das den Grund, dass militärische Forschungslaboratorien auf der ganzen Welt wetteifern, entsprechende Stoffe als Waffe herzustellen.

Ich selbst geriet 1975 unter russischen Druck und habe meine Forschung damals offiziell beendet. Seit dieser Zeit habe ich keine Artikel mehr veröffentlicht oder mein Wissen mit anderen Forschern auf diesem Gebiet ausgetauscht.

Ich will nämlich nicht zu irgendeiner Form der Waffenproduktion beitragen.

Du wirst meine Sammlung von Formeln und Molekülskizzen

kaum verstehen, deshalb will ich versuchen, sie einfach zu erklären: Der Stoff, den ich entdeckt habe, basiert auf einer sehr stark wirkenden Variante des Phentanylmoleküls. Mein Stoff bietet zwei Vorteile: Er wirkt innerhalb von drei bis vier Minuten und betäubt einen Menschen ungefähr zwölf Stunden. Man empfindet praktisch kein Unwohlsein, wenn man nach der Betäubung wieder aufwacht. (Ich habe das natürlich selbst getestet!)

Zusammen mit meinem Vetter, Axel Grosser, habe ich einige Berechnungen über das Potenzial des Stoffes angestellt und wir sind zu dem Schluss gekommen, dass zirka 3,5 Kilo genügen, alle Menschen zu betäuben, die sich in einem Radius von einem Kilometer befinden.

Stellt man sich den Einsatz dieses Stoffes als Waffe vor, kann man eine Großstadt betäuben, während man alle wichtigen Positionen einnimmt.

Auch eine unerwünschte Demonstration könnte auf diese Weise durch Betäubung der Teilnehmer verhindert werden, genau wie Geiselnehmer, Rebellen in Gefängnissen und so weiter außer Gefecht gesetzt werden könnten.

Mein Stoff lässt sich zu Zwecken einsetzen, die von den meisten Menschen als gut bezeichnet werden würden, aber er lässt sich ebenso in Verbindung mit Krieg und Unterdrückung einsetzen.

Ich bin ein alter Mann. Ich bin selbst im Krieg gewesen und ich habe meine Lieben im Krieg verloren. Ich will keinen Entschluss treffen, der für die Menschen der Zukunft verhängnisvoll sein könnte.

Deshalb überlasse ich das Material Dir. Du kannst Dich entscheiden, ob Du es vernichten oder veröffentlichen willst. Entschließt Du Dich zu Letzterem, möchte ich Dich bitten, Kontakt zum Sohn meines Vetters, Erwin Grosser, in Berlin aufzunehmen. Er ist ein herausragender Mensch und ein tüchtiger Wissenschaftler, der auf eben diesem Gebiet forscht.

Ich habe darum gebeten, dass das Material bis zu meinem Tod aufbewahrt wird – oder spätestens bis zum 1. Januar 2005, an dem es Dir übergeben werden soll, ob ich noch lebe oder nicht.

Solltest auch Du gestorben sein, hat der, der das Material aufbewahrt, die Anweisung, es Erwin Grosser in Berlin zu übergeben. (Das gilt für Deine eventuellen Erben.)

Wie bereits erwähnt, musst Du das Tagebuch meiner Mutter lesen, um meine Handlungsweise zu verstehen. Ich kann nur noch hinzufügen, dass ich einige einfache, große Freuden in meinem Leben erlebt habe. Eine davon war die, Dich kennen gelernt zu haben. Das habe ich, als wir im Sommer 1981 drei Tage zusammen die Landstraße entlanggewandert sind. Ich habe mich mehrere Male versucht gefühlt, Kontakt zu Dir aufzunehmen, hatte jedoch nicht das Gefühl, ein Recht zu haben, störend in Dein Leben einzudringen.

Viele liebe Grüße
Winfried

Das ist ein irrsinniger Witz, war Erwins erster Gedanke. Aber nein, er kannte die Handschrift seines Onkels und Winfried war nie ein Spaßmacher gewesen. Er war einer der ernstesten und ehrlichsten Menschen, die Erwin kannte. Und außerdem: Der Onkel hatte viele Jahre auf dem Gebiet der Betäubungsmittel geforscht.

Aber hatte er diese schwierige Aufgabe gelöst, die viele für unlösbar hielten? Wer war Karin Sommer und warum hatte der Onkel diesem fremden Menschen das Resultat seiner Forschung zugedacht, wo er, Erwin, nicht nur ein Verwandter war, sondern auch auf dem gleichen Gebiet forschte, dachte er bitter? Sie hatten das von den Amerikanern unterstützte Forschungsprojekt, an dem Erwins Institut arbeitete, sogar miteinander diskutiert. Wie konnte der Onkel ihm das antun?

Winfried Lyck saß mit einem aufgeblasenen Nackenkissen, wie man es auf Flugreisen gebraucht, um den Kopf abzustützen, in einem bequemen Lehnstuhl. Neben ihm saß wie gewöhnlich eine Krankenschwester und versuchte ihn dazu zu animieren, aus einem Glas mit einem dicken, klebrigen Proteindrink zu trinken.

»Ich kann versuchen, dass er noch etwas trinkt«, schlug Erwin vor, während er die roten Tulpen ins Wasser stellte.

»Gut«, antwortete die Frau und verschwand.

Erwin setzte sich und nahm Winfrieds Hand: »Onkel, ich bin's, Erwin!«

»Opiat-Rezeptoren«, antwortete der Onkel.

»Ja, genau. Ich möchte mit dir über deine Arbeit reden, über dein großes Projekt«, sagte Erwin.

Winfried machte nach dem Proteindrink ein Bäuerchen wie ein Baby. Der Drink roch ekelhaft nach Erdbeeraroma. Erwin wischte ihm den Mund ab und versuchte es erneut: »Du hast herausgefunden, wie man sehr spezifisch auf den Atem einwirken kann?«

»Erdbeerbrei«, antwortete Winfried.

»Erkennst du mich, Onkel?«

»Die Ärzte sind so jung«, antwortete Winfried.

»Wer ist Karin Sommer?«

»Zellmembran«, antwortete Winfried, ließ den Kopf fallen und schlief ein.

Erwin gab es auf, der Onkel hatte die Welt auf seine Weise verlassen. Er musste selbst versuchen, diese Karin Sommer zu finden.

Oder doch nicht?

Es stand viel auf dem Spiel und vielleicht sollte er sich um qualifizierte Hilfe bemühen? Ja, er würde nicht selbst wie ein Detektiv in der Gegend herumreisen. Darum mussten sich andere kümmern und er wusste auch schon ganz genau wer.

»Das Gehirn meines Onkels funktioniert nicht mehr«, erklärte Erwin. »Er gibt nur unzusammenhängende Wortfetzen von sich.«

»Ich würde trotzdem vorschlagen, dass wir ihn in ein privates Pflegeheim verlegen. Alles vom Feinsten, das verspreche ich«, sagte der Mann, der sich Grey nannte.

»Warum?«

»Vielleicht sagt er doch etwas …«

Erwin lächelte: »Sie wollen Wanzen anbringen? Sie werden nichts erfahren.«

»Möglich, aber wir versuchen es trotzdem.«

»Sollten Sie nicht besser versuchen, diese Karin Sommer zu finden?«, fragte Erwin.

»Das werden wir natürlich auch. Haben Sie überhaupt keine Idee, wo wir suchen können? Hatte Ihr Onkel Kontakte ins Ausland? Kann es sich um eine Kollegin handeln? Um eine heimliche Geliebte? Um jemanden von einem Geheimdienst?«

»Ich habe keine Ahnung. Er ist zu einigen Fachtagungen und Kongressen gereist. Dafür brauchte man zu DDR-Zeiten eine besondere Genehmigung. Sie finden das bestimmt in irgendeinem DDR-Archiv. Vielleicht ist es auch vom Labor selbst registriert worden. Es hat vor anderthalb Jahren geschlossen, war nicht rentabel genug, aber es gibt bestimmt Archivmaterial«, sagte Erwin.

»In seinem Brief bezieht er sich auf eine Wanderung im Jahr 1981. Wissen Sie, was er in diesem Sommer gemacht hat?«

»Daran erinnere ich mich nicht«, sagte Erwin.

»Wir werden das herausfinden«, sagte Grey überzeugt.

»Und Sie werden mit dieser Karin Sommer verhandeln, wenn Sie sie finden«, sagte Erwin.

Grey nickte und sagte: »Wir werden einiges an Zeit und

Ressourcen investieren müssen, um Ihnen zu helfen, an das Material zu kommen, deshalb gehe ich davon aus, dass Sie es an uns verkaufen?«

»Natürlich. Deshalb habe ich mich schließlich an Sie gewandt«, antwortete Erwin.

»Wir haben gewisse Informationen eingeholt und wissen, dass Ihr Onkel ein anerkannter Anästhesist war. Wir haben Grund zu der Annahme, dass er die Wahrheit schreibt. Wir glauben, dass seine Forschungsergebnisse ein sehr wichtiges Input zu unserer weit verzweigten Forschung auf dem Gebiet der *Betäubungsgase* werden können. Ich habe einen Vertragsentwurf ausgearbeitet ...«

Grey holte einige Dokumente aus seiner Mappe und Erwin ließ sich Zeit, sie zu lesen.

Das war in Ordnung. Vorläufig verkaufte er nur das Vorkaufsrecht an dem, was er, Erwin Grosser, persönlich *»an wissenschaftlichen Resultaten erarbeitete oder erwarb und was in die Weiterentwicklung nicht tödlicher Waffen, vor allem synthetischer Opiate, eingehen konnte.«*

Allein für dieses Vorkaufsrecht wollten sie eine Summe zahlen, die dem dreifachen Jahreseinkommen von Erwin Grosser entsprach. Er war ein guter Verhandlungsführer, deshalb zögerte er ein wenig und erwähnte, dass es nicht an interessierten Käufern fehlen und der Wert des Materials übermäßig groß sein würde, falls es hielt, was es versprach.

Grey unterstrich, dass man über den Verkaufspreis später diskutierten müsste, wenn das Material auf dem Tisch lag. Vorläufig ging es nur um das Vorkaufsrecht.

Sie einigten sich auf einen Betrag, der dem fünffachen Jahreseinkommen von Erwin Grosser entsprach.

Am selben Tag kaufte er sich einen roten Ferrari. So einen hatte er sich schon lange gewünscht.

Ballum, Dezember 2004

»Ich hab etwas für dich«, sagte Eva und reichte Karin einen großen Umschlag. Es war eine Vergrößerung des Fotos aus Evas altem Familienalbum, auf dem Karin als Baby zu sehen war.

»Ich habe unser Computergenie in der Bibliothek überredet, den Abzug für dich zu machen«, sagte Eva.

Das Foto zeigte Karins Mutter und Oma (Karin konnte sich nicht erinnern, je gehört zu haben, dass sie mit Namen angeredet worden war), die jede einen Säugling auf dem Arm hielten.

»Vielen Dank. Ich habe nicht so viele Bilder aus der Zeit und ein Bild von Oma habe ich nie gesehen, glaube ich. Eigentlich seltsam, wo sie doch eine so große Rolle im Leben meiner Mutter gespielt hat.«

Eva sagte: »In unserem Album steht, dass du auf dem Schoß deiner Mutter sitzt und Oma ihr Enkelkind Rosemarie im Arm hält, aber ich frage mich, ob das stimmt.«

»Warum?«, fragte Karin.

»Sieh mal die Augenbrauen«, sagte Eva und zeigte auf das Baby, das auf Omas Schoß saß. »Die Augenbrauen sind sehr scharf gezeichnet und dunkel. Genau wie deine. Bei dem anderen Baby sieht man die Augenbrauen kaum. Das Baby, das bei Oma sitzt, ist ziemlich dunkel, wie es scheint. Im Gegensatz zum Haar haben die Augenbrauen von Anfang an ihre bleibende Farbe. Meine Mutter hat sich bestimmt geirrt ...«

»Du hast Recht. Ich bin immer dunkel gewesen, sehr viel dunkler als der Rest der Familie«, sagte Karin. »Meine Mutter hat das damit erklärt, dass altes Zigeunerblut in den Adern der Familie fließt. Das Zigeunerblut soll acht Generationen übersprungen haben, bevor es bei mir wieder in Erscheinung getreten ist.«

»Wirklich?«, sagte Eva und sah erst Karin und dann das Foto aufmerksam an, dann wieder Karin und wieder das Foto und wieder Karin.

Karin sah sich das Foto jetzt auch genau an. Es war schwarzweiß und verblüffend scharf. Bei gutem Licht im Garten der Familie Müller aufgenommen.

Plötzlich sah sie es selbst und der Schock ließ sie nach Luft schnappen: »Ich gleiche ja ...«

»Zum Verwechseln, wenn du dir einen Knoten im Nacken machen und ein hoch geschlossenes Kleid anziehen würdest«, sagte Eva.

»Und fünf Kilo weniger wiegen«, fügte Karin hinzu.

Sie starrten erneut die Vergrößerung an und Karin sagte: »Das muss ein Zufall sein ...«

Eva sagte: »Augenbrauen, Kopfform und Mund sind ähnlich.«

»Aber das kann doch nicht sein ... 1945«, meinte Karin.

»Was hat deine Mutter dir erzählt?«, fragte Eva.

»Oh, sie hat oft von Oma gesprochen. Ich wünschte, ich hätte besser zugehört, aber warte ... Ich selbst erinnere mich natürlich an nichts. Für mich ist Oma nicht mehr als eine Geschichte, die meine Mutter erzählt hat. Oma war vor dem grausamen Krieg geflohen, in dem Städte zerbombt und Kinder ermordet und verstümmelt wurden – oder ihre Eltern auf der chaotischen Flucht verloren hatten. Vor allem Letzteres hat mir furchtbare Angst gemacht. Oma ist dann zu uns gekommen und meiner Mutter zufolge war sie eine alte Frau. Später ist mir klar geworden, dass sie erst knapp sechzig war ...«

»Genau wie du jetzt«, warf Eva ein.

Karin fuhr fort: »Und meine Mutter hat Oma mit der Zeit so lieb gewonnen, als wäre sie ihre eigene Mutter. Es war furchtbar, als Omas Enkelkind Rosemarie an Fieber starb. Es war auch für *meine* Mutter ein großes Unglück, denn sie hat uns beide gestillt und sah das deutsche Kind fast als ihr eigenes an.

Schon am Tag nach dem Begräbnis kamen sie und holten Oma ins Lager in Oksbøl, wo sie hinter Stacheldraht eingesperrt wurde und keinen Kontakt zu meiner Mutter haben durfte. Es ist meiner Mutter aber trotzdem gelungen, einen Brief in das Lager zu schmuggeln, und es wurde auch ein Bescheid herausgeschmuggelt, als Oma Anfang 1946 starb.

Zu dem Begräbnis auf dem Friedhof des Lagers durfte meine Mutter natürlich nicht gehen, aber sie hat zusammen mit deiner Mutter eine Gedenkfeier abgehalten. Und als es später möglich war, hat sie Omas Grab in Oksbøl regelmäßig besucht und Blumen hingelegt. Einmal, als ich sechs oder sieben war, bin ich mitgegangen, doch als ich älter wurde, hatte ich keine Lust mehr dazu. Ich fand sie, ehrlich gesagt, ein wenig pathetisch, was das anging.«

Sie saßen eine Weile schweigend da.

Dann sagte Karin: »Wäre es vorstellbar, dass sie die Kinder vertauscht haben und dass in Wirklichkeit die kleine Karin gestorben ist? Dass ich in Wirklichkeit Rosemarie bin? Deine Mutter war doch auch da – hat sie je etwas gesagt?«

»Nein, nichts. Sie hat nur von dem kleinen deutschen Kind erzählt, das ganz unerwartet an Fieber gestorben war. Niemand, auch nicht der Arzt, hatte die Krankheit für ernst gehalten.«

»Dann muss die Ähnlichkeit zwischen Oma und mir ein Zufall sein«, entschied Karin und fügte hinzu: »Ich habe einen Bärenhunger und bin gespannt auf die Gastronomie von Tondern. Sehen wir zu, dass wir loskommen. Ich bringe nur schnell das Foto aufs Zimmer und gebe Michael Bescheid.«

Später am Abend saß sie wieder in ihrem Zimmer und starrte auf das Bild, bis ihr die Augen tränten. Normalerweise sieht man nur schwer, wem man ähnelt, doch hier bestand kein Zweifel. Sie ähnelte der deutschen Frau, die auf dem Foto genauso alt war wie sie jetzt.

Sie rief ihre einzige noch lebende Verwandte Agnes auf Skejø an.

»Ich habe herausgefunden, dass ich vielleicht nicht die bin, die ich zu sein glaube«, sagte sie zu der Tante.

»Die Überraschung wartet hin und wieder auf uns alle, wenn wir uns genauer mit uns auseinandersetzen«, antwortete die Tante.

»Ja, aber ich meine das ganz wortwörtlich«, antwortete Karin und erzählte von dem Foto.

»Hm«, sagte die Tante und Karin hörte, wie sie sich einen Zigarillo anzündete.

Dann fuhr sie fort: »Mit den braunen Augen und dem dunklen Haar unterscheidest du dich schon von dem Rest der Familie.«

»Das liegt an dem Zigeunerblut«, warf Karin ein.

»An was für Zigeunerblut?«, fragte die Tante.

»Vor acht Generationen in eurer Familie. Das hat Mutter jedenfalls gesagt.«

»Davon habe ich nie etwas gehört, darauf kannst du Gift nehmen«, antwortete die Tante und fügte hinzu: »Als ich dich zum ersten Mal gesehen habe, warst du zehn oder elf Monate alt und da warst du zumindest du selbst.«

»Wäre es vorstellbar, dass Mutter ihr totes Kind gegen ein lebendes ausgetauscht hat?«, fragte Karin.

»Deine Mutter war nie besonders autoritätsgläubig und es ist schon vorstellbar, dass sie zu untraditionellen Lösungen gegriffen hat, wenn sie mit dem Herrgott darüber im Reinen war.«

»Hat sich nie jemand darüber gewundert, dass ich dem Rest der Familie nicht ähnlich sehe?«, fragte Karin.

»Ich glaube nicht. Viele Kinder sind ihren Eltern nicht aus dem Gesicht geschnitten und der erste Gedanke, der einem kommt, wenn man überhaupt darüber nachdenkt, ist wohl der, ob da ein fremder Mann im Spiel war. Möglicherweise hat mich dieser Gedanke gestreift, als du ein Kind warst.«

»Das hätte Mutter nie gemacht!«

»Nein, die Vorstellung fällt schwer, doch der Mensch ist ein unergründliches Wesen«, sagte die Tante.

»Weißt du, wie Oma hieß? Mutter hat immer nur als Oma von ihr gesprochen. Als Kind habe ich geglaubt, sie hieße so«, sagte Karin.

»Nein, ich habe ihren Namen auch nie gehört«, antwortete die Tante.

»Aber der lässt sich leicht aus den Archiven erfahren. Sie war ja unter der Adresse meiner Eltern gemeldet«, sagte Karin.

Kriminalinspektor Halfdan Thor hatte ihr eingeschärft anzurufen, wann immer ihr etwas einfiel oder sie auf etwas stieß, das für die Ermittlungen von Bedeutung sein könnte – egal, wie belanglos es war. Sie sah auf die Uhr. Es war 22.30 Uhr. Doch, sie konnte ruhig die Nummer der Sonderkommission anrufen.

Thor war noch da und sie wurde durchgestellt.

Sie wollte höflich sein und fragte zuerst: »Wie hat das Gericht im Fall Ihres Sohnes heute entschieden?«

»Das Oberste Gericht hat den Beschluss, ihn weiter in U-

Haft zu halten, aufgehoben. Er ist entlassen worden und wieder da, wo er aufgehört hat.« Thor klang resigniert.

»Wie meinen Sie das?«, fragte Karin.

»Ich meine, dass er zu einer Demonstration gegen den Irak-Krieg gegangen ist.«

»Das ist doch kein Verbrechen«, sagte Karin entrüstet.

»Nein, aber ich wünschte, er hätte gesündere Interessen.«

»Zum Beispiel?«, fragte Karin, die sich nicht ganz sicher war, ob er das ernst meinte.

»Als ich in dem Alter war, habe ich an nichts anderes als an Mädchen und Partys gedacht«, sagte er und fuhr fort: »Sollte ein Siebzehnjähriger sich nicht dafür interessieren?«

»Das weiß ich nicht, vielleicht«, antwortete Karin, die keine Lust hatte, das Thema gerade jetzt weiter mit dem Polizeibeamten zu diskutieren.

Sie sympathisierte nämlich mehr und mehr mit den wenigen, die gegen den Krieg protestierten, während die große Mehrheit sich so verhielt, als stünde sie unter voller Betäubung – bewusstlos von Propaganda und raffinierter politischer Rhetorik wie »Der Krieg hat 100 000 zivile Opfer gefordert – na und? Wollen Sie vielleicht Saddam Hussein zurück?«

»Ich rufe an, weil Sie gesagt haben, dass ich Sie anrufen soll, falls etwas aus meiner Vergangenheit auftaucht ...«, begann Karin und fuhr unsicher fort: »Es ist vermutlich nicht von Bedeutung und ich weiß nicht einmal, ob es stimmt ... es ist sehr weit hergeholt und sehr fantasievoll ...«

Sie hörte selbst, dass sie darum herumredete, weil sie unsicher geworden war.

»Nur heraus damit, was immer es ist«, sagte Halfdan Thor ermutigend.

Als sie die ganze Geschichte von dem Foto erzählt hatte, sagte er: »Das ist zumindest ein loses Ende, das eine nähere

Untersuchung wert ist. Es gibt Archive aus dieser Zeit. Ich schreibe mir jetzt die ursprüngliche Adresse Ihrer Eltern auf und morgen setze ich jemanden daran. Wir können das Foto von Ihnen auch einem Experten zeigen. Es ist gar nicht so leicht zu sagen, wem man ähnlich sieht. Adoptiveltern hören immer wieder, wie fremde Menschen sagen: ›Nein, wie er seiner Mutter ähnelt!‹ oder: ›Nein, wie er seinem Vater ähnelt!‹ Man sieht das, was man gerne sehen will, glaube ich.«

Anschließend rollte Karin die Bettdecke zusammen und benutzte sie als Rückenlehne. An Schlaf war nicht zu denken, so aufgeregt und wach machte sie der bloße Gedanke, jemand anders zu sein, als sie bisher geglaubt hatte.

Doch selbst wenn das der Fall sein sollte, welche Bedeutung hatte es letztendlich? Keine, überhaupt keine, dachte sie. Abgesehen davon, dass sie etwas hatte, worüber sie sich Gedanken machen konnte.

Vor allen Dingen: Warum hatte ihre Mutter ihr nie etwas erzählt? Und was war mit ihrem Vater? Es war nahezu undenkbar, dass er – mit seinem kranken Gemüt – ein solches Geheimnis hätte für sich behalten können. Zur Zeit ihrer Geburt war er nicht oft zu Hause gewesen, das wusste sie, denn sie hatte ihre Mutter des Öfteren von der Geburt erzählen hören, die eine Hausgeburt gewesen war – mit Oma als einziger Geburtshelferin.

Ihr Vater hatte in diesen Jahren in den Braunkohlelagern bei Brande gearbeitet und war nur einige Male im Monat nach Hause gekommen. Konnten ihre Mutter und Oma die Kinder ohne sein Wissen getauscht haben?

Nein, die Ähnlichkeit musste der reinste Zufall sein, sagte sie sich bestimmt.

Dann studierte sie wieder die Fotografie und sah sich selbst in einer strengen Ausgabe von 1945: kräftiges, nach hinten zu einem Nackenknoten gebundenes Haar, füllige

Lippen, relativ breiter Kiefer, langer Hals, große Augen und dunkle, scharf nach oben geschwungene Augenbrauen. Doch, sie glich dieser Flüchtlingsfrau weit mehr als ihrer eigenen blonden, blassen Mutter.

In einem Alter von fast sechzig Jahren kann man kein anderer Mensch mehr werden, aber ihre Neugierde musste sie trotzdem befriedigen. Sie war gut im Recherchieren und konnte die Archive auch selbst durchforsten, dachte sie.

Plötzlich wurde ihr die ganze Absurdität der Sache bewusst, dass nämlich die richtige Karin Sommer auf dem Friedhof von Ballum begraben lag, wenn sie wirklich Rosemarie war.

Ob es das Grab auf dem Friedhof noch gab? Sie musste unbedingt morgen hingehen und nachsehen. Vermutlich war es total vernachlässigt.

Plötzlich erinnerte sie sich, wie sehr das Grab des Flüchtlingskindes ihrer Mutter unverständlicherweise am Herzen gelegen hatte. Viele Jahre später, als die Mittel dafür da gewesen waren, hatte sie einen kleinen Grabstein mit der Inschrift »Rosemarie – Daheim bei Gott« aufstellen lassen und das Grab mehrere Male im Jahr besucht.

»Dass du dir die Mühe machst«, hatte Karin herzlos gesagt.

Doch wenn sie Rosemarie war, warum hatte ihre Mutter dann immer ein Geheimnis daraus gemacht?

Doch, das war eine mögliche Erklärung: In den letzten Jahren hatten mehrere »Deutschenkinder« – die aus den dänisch-deutschen Liebesverhältnissen der Besatzungszeit stammten – ihre Erinnerungen veröffentlicht, wie sie mit Geheimnissen, Lügen und Scham aufgewachsen waren. Nach dem Krieg war der Hass gegenüber den Deutschen so groß, dass er sich nicht allein gegen die dänischen Frauen richtete, die einen deutschen Freund oder Ehemann gehabt hatten. Er richtete sich auch gegen die Kinder. Deshalb versuchten die Familien oft geheim zu halten, dass der Vater der Kinder ein Deutscher war.

Sie griff nach ihrer Toilettentasche, um in das gemeinsame Badezimmer zu gehen und sich für die Nacht fertig zu machen.

Im Aufenthaltsraum, durch den sie hindurch musste, saß Hermann mit einer Flasche Wein und dem *Spiegel* auf dem Sofa. In der entferntesten Ecke saß Michael mit seinem Computer.

»Guten Abend, darf ich Sie zu einem Glas einladen?«, fragte Hermann.

Karin ging blitzschnell mit sich zu Rate und antwortete: »Ja, danke, ich will nur gerade ...« Sie zeigte auf die Badezimmertür.

Während sie auf der Toilette saß, fiel ihr Blick auf etwas, das jemand verloren hatte. Es war ein kleines Adress- und Telefonbuch und auf der ersten Seite stand der Name des Besitzers: Erwin Hermann Grosser.

»Das haben Sie bestimmt verloren«, sagte sie und reichte es ihm.

»Danke, es muss mir aus der Tasche gerutscht sein. Vielen Dank«, sagte er.

»Ich glaube, ich brauche eine Jacke«, meinte sie.

»Bringen Sie auch ein Glas mit«, antwortete Hermann.

Erwin Hermann Grosser war verwirrt. Er konnte die dänischen Zeitungen nicht lesen, doch Henrik hielt ihn auf dem Laufenden, was über die Morde geschrieben wurde, und die Entwicklung, die die Dinge genommen hatten, gefiel ihm ganz und gar nicht.

Dr. Grey hatte ihn persönlich darum gebeten, sich unter irgendeinem Vorwand zur gleichen Zeit wie Karin Sommer im *Gasthof zur Schleuse* in Ballum einzuquartieren.

Grey wusste alles. Seine Organisation konnte mit Sicherheit sowohl Telefone abhören wie auch fremde E-Mails lesen, dachte Erwin.

»Wir haben Karin Sommer gefunden. Sie ist eine neunundfünfzigjährige Dänin, die Ihren Onkel auf einem Friedensmarsch 1981 kennen gelernt hat. Sie hatten vermutlich eine Affäre oder sie hat auf eine andere Weise einen solchen Eindruck auf Winfried Lyck gemacht, dass er sich entschlossen hat, ihr per Testament das Resultat seiner Forschung zu überlassen«, sagte Grey.

»Warum soll ich mich mit ihr treffen?«, hatte Erwin gefragt.

»Um ein Vertrauensverhältnis aufzubauen«, hatte Grey geantwortet. »Lernen Sie sie kennen, freunden Sie sich mit ihr an, sodass sie bereit ist, mit Ihnen zusammenzuarbeiten, sobald sie in den Besitz des Materials kommt.«

»Aber Sie haben doch gesagt, dass Sie sich um alles kümmern?«

»Unsere Leute in Dänemark haben Mist gebaut. Es ist etwas schief gelaufen. Man hat ihr einen Bodyguard zugeteilt. Es ist uns nicht gelungen herauszufinden, wo das Material deponiert ist, deshalb haben wir unsere Strategie geändert.«

»Soll ich ihr von dem Material erzählen, dass sie erben wird?«, hatte Erwin naiv gefragt.

»Nein, natürlich nicht. Um Gottes willen nicht. Sie sollen sich nur mit ihr anfreunden. So gut wie möglich ...«

»Wollen Sie damit andeuten, dass ich versuchen soll, eine Affäre mit ihr anzufangen?«

»Das würde der Sache nicht schaden«, hatte Grey gesagt und hinzugefügt: »Das wäre sogar ausgezeichnet, wenn sich das machen ließe, ja.«

»Aber Sie haben gesagt, dass Sie das Material selbst finden?«

»Es ist uns nicht gelungen und wie ich bereits gesagt habe, hat unser Mann in Dänemark seinen Auftrag missverstanden und uns in ernsthafte Schwierigkeiten gebracht.«

Er hatte sich bereit erklärt, nach Ballum zu fahren. Das Ganze hatte etwas James-Bond-Artiges, das den kleinen Jungen in ihm ansprach. Er war in vielen Beziehungen ein großes Spielkind, die Kindlichkeit war ein integrierter Teil seiner innovativen Forscherseele.

Zu diesem Zeitpunkt hatte er natürlich keine Ahnung gehabt, dass man versucht hatte, Karin Sommer zu ermorden.

Es war Erwin nicht schwer gefallen, seinen nichts ahnenden dänischen Freund und Kollegen Henrik mit nach Ballum in den *Gasthof zur Schleuse* zu locken. Henrik hatte nämlich oft eine Vogelbeobachtungstour vorgeschlagen und das Wattenmeer war berühmt für seine Vögel. Sie hatten schon früher gemeinsam Männerurlaub gemacht – in Neuseeland, in Grönland und in Irland. So schlug er zwei Fliegen mit einer Klappe: Er konnte mit seinem Freund zusammen sein und hatte einen ausgezeichneten Vorwand, Karin Sommer kennen zu lernen, um dann später mit ihr zusammenzuarbeiten.

Doch als die dänischen Zeitungen gestern berichtet hatten, dass jemand Karin Sommer hatte ermorden wollen und stattdessen zwei andere Menschen erdrosselt hatte, war das ein Schock gewesen.

Worauf um Himmels willen hatte er sich da eingelassen? Das konnten doch nur Dr. Grey und seine Leute gewesen sein? Er, Erwin, wollte da nicht länger mitmachen und das wollte er Dr. Grey auch umgehend mitteilen.

Er drückte Greys Nummer und hörte die automatische Ansage: »Die Nummer, die Sie angerufen haben, ist nicht vergeben.«

Plötzlich war ihm glasklar, dass er der erste Verdächtige

wäre, sollte Karin Sommer ermordet werden. Wenn Onkel Winfrieds eigenartiges Testament am 1. Januar 2005 irgendwo in Dänemark geöffnet wurde, würde jedem klar sein, dass er, Erwin, den größten Vorteil aus ihrem Tod zöge.

Verfolgten sie in Wirklichkeit die Strategie, ihn zum Sündenbock für ihre beiden Morde zu machen?

Ihm brach der Schweiß aus bei dem Gedanken, dass er vermutlich schon in der Patsche saß, weil jemand Karin Sommer hatte ermorden wollen, stattdessen aber zwei andere Menschen umgebracht hatte. Wenn er nicht beweisen konnte, dass es Grey und seine Organisation wirklich gab, würde alles auf ihn hindeuten.

Panisch wählte er erneut Greys Nummer.

Die Telefonnummer war die einzige Verbindung, die er zu seinem amerikanischen Kontaktmann hatte. Alles war so geheim gewesen, dass selbst die Verträge mit Gesellschaften geschlossen worden waren, die nicht in den Handelsregistern standen. Top secret, ihm war das gleichgültig gewesen – solange er sein Geld bekam. Und das bekam er immer.

»Die Nummer, die Sie angerufen haben, ist nicht vergeben«, erklang wieder die automatische Ansage.

Noch nie hatte Erwin Hermann Grosser sich so alleine auf der Welt gefühlt.

Er überlegte wie verrückt: Wie konnte er seinen Kontakt zu Dr. Grey nachweisen? Er hatte das unangenehme Gefühl, dass alle Spuren in einer Sackgasse enden würden. Er konnte einen Vertrag mit Dr. Grey vorweisen, doch den hätte er, Erwin, rein theoretisch auch selbst aufsetzen können.

Aber da waren natürlich die E-Mails. Er schaltete seinen PC ein und ging in das E-Mail-Programm. Der nächste Schock: Sämtliche Korrespondenz mit Dr. Grey war gelöscht.

Er, Erwin, würde als Hauptverdächtiger dastehen, weil er

der Einzige war, der einen Vorteil von Karin Sommers Tod hätte.

Was sollte er tun? Abhauen? Nein. Das würde auf ein schlechtes Gewissen hindeuten, und wie sollte er Henrik erklären, dass er zwei Tage früher nach Hause fuhr?

Vielleicht war das Ganze doch nicht so schlimm. Es gab noch immer so etwas wie ein Alibi. Er hatte einen sorgfältig geführten Terminkalender und eine Sekretärin und verschiedene andere Personen, die bezeugen konnten, dass er zu den Tatzeiten nicht in Kopenhagen gewesen war. Er hatte auch nicht die geringste Ähnlichkeit mit dem Gesuchten.

Nur die Ruhe bewahren, sagte er sich. Er musste sich entspannen und improvisieren. Es würde schon gut gehen und er war positiv überrascht, wie sympathisch er Karin Sommer im Grunde genommen fand. Ja, dachte er. Das ist die Lösung: Er musste Karin Sommer zu seiner Verbündeten machen.

»Was machen Sie an Weihnachten?«, fragte er Karin, während er Wein in ihr Zahnputzglas goss.

»Weihnachten verbringe ich zusammen mit guten Freunden. Ach Gott, das sind ja nur noch vierzehn Tage.«

Karin würde natürlich zusammen mit Jørgen und Tante Agnes auf Skejø Weihnachten feiern, doch hatte sie noch immer nicht das Gefühl, Jørgens Existenz erwähnen zu müssen. Man soll die Wahrheit sagen, aber man muss nicht unbedingt verschwenderisch mit ihr umgehen.

»Und Sie?«, fragte sie.

»Ich weiß es noch nicht genau. Meine Frau wohnt den Winter über in Malaga und möchte gerne, dass ich komme, aber unsere Ehe existiert eigentlich nur noch auf dem Papier und ich weiß nicht recht ...«

»Haben Sie Kinder?«, fragte Karin.

Er schüttelte den Kopf: »Das hat sich nie ergeben.«

»Bei mir auch nicht«, sagte Karin.

»Empfinden Sie das als Verlust?«, fragte er.

»Nein, manchmal denke ich, dass einem viele Sorgen erspart bleiben. Ich habe viele Freunde mit Kindern. Man bekommt den Eindruck, dass Eltern nie auch nur einen ruhigen Moment haben.«

»Manchmal kommt mir ohnehin alles ein bisschen … ein bisschen sinnlos vor«, sagte er.

»Wirklich?«, fragte Karin.

»Ja, also, wenn das Ganze denn einen Sinn hat, dann doch wohl den, dass man seine Gene weitergibt«, meinte er.

»Vermutlich«, antwortete sie und warf ein: »Wie nennen Sie sich eigentlich, Hermann oder Erwin? Ich habe gehört, dass Henrik beide Namen benutzt?«

»Als Kind wurde ich Erwin gerufen, später habe ich mich Hermann genannt, weil ich einen Kollegen bekam, der auch Erwin hieß. Einige nennen mich Erwin, einige Hermann.«

»Und wie soll ich Sie nennen?«

»Meine besten Freunde nennen mich Erwin«, sagte er und schickte ihr einen dieser magischen Blicke, die sie quasi anzusaugen schienen. »Ich finde, du solltest mich auch so nennen.«

Sie fand ihn schön und charmant und sie mochte die Natürlichkeit, mit der er über ernste Themen wie zum Beispiel die Kinderlosigkeit sprach. Sie hatte ohnehin entdeckt, dass ihr die deutsche Art, die Dinge ernst zu nehmen, gefiel.

In Dänemark – zumindest in der Subkultur, in der sie lebte – hatte man immer einen Witz auf den Lippen und distanzierte sich mit Hilfe von Ironie und Sarkasmus von jedem Versuch eines ernsten Gesprächs. Eine seltsame Scheu – oder vielleicht auch eine Flucht – vor einer verpflichtenden Stellungnahme.

Das war in Schweden und auch in Deutschland anders, hatte sie erlebt. In den Nachbarländern war es nicht peinlich oder beschämend, ernst zu sein oder andere ernst zu nehmen.

Michael, der in der entferntesten Ecke des Aufenthaltsraums saß, klappte seinen PC zusammen und sagte: »Gute Nacht. Sie können jetzt selbst auf sich aufpassen.« Und direkt zu Karin: »Haben Sie den Alarm eingeschaltet?«

Karin schob ihren etwas zu langen Pulloverärmel hoch und zeigte ihm den Alarm, der einer überdimensionalen Armbanduhr mit einem roten Gummiarmband glich – in der Art der Rufgeräte, die man alten Menschen verpasste.

»Schlafen Sie gut. Wer holt morgen die Zeitungen?«, fragte er.

»Das macht Henrik gewöhnlich«, antwortete Karin und lächelte. Zwei Tage und zwei Nächte hatten sie jetzt hier verbracht – vier einander fremde Menschen, und schon hatten sich Gewohnheiten und Routinen entwickelt.

Erwin schenkte ihr noch ein Glas ein und eine dunkle Haarlocke machte sich auf eine charmante Weise selbständig. Es war ein deutscher Weißwein, der nach Holunderblüten schmeckte. Aus irgendeinem Grund trank sie nur selten deutschen Wein, aber der hier war wirklich gut und angenehm frisch im Geschmack.

»Ein tolles Auto, das du da hast. Ein roter Ferrari. Mit Sicherheit der Traum eines jeden Jungen«, sagte Karin und lächelte Erwin an.

»Zumindest meiner, und als ich eine Erfindung an ein paar reiche Amerikaner verkauft hatte, hatte ich endlich die nötigen Mittel«, antwortete er.

Sie genoss die entspannte Gesellschaft, die es ihr ersparte, wach in ihrem Zimmer zu liegen und sich immer wieder zu fragen, wer sie in Wirklichkeit war.

Sie geriet ernsthaft in Versuchung, dem sympathischen Deutschen die ganze Geschichte zu erzählen, war sich jedoch darüber im Klaren, dass sie besser den Mund hielt. Er könnte sie sonst für verrückt halten.

»Woran forschst du, hast du gesagt – irgendetwas mit alternativen Waffen?«, fragte Karin.

»Ja, so kann man das gut ausdrücken. Jedenfalls an Alternativen zu tödlichen Waffen«, antwortete er.

»Das klingt nach einer guten Idee«, antwortete sie – vor allem, um ihm zu gefallen.

»Findest du?«, sagte er froh und fügte hinzu: »Du kannst Aktien an meiner Firma kaufen. Ich glaube, sie werden bald steil ansteigen.«

»Wow, Insiderhandel!«, sagte sie scherzhaft und um ihm zu zeigen, dass ihr die Termini des Geschäftslebens durchaus geläufig waren. »Leider erlaubt mir mein Gehalt als Provinzjournalistin keine Aktienspekulationen.«

»Ich meine es ernst. Du solltest das tun. Wir planen Großes. Leih dir Geld und du bekommst es tausendfach zurück«, sagte er.

»Jetzt klingst du wie die Reklamen, die immer auf dem Computer erscheinen«, sagte sie und lächelte. »So etwas macht mich total skeptisch.«

»Du musst nicht eine Krone bezahlen. Ich investiere für dich«, sagte er und lachte.

Die Alarmglocke in Karins Hinterkopf schrillte. Das war ein äußerst ungewöhnliches Gespräch, dachte sie. Oder war es das nicht? Er gab ihr scherzhaft einen Tipp bei einer Flasche Wein. Sie sollte nicht gleich paranoid werden.

»Was ist so viel Geld wert?«, fragte sie.

Er antwortete: »Es geht um eine Technik, mit der beispielsweise Geiselnehmer ohne den Verlust von Menschenleben überwältigt werden können.«

Sie fühlte, wie sich ihre Nackenhaare sträubten. Der falsche Gallup-Mann hatte genau diese Wendung gebraucht. Er hatte gefragt: »Wenn Sie über eine Technik verfügen würden, mit deren Hilfe Geiselnahmen beendet werden könnten ...?«

»Ja, vielleicht lasse ich mich ja doch noch auf Aktienspekulationen ein«, sagte sie lässig und heiter.

Er nahm ihre Hand und sagte: »Glaub mir, du wirst auch die Mittel für einen Ferrari bekommen.«

»Der steht auf meinem Wunschzettel nicht an erster Stelle«, antwortete sie.

»Und was steht an erster Stelle?«, fragte er.

»Freiheit«, antwortete sie.

»Die wirst du haben«, sagte er.

Er setzte sich auf dem Zweiersofa neben sie und kurz darauf ergab es sich ganz von selbst, dass sie sich einen Gutenachtkuss gaben.

»Warum willst du mich reich machen?«, fragte sie, als sie ein wenig schwindlig von Wein und Gesellschaft aufstand, um ins Bett zu gehen.

»Weil du schön bist«, antwortete er.

»Gute Nacht und schlaf gut.«

Da zu ihrem Zimmer keine eigene Toilette gehörte, stellte sie für den Fall, dass sie im Lauf der Nacht pinkeln musste, den Stuhl neben das Waschbecken. Dann ging sie ins Bett und machte die Nachttischlampe aus.

Was läuft hier eigentlich?, dachte sie und schlief ein.

Washington, Dezember 2004

»Ich gebe das Wort jetzt an Dr. Grey, unseren internationalen Koordinator des ›Dream‹-Programms«, sagte die Tagungsleiterin, eine effiziente jüngere Frau in einem femininen, pinkfarbenen Kostüm.

Grey räusperte sich und ließ den Blick wandern, um die Aufmerksamkeit einzufangen: »Das ›Dream‹-Programm ist kein großes Projekt«, begann er. »Es setzt sich aus einer Reihe kleinerer Projekte oder Bausteine zusammen, die an vielen verschiedenen Orten der USA und der restlichen Welt angesiedelt sind. In den nächsten Jahren werden wir versuchen, diese Bausteine zu einem völlig neuen Bild zusammenzusetzen, wie wir den Terror bekämpfen und Freiheit und Demokratie zu allen Menschen bringen können.

Die Philosophie des Programms, wie wir bereits am Vormittag gehört haben, ist die, dass der traditionelle Krieg mit Tod, Vernichtung von Material und Zerstörung gesellschaftlicher Strukturen eine unangemessene Strategie darstellt – wie wir zuletzt im Irak sehen konnten.

Ausgangspunkt des ›Dream‹-Programms ist, dass eine neue Methode oder, wenn man so will, eine neue Waffe gefunden werden muss, um eine konstruktivere Übergangsphase zu einer stabilen, freien und demokratischen Gesellschaft zu gewährleisten.

Diese neue Strategie nennen wir ›Dream‹ und das deshalb, weil die Übergangsphase – allgemein verständlich ausgedrückt – schmerzfrei und wie im Traum vor sich gehen wird. Die Drahtzieher des bösen Systems werden während der Umstrukturierung ihres Landes unter voller Betäubung stehen, sodass die freien und demokratischen Kräfte zum Zuge kommen können.

Um es klar und deutlich zu sagen: Wir betäuben die Menschen, die sich in den Zentren des Bösen befinden, während wir sie gegen die Repräsentanten des Guten austauschen.«

Der Präsident nickte eifrig und seine Augen leuchteten vor Begeisterung.

Grey fuhr fort: »Wir rechnen damit, im Lauf von nur wenigen Jahren über die grundlegende Technik zu verfügen. Mit etwas Glück vielleicht schon während des nächsten Kalenderjahrs. In den Laboratorien in Ohio, Denver, Mailand, Berlin, Krakau und an einigen anderen Orten auf dieser Welt wird mit Hochdruck gearbeitet. Wir haben in der Entwicklung eines synthetischen Betäubungsmittels, das sich zu diesem Zweck eignet, große Fortschritte gemacht.

Einer der größten Durchbrüche innerhalb der Forschung ist in unmittelbare Reichweite gerückt. Es handelt sich um ein Betäubungsmittel, das – selbst in hohen Dosen – nicht tödlich ist und bis zu sechzehn Stunden wirkt.

Damit das Ganze jetzt nicht zu abstrakt wird, habe ich ein Beispiel der ›Dream‹-Strategie ausgearbeitet«, sagte Dr. Grey und begann mit seiner Power-Point-Präsentation.

»Hier haben wir das Land X, das von einem bösen Diktator und seinem engsten Kreis regiert wird. Er verfügt über eine Armee und eine Polizei, deren Führung sorgfältig ausgewählt und loyal ist. Außerdem hat er treue Anhänger mit den Führungspositionen bei Radio und Fernsehen betraut. Im Land gibt es eine mächtige Opposition, die natürlich keine Chance hat, weshalb viele der guten Leute ins Ausland geflohen sind.

Wir beschließen, dieses Land zu einem freien, demokratischen Land zu machen. Wie gehen wir vor?«

Er klickte eine neue Seite auf der großen weißen Tafel am Ende des Tagungsraums an und zeigte mit einem kleinen Laserpointer.

»*Vorabinformationen:* Wir verschaffen uns eingehende Kenntnisse der Situation im Land und konkrete Fakten über alle Zentren der Macht. Wir müssen so gut wie möglich über Personen, Lokalitäten, Strukturen und Arbeitsgänge informiert sein, sodass wir genau wissen, wo und wann wir zuschlagen müssen.

Vorbereitung: Wir bereiten die von uns ausgesuchten Leute darauf vor, die politischen Machtpositionen im Land zu übernehmen, das heißt die administrative Leitung, die wichtigsten finanziellen Institutionen, das Militär, die Polizei und die Gerichte sowie die Medien, die die neue politische Situation legitimieren müssen. Wir verbünden uns sowohl mit der Opposition in Land X als auch mit den politischen Flüchtlingen im Ausland.

Intervention: Die Zentren der Macht werden zum strategisch günstigsten Zeitpunkt betäubt. Wir haben viele Versuche gefahren und halten Infrarotlenkraketen, die das Betäubungsgas mitführen, für die realistischste Technik. Was Transport- und Verbreitungstechniken angeht, wird laufend an deren Weiterentwicklung und Verbesserung gearbeitet und gerade zum jetzigen Zeitpunkt werden überall auf der Welt viele Ideen entwickelt.

Wir setzen also alle Zentren der Macht im Land X unter volle Betäubung. Dann übernehmen die traditionellen Truppen ihre Aufgabe. Sie werden die Betäubten – im wortwörtlichen Sinne – forttragen und internieren, bis die Gesellschaft wieder stabil ist. Gleichzeitig besetzen wir alle Zentren mit den neuen, guten Leuten und die Medien strahlen die im Voraus ausgearbeiteten Radio- und Fernsehprogramme über die erfolgreiche Umstrukturierung des Landes aus.

Stabilisierung: Unsere Truppen bleiben in Land X, um den Stabilisierungsprozess zu sichern. Dieser Prozess kann als abgeschlossen betrachtet werden, wenn die von uns ausgewählten Leute durch eine demokratische Abstimmung gewählt worden sind.«

Die Tagungsleiterin gab Dr. Grey ein Zeichen und sagte: »Wir machen jetzt eine fünfzehnminütige Pause. Anschließend können Fragen an Dr. Grey gestellt werden.«

Alle konnten sich den Hauptgrundsätzen des ›Dream‹-Programms anschließen, aber es gab viele Fragen zu den technischen Details.

»Wird es nicht zu Unfällen kommen, wenn die Leute plötzlich das Bewusstsein verlieren?«, wollte ein Mitglied des Präsidentenstabs wissen.

»Wir arbeiten an der Entwicklung verschiedener Stoffe und setzen unsere Erwartungen in einen Stoff, der einen nach vier bis fünf Minuten so schwer und müde werden lässt, dass man automatisch jede physische Aktivität einstellt und sich in eine Ruheposition begibt. Trotzdem wird es zweifellos zu Unfällen kommen. Sie werden jedoch nicht ins Gewicht fallen gegen die Verluste an Menschenleben, die die konventionelle Bombardierung einer Stadt mit sich bringt«, antwortete Dr. Grey.

»Wie lange wird das Betäubungsgas in der Luft hängen? Ich meine: Die neuen Leute, die an Stelle der alten treten sollen, sollen schließlich nicht betäubt werden?«

»Das hängt ein wenig von den chemischen Eigenschaften des Stoffes ab, aber wir rechnen mit etwa einer Stunde. Und bei dieser Gelegenheit möchte ich auch nicht unerwähnt lassen, dass wir unsere eigenen Leute natürlich durch entsprechende medizinische Mittel und Spezialausrüstung schützen werden.«

»Sie sprechen von Gasmasken?«

»Auch. Außerdem arbeiten wir mit Erfolg an der Entwicklung einer Art Gegengift, das die Wirkungen des Betäubungsgases aufhebt. Es ist von einer Weiterentwicklung des altbekannten Naloxon die Rede.«

»Aber man kann doch nicht sicher sein, dass alle Schlüsselpersonen sich zu der gegebenen Zeit an dem gegebenen Ort aufhalten? Einige sind in Ferien, andere haben frei, sind auf Reisen oder auf einer Tagung irgendwo anders. Werden sie nicht später den Widerstand mobilisieren?«

Dr. Grey nickte.

»Korrekt, doch unsere Verhaltensforscher betrachten das nicht als größeres Problem. Stellen Sie sich vor, Sie sind einen Tag nicht im Büro und wenn Sie zurückkommen, haben Sie einen neuen Chef und neue Kollegen. Was können Sie tun? Sich mit den neuen Verhältnissen arrangieren, kündigen – oder sich kündigen lassen.«

Grey stand von seinem Stuhl auf dem Rednerpodium auf und sprach eindringlich zu der kleinen, gewichtigen Versammlung: »Ich will nicht versuchen, Sie glauben zu machen, dass es sich bei ›Dream‹ um eine ganz einfache und unkomplizierte Methode zur Verbreitung von Freiheit und Demokratie handelt. Es handelt sich vielmehr um eine Strategie, die einer sorgfältigen und intelligenten Vorbereitung sowie harter Arbeit bei der Umsetzung bedarf. Gratis ist das Programm mit Sicherheit auch nicht. Doch halten wir uns immer wieder die teure und blutige Alternative vor Augen, wie zum Beispiel den Irak-Krieg.

Im Stabilisierungsprozess wird das Programm in den meisten Fällen einen friedlichen, undramatischen Systemwechsel ermöglichen. Aber wir haben es noch immer mit Menschen zu tun und riskieren natürlich, auf Widerstandszellen zu stoßen. Es wird immer Leute geben, die nicht verstehen, was das Beste für sie ist. Anstatt diesen Widerstand brutal zu zerschlagen und damit eine neue Spirale der Gewalt in Gang zu setzen, setzen wir auf ›Dream‹: Wir betäuben die Aufrührer – wortwörtlich.

Man kann auch problemlos die Teilnehmer einer Demonstration betäuben. Wir können uns sogar dafür entscheiden, einen unruhigen Stadtteil oder sogar eine ganze Stadt zu betäuben, bis sich die Gemüter beruhigt haben. Wir verfügen über Berechnungen, aus denen hervorgeht, dass 3,5 Kilo des potentesten Stoffs ausreichend sind, um alle Menschen innerhalb eines Radius von einem Kilometer zu betäuben.«

»Inwieweit lässt sich das Programm mit der internationalen Konvention zu chemischen Waffen vereinbaren?«, wollte ein Soziologe wissen.

»In der Praxis liegt die Definitionsgewalt bei uns und wir haben beschlossen, ›Dream‹ nicht als chemische Waffe zu bezeichnen, sondern als nicht tödliche Friedenssicherungsmaßnahme. Das wiederholen wir und daran halten wir fest, bis es zu einer allgemein akzeptierten Wahrheit geworden ist.«

»Der Systemumwandlung soll eine demokratische Wahl folgen. Wie können wir sicher sein, dass unsere Leute gewählt werden?«

Zum ersten Mal während der Präsentation verzogen sich Dr. Greys dünne, bleiche Lippen zu einem breiten, pfiffigen Lächeln nach oben: »Das ist das geringste Problem. Der Wähler, das Volk im Allgemeinen, ist betäubt – ganz ohne den Einsatz von Medikamenten. Uns steht ein ganzes Heer von Medienleuten zur Verfügung, die sich darum kümmern. Auf diesem Gebiet verfügen wir bereits über jahrelange Erfahrung.«

Kopenhagen, Dezember 2004

Die elfjährige Viola saß über ihrem »Kornfleisch«, wie die Cornflakes scherzhaft in der Familie genannt wurden.

»Denk an deine Turnsachen und kippel nicht so mit dem Stuhl«, sagte ihr Vater, der ihr gegenüber am schön gedeckten Frühstückstisch saß.

»Ich hole dich ab und dann machen wir uns einen ganz schönen, gemütlichen Nachmittag«, sagte ihre Mutter, die für ihren Mann und sich einen Caffè Latte zubereitete.

Sie waren eine glückliche Familie und alles war, wie es sollte an diesem Wintermorgen im Zentrum von Kopenhagen.

Der Vater griff nach dem ersten Teil der *Politiken* und schob seiner Frau den Kulturteil über den Tisch.

Er las die Rückseite zuerst, die Rubrik »*Angenommen...*«. Das tat er immer. Es war gesund, den Tag mit einem Lachen zu beginnen, sagte er. Dann verkraftete man die schlechten Nachrichten besser.

»Ja, aber das ist er doch!«, sagte Viola und zeigte auf die Titelseite, die ihr zugewandt war.

Kinder reden die ganze Zeit und sagen so viel, dass der Vater ihre Worte zuerst überhörte.

»Ich habe gesagt, dass er das ist«, wiederholte sie laut und gab der Zeitung mit dem Löffel einen Klaps, um das Interesse der Eltern auf sich zu lenken.

»Wer?«, fragte die Mutter.

»Der Dieb, der, der im Bus mein Handy gestohlen hat«, sagte sie.

Jetzt reagierten beide Eltern.

Die Zeitung wurde auf dem Frühstückstisch ausgebreitet und alle drei lasen:

WER KENNT DIESEN MANN?
Unidentifiziertes Mordopfer im Südhafen gefunden

Die Zeitung brachte ein Foto vom Gesicht der Leiche, auf dem die Augen geschlossen waren. Es sah unheimlich aus, fand Viola.

»Bist du dir wirklich sicher?«, fragte der Vater.

»Jep«, antwortete das Mädchen. »Ich erkenne ihn an den Haaren und den angewachsenen Ohrläppchen. Er hatte auch so eine Nase«, sagte sie und zeigte auf das Foto. »Seine Augen waren ... ganz hellblau, aber die sieht man hier ja nicht.«

»Okay«, sagte der Vater und ging zu dem Pinboard mit den lustigen Fotos, Notizen, Zeitungsausschnitten und Merkzetteln. Er griff nach der kleinen Visitenkarte, die der Kriminalbeamte ihnen nach einer Woche vergeblicher Jagd auf den Handydieb gegeben hatte.

»Rufen Sie an, falls Viola ihn noch einmal sieht«, hatte der Beamte gesagt. Er rief an.

Vater und Tochter fuhren zusammen zum Polizeipräsidium, wo Viola, ein ruhiges, aufgewecktes und sympathisches Kind, eine so präzise und sichere Erklärung abgab, dass der Leiter der Sonderkommission, Halfdan Thor, geneigt war, ihr zu glauben. Der Tote passte zudem zu der ursprünglichen Beschreibung des Mädchens von dem Dieb.

Das brachte sie einer Identifikation nicht unmittelbar näher, brachte den Toten aber auf die eine oder andere Weise mit dem Fall-Komplex in Verbindung, den sie in Ermangelung eines besseren Namens den Sommer-Fall nannten.

Wenn man davon ausging, dass Viola richtig gesehen hatte, und das tat Halfdan Thor, hatten sie jetzt die Leiche der Person, die das Handy gestohlen hatte, das für das falsche Gallup-Interview mit Karin Sommer benutzt worden war.

Sie mussten nicht lange auf die endgültige Identifikation warten. Im Lauf des Vormittags gingen vier Hinweise ein, dass es sich bei dem Mann, der erschossen und in den Südhafen geworfen worden war, um den siebenundvierzigjährigen cand.jur. Erik Høst Eriksen handelte, einen früheren Anwalt, der vor zehn Jahren wegen Vollmachtsmissbrauchs verurteilt worden war und bei dieser Gelegenheit seine Zulassung verloren hatte.

Am Nachmittag verschafften sie sich Zugang zu seiner Wohnung in der Absalonsgade in Vesterbro. Sie war total verwüstet. Es bestand kein Zweifel, dass die Wohnung auf den Kopf gestellt und durchsucht und ein Computer mitgenommen worden war. Hier würde die Spurensicherung einige Tage zu tun haben, dachte Thor.

Sie hatten ein neues Teilchen, doch wo es in das Puzzle passte, sah Halfdan Thor noch nicht. So viel war jedoch sicher, dass das ganze Gallup-Theater um Krieg und Frieden etwas mit dem politischen Aspekt dieses Falls zu tun hatte – beziehungsweise mit der Vortäuschung eines solchen Aspekts. Er sah das Material des Nachrichtendienstes der Polizei durch. Da war die anonyme E-Mail: »*Ich bin ein Mitglied einer rechtsradikalen ... ich halte das für eine wahnssinnige Idee.*«

Wow! Da war er wieder. Der Rechtschreibfehler: wahnsinnig mit zwei s. Genau wie gestern auf dem Zettel in der Küche draußen auf Amager. Aber man sollte einem Rechtschreibfehler auch nicht zu viel Bedeutung beimessen. Er klickte Google an: 16 000 Treffer bei wahnsinnig mit zwei s. 22 000 Treffer mit einem s. Die falsche Rechtschreibung war fast ebenso verbreitet wie die richtige. Dieses Indiz war keine fünf Øre wert, doch rein aus Prinzip musste er seine Arbeit zu Ende führen.

Er hatte den Namen und die Adresse und nach einem Anruf hatte er auch die Personenkennzahl. Dann schlug er im Personenregister nach und erlebte seine erste Überraschung: Michael Jensen war vom Nachrichtendienst der Polizei überprüft worden. Bekleidete er eine besondere Vertrauensstellung? Arbeitete er etwa für den Nachrichtendienst?

Er rief seinen alten Kampfgefährten von der Polizeischule, den Chef des PET, Laurits Hansen, an: »Ich überprüfe gerade einige Männer in Verbindung mit den Hinweisen, die auf die Personenbeschreibung des Spermasammlers bei uns eingegangen sind und bin auf jemanden gestoßen, den ihr vor kurzem überprüft habt. Ich gebe dir Namen und Personenkennzahl: Michael Jensen, geboren am 16. 3. 74 ...«

»Einen Augenblick ..., ja, hier haben wir ihn, das ist einer unserer Leute. Nein, das stimmt nicht ganz. Er ist im Rahmen der neuen Sonderregelung eingestellt worden – als Bodyguard. Er kommt vom Militär.

Aber weißt du was? Ihn könnt ihr in der Verbindung ausschließen«, sagte Laurits Hansen. »Ich sage dir: Sein Aussehen ist sehr speziell. Eine Briefbombe hat sein Gesicht entstellt, die eine Hälfte sieht aus wie ein roter Bombenkrater ... ihn würde jeder auf Abstand erkennen.«

»Der frühere Irak-Soldat?«, fragte Halfdan Thor.

»Genau.«

Halfdan Thor hatte über das Attentat auf den früheren Soldaten gelesen und sagte: »Soweit ich mich an die Chronologie erinnere, erfolgte das Bombenattentat auf den Soldaten *nach* dem Mord an Anita Knudsen.«

»Einen Augenblick. Ich schlage das gerade nach«, sagte Laurits Hansen und tippte auf seinem Computer herum.

»Ich auch«, sagte Halfdan Thor.

Sie fanden es gleichzeitig und sagten fast wie aus einem Mund: »Stimmt, die Briefbombe kam am Tag nach dem Mord an Anita Knudsen.«

»Wir haben da eine Friseurin, die für seine Mutter arbeitet, und die meint, dass die Personenbeschreibung auf ihn passt. Wir haben ja schon früher die Möglichkeit erörtert, dass es sich um einen Insider handeln könnte«, sagte Halfdan Thor.

»Ich sehe mal, wo er sich zurzeit aufhält, und dann werde ich ein Gespräch mit ihm führen«, sagte Laurits Hansen und klickte den Dienstplan des Nachrichtendienstes auf dem Computer an.

»Verdammt«, sagte er so laut, dass schlimme Vorahnungen Thor beschlichen.

»Verdammt«, wiederholte der Chef des Nachrichtendienstes. »Im Augenblick ist Michael Jensen der Bodyguard von Karin Sommer. Sie sind zusammen in Südjütland.«

»Lass uns hoffen, dass es sich um einen dieser merkwürdigen statistischen Zufälle handelt, dem keinerlei Bedeutung zukommt, aber lass uns trotzdem eine Krisensitzung der Gruppe in spätestens fünf Minuten einberufen«, schlug Thor vor.

»Wie viele von der Gruppe sind da?«, fragte Laurits Hansen.

»Als ich das letzte Mal in ihrer Höhle war, saßen drei Mann vor den Computern«, sagte Thor.

Ein immer größerer Teil jeder Ermittlung wurde mit Hilfe dieser elektronischen Wunderapparate durchgeführt.

»Ich nehme zwei meiner Männer mit. Sag nichts über die interne Anlage. Auch keine Kommunikation über Radio, Telefon oder PC. Keine Panik, nur Vorsicht«, sagte Laurits Hansen.

In dem Arbeitsraum, den man der Sonderkommission zur Verfügung gestellt hatte, hatte Kriminalassistent Lars Sejersen den größten Teil des Vormittags mit Nachforschungen bezüglich der deutschen Flüchtlingsfrau verbracht, die im Sommer 1945 bei Martha und Anton Sommer in Rejsby-Ballum gewohnt hatte.

Kriminalinspektor Halfdan Thor hatte ihn am Morgen mit der Aufgabe betraut und sie war nicht allzu schwer zu lösen gewesen. Er mochte diese Art von Ermittlungsarbeit. Vielleicht hätte er Historiker werden sollen, dachte er.

In Dänemark hatte er sowohl zum Landesarchiv von Südjütland als auch zum Reichsarchiv Kontakt aufgenommen, ebenso zu dem Archiv, in dem sämtliche verstorbenen deutschen Flüchtlinge aufgeführt waren. Bald hatte er alle relevanten Informationen über die Ostpreußin Gertrud Lyck, ihren Aufenthalt und ihren Tod in Dänemark gefunden.

Das Archiv, in dem die toten deutschen Flüchtlinge registriert waren, war darüber hinaus im Besitz einer Visitenkarte mit Namen und Adresse ihres Sohnes in Berlin, da ein Museum ihm lange nach dem Krieg einige Habseligkeiten seiner Mutter zugestellt hatte.

Zuerst ging er davon aus, dass Winfried Lyck tot sein musste, doch der Ordnung halber setzte er seine Suche fort und stieß auf das Pflegeheim, in dem der jetzt Sechsundachtzigjährige lebte.

In diesem Pflegeheim konnte man ihm mitteilen, dass ein Sohn seines Vetters, Erwin Hermann Grosser, als Winfried

Lycks nächster Verwandter angegeben war. Es gab auch eine dazugehörige Adresse in Berlin.

Der ganze Bericht hatte die Größe einer Bildschirmseite und Serjersen machte einen Ausdruck, bevor er sich an den ovalen Besprechungstisch setzte. Es konnte nie schaden, den eigenen Fleiß und die eigene Schnelligkeit ein wenig herauszustellen, wenn man an einer Besprechung mit den Chefs teilnahm, dachte er.

Ballum, Dezember 2004

Das diesige, nasse Wetter lag schwer über dem Marschland, sodass kaum zu erkennen war, wo Marsch und Meer aufhörten und der Himmel begann. Grau in grau, dachte Karin, als sie gegen acht aufwachte und aus dem Fenster sah.

Zuerst überkam sie ein Anfall von moralischem Morgenkater: O nein, sie hatte sich gestern bestimmt lächerlich gemacht, zuerst indem sie diese pathetische Geschichte von dem vertauschten Kind erfunden und Halfdan Thor angerufen hatte. Und später ihr Flirt mit dem Deutschen.

Sie ging zurück ins Bett, zog die Bettdecke bis hoch über die Schultern und begann darüber nachzudenken, wie sie jeglicher Gesellschaft aus dem Weg gehen konnte – am liebsten auch ihrer eigenen.

Na schön, das Unbehagen verzog sich, als sie langsam richtig wach wurde und mit der allmorgendlichen Übung begann, sich so zu akzeptieren, wie sie war.

Es war zweifellos ein Nachteil, kein eigenes Badezimmer zu haben, dachte sie, als sie in Bademantel, Pantoffeln und mit ungekämmten Haaren durch den gemeinsamen Aufenthaltsraum tappte, nur um festzustellen, dass das Badezimmer besetzt war.

Sie ging zurück in ihr Zimmer und ließ die Tür angelehnt, damit sie hören konnte, wann das Bad frei wurde.

Plötzlich knallte unten eine Tür ungewöhnlich laut. Es musste die Tür von der Diele zur Gaststube sein. Jemand kam die Treppe heraufgetrampelt. Dann knallte noch eine

Tür. Eine Tür zu einem der Zimmer, daran zweifelte sie nicht.

Einer der Männer musste unten gewesen sein, aber das klang sehr aggressiv. Sie spähte vorsichtig hinaus und sah Erwin, wie sie ihn jetzt nannte, in Boxershorts mit Handtuch und Toilettentasche aus dem Badezimmer kommen. Auch er blickte sich neugierig um: Woher kam der Lärm?

Sie trat aus dem Zimmer, lächelte ihn an und wünschte ihm einen guten Morgen. Im gleichen Moment ertönte ein Krach und diesmal zweifelte keiner von ihnen. Der Krach kam aus Michaels Zimmer.

»Was geht da vor?«, flüsterte Karin.

»Keine Ahnung«, antwortete Erwin.

»Wir sehen uns beim Frühstück«, sagte Karin und verschwand im Badezimmer, wo der Duft eines exklusiven Aftershaves noch immer in der Luft hing.

Henrik saß bei seinem Kaffee und die Gastwirtin machte sich um ihn herum zu schaffen und deckte den Tisch. Die Stimmung war nervös, fand Karin.

»Das war Ihr Bodyguard. Er hat einen Anfall gehabt«, erzählte Henrik.

»Warum?«

»Ich weiß es nicht. Vielleicht habe ich etwas Falsches gesagt. Er hat mich gefragt, ob er den ersten Teil der Zeitung ausleihen kann. Und ich habe geantwortet: ›Ja, bitte, es gibt ohnehin nur schlechte Nachrichten!‹

Einen Augenblick später hat er wütend die Zeitung dorthin geworfen«, Henrik zeigte in eine Ecke der Gaststube, »und nach dem Stuhl getreten, auf dem er gesessen hat, sodass er umgekippt ist, woraufhin er rausgelaufen und die Treppe hinaufgepoltert ist.«

»Muss wohl ein Anfall von Morgenmuffeligkeit gewesen

sein«, sagte Karin entschuldigend. Sie fühlte sich ein wenig verantwortlich, weil er ihr Bodyguard war.

»Mehr als das«, sagte Henrik und fügte hinzu: »Leute, die mit Schusswaffen herumlaufen, sollten nicht so launisch sein.«

»Da haben Sie Recht. Wenn er sich nicht beruhigt, muss ich wohl anrufen ...« Sie beendete den Satz nicht, denn jetzt gesellte sich auch Erwin an den Frühstückstisch und wollte die ganze Geschichte hören.

»Das ist mein letzter Tag in Ballum«, sagte Karin. »Wie lange bleiben Sie noch?«

»Wir fahren morgen«, antwortete Henrik.

»Was willst du heute machen?«, fragte Erwin.

»Ich will mir die Kirche ansehen«, antwortete sie. In Wirklichkeit hatte sie beschlossen, auf den Friedhof zu gehen und nachzusehen, ob es Rosemaries Grab noch gab. »Außerdem habe ich vor, nach Løgumkloster zu fahren. Das ist eine Sehenswürdigkeit, die ich empfehlen kann.«

»Ja, vielleicht sollten wir das auch machen«, sagte Henrik. »Das Wetter ist nicht das beste, um Vögel zu beobachten.«

Karin musste an Michaels Tür klopfen. Es gab kein Telefon auf den Zimmern.

Er riss sie auf und sagte: »Was wollen Sie?«

»Sie über das Tagesprogramm unterrichten«, antwortete sie.

»Das ist mir vollkommen gleichgültig. Sie können, zum Teufel noch mal, machen, wozu Sie Lust haben!«

Karin wich unwillkürlich einen Schritt zurück: »Sie haben wohl nicht vor, mich zu begleiten?«

»Nein«, sagte er und sie hatte das Gefühl, dass er sich gewaltig zusammennehmen musste, um nicht vor Wut in die

Luft zu gehen. Das sah ganz nach einem psychischen Zusammenbruch aus, vermutlich eine Reaktion auf den furchtbaren Unfall. Sie empfand vor allem Mitleid: »Kann ich Ihnen irgendwie helfen?«

»Ja«, antwortete er. »Sie können verschwinden.«

Die Worte zischten aus seinem Mund, als wäre dieses verbrannte, deformierte Loch das Sicherheitsventil eines Dampfkochtopfs.

»Ja, natürlich«, antwortete sie und zog sich auf Zehenspitzen in ihr Zimmer zurück.

Sie dachte kurz nach, ob sie anrufen und Halfdan Thor Bericht erstatten sollte, aber nein, sie wollte nicht petzen. Der arme verunstaltete Typ, er hatte einen richtig schlechten Tag. Sie wollte nicht diejenige sein, die an seiner Kündigung schuld war und ihn in noch größere Verzweiflung stürzte.

Sie legte sich mit der Zeitung, die sie sich von Henrik geliehen hatte, aufs Bett.

Auf der Titelseite brachten sie ein Foto der unidentifizierten Leiche und ansonsten das Übliche: der Krieg im Irak, der weiter Todesopfer forderte. Das Rätselraten um die Folketing-Neuwahlen. Und das ganze Weihnachtstamtam. Was sollte sie Jørgen schenken? Irgendein kleines, praktisches Universalwerkzeug, das er sich gewünscht hatte? Ihr Blick fiel auf eine ganzseitige Anzeige für ein Sport- und Jagdmagazin.

Sie zog sich warme Thermosachen an, eine Öljacke und wasserdichte Stiefel, und empfand es wie eine Befreiung, Michael nicht an ihrer Seite zu haben.

Seit fast zwei Monaten wurde sie jetzt von einem Bodyguard begleitet und wie es schien, hatte nicht der geringste Grund dafür bestanden. Niemand hatte versucht, ihr etwas anzutun. Ihr fiel ein, dass der Mord an Anita Knudsen demnächst schon zwei Monate her war und dass die Polizei bisher keine großen Fortschritte bei der Jagd nach dem Mörder gemacht hatte. Armer Leif. Sie musste daran denken, ihn bald einmal anzurufen.

Sie steckte den Umschlag mit dem Foto in ihre Schultertasche und fuhr mit dem Auto zur Kirche. Es war ungefähr elf Uhr und die Tage waren kurz. Schon gegen drei begann es wieder zu dunkeln.

Als sie im Auto saß, träumte sie ein wenig von Charterreisen in warme, helle Länder. Warum verreisten sie und Jørgen nicht einfach? Das würde sie ihm vorschlagen. Sie konnte gut und gern zehn Tage zusammenkratzen, auch wenn dieses Jahr ein Arbeitgeberweihnachten war, an dem die Feiertage auf ein Wochenende fielen.

Sie parkte bei der Kirche und ging auf den Friedhof. Sie hatte keine Ahnung, wo sie nach dem Stein mit der Inschrift »Rosemarie – daheim bei Gott« suchen sollte. Doch das machte nichts.

Karin las so gerne Grabinschriften, dass es ihr in den Sinn kommen konnte, an einer fremden Kirche zu halten, um eine Runde über den Friedhof zu gehen und die Inschriften zu lesen.

Vor sich und anderen erklärte sie dieses makabre Interesse damit, dass es Kultur war, was die Leute über ihre Toten schrieben. Oder was die Verstorbenen in Stein gehauen hinterlassen wollten.

Zuerst sah sie sich Namen und Alter des Verstorbenen sowie den Zustand der Grabstätte und ihre Gestaltung an. Lag der Tote alleine oder in einem Familiengrab? Wer waren die anderen Familienmitglieder?

Schon das lieferte ihrer Fantasie Stoff für eine längere Geschichte.

Hier lagen ein Mann und eine Frau, die im Abstand von

sieben Tagen gestorben waren. Eine schöne Geschichte. Sie mussten einander gefolgt sein. Der eine war an der Trauer über den Tod des anderen gestorben.

Hier war eine der traurigen Geschichten. Ein zehnjähriges Mädchen. Tief trauernde Eltern, die doch an Gott festhielten: »Nicht ein Vogel fällt zur Erde, wenn Er es nicht will.«

Hier dagegen ein Maurer, der neunundachtzig geworden war. Seine Witwe hatte mit einer Bibelstelle im Hinterkopf geschrieben: »Er baute sein Haus auf einen Fels.«

Jedenfalls nicht hier in der Gegend, dachte Karin lächelnd.

Sie hatte eigentlich nicht damit gerechnet, Rosemaries Grab zu finden, doch plötzlich stand sie davor – in einer der hinteren Ecken und einer Gruppe anderer deutscher Gräber:

Rosemarie, 11. 2.–2. 6. 1945
Daheim bei Gott

Stand da auf dem bescheidenen, kleinen Naturstein.

Sie nahm das Foto aus dem Umschlag, starrte auf die Gesichter und dachte dabei an ihre Mutter. Plötzlich wusste sie mit Sicherheit, was sie selbst nicht begriff: Karin Sommer lag dort begraben.

Sie war bewegt und spürte den Druck auf den Tränenkanälen.

Am eigenen Grab stehen. Das war schon ein gewaltiges Erlebnis.

Der Küster schlug in einem dicken Buch nach.

»1980 wurde für die Instandhaltung des Grabs über einen Zeitraum von fünfundzwanzig Jahren bezahlt«, sagte er.

»Wer hat das bezahlt?«, fragte Karin mit rauer Stimme. Ihr Hals war trocken vor Erregung und sie hustete leicht.

»Lassen Sie mich nachsehen, was da steht. Eine Frau Martha Sommer.«

»Das war meine Mutter«, sagte sie leise.

»Der Vertrag läuft im Juli nächsten Jahres aus, es sei denn, er wird verlängert«, sagte der Küster.

»Er wird verlängert«, antwortete Karin.

Um Mutters willen, dachte sie. Und man kann schließlich nicht sein eigenes Grab vernachlässigen.

Sie brauchte etwas zu trinken und erinnerte sich, dass etwas weiter Richtung Süden ein Landgasthof war, der sehr gemütlich ausgesehen hatte. Ob er jetzt schon geöffnet hatte?

Das hatte er. Sie parkte an der Straße und setzte sich in die mollige Gaststube, wo außer ihr noch ein paar Frühstücksgäste saßen.

Sie bestellte ein Bier und bat um die Speisekarte, aber eigentlich hatte sie keinen Hunger.

Sie saß am Fenster und sah, wie der rote Ferrari langsam vorbeifuhr und hinter ihrem Auto hielt.

Erwin stieg aus und blickte sich um, dann betrat er das Gasthaus.

»Hallo«, sagte er. »Ich habe dich gesucht. Darf ich mich setzen?«

»Wo ist Henrik?«, fragte sie leicht verunsichert.

»Er beobachtet Vögel. Ich habe ihm gesagt, dass ich dich gerne alleine treffen würde.«

»Was ist mit Michael?«, fragte Karin.

»Er hat sich in seinem Zimmer verbarrikadiert. Jedenfalls bis ich wegfuhr.«

»Ich glaube, er hat eine Depression«, sagte Karin. »Bei Männern schlägt so etwas oft in Aggressionen um.«

Erwin nickte und wiederholte: »Darf ich mich setzen?«
»Ja, natürlich, entschuldige!«, sagte Karin.
Er bestellte sich ein Bier und sagte: »Ich möchte dir eine sehr merkwürdige, sehr unglaubwürdige Geschichte erzählen, Karin Sommer.«

Kopenhagen, Dezember 2004

Kriminalinspektor Halfdan Thor aus Sydkøbing und der Chef des PET, Laurits Hansen, hielten mit den Mitgliedern der Sonderkommission, die sie so kurzfristig hatten zusammentrommeln können, eine Krisensitzung ab.

»Wir haben den Verdacht, dass Michael Jensen, der zurzeit Karin Sommer als Bodyguard in Südjütland begleitet, der Mann ist, den wir in Verbindung mit den Morden an Anita Knudsen und Ole Buhl suchen«, sagte Laurits Hansen frei heraus zu Beginn der Sitzung und fuhr fort: »Einer der eingegangenen Hinweise deutet auf ihn. Darüber hinaus haben wir einen Abdruck auf Ole Buhls Schläfe, der von einer unserer Pistolen stammt, und stehen noch immer vor dem unaufgeklärten Rätsel, wie der Mörder Ole Buhls Adresse und Identität in Erfahrung bringen konnte.«

Laurits Hansen schwieg, damit sich die ungewöhnliche Information setzen konnte. Dann fuhr Halfdan Thor fort: »Und wir haben es mit einem bewaffneten und kampferprobten Mann zu tun, der – falls unser Verdacht sich als stichhaltig erweist – bei einer Verhaftung vermutlich Widerstand leisten wird. Falls er Karin Sommer ermorden wollte, hat er während der letzten Wochen reichlich Gelegenheit dazu gehabt. Deshalb gehen wir davon aus, dass keine unmittelbare Gefahr besteht.

Karin Sommer und er wohnen in Ballum im *Gasthof zur Schleuse*. Der liegt hier«, sagte Thor und breitete eine detaillierte Karte auf dem Tisch aus.

»Außer den Wirtsleuten, die im Gasthof wohnen, gibt es noch zwei weitere Gäste …«

Laurits Hansen blätterte in seinen Papieren und unterbrach ihn: »Michael Jensens Bericht zufolge handelt es sich bei den beiden Gästen um Ornithologen, ein Henrik Bruun aus Ålborg und ein deutscher Staatsbürger mit Namen Erwin Hermann Grosser …«

Kriminalassistent Lars Sejersen griff nach seinem Bericht:

»Entschuldigung, könnten Sie das bitte wiederholen, den Namen von dem Deutschen?«

»Erwin Hermann Grosser«, sagte Laurits Hansen und sah ihn fragend an.

»Ich bin auch auf einen Erwin Hermann Grosser gestoßen – als Angehörigen eines Nachkommen der deutschen Flüchtlingsfrau, die 1945 bei Karin Sommers Eltern gewohnt hat«, sagte Lars Sejersen.

»Könnten Sie das noch einmal wiederholen?«, sagte der PET-Chef.

Da mischte sich Halfdan Thor ein: »Karin Sommer hat mich angerufen, weil eine Fotografie sie auf den Gedanken gebracht hat, dass sie in Wirklichkeit ein deutsches Flüchtlingskind ist. Das klang zwar etwas fantasievoll, aber ich war der Meinung, dass wir das der Ordnung halber nachprüfen sollten … dieser Fall ist alles in allem so ungewöhnlich … deshalb habe ich Lars Sejersen gebeten …«

Das kann kein Zufall sein, war die einstimmige Schlussfolgerung, als alle über die Situation ins Bild gesetzt worden waren.

»Aber wir können ihn doch nicht festnehmen, weil er der Sohn des Vetters eines Sohnes einer verstorbenen deutschen Frau ist, die 1945 als Flüchtling in Dänemark war«, sagte Thor kopfschüttelnd.

»Doch«, sagte Laurits Hansen. »Wir können ihn festnehmen, aber wir können ihn nicht festhalten, es sei denn, es taucht noch etwas anderes auf. Ich schlage vor, dass wir ihn festnehmen und ein wenig Druck machen, um herauszufinden, was da gespielt wird. Wir ermitteln immerhin in zwei rätselhaften Mordfällen, die auf die eine oder andere Weise mit Karin Sommer zu tun haben.«

Sie einigten sich auf eine Strategie. Eine Beamtin des PET, Jonna Dahl, die einer Biologielehrerin zum Verwechseln ähnlich sah, sollte sich für die Nacht in Ballum im Gasthof zur Schleuse einquartieren und Kontakt zu ihren Leuten draußen halten. Sie würden sowohl Michael als auch die beiden »Ornithologen« festnehmen, sobald alle schlafen gegangen waren.

Karin bekam Hitzewallungen, während sie die Kopie von Winfried Lycks Brief las, die Erwin auf den Tisch zwischen sie gelegt hatte. Sie schwitzte so stark, dass ihr die Kleidung am Körper zu kleben begann. Das hatte nichts mit dem Klimakterium zu tun – mit diesem Kapitel war sie seit zehn Jahren fertig. Sie schwitzte, weil sie erschüttert und überwältigt war.

»Ich konnte einfach nicht verstehen, warum er sein Lebenswerk einer Fremden hinterlassen hat«, sagte Erwin.

»Ich bin keine Fremde«, antwortete Karin und nahm den Umschlag mit dem Foto aus der großen Leinentasche.

Erwin legte seine Hand auf ihre und sagte: »Ich habe mich zum Affen gemacht. Ich war so wütend und verbittert, dass ich diese Zusammenarbeit mit Grey eingeleitet habe ... und sie hat zwei Menschen das Leben gekostet.«

»Was sollen wir tun?«, fragte Karin.

Erwin antwortete mit einer Gegenfrage: »Was willst du mit Winfrieds Material tun?«

»Das kann ich im Augenblick nicht überschauen. Da sind

viele Fragen, auf die ich erst eine Antwort haben muss«, antwortete Karin. »Ich brauche ein wenig Zeit zum Nachdenken.«

Erwin nickte und sagte: »Ich halte es für das Klügste, das Ganze für uns zu behalten, bis du dich entschieden hast. Ich glaube nicht, dass wir auf irgendwen oder irgendwas vertrauen sollten. Wagst du es, mir zu vertrauen?«

»Es spricht für dich, dass du mir den Brief gezeigt hast«, antwortete Karin und zeigte auf den Brief.

»Ich war wütend auf meinen Onkel und ich habe an das viele Geld gedacht, aber mir wäre nie der Gedanke gekommen, dass sie jemanden töten würden. Ich hatte den Eindruck, dass sie mit dir verhandeln wollten. Ich war mir sicher, dass die anständigen USA dahinter standen, aber in Wirklichkeit weiß ich gar nichts, weil alles so top secret war«, wiederholte er und sah sehr unglücklich drein.

Sie saßen schweigend in der Gaststube, in der sie jetzt die einzigen Gäste waren. Dann sagte Erwin: »Du kannst dir nicht vorstellen, wie wertvoll dieses Material ist. Es ist gefährlich für dich – und für mich, es zu besitzen.«

»Vorläufig weiß niemand, wo es sich befindet«, antwortete Karin, dachte kurz nach und fügte hinzu: »Faktisch weiß eigentlich niemand, ob es überhaupt existiert. Ich habe eine Idee … Ich bin ganz gut darin, Schriften nachzumachen … und du bist gut in Deutsch … Lass uns nach Tondern fahren und nach einem gut sortierten Schreibwarenhandel sehen. Anschließend besuchen wir Eva in der Bibliothek, wo wir uns eine Ecke suchen können, in der wir Ruhe und Frieden haben.«

Erwin fand, dass das eine hervorragende Idee war.

Fast zur gleichen Zeit bekam der dänische Staatsminister einen Anruf aus den USA, woraufhin er den Justizminister anrief, der die Staatsanwaltschaft anrief, die den zuständigen Staatsanwalt anrief, der den Chef des PET anrief, der die Aktion leiten sollte.

Der Staatsanwalt sagte zu PET-Chef Laurits Hansen: »Ich schicke Ihnen ein Papier, das wir von unserem Mann in Amerika bekommen haben. Es ist eine Kopie eines Briefs von Winfried Lyck an diese Karin Sommer. Der Agent erwartet eine ausführliche Rückmeldung. Es ist klar, dass wir das Material, das Karin Sommer zugedacht ist, genauestens studieren müssen. Wir sind uns einig, es in dem Augenblick zu konfiszieren, in dem es auftaucht. Wir können das Material unter Bezugnahme auf die Terrorgesetzgebung beschlagnahmen. Das Problem ist nur, dass wir nicht wissen, wo sich das Material befindet, weshalb wir gezwungen sind zu warten, bis Karin Sommer eine Nachricht erhält.«

Jonna Dahl traf in einem Skianzug und dicken Thermostiefeln mit einem Fernglas um den Hals gegen 17.00 Uhr im *Gasthof zur Schleuse* ein.

Sie bekam das Zimmer, das am nächsten an der Treppe lag. Sobald sie es bezogen hatte, setzte sie sich mit einem großen illustrierten Vogelbuch in die Gaststube. Es waren keine anderen Gäste da und sie begann ein Gespräch mit der Gastwirtin, die ihr erzählte, dass das Geschäft gut lief und zum Beispiel im Moment alle Zimmer belegt waren. Dann folgte Jonna Dahl der Frau in die Küche. Hier wies sie sich aus, erklärte, was in der Nacht passieren sollte, und erhielt alle notwendigen Informationen.

»Ja, gut, wir fahren dann gegen 21.00 Uhr zu meiner Schwester rüber«, sagte die Gastwirtin. »Und natürlich lassen wir uns nichts anmerken.«

Karin, Henrik und Erwin aßen zusammen zu Abend. Ein ausgezeichnetes Wiener Schnitzel.

Höflich grüßten sie die etwas seltsame neue Urlauberin, die in der Gaststube saß. Sie wollte das Wochenende über bleiben und hatte sich kleidungsmäßig ganz auf Winterwetter eingestellt. Selbst drinnen trug sie eine dicke Hose und Schuhe, die an Militärstiefel erinnerten. Das Vogelbuch lag aufgeschlagen neben ihrem Teller. Henrik erzählte ihr von einigen seltenen Entenvögeln und sie antwortete so kompetent, dass er anerkennend nickte.

Sie verließ die Gaststube vor den anderen, setzte sich nach oben in das Fernsehzimmer und holte ihr Strickzeug heraus.

Von diesem Platz aus sah sie, wer in welches Zimmer ging beziehungsweise aus welchem Zimmer herauskam.

Zuerst kam Karin herauf und setzte sich neben sie auf das Sofa, um die Nachrichten zu sehen.

»Seltsam. Ich habe das Gefühl, Sie schon einmal gesehen zu haben«, sagte Jonna.

»Wahrscheinlich weil mein Foto gerade in der Zeitung war. Man ist der Meinung, dass es jemand auf mich abgesehen hat«, antwortete Karin.

»Stimmt, ich habe ein Bild von Ihnen gesehen! Das muss doch sehr beängstigend sein?«

»Nein, seltsamerweise habe ich keine große Angst«, sagte Karin.

»Die Gastwirtin hat gesagt, dass alle Zimmer belegt sind, aber dort scheint niemand zu wohnen, oder?«, fragte Jonna und zeigte auf die Tür zu Michaels Zimmer.

»Doch, da wohnt ein junger Mann, aber es geht ihm heute nicht gut. Er hat etwas Furchtbares erlebt und ist deprimiert. Er hat sich bestimmt ein bisschen zurückgezogen. Aber ich habe ihn gegen Abend dort drinnen rumoren hören«, sagte Karin leise.

Kurz darauf kam der Deutsche herauf. »Ein Drink?«, fragte er.

Karin lächelte, nickte und holte ihr Zahnputzglas aus ihrem Zimmer. Jonna lehnte dankend ab.

Erwin kam mit einer halbvollen Ginflasche und einem Liter Tonic aus seinem Zimmer.

»Wir müssen selbst für ein wenig Luxus sorgen«, sagte Karin zufrieden, prostete Erwin zu und zog die Beine unter sich auf den großen Lehnstuhl.

Von dem Augenblick an, in dem Michael das Gesicht des toten Frederik auf der Titelseite der Zeitung gesehen hatte, hatte sein Leben seinen Sinn verloren. Alles, wofür er gelebt und geatmet hatte, war die Rache gewesen. Jetzt würde er sie nie bekommen. Und ihm blieb nur noch eins: seinem eigenen elenden Leben in diesem dreckigen Landgasthof ein Ende zu setzen.

Für ihn gab es kein *Hotel d'Angleterre,* kein *Ritz* und kein *Intercontinental* mehr, nein, dieser schmutzige, polyesterbezogene Horror von einer Übernachtungsstätte stand für all das, was er nun noch vom Leben zu erwarten hatte. Er schlug mit dem Kopf gegen die Wand, dass der ganze entstellte Teil seines Gesichts schmerzte. Dann holte er die Pistole heraus und entsicherte sie. Jetzt musste er sich verdammt nochmal zusammennehmen.

Es war schwerer, als er es sich vorgestellt hatte. Als alle den Gasthof verlassen hatten, war er hinter den Deich zur Schleuse hinuntergegangen, doch der Mut hatte ihn verlassen. Er war in sein Zimmer zurückgekehrt, hatte nach den Möbeln getreten und sich auf das Bett geworfen. Jetzt musste er sich endlich zusammennehmen. Warum brachte er es nicht einfach hinter sich? Plötzlich beneidete er Frederik. Es war sehr viel leichter, sich erschießen zu lassen, als sich selbst zu erschießen. Warum war Frederik so einfach davongekommen?

Plötzlich kam ihm der Gedanke, dass es doch noch jemanden gab, an dem er sich rächen konnte: Major Ernst Poulsen, der ihm seinerzeit Frederiks Telefonnummer gegeben hatte. Ja, der Major sollte die Säure ins Gesicht bekommen, die er Frederik zugedacht hatte. Der Major, der ihn höhnisch an den psychologischen Dienst verwiesen hatte, als er ihn noch einmal kontaktiert hatte, um Frederik zu finden.

Jetzt hatte er wieder etwas, wofür er leben konnte. Oder war es nur Feigheit, die ihn nach einem neuen Vorwand suchen ließ, es nicht gleich hinter sich zu bringen? Sein Kopf tat weh. Er hatte ständig Schmerzen in der hässlichen Gesichtshälfte. Er war ein Monster und er musste es *jetzt* tun. Entschlossen griff er nach der entsicherten Pistole, aber zehn Sekunden später legte er sie wieder auf den Nachttisch.

Manchmal klopfte es an der Tür. Es war einer der anderen Gäste oder das Wirtspaar und er wünschte sie alle zum Teufel. Würde es leichter sein, wenn er einen oder mehrere von ihnen mit in den Tod nahm? Er überdachte die Möglichkeit, ließ sie aber wieder fallen. Er hatte keine Beziehung zu diesen Menschen und es wäre sinnlos gewesen, sie zu töten.

Aber Major Ernst Poulsen war eine Möglichkeit. Er konnte nach Kopenhagen zurückfahren, die Gewohnheiten des Majors studieren und planen, wie er ihn am besten zu Tode quälte. Allein der Gedanke erfüllte ihn mit Wärme und ihm war klar, dass er diese Welt nicht ohne Rache verlassen konnte.

Doch wenn er zurück wollte, musste er seine Arbeit hier und jetzt wieder aufnehmen. Vielleicht war es bereits zu spät. Vielleicht hatte Karin Sommer sich bereits über ihn beklagt. Vielleicht waren sie schon auf dem Weg, um ihn wegen seiner Versäumnisse festzunehmen.

Er ging in den Aufenthaltsraum. Da saßen sie alle. Plus ein neuer Gast – eine Frau.

Er ging zu Karin Sommer und sagte: »Es tut mir Leid, ich war krank. Migräne und so. Ich hoffe nicht, dass das irgendwelche Probleme gemacht hat?«

»Nein, überhaupt nicht«, antwortete Karin. »Machen Sie sich keine Gedanken und legen Sie sich ins Bett, wenn Sie möchten. Ich komme gut allein zurecht.«

»Ich gehe nach unten und sehe, ob es noch etwas zu essen gibt«, antwortete er.

Auf dem Weg die Treppe hinunter war er wieder frischen Mutes: Ich muss herausfinden, was der Major am meisten fürchtet, was ihm den größten Schrecken einflößt, dachte er konstruktiv.

Um 0.30 Uhr flüsterte Jonna Dahl in ihrem Zimmer in ihren Sender: »Meine Tür ist nur angelehnt und ich habe einen guten Überblick. Die Letzten sind vor einer Stunde in ihre Zimmer gegangen. Jetzt herrscht völlige Ruhe.

Es gibt jedoch ein Problem: Erwin Grosser ist noch immer nicht aus Karin Sommers Zimmer gekommen. Sie haben ziemlich viel getrunken und den ganzen Abend sah es so aus, als wäre etwas zwischen den beiden.

Michael Jensen ist zuerst ins Bett gegangen. Er hat sich entschuldigt, dass er heute krank gewesen ist. Dann ist Henrik Bruun gegen 23.00 Uhr ins Bett gegangen und die beiden anderen sind vor einer Stunde in Karin Sommers Zimmer verschwunden.«

Der Leiter der Aktion antwortete: »Gut, dann nehmen wir Erwin Grossers Zimmer. Wir gehen von der Fensterseite aus rein. Wir sind an den Fenstern und kommen die Treppe hinauf. Wir versuchen, kein Geräusch zu machen, aber du lässt trotzdem die Tür zu Michael Jensens Zimmer nicht aus den Augen.«

»Verstanden«, antwortete Jonna Dahl.

Michael schlief tief, da er einen anstrengenden Tag hinter sich hatte. Deshalb wachte er erst auf und griff nach seiner entsicherten Pistole, unmittelbar bevor er die Aufforderung hörte: »Kommen Sie mit erhobenen Händen heraus. Wir sind zwanzig Leute. Sie können nicht entkommen!«

Er trat die Tür auf, beide Hände über dem Kopf. In einer hielt er die Pistole, die auf seine eigene Schläfe gerichtet war.

Er sagte: »Sie sind mir willkommen. Erschießen Sie mich ruhig. Wenn mir jemand zu nahe kommt, erschieße ich mich selbst.«

Sie waren überall. Vor ihm, neben ihm und jetzt auch hinter ihm – im Zimmer. Ein kalter Wind ließ darauf schließen, dass sie durch das Fenster gekommen waren, das gekippt gewesen war.

Laurits Hansen, sein Chef, richtete das Wort an ihn. »Lassen Sie die Pistole fallen, Michael Jensen«, sagte er ruhig.

»Sie können mich gerne erschießen«, wiederholte Michael und sah sich triumphierend um.

»Warum tun Sie das?«, fragte Laurits Hansen.

»Weil ich Ihnen etwas erzählen möchte, bevor ich sterbe«, antwortete er.

Das ist das erste Mal, dass ich erlebe, dass jemand sich selbst als Geisel nimmt, dachte Halfdan Thor und sagte aus seiner Ecke des Aufenthaltsraums: »Wir würden gerne hören, was Sie zu sagen haben. Warum wollten Sie Karin Sommer umbringen?«

»Weil man mir 550 000 Euro dafür geboten hat. Zirka vier Millionen Kronen«, antwortete er.

Thors Gesicht glich einem großen Fragezeichen.

»Als ich aus dem Irak nach Hause kam, hatte ich keine Arbeit und da gab mir Major Ernst Poulsen, ja, schreiben Sie das ruhig auf: Major Ernst Poulsen gab mir die Telefonnummer von einem Typen, der sich Frederik nannte. Frederik, das ist der, den Sie vor kurzem aus dem Südhafen gefischt haben. In der Zeitung stand, dass er erschossen worden ist. Nun gut, also Frederik sagte, dass er für eine Antiterror-Organisation arbeitet und dass sie mir viel Geld dafür zahlen, wenn ich Karin Sommer umbringe. Ich habe 50 000 Euro Vorschuss bekommen. Die haben sie sich zurückgeholt – während sie mir gleichzeitig das Gesicht durch eine Bombe entstellt haben. Den Rest der Geschichte kennen Sie. Den schwulen Typen musste ich umbringen, weil er mich wiedererkannt hätte.«

Halfdan Thor runzelte die Stirn: »Warum wollten Sie als Bodyguard für Karin Sommer arbeiten?«

»Weil ich geglaubt habe, dass Frederik auftauchen würde und ich mich rächen könnte. Mein Leben ist zerstört und jetzt ist es zu Ende.«

Selbst die abgehärteten Polizeibeamten zuckten geschockt zusammen, als er die Pistole abfeuerte. Michael fiel auf der Stelle in sich zusammen – mehr wie ein kollabierender Schneemann als wie ein umkippender Baum, dachte Karin, die, ihre Bettdecke um sich geschlungen, in der Tür zu ihrem Zimmer stand. Hinter ihr stand Erwin in Boxershorts.

Vier Millionen Kronen, dachte sie. Noch nie hat jemand einen so hohen Preis für mein Leben gezahlt. Und nie wieder wird es jemandem so viel wert sein.

Sie durften sich anziehen und wurden in die Gaststube hinuntergeschickt, als der Krankenwagen und die Spurensicherung eintrafen. Halfdan Thor kümmerte sich am Tatort um das Praktische, während Laurits Hansen Karin Sommer, Erwin und Henrik verhörte. Das war einwandfrei Sache des Nachrichtendienstes der Polizei und er hatte seine Instruktionen von oben.

Wie die Dinge lagen, konnte er ebenso gut mit Karin Sommer und Erwin Hermann Grosser gemeinsam sprechen.

»Ich gehe davon aus, dass Sie eine Vermutung haben, warum Sie umgebracht werden sollten«, sagte er und sah Karin an.

»Nein«, war die einstimmige Antwort.

»Deshalb«, sagte er und faltete eine Kopie des Briefes von Winfried an Karin auseinander.

Beide warfen einen Blick darauf. Anschließend guckten sie ungläubig und Karin begann zu lachen.

»Ja, aber das ist doch völlig verrückt«, sagte sie.

»Nein, ich befürchte, dass Terroristen sehr an dem Material interessiert sind, das in Ihren Besitz gelangen wird«, sagte Laurits Hansen ernst.

»Ja, aber das ist verrückt, weil das Ganze ...«

Karin schüttelte resigniert den Kopf.

Da sagte Erwin: »Ich habe Karin angerufen und dieses Treffen hier im Gasthof arrangiert, nachdem ich den Brief gefunden habe, von dem Sie offensichtlich eine Kopie haben.« Er zeigte auf den Brief auf dem Tisch und fügte hinzu: »Aber anschließend habe ich noch einen zweiten Brief gefunden, der das Ganze erklärt.«

»Ich habe ihn hier«, sagte Karin und wühlte in ihrer Tasche nach dem Brief, den sie und Erwin gemeinsam in der Bibliothek in Tondern aufgesetzt hatten. Sie hatte ihn gefaltet und ein wenig zerknüllt, um ihm Patina zu verleihen, und jetzt glättete sie ihn sorgfältig und legte ihn auf den Tisch neben den anderen. Laurits Hansen meinte unmittelbar sehen zu können, dass er von derselben Person geschrieben war:

Kopie an Axel
Zu übergeben an Karin Sommer am 2. Januar 2005

Liebe Karin,
kannst Du Dich an unser Spiel auf den Landstraßen um Bremen erinnern? Dilemma, haben wir es genannt.

Wir haben uns verschiedene Dilemmata ausgedacht: Deine Stadt wird bombardiert, Deine Kinder werden getötet. Hier hast Du eine noch effizientere Bombe, die ein für alle Mal Deine Feinde und ihre Kinder töten kann. Wirfst Du die Bombe?

Drei Männer haben einhundert Geiseln genommen und eine Zeitbombe bei den Geiseln deponiert. Du fängst einen der Männer, aber er will Dir nicht sagen, wo die Geiseln und die Bombe versteckt sind. Wirst Du ihn foltern, um ihn zum Reden zu bringen, um die einhundert Geiseln zu retten?

Ja, so haben wir verschiedene ethische Dilemmata durchgespielt und mir kam die Idee, Dir ein letztes Dilemma als Erinnerung an unsere herrliche gemeinsame Zeit zukommen zu lassen.

Ich hoffe, Du hast letzte Nacht gut geschlafen? Hat Dir das Dilemma Kopfzerbrechen bereitet?

Es entspricht durchaus der Wahrheit, dass ich, wie in dem Brief erwähnt, auf dem Gebiet der Betäubungsmittel und -methoden geforscht habe, doch das erwähnte Betäubungsgas habe ich nicht gefunden und meiner Meinung nach wird es auch niemals gefunden werden. Es ist nicht möglich, die Zellen, die den Atem steuern, isoliert zu beeinflussen.

Ich habe aber oft über diese Möglichkeit nachgedacht und mir selbst entsprechende Dilemmata vor Augen geführt: Was würdest Du tun, wenn Du etwas erfinden würdest, das zu einer raffinierten Waffe werden, aber auch Anwendung in einer guten Sache finden könnte?

Ich weiß es nicht und es hat mich amüsiert, Dich mit diesem

Dilemma zu konfrontieren – als letzten Gruß. Ich habe oft an Dich gedacht.

Viele liebe Grüße Winfried

PS: Das blaue Päckchen enthält eine willkürliche Sammlung von Arbeitsunterlagen, die keinen Sinn ergeben. Ich hoffe, dass Erwin nicht zu enttäuscht sein wird, falls Du Kontakt zu ihm aufgenommen hast.

Laurits Hansen las den Brief mehrere Male und musste sich von Erwin einige der deutschen Worte auf Englisch erklären lassen.

Dann sagte er: »Ich kann doch eine Kopie des Briefes bekommen, um sie zu den Fallakten zu legen?«

»Natürlich«, antwortete Karin. »Meinetwegen können Sie auch das Original haben. Ich weiß nicht, wie lustig ich den Scherz des alten Mannes finde.«

»Du musst ihn entschuldigen. Mit seinem Verstand ist es bergab gegangen und jetzt ist er völlig senil«, sagte Erwin.

»Scheint so«, sagte Karin.

»Ich kann verstehen, dass Sie sich gefragt haben, ob Sie mit Winfried Lyck verwandt sind.«

»Ach«, antwortete Karin. »Das war nur so eine dumme Idee.«

Sie packten schweigend. Die Türen zu dem gemeinsamen Aufenthaltsraum, in dem die Spurensicherung ihre Arbeit beendet hatte, standen offen. Henrik war bereits morgens gegen vier nach Nordjütland aufgebrochen, während Karin und Erwin versucht hatten, sich in der Gaststube zu entspannen, bis die Polizei endlich fertig war.

Jetzt waren die Koffer gepackt und draußen warteten ihre Autos.

»Sollen wir einen letzten Spaziergang zur Schleuse hinunter machen?«, fragte Erwin.

Karin nickte.

Das Wetter war klar und oben vom Deich aus konnten sie den ganzen Horizont überblicken.

»Ich denke, dass man dich jetzt in Ruhe lässt. Der Brief hat ihn überzeugt«, sagte Erwin.

Karin sagte: »Ich konnte schon immer ganz fantastisch Handschriften nachahmen. Aus mir wäre eine gute Dokumentenfälscherin geworden. Ich bin sicher, dass er den Brief für echt gehalten hat. Es war gewagt, ihm das Original zu überlassen, aber es hatte eine überzeugende Wirkung, glaube ich. Wo mag er wohl die Kopie deiner Kopie herhaben?«

»Da gibt es nur eine Möglichkeit und die heißt Grey und seine Organisation«, antwortete Erwin. Er dachte kurz nach, dann fragte er: »Wenn du das Material bekommst, was machst du dann?«

»Auf die eine oder andere Weise zu dir Kontakt aufnehmen, aber nicht per Telefon oder E-Mail. Ich denke, wir sollten damit rechnen, dass irgendjemand uns noch eine Zeit lang im Auge behält.«

»Vielleicht, vielleicht auch nicht«, sagte er.

»Wie senil ist mein Vater?«, fragte sie.

»Er wird dich nicht erkennen, er befindet sich außerhalb dieser Welt«, antwortete er.

Er umarmte sie und sie küssten sich zum Abschied leicht auf den Mund – wie Vetter und Kusine.

Die Zeitungen schrieben, dass die Morde an Anita Knudsen und Ole Buhl aufgeklärt waren.

Ein junger, ehemaliger Soldat, der allem Anschein nach geistesgestört war, hatte die Morde gestanden, bevor er sich das Leben genommen hatte. Über das Motiv herrschte noch immer eine gewisse Unklarheit.

Kriminalinspektor Halfdan Thor war nicht ganz zufrieden mit diesem Ausgang, doch der Fall war damit von seinem Tisch und lag jetzt ganz beim Nachrichtendienst der Polizei.

Die Geschichte hatte also ein Ende gefunden und andere Geschichten nahmen die Titelseiten ein: Major Ernst Poulsen war durch einen bedauernswerten Unfall bei einer Schießübung auf einem militärischen Übungsplatz ums Leben gekommen, es gab mehrere Vermutungen über mögliche Kandidaten für die Folketing-Wahl und der Krieg im Irak forderte jeden Tag neue Opfer.

Karin war überzeugt, dass »sie« – wer immer sie waren – das Interesse an ihr verloren hatten. Sie hatte nicht das Gefühl, überwacht oder abgehört zu werden.

Über das Wochenende fuhr sie zu Jørgen nach Skejø und zeigte ihm und Tante Agnes das Bild von Oma und sich selbst als Kleinkind. Fanden sie auch, dass sie Ähnlichkeit mit Oma hatte?

Ja, das fanden sie, aber bei so etwas konnte man nie sicher sein. »Viele Kinder sehen ihren Eltern nicht ähnlich, sondern irgendwelchen anderen Menschen«, sagte Jørgen.

Karin antwortete, dass das für sie auch nicht besonders wichtig war. Sie war vor allem sie selbst. Und damit musste sie schließlich und endlich leben.

Sie trafen Weihnachtsvorbereitungen und sie kaufte einen Leatherman (ein cleveres Taschenwerkzeug) für Jørgen.

Dann war sie wieder zu Hause in ihrer Wohnung in Sydkøbing. Zwei Tage vor Weihnachten klingelte ein Bote der Firma »Express Zustellung« an ihrer Tür. Er überbrachte einen Brief und ein Päckchen von einem Anwaltsbüro in Kopenhagen.

Sie quittierte und ging ins Wohnzimmer. Einen Augenblick dachte sie an Michael, der auch ein Päckchen bekommen hatte, doch dann schob sie den Gedanken beiseite. Sie konnte nicht den Rest ihres Lebens Angst haben.

Den Brief öffnete sie zuerst.

Er war von einem Anwaltsbüro und an sie adressiert. Sie las:

Da man uns heute davon in Kenntnis gesetzt hat, dass Winfried Lyck aus Berlin verstorben ist, leiten wir in Absprache mit dem Verstorbenen Beiliegendes an Sie weiter.

Sie öffnete die Verpackung. Noch ein Umschlag mit einigen Briefen. Dann hielt sie es in der Hand: ein rotes Päckchen.

Sie öffnete den Umschlag. Er enthielt drei Briefe.

Den ersten Brief kannte sie bereits. Es war der Brief, von dem Erwin eine Kopie gehabt hatte. Der Brief, in dem ihr die Rechte an Winfrieds Erfindung eines Betäubungsmittels übereignet wurden, das den Atem nicht lähmte.

Der nächste Brief war eine Kopie eines Briefes an ein Anwaltsbüro:

Berlin, 2. Dezember 2002
An den beim Obersten Gericht zugelassenen Anwalt Eyvind Bang-Olesen, Kopenhagen

Betrifft das Päckchen zur Aufbewahrung und Auslieferung an Karin Sommer, spätestens am 1. Januar 2005.

Sehr geehrter Anwalt Eyvind Bang-Olesen,
der Unterzeichnete hat im Mai 1999 ein Päckchen bei Ihnen de-

poniert, das bei seinem Tod oder spätestens am 1. Januar 2005 der Journalistin Karin Sommer ausgehändigt werden soll.

Aufgrund eingetroffener Umstände möchte ich Sie freundlichst bitten, den Inhalt des blauen Päckchens zu vernichten. Gleichzeitig bitte ich Sie, beiliegenden Brief an Karin Sommer weiterzuleiten.

Im Falle meines Todes wird man Sie unterrichten. Ihr Honorar füge ich als Scheck bei.

Mit freundlichen Grüßen
Winfried Lyck

Karin, die problemlos Deutsch lesen konnte, öffnete gespannt den letzten, ordentlich zusammengefalteten Brief und las:

Berlin, 2. Dezember 2002

Meine liebe Karin,
mein Leben geht dem Ende zu und ich habe viel über die Bürde nachgedacht, die ich Dir mit der Verwaltung meines Lebenswerks auferlegt habe.

Ich habe eingesehen, dass ich sie Dir aufgrund meines Wankelmuts auferlegt habe. Und weil es so schmerzhaft ist, das eigene Lebenswerk zu zerstören.

Das Geiseldrama in Moskau im Oktober hat mich erneut darüber nachdenken lassen.

Als Journalistin weißt Du natürlich alles über das Geiseldrama in Moskau, aber vielleicht weißt Du nicht so viel über die Konzentrationslager der Russen und den Völkermord in Tschetschenien.

Die Grausamkeiten, die die Tschetschenen erlitten haben und im Moment erleiden, sind unbeschreiblich.

Unglücklicherweise haben Russland und die USA sich darauf

geeinigt, den Völkermord in Tschetschenien als »Kampf gegen den Terror« einzustufen, wofür den USA wiederum das Recht eingeräumt wird, an anderen Orten auf der Welt militärische Übergriffe als »Kampf gegen den Terror« hinzustellen.

Ich bin nie sonderlich politisch engagiert gewesen, wie zum Beispiel mein Vetter Axel, doch auch ich sehe, dass die, die über keine gut ausgerüstete Armee und keine Spitzentechnologie verfügen, zu Selbstmordattentaten und Terror greifen.

Ich finde es tragisch, wenn Terror Unschuldige trifft, aber militärische Übergriffe großen Stils treffen noch viel mehr unschuldige Menschen. Es ist nicht angemessen, Letzteres als besser oder richtiger anzusehen als Ersteres.

Nach dem Zweiten Weltkrieg hat man uns Deutschen gesagt, dass wir alle mitschuldig waren.

Wenn die Demokratie eine Konsequenz hat, sind wir alle mitverantwortlich, wenn wir unsere Soldaten zum Töten entsenden. Als Mitverantwortliche kann es uns nicht überraschen, wenn man es uns mit gleicher Münze zurückzahlt.

Wer kann sich in diesem Licht als unschuldiges Opfer ansehen?

Ich will in den einzelnen Konflikten nicht zwischen denen richten, die Jagdbomber haben und denen, die sich mit Sprengstoffgürteln um die eigene Taille begnügen müssen, aber ich bin zu dem Entschluss gekommen, dass ich nicht die eine, besser ausgerüstete Seite mit einer neuen Waffe unterstützen will.

Ich habe mich endlich entschlossen, meine Arbeit zu vernichten. Lies das Tagebuch meiner Mutter und lebe in Frieden und Liebe.

Winfried

Karin setzte Teewasser auf und stapelte Kissen auf dem Sofa. Dann setzte sie sich gemütlich zurecht und begann in Gertrud Lycks Tagebuch über die Flucht aus Ostpreußen, die Geburt auf dem Flüchtlingsschiff und den Aufenthalt in Ballum zu lesen.

Gegen Ende kam sie zu einem Abschnitt, in dem sie erwähnt wurde.

Oksbøllager,
6. Dezember 1945

Heute Nacht starben Sabinchen aus unserer Pferdestallbaracke und zwei kleine Jungen, die Edmund und Johann hießen. Keins der Kinder wurde ein Jahr alt. Sie werden Montag begraben. Die Begräbnisse werden alle montags und freitags vorgenommen. Der Friedhof liegt in einer Ecke des Lagers. Er wächst schnell. Es sind jetzt über fünfhundert Gräber. Es vergehen nicht viele Tage oder Nächte ohne mindestens einen Todesfall. Oft sind es sogar zwei oder drei an einem Tag. Anfangs waren es noch mehr.

Während zu Beginn vor allem Hunger und Magenkrankheiten die kleinen Kinder umgebracht haben, ist es jetzt hauptsächlich die Kälte. Wir alle frieren tapfer in den undichten Baracken. Die kleinen Kinder und die Alten haben dem nichts entgegenzusetzen und können sich im Kampf um Brennholz, Decken und warme Plätze nicht behaupten.

Meine Beine, die ich mir auf dem Haff ruiniert habe, machen mir noch immer sehr zu schaffen, ebenso wie die Gicht in den Händen, aber ich versuche, jeden Tag aufzustehen und meiner neuen Arbeit in der Strohflechterei nachzugehen. Die Arbeit besteht aus dem Flechten von Strohmatten, die wir brauchen, um Fußböden und Wände in den Pferdestallbaracken zu isolieren. Das scheint mir eine sinnvolle Arbeit und es ist trotz allem besser, etwas zu tun, als sich krank zu melden.

Viele bleiben liegen, um die Wärme zu halten oder weil sie nervenkrank sind. Es war schrecklich zu erfahren, dass wir nie in unsere Heime in Ostpreußen zurückkehren können, und viele ertragen die Unsicherheit nicht, was mit ihren Lieben passiert ist, da es verboten ist, nach Deutschland zu schreiben oder Briefe zu bekommen. Es ist auch eine große Belastung, dass niemand uns sagen kann, wann wir aus der Gefangenschaft hier entlassen werden.

Wenn ich die guten Dinge erwähnen soll, so sind es die neuen Freundschaften, die ich geschlossen habe, und der Zusammenhalt, zu dem unsere unglückliche Situation auch geführt hat. Hier gibt es viele gute Menschen, die den anderen Mut machen. Man versucht etwas für die Kinder zu tun, indem man sie unterrichtet, und im Großen und Ganzen kommt mit jedem Tag, der vergeht, mehr Ordnung ins Lager.

Ich selbst finde weiterhin großen Trost in meinem Glauben an den guten und allmächtigen Gott und seine Treue, Barmherzigkeit und Gnade. Ich freue mich darauf, dass er mich zu sich nach Hause holt.

Ich finde auch Trost in dem Wissen, dass Rosemarie in Ballum Marthas Liebe und Fürsorge genießt. Hier im Lager hätte sie wohl kaum überlebt. Es sind nicht mehr viele der kleinen Kinder unter uns.

Vor einer Woche habe ich das große Glück erfahren, einen Brief zu bekommen, der von einem Wächter, einem entfernten Verwandten von Anton, hereingeschmuggelt wurde. Martha schreibt, dass Rosemarie, die sie in dem Brief natürlich Karin nennt, ein herziges, wohlgenährtes und frohes Mädchen ist. Sie kann inzwischen sitzen, ihre Augen strahlen und sie »redet« viel.

Ich habe in der Stunde des Todes vorgeschlagen, die Kinder zu tauschen. Die Mädchen waren in etwa gleich alt und gleich groß und Martha hat beide gestillt. Es war nicht schwer, die Behörden an der Nase herumzuführen. Als der Arzt das erste Mal da war, hat er nicht nach dem Namen des kranken Kindes gefragt. Er hatte es eilig und hat nur gesagt, dass er am nächsten Tag wiederkommen wollte.

Wir hatten nicht viel Zeit, den Entschluss zu treffen, als die kleine Karin ihren letzten Atemzug getan hatte.

»Aber du kannst doch nicht dein Enkelkind weggeben?«, hat Martha zu mir gesagt.

»Was habe ich einem kleinen Kind zu bieten – hinter Stacheldraht in Dänemark zu hungern und später in deutschen Ruinen aufzuwachsen? Du bist wie eine Tochter für mich. Und außerdem bekommst du eine Brustentzündung, wenn du jetzt aufhörst zu stillen. Du kannst an Brustfieber sterben, während Rosemarie an Hunger und Krankheit in Oksbøl stirbt.«

Martha weinte und drückte ihr totes Kind an sich.

»Lass sie los und lass sie bei Gott ruhen. Von jetzt an ist Rosemarie Lyck tot. Hier hast du Karin Sommer«, sagte ich und reichte ihr Rosemarie.

»Sie ist fast wie mein eigenes«, sagte Martha.

»Sie ist dein eigenes«, antwortete ich und da sah ich – mitten in der Trauer – ein ganz kleines Lächeln in ihren Augen.

»Dann führen wir sie alle an der Nase herum«, sagte sie.

»Kannst du auch Anton an der Nase herumführen?«, fragte ich.

»Vielleicht. Er hat Karin nie aufgenommen und er sagt immer, dass man alle Kinder gesehen hat, wenn man eins gesehen hat. Es ist sehr wahrscheinlich, dass er nichts merkt. Nur Gudrun wird es sehen – und sie wird nie irgendetwas zu irgendjemandem sagen.«

In ihrem Brief schreibt Martha: »Anton war verblüfft darüber, wie Karins Haar gewachsen ist, seit er das letzte Mal zu Hause war, und wie dunkel es geworden ist.«

Ja, sage ich mir: Wir Menschen sollen auf Gott vertrauen, aber wir sollen auch ein wenig auf uns vertrauen und dementsprechend handeln, und wie bin ich glücklich zu wissen, dass Rosemarie Lyck es gut hat bei Martha Sommer.